한

삼

국

지

韓

三

國

志

한삼국지

세계 역사상

가장 거대했던

100년 전쟁사

아시아북스

임창석

이상문학상을 수여하는 문학사상에

소설부문 신인상을 수상하며 등단한

소설가이자 정형외과 전문의.

지은 책으로는

소설 백의민족

지구의 영혼을 꿈꾸다

자신의 영혼에 꽃을 주게 만드는 100가지 이야기

등이 있다.

국사 편찬 위원회의 한국사 데이터베이스

삼국사기, 삼국유사 등의

내용을 인용하고 도움을 받았습니다.

한삼국지

제 1부. 나라의 흥망성쇠는
하늘을 흐르는 구름과 같다.

   하늘은 하나이지만 땅과 인간들의 마음은 조각처럼 흩어져 있었다. 대륙과 반도 사이의 산맥과 지류들은 멀어진 듯 물결치며 서로를 연결하였으나, 경계를 지어 나누는 인간들의 욕심들은 서로를 허물지 못했다.

   중원의 북쪽은 황하를 끼고 번성한 제나라(북제)와 주나라(북주)의 두 세력이 균형 있게 대립하고 있었고, 중원의 남쪽에 자리한 진나라(남조)는 풍요로운 장강 이남의 지역을 지배하며 안정된 치세를 유지하고 있었다. 그리고 요하 동쪽으로는 고구려와 백제, 신라의 세 나라가 일진일퇴를 거듭하며 국경지대의 땅과 성들을 뺏고 뺏기는 국지전들이 빈번하게 일어나고 있었다.

왕조의 융성과 몰락의 흐름은 후손들에게 본능적인 경각심과 투쟁심을 남겼다. 강인함은 재물과 땅을 주었고, 나약함은 생명과 안락함을 앗아갔다. 역경은 상처였고, 정복은 우월감이었다. 왕들의 권세는 나라의 기세였다.

신라와의 전쟁에서 번번이 패한 백제 위덕왕 부여창은 중년의 나이를 넘기자, 전쟁을 일으키기 보다는 방어와 외교에 주로 힘을 썼다. 국경지대의 성들을 강화하고, 중원의 여러 왕조들에게 사신을 보내 북쪽의 고구려를 견제하였으며, 왜국과도 가깝게 교류하였다.

신라 진흥왕 김삼맥종은 비옥한 토지를 얻기 위해 백제에게서 한강 유역을 빼앗았고, 이어서 대가야도 멸망시켜 낙동강 서쪽 유역까지 국경을 확장시켰다. 백성들에게 획득한 토지를 나누어 주어 성군으로 불렸다.

고구려의 평원왕 고양성은 국경지대에서 발생되고 있는 거란족과의 전투에 참여하고 있었다. 요동지역 대부분의 말갈족들과 거란족들은 고구려에 복속하여 평원왕의 명령을 따랐다. 하지만 일부 야생마 같은 거란족들이 복속을 거부하고, 고구려 국경지역의 작은 마을들을 노략질하며 살아갔기 때문이다.

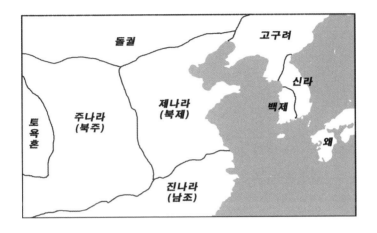

　새하얀 깃털 같은 구름 사이로 햇살이 무심하게 내려 쬐었다. 산기슭의 그림자와 마을의 경계가 모호했다. 추수가 끝난 벌판은 풍요롭고 황량했다. 인간의 손길이 담겨 다정스러웠으나 다 내주고 벗겨져 쓸쓸했다. 밥 짓는 연기들 사이로 참새 떼들이 무리 지어 이동하였다. 땅에 떨어진 곡식의 낟알들은 새들을 불렀고, 영글어 수확된 벼 이삭들은 불청객들을 불렀다. 멀리서 한 무리의 사람들이 놀란 짐승들마냥 후다닥 도망치고 있었다.

평원왕이 그 모습을 발견했다. 급히 군사들을 이끌고 말을 바람처럼 달렸다. 마을을 습격하고 있는 거란족 병사들의 앞을 순식간에 막아섰다. 먼 거리에서 달려온 말들의 씩씩거리는 숨소리가 화가 난 고구려 군사들의 분노를 표현하는 것 같았다. 지친 말의 목을 한 번 가볍게 쓰다듬은 평원왕이 말에서 내렸다. 그의 체구는 거대한 바위처럼 우람했다. 평원왕이 몸을 곧추 세우며 적군들을 쏠어보았다. 투구를 쓴 평원왕의 구리 빛 얼굴 사이로 두 개의 눈이 이글거렸다. 어두운 밤 먹이를 노리는 맹수의 형형한 눈빛이었다. 그 빛이 허공을 뚫고 적군들의 열린 눈 속으로 쏟아져 들어갔다. 평원왕의 호걸 같은 기세에 거란의 병사들의 기가 질렸다. 슬그머니 주춤주춤 뒤로 물러섰다.

크고 묵직한 언월도를 들고 있던 평원왕이 두 손으로 칼을 들어 적들을 향해 내보였다. 반달처럼 생긴 큰 칼날이 햇빛에 반사되어 번쩍거렸다. 정면에서 방어 자세를 취하고 있던 적들의 간담이 순간 써늘해졌다. 마을을 습격하고 날뛰던 그들의 기세는 이미 온데간데없이 사라졌다. 뒤쪽에 있는 병사들은 어떻게 하면 이 자리를 무사히 빠져나갈까 하는 궁리에 눈알을 이리저리 굴렸다.

단숨에 꺾인 기는 몸을 무겁게 만들었다. 눌린 기세는 용맹함을 사라지게 했다. 한줄기 차가운 바람이 적막한 공간을 스쳐가자, 우렁찬 평원왕의 기합소리와 함께 서슬 퍼런 칼끝이 허공을 가르며 춤을 추었다. 칼은 공간을 베고 두려움을 빼앗았다. 날카로운 반월형 칼날이 바람을 가르며 거란족 병사들의 목을 베고 팔과 다리를 잘랐다. 여기저기서 서글픈 비명소리가 구슬프게 흘러나왔고, 쓰러진 병사들의 상처에서는 붉은 피가 왈칵 왈칵 쏟아졌다. 상처를 부여잡고 비틀거리며 물러나는 부상병들을 놓칠세라 고구려의 군사들이 한걸음에 쫓아가 모두를 척살했다.

쓰러진 병사들의 몸에서 검붉은 피들이 끊임없이 줄줄 흘러나와 어느새 땅을 흠뻑 적셨다. 한바탕의 싸움이 끝났음을 알리는 것은 땅 위에 쓰러져 죽은 시체들에서 피어오르는 수증기 같은 아지랑이였다. 잔인한 인간들의 피를 마신 땅은 붉은 빛을 토해내며 짙은 침묵을 지켰다. 깊고 비릿한 흙냄새가 안개처럼 퍼져나갔다. 땅이 인간들의 생명을 주었고, 땅이 인간들의 생명을 회수해야 만 했다. 그런데 인간들은 자연의 이치를 역행하고 있었다. 마음대로 생명을 빼앗아 무분별하게 땅에 뿌렸다. 땅의 소리 없는 울부짖음이 들리는 것 같았다. 평원왕이 긴 한숨을 내쉬더니 부하들을 이끌고 전장을 떠났다.

평양성으로 돌아온 평원왕은 갑옷을 벗고 왕들이 입는 오체복으로 갈아입었다. 머리에 금제 조우관을 쓰고 편전으로 나오니, 주나라의 정세를 정찰하고 돌아온 태학박사 이문진이 알현했다. 그는 평원왕의 심복으로 학문에 조예가 깊었으며 모든 외교를 총괄하는 자리에 있었다.

"주나라 황제 우문옹이 예상대로 실권을 쥐고 있는 우문호를 죽이고 황제의 권위를 되찾았습니다. 그리고 이제 감추어 왔던 욕심을 서서히 드러내고 있는 것 같습니다."

"주나라와 제나라의 현재 상황은 어떠하더냐?"

"밀고 밀렸던 두 나라의 기세가 어느덧 바뀌었습니다. 우열을 가르기 힘든 형세는 틀어지고 강한 기운이 한쪽으로 쏠리기 시작했습니다. 황제 우문홍의 야망은 이미 비를 품은 먹구름이 되어 주나라 전체를 뒤덮고 넘쳐나고 있습니다. 이제 곧 제나라를 집어 삼킬 것입니다. 아마도 조만간 장강의 남쪽 지역과 요하의 동쪽까지 그 기세를 뻗어나가려 할 것입니다."

"국사가 다난하고 인재가 부족하면 나라의 국운은 이를 따르는 법이거늘…, 정말 답답한 상황이로구나. 그런데 그가 우리 고구려도 노릴 것 같은가? "

"하늘을 보고 점을 치니 고구려 백성들을 괴롭힐 큰 천둥과 번개가 몰아칠 기운이 감돌고 있습니다. 대왕께서는 미리 대비하고 방책을 세워야 할 것 같습니다."

"음– 알겠다! 내 생각에 이 모든 것이 전부 제나라 황제 고위 같은 소인배 때문인 것 같다. 나라의 기둥은 백성들을 보살피는 정책이다. 그리고 나라의 지붕은 대신들과 장군들의 세력의 균형에서 오는 안정감에서 나오는 법이라고 배웠다. 그런데 제나라 황제 고위가 어리석게도 주나라의 계략에 말려든 것이다. 제나라를 지켜오고 있는 명장 곡률광을 참수하다니? 황제가 신하의 허위 고자질을 구실삼아 그를 죽인 것은 크나큰 실수였다."

 평원왕의 얼굴이 약간 붉어졌다. 앉아 있는 의자 팔걸이의 손에 힘이 가해졌다. 손등의 정맥들이 옅은 바닷물 속에 있는 부푼 해삼처럼 꿈틀거리며 서로를 밀어냈다. 이문진이 평원왕의 얼굴을 조심스럽게 살피다가 말을 이었다.

"황제는 자신의 뜻과 반대되는 신하들을 여러 명 더 처형하였습니다. 곡률광의 뒤를 이어 주나라를 지키던 난릉왕 고숙까지 독살시켰으니, 호랑이들이 사라진 숲은 무서울 것이 없는 법입니다. 주나라가 제나라를 공격하는 것은 시간 문제입니다."

"내 생각도 그렇다. 신라와 백제의 잦은 침공도 만만치 않은데, 주나라와 제나라의 균형이 깨지기 시작했으니 요동지역에 대한 방어를 더욱 늘려야 할 것 같다."

평원왕이 심란한 마음에 잠시 눈을 감고 낮은 탄식을 했다. 그의 얼굴에 엷고 어두운 갈등의 빛이 떠올랐다. 눈을 뜬 그가 다시 이문진에게 물었다.

"국경을 맞대고 있는 제나라가 멸망하게 된다면 군사력을 북쪽에 더욱 치중해야 할 것이다. 중앙과 남쪽에 있는 군사들을 북쪽으로 이동시켜야 하지 않을까? "

이문진이 잠시 생각하다가 대답했다.

"군사들을 이동시키기보다는 군사들의 수를 더 늘려야 할 것 같습니다."

"백성들의 수는 한정되어 있는데 어떻게 갑자기 군사들의 수를 더 늘린다는 것이냐?"

"요하 동북쪽 고구려 영토에 있는 거란족과 말갈족에게서 군사들을 얻어 함께 대비하시는 것이 좋을 듯합니다."

"음-. 좋은 생각인 것 같구나! 그들 역시 고구려의 백성들이니 반드시 우리에게 도움을 줄 것이다."

"아직은 시간적 여유가 있습니다. 주나라가 제나라를 멸하고 고구려를 공격하려고 해도, 요동의 성들을 공격하기 위해서는, 성문을 부수고 성벽을 기어오를 많은 공성무기들이 필요합니다. 그것들을 만들어 요하를 건너오려면 상당히 오랜 기간의 준비가 필요할 것입니다."

"아니다. 그렇지 않다. 황제는 분명히 공성무기들을 주나라에서 만들지 않고, 고구려를 급습한 후, 데려온 목공들로 고구려의 나무를 베어 만들 것이다. 공이 생각했던 만큼 우리에게는 많은 시간이 없다. 전쟁이란 항상 최악의 상태를 대비하며 계획을 세워야 한다. 잘못된 판단은 이 나라의 미래를 위태롭게 할 수도 있거늘, 너는 어찌 그런 말을 한다는 것이냐?"

이문진이 얼굴이 사색이 되어 고개를 숙이고 말을 했다.

"소신의 판단이 어리석었던 같습니다."

"그건 그렇고 또 한 가지 더 물어볼 것이 있다. 지금의 남쪽 국경의 상황으로 볼 때, 신라와 백제 어느 쪽이 우리에게 더 위협이 될 것 같은가?"

"아직은 두 나라의 힘이 고구려에 미치지는 못하지만 최근에 큰 위협이 되고 있는 것은 확실합니다. 그에 대한 대비는 분명히 함께 하여야 하겠지요."

"백제보다 신라를 더 견제해야 하지 않을까?"

"네 그렇습니다. 신라의 진흥왕은 가야를 정복한 후 그들의 세력을 흡수하고 포섭하여 지금은 과거의 군사력보다 월등히 더 커졌습니다. 그리고 백제의 한강유역까지 빼앗고 난 뒤에는 식량공급이 더 풍부해져 백성들의 삶이 더 나아지고, 군사력과 경제력에서는 백제를 크게 앞서가고 있고, 절대적인 힘의 우위에 있습니다."

"혹시 신라와 백제가 손을 잡고 고구려를 협공할 위험은 없겠는가?"

"백제 위덕왕의 아버지 성왕은 관산성 전투에서 신라의 장군이자 가야의 왕자인 김무력에게 전사했습니다. 위덕왕은 신라에 큰 앙심을 품고 있어 쉽게 그들과 손을 결코 잡지는 않을 것입니다."

"알겠다. 대신들을 모아 앞으로 어떻게 할지 자세히 상의해 보도록 하자."

평원왕은 부하들을 시켜 모든 대신들을 불러 모으게 했다. 그리고 고구려의 외교정책과 요동지역 방어 대책에 대하여 밤을 새워가며 깊은 논의를 했다.

천지는 인간들을 부모처럼 조용히 포용하려 하나, 탐욕에 미친 인간들은 세상을 가만 놔두지 않았다. 주나라 황제의 움직임은 예상보다 빠르게 진행되고 있었다. 황권을 되찾은 우문옹이 빠른 바람과 높은 해류처럼 감추어 놓았던 욕망을 거세게 밖으로 내지르고 있었다. 그는 나라의 법과 규율을 바꾸고 병력을 신속하게 중앙집권화를 시켜나갔다. 반항하고 우짖는 귀족들의 세력도 가차 없이 흡수했다. 굳은살을 없애고 새살이 나오게 하듯 신하들을 물갈이했다.

선대부터 건들지 않았던 불교 승려들과 도교 도사들의 재산들마저 몰수하였고, 측근들을 보내어 지방의 군사력까지 모두 장악하였다. 관리들을 시켜 모든 백성들의 호구조사를 하여 명부로 만들었다. 그리고 부역이 가능한 장정들과 전쟁이 가능한 군사들의 수를 철두철미하게 파악하여 징집하고 늘려나갔다.

남쪽 진나라와 서북의 토욕혼, 북쪽 돌궐, 동북의 고구려 등 모든 주변 국가들이 주나라의 높아지는 국력에 긴장을 하였다. 외교적으로는 사신들을 보내며 교류를 원하고 친밀감을 표현하였지만, 정탐을 통해 은밀하게 주나라의 모든 행동을 세밀하게 주시하였다.

장안의 북쪽 위수의 강가에 서있는 주나라 황제 우문옹이 사라져 가는 노을을 보며 깊은 생각에 잠겼다. 노을은 하늘을 불그스름 물들이며 굽이쳐 흐르는 산들의 능성을 타고 흘러갔다. 자연은 하늘의 시간과 함께 흘러갔고, 황제의 마음은 욕심과 함께 깊어져 갔다.

"하늘의 빛이 나의 마음처럼 아름답도다! 천제의 아들로써 세상을 평정하지 못하면 이 또한 무능한 군주이다. 내 항상 황화의 하류와 기름진 농토를 가진 제나라를 부러워하였는데, 이제 그들을 하나의 황제만을 섬기는 천자의 백성으로 만들 것이다.”

우문옹의 거대한 야심이 중원의 분위기를 긴장감으로 몰아가고 있었다. 그는 나라의 국력을 비약적으로 키우기 위해서, 반드시 풍요로운 제나라를 흡수하여 덩치를 키워야 한다고 생각하고 있었다. 더구나 지금이 적절한 기회였다. 제나라의 유명한 명장들이 정권의 아귀다툼으로 연기처럼 사라진 틈을 결코 아쉽게 놓치고 싶지가 않았다.

주나라의 전쟁 준비가 끝났다. 우문옹은 수십만 대군을 이끌고 모든 군사들을 총동원하여 제나라를 공격하도록 명하였다. 처음에는 주나라의 공격을 제나라가 잘 막으면서 몇몇 전장에서 승리를 하였다. 하지만 한족과 선비족간의 권력 다툼으로 항상 나라가 시끄럽고 유합되지 못했던 제나라는, 선비족으로 똘똘 뭉친 주나라의 군사들을 당해내지 못했다. 전투에서 패하는 경우가 많아지며 점점 수세에 몰렸다. 수족처럼 부리던 고관대작들은 자기들의 목숨을 부지하려 도망을 쳤고, 황족들은 단합하지 못했다. 시간이 흐를수록 부딪힌 싸움마다 지고 패퇴하였으며, 넓은 국토를 야금야금 빼앗기기 시작했다.

그렇게 두 해의 시간이 흘러가자, 간신히 버티고 방어하기에만 급급했던 제나라는, 결국 세도가들의 불협화음과 희망을 잃은 부하 장수들의 배신으로, 방어를 하고 있던 진양과 수도인 업성을 모두 빼앗기고, 비참하게 멸망을 당하고 말았다. 제나라 황제 고위는 생포되었다가 나중에 일가족과 함께 처형당했다.

우문옹은 기고만장해졌다. 국토와 세력이 두 배로 커지자, 우월함과 자신감이 하늘을 뚫었다. 덩달아 욕심이 생겨나며, 제나라를 멸망시킨 기세를 몰아, 주변 국가들을 신속히 복속시키는 것이 좋을 것 같다고 생각했다. 그리고 먼저 고구려를 생각했다.

하지만 그는 신중했다. 전군을 이끌고 바로 쳐들어가기 전에, 고구려의 군사력을 시험하는 것이 좋다고 생각했다. 그는 장수들을 불러, 제나라와의 싸움에서 경험이 많은 군사들을 데리고 요하를 건너 고구려를 공격하라고 명령했다.

주나라 군사들이 쳐들어온다는 소식이 전령에 의해 고구려 평양성에 도달했다. 그런데 이미 고구려 평원왕은 만반의 준비를 하고 있는 상태였다. 평원왕이 직접 군사들을 데리고, 사위인 온달 장군과 함께 국경지대로 내달렸다.

주나라 척후병들의 움직임이 민첩했다. 고구려 군사들이 매복 할 곳 같은 장소들을 찾아, 늑대들이 먹이를 찾아 냄새 맡듯, 킁킁거리며 주의를 세심하게 살피며 샅샅이 뒤지고 전진했다. 안개가 자욱하게 생겼다가 사라진 뒤라, 떨어진 나뭇잎 위에 작고 촘촘한 물방울들이 닦이지 않고 묻어있는 지 살펴보았고, 파여진 흙의 흔적을 두리번거리며 찾았으며, 새소리가 나지 않는 산속을 관찰하고, 짐승들의 움직임을 놓치지 않았다.

산의 가장 높은 나무에 올라 몸을 바싹 숨기고 있던 고구려 병사가 그들을 발견했다. 산 뒤 기슭의 그늘에 은밀하게 숨어 있는 평원왕에게 급히 나뭇가지를 흔들어 약속된 신호를 보냈다. 평원왕은 잠시 생각했다. 나무들이 울창한 좁은 장소에서는 활을 잘 다루는 군사들보다 일격에 적을 쓰러트릴 수 있는 날랜 병사들이 유리할 것 같았다. 일당백의 무예를 가진 최정예 고구려 병사들을 선발하여 신속히 그곳으로 내보냈다.

고구려 군사들 한 무리가 노루 떼를 쫓는 사냥개들처럼 쏜살같이 다가가서 숨 쉴 틈을 주지 않고 주나라 병사들을 급습했다. 예상치 못한 고구려군의 무자비한 공격에 주나라 병사들이 속수무책으로 쓰러졌다. 가장 뒤쪽에서 따라오던 주나라 군사 한 명이 몸을 잽싸게 날리며 도망쳤다. 그리고 감추어둔 호각을 꺼내 굵고 나직한 소리를 멀리까지 실려 보냈다.

다급한 신호는 허공을 헤집고 보이지 않는 물결처럼 나아가 주나라의 진영까지 도달했다. 주나라 군사를 이끌고 있는 장수가 소리가 온 곳을 바라보며 짙은 눈썹을 거칠게 찡그리더니 큰 소리로 전군에 돌격명령을 내렸다. 둥둥둥 울리는 북소리가 산천으로 깊숙이 퍼져갔다.

남은 선발대를 모두 처치한 평원왕은 군사들을 이끌고 배산의 들로 갔다. 그리고 근처 평지보다 높은 산기슭에 진을 치고 주나라 군사들의 길목을 차단하였다. 고구려 군사들의 얼굴에는 긴장된 표정들이 역력했다. 하지만 군사들의 사기를 올리는 평원왕의 우렁찬 목소리에 분위기는 장엄하게 변했다. 모두들 입술을 굳게 다물고 승리의 의지를 되새기며 결사항전을 다짐했다.

평원왕이 쳐다보니 먼 곳에서 주나라 군사들이 몰려오는 것이 느껴졌다. 앞쪽에서는 먼지 같은 분진이 높이 발생하였고 뒤쪽으로도 낮은 먼지들이 넓게 퍼지며 일어나고 있었

다. 앞쪽은 분명 전차들이 선두에서 오고 있는 것이며, 뒤쪽
으로는 보병들이 따라오고 있다는 증거였다.

고구려 군사들을 발견한 주나라 부대는 속력을 더 내며
빠르게 진격했다. 평원왕의 예측처럼 맨 앞에서 철기병들과
전차들이 무서운 속도로 다가왔다. 무성한 풀로 덮인 초원
이 순식간에 군마와 주나라 군사들로 가득 찼다. 그런데 고
구려 진영 바로 앞까지 들이닥친 전차들과 철기병들이 갑자
기 넘어지고 쓰러지기 시작했다. 평원왕이 미리 만들어 놓
은 함정에 걸렸던 것이다. 고구려 군사들은 진영을 갖추면
서 서둘러서 강한 끈을 이용하여 질긴 풀들을 서로 엮고 묶
어 놓았다. 그러자 말들이 달려오다가 그곳에 걸려 넘어졌
던 것이다. 주나라 군사들은 앞에 장애물들이 있는 지도 모
르고 성급하게 돌진하다가 이런 봉변을 당했다.

평원왕이 장창을 들고 갑옷을 입은 중장보병들에게 신호
를 보냈다. 중장보병들은 밀집대형으로 앞으로 신속하게 뛰
어나오며 땅바닥에 쓰러져 있는 주나라 군사들을 긴 창으로
찌르고 부상을 입혔다. 그리고 넘어지지 않은 말들의 목과
가슴을 찔렀다. 말들과 주나라 군사들의 두려운 비명과 시
끄러움이 들판을 가로질러 퍼져나갔다.

뒤에서 이를 본 주나라 군사들이 화가 나 총공격을 감행하였다. 평원왕은 중장보병들을 뒤로 물려 본진과 합류시킨 후 방어 태세를 갖추었다. 고구려 군사들은 무섭게 밀려오는 주나라의 군사들을 맞아 용감하게 싸웠다. 전쟁은 상당히 치열했다. 밀고 밀리는 싸움이 계속되었다. 전세가 실로 백중지세였다. 평원왕이 앞에서 치밀하게 방어하고 있는 주나라 군사들을 훑어보았다. 저곳을 돌파하지 않으면 쉽사리 싸움이 끝날 것 같지 않았다. 밀집된 곳을 돌파해야 승기를 잡을 수 있다는 생각이었다.

평원왕의 의중을 알았는지 옆에 있는 온달장군이 바짝 다가와 말했다.

"지금은 심히 위중한 형세인 것 같습니다. 제가 돌격대를 이끌고 적의 진영을 황소처럼 뚫어보겠습니다."

평원왕이 크게 기뻐하며 허락하였다. 온달장군은 물고기 비늘처럼 붙어있는 찰갑으로 된 갑옷을 입고 있었다. 질긴 짐승의 가죽으로 묶어 덮은 검은 철판조각들이 흔들렸다. 마치 악귀들을 물리치는 수호신의 용비늘이 움직이는 것 같았다. 온달장군은 부하들에게 신호를 보내 공격을 명령했다. 두터운 갑옷을 입은 온달장군은 맨 앞에서 큰 갈을 휘두르며 철갑을 두른 기마병인 중장기병들을 이끌고 적진으로 무서움 없이 잽싸게 뛰어들었다.

중장기병은 사람과 말 모두 갑옷으로 무장하고 있었다. 말들에게 씌워진 안면갑이 적군들을 섬뜩하게 하였다. 그들은 온달장군을 따라 화살촉 같은 밀집대형으로 적진의 중앙을 돌파하고 깊숙이 파고 들었다. 온달장군은 무소의 뿔처럼 선봉이 되어 주나라 군사들을 추풍낙엽처럼 쓰러트렸다. 그의 기세는 불길처럼 거세었고 움직임은 번개처럼 빨랐다. 말을 몰고 직진하였다가 우회하며 몸을 좌우로 움직이고 긴 팔을 이용하여 신출귀몰하게 칼을 휘둘렀다.

사정거리 안에 있는 적들은 여지없이 쓰러졌다. 비명은 부딪히는 무기들의 쇳소리에 묻혔다. 호기로운 기세가 몹시 높아 전장을 압도했다. 적들이 부리나케 온달장군에게 화살을 집중했다. 화살들은 물고기가 물을 차고 나가듯 공기를 차고 허공을 날았다. 화살깃의 파공음 소리가 활강하는 매의 울음처럼 날카로웠다. 온달장군이 급히 팔을 들어 얼굴과 목을 가렸다. 날아오는 화살들이 갑옷의 두터운 갑찰 조각들에 부딪히며 둔탁하게 튀었다. 다시 말을 몰아 회오리 바람처럼 휩쓸고 지나가니, 수십 명의 적군들 목이 달아나며 적의 진영이 흐트러졌다.

적의 병사들이 아무리 많아도 용맹한 무리의 힘은 가히 전세를 바꾸고 적의 사기를 탈취할 수 있다. 적들은 온달장군이 이끄는 사자무리 같은 돌격대들의 예리한 기세에 눌려 혼란에 빠졌다. 그들의 질풍처럼 날카로운 공격은 주나라 군사들의 방어를 무용지물로 만들었다. 고구려 중장기병들의 강렬한 타격에 주나라 군사들의 대열이 마침내 무너지며 뒤엉켰다. 이에 고구려 군사들이 크게 기뻐하며 함성을 지르자 사기가 한껏 솟구쳐 올랐다.

평원왕은 이때를 놓치지 않고 칼과 창으로 무장한 경기병들을 한 곳으로 집중공격을 하게 하였다. 중앙에서 공격과 방어를 하고 있던 보병들에게도 후퇴 없는 전진을 명하였다. 고구려의 모든 군사들이 밀집하여 진격했다. 울타리처럼 빈틈없이 칼과 방패를 일렬로 맞추어 온달장군의 돌풍 같은 움직임을 따라 용맹하게 앞으로 나아갔다.

고구려 궁수들이 평원왕의 명령으로 아껴두었던 모든 화살들을 꺼내었다. 그리고 우왕좌왕하는 주나라군 후방으로 포물선을 그리며 화살들을 비 내리듯 쏘아 부었다. 많은 사상자들이 나오며 주나라군의 사기가 땅에 떨어졌다. 온달

장군이 목소리를 높여 외치며 자신을 따르라고 명령했다. 고구려 중장기병들과 중장보병들이 모두 뭉쳐 온달장군을 따라 주나라 대열을 완전히 두 동강내며 괴멸시켜 나갔다.

주나라 군사들이 모두 겁을 먹기 시작했다. 죽어가는 동료들의 수가 점점 많아지자 방어에 급급하며 뒤로 물러나는 나약한 모습을 보였다. 평원왕이 신호를 보내어 양쪽 측면을 동시에 치는 진형을 갖추게 하고, 두 곳에서 동시에 공격을 하며 주나라 군사들을 더 힘껏 몰아붙였다. 중앙과 양옆 세 곳에서 엄청난 기세로 몰려오는 고구려 군사들의 파죽지세에 주나라 군사들이 썰물 빠지듯 후퇴하기 시작했다. 전사자가 급격히 늘어나며 상처 입은 시체들이 산더미처럼 나뒹굴었고 죽음의 냄새가 전장에 잔혹하게 퍼졌다.

주나라 군사들이 두려움에 떨었다. 그리고 두려움은 곧 공포로 변했다. 그들은 사나운 늑대들을 피해 도망치는 토끼 떼처럼, 갑자기 고구려 군사들을 피해 잽싸게 흩어지며 도망치기 시작했다. 한 명이 도망치면 두 명이 따라갔고, 한 무리가 도망치자 전군이 도망갔다.

온달 장군은 군사들을 이끌고 도망치는 주나라 군사들을 척살하며 쫓아 갔다. 흙먼지가 여기저기에서 일어나며 적군들의 비명소리가 사방에서 들려왔다. 고구려 군사들은 먹이 사냥하는 맹수의 무리처럼 주나라 군사들을 자비 없이 서서히 몰고 다니며 전멸시켜 나갔다. 밥 한 끼 먹을 시간이 지나자, 대부분의 적들이 소멸되었다. 평원왕은 큰 북을 쳐서 날뛰는 고구려 군사들을 진정시켰다. 그리고 진영으로 돌아와 상처를 돌보며 휴식을 취하도록 하였다.

고구려 평원왕은 군사들을 이끌고 압록강 근처의 국내성으로 돌아왔다. 그리고 적에게서 얻은 말들과 식량, 전리품들을 군사들에게 골고루 나누어 주고 노고를 치하했다. 또한 사위인 온달장군과 딸인 평강공주를 불러 큰 잔치를 벌이고 상금과 재물을 후하게 내렸다. 고구려 백성들의 기쁨과 환성은 늦은 밤까지 지속되며 하늘의 달과 별빛을 흔들었다. 달무리가 그들의 마음과 공명되어 잔물결을 흘렸다.

고구려에 패배를 한 주나라 황제 우문옹은 무척 약이 올랐다. 하지만 고구려는 건드리지 않기로 마음을 먹었다. 대신 북쪽의 돌궐에 눈을 돌렸다. 그리고 제나라의 남은 황족들이 돌궐로 도망간 것을 핑계로, 돌궐을 치기 위해 군사들을 이끌고 돌궐로 향하였다.

일을 꾸미는 것은 인간들이 하지만 이루는 것은 하늘이 한다고 했던가? 우문옹의 마음과는 달리 그의 체력이 뒤따라 주질 못했다. 우문옹은 행군 도중에 그만 병에 걸려 원정을 포기하고 장안으로 돌아오게 되었다. 그러다가 그는 결국 병세를 이기지 못하고 젊은 나이에 요절하고 말았다. 그리고 황제 자리는 스무 살이 되지 않은 아들 우문윤(선제)에게 넘어가고 말았다.

황제자리에 오른 우문윤은 경험도 없고 성질이 포악하였다. 사치와 폭정을 일삼다가, 재미도 없는 정치가 싫어, 겨우 일곱 살인 아들 우문천(정제)에게 황위를 넘기고 자신은 향락만을 일삼았다. 이를 보다 참지 못한 주나라의 실권자인 양견이 직접 나섰다.

양견은 많은 전쟁을 승리로 이끌며 주나라에 큰 공을 세운 황제의 후견인이다. 양견의 집안은 원래 북방의 선비족의 한 가문에서 시작된 변방 출신이다. 가문의 세력이 커지자 한족의 명문가로 탈바꿈하였으며, 당시 중원에서 가장 강력한 독고가문의 딸, 독고가라를 아내로 얻으며 누구에게도 지지 않는 권문세가로 자리 잡게 되었다.

모든 권력과 힘의 원천은 세력의 융합과 견제에 있다. 하지만 양견은 기울어져 가는 황제의 가문을 가만 내버려두지 않았다. 비록 황제 우문윤이 자신의 딸과 결혼한 사위이지만, 황제의 실정으로 정세가 혼란해지자 스스로 황제가 되려는 욕심이 생긴 것이다.

모든 권한을 독차지 했던 그는 마침내 어린 황제를 내치고 중원을 호령하는 황제가 되었다. 양위를 받은 문제 양견은 주나라라는 이름을 지웠다. 그리고 새롭게 수나라로 국호를 바꾸었으며 연호를 개황이라 칭했다.

제 2부. 전쟁에서 최고의 지략은

적의 허점을 노리는 것이다.

수나라 황제 양견은 정사를 안정시키기 위해 자신에게 위협이 되는 주나라 황제가문인 우문씨의 모든 친척들과 그와 관련된 모든 사람들을 처형시켰다. 그리고 자신의 황위찬탈에 반대하는 귀족가문들의 세력을 약화시키려 수도를 낙양으로 옮기려 했다가, 고심을 한끝에 장안 외곽으로 장소를 옮겨 새로운 도성을 쌓았다. 장안은 둘레가 천리에 달하는 분지이다. 중원에서 인구밀도가 가장 높고 생산성이 높은 기름진 평원의 중심이었다. 유방이나 항우와 같이 중원을 지배하고 싶은 영웅들이 이곳을 차지하려 한 이유였다. 장안을 차지하면 중원을 차지한다는 말이 옛날부터 속담처럼 내려왔다. 양견은 이러한 이유로 장안을 버리지 않았다.

양견은 백성들을 자기편으로 만들어야 나라를 다스리기 쉽다는 것을 알고 있었다. 그는 백성들의 민심을 얻기 위해, 귀족들의 강력한 반대에도 새로운 법을 만들어 토지를 거두어들여 농민들에게 나누어 주었다. 그러자 백성들은 그를 공자 같은 황제라며 칭송하였다.

중원대륙이 통일이 되었다는 소식은 고구려, 백제, 신라 모두를 긴장시켰다. 특히나 고구려는 수나라의 거대해진 힘이 자기들에게 미칠 것을 크게 두려워하였다. 고구려의 평원왕은 요하를 사이에 두고 대치하고 있는 요동지방의 성들을 늘리고 군사들을 증원하여 국경지대 강화에 각별한 노력을 기울였다. 그리고 백제와 신라 역시 수나라와의 갈등을 피하기 위해, 외교를 통해 화친에 나섰고, 무역과 불교, 학문교류를 장려했다.

새로 건국된 수나라의 정세가 어수선한 틈을 타고 북방의 돌궐이 공격해 왔다. 전쟁 경험이 많은 양견은 적재적소에 많은 성들을 쌓아 그들의 남하를 방지하였다. 그리고 몸소 군사들을 지휘하여 전쟁터에 나가거나, 부하 장수들을 변방으로 보내어 그들을 정벌케 했다.

주위의 국가들을 군사력으로 어느 정도 복속시켜 세력이

커지자, 황제 양견은 왕권을 강화시키기 위해 가속도를 내었다. 지방의 호족세력들을 합법적으로 억누르기 위해 중앙정부에서 관리를 파견하여 백성들을 관리하였다. 그리고 귀족을 배제하며 과거제라는 임용 제도를 통해 관리를 뽑았다. 귀족들이 반대하기는 하였지만 큰 성과가 있었다. 공정한 시험과 황제의 배려심에 관리가 된 신하들이 황제에게 충성을 다하는 사람들이 된 것이다. 그들은 기존 귀족세력들을 견제하며 황제의 중요한 오른 팔이 되었다.

권력이 강화되고 세력의 균형이 생기니 견제 속에 평화가 찾아왔다. 태평해진 세상에 백성들은 안정되게 농사를 지었고, 인구도 늘어났으며, 세금이 많이 걷히게 되어 나라의 재정이 풍족해졌다. 양견은 물자의 이동을 편하게 만들기 위해 황하와 장강을 연결하는 운하를 건설하기 시작했다. 하지만 백성들의 고된 노역으로 정권을 향한 불만들이 생기기 시작하자, 즉시 공사를 멈추고 백성들의 뜻을 따랐다. 양견은 권력에는 강했지만 민심에는 약했다.

전쟁은 권력의 연장이었고 세력의 진출이었다. 나라가 부강해지면 땅을 넓히고 이웃나라를 굴복시키고 싶은 욕심이 자연스레 생기는 법이다. 양견 역시 수나라를 세운 김에 중원을 통일하고 싶었다. 특히 지금 남쪽 진나라의 군사력은 약해져 있었다.

"황제의 사명은 하늘의 뜻을 바르게 받들어 나라를 크고 번영하게 만드는 것이다. 나를 막을 자 없을 것이다. 중원의 남쪽을 평정하여 천하통일을 실천하리라!"

양견은 자신의 생각을 실행에 옮겼다. 문무대신들에게 명하여 52만 대군과 군량미를 모으고 전쟁에 필요한 물자와 거대한 함선들을 제작하게 했다. 진나라를 공격하기 위해서는 반드시 장강을 건너야 한다. 진나라의 수군을 먼저 격파하고 도강하여 수도 주변의 성들을 함락시켜야 한다. 양견은 수군과 육군 모두를 다그치며 만반의 준비를 하게 했다. 양견은 둘째 아들 양광을 총사령관으로 임명했다.

진나라 수도 건강은 장강 바로 아래에 있는 저지대였다. 오나라를 세운 손권이 이 지역을 방어하기 위해 군사적인 목적으로 건업성을 축조하였고, 진나라는 크고 깊은 장강의 물줄기와 튼튼한 성을 이용하여 과거에 제나라와 주나라의 침입들을 막아냈었다. 진나라 황제 진숙보는 어리석게도 견고하고 방어에 적합한 자신의 성만 믿고 있었던 것이다.

진숙보는 황제가 된 이후로 정무를 게을리 하고 가무음곡을 즐기는 데에만 열중했다. 관리들은 매관매직으로 직책을 사거나 팔았고, 백성들에게 세금을 가혹하게 거두었다. 지방관리들은 무리하게 재물을 빼앗는 가렴주구를 일삼았다. 불쌍한 것은 힘이 없고 저항할 수 없는 가련한 백성들이었다. 청렴한 신하가 진숙보에게 충언을 하거나 표문을 올리면 황제는 괘씸죄를 씌워 죽이거나 처벌했다. 조정의 올바르고 청렴한 만조백관이 안하무인인 그를 두려워하였다.

  주나라의 전쟁준비에 대한 상소문이 수시로 올라왔다. 하지만 진숙보는 바보처럼 이를 무시했다. 피폐해진 백성들의 원성이나 신하들의 충고는 듣지 않고 오히려 화려한 황궁을 짓는 데 몰두했다. 황금과 진주, 비취로 장식된 궁전에서 후궁들과 어울리며 주색에만 빠졌다. 즐거움이 황제의 마음을 가렸던 것이다. 그러다가 주나라 군사들이 장강을 넘었다는 보고를 갑작스레 받았다. 진숙보는 그제서야 사태를 파악하고 크게 놀라 당황하며 대신들을 좇아다니며 울부짖었다.

  "나라가 이처럼 위태롭고 풍전등화인데, 너희들은 명분에 거슬리고 의리를 저버리는 행위를 나에게 하려는 것이더냐? 누가 병사들을 이끄고 저들을 물리칠 것이냐?"

하지만 경각을 다투는 상황인데도 아무도 나서지 않았다. 나라가 위태로울 때는 모든 백성들이 하나로 뭉치는 거국일치가 필요하다. 조야를 무시하고 행실이 좋지 못한 황제를 보필 해줄 신하들은 어디에도 없었다. 병권을 쥐고 있는 신하들은 슬금슬금 뒤로 물러났다. 황제의 명령에도 나라를 지켜야 할 장수나 군사들이 끝까지 움직이지 않았다.

이렇게 전쟁은 시작되자마자 싱겁게 끝났다. 수나라와 비슷한 땅과 백성들을 지닌 진나라는 양견의 한 번의 공격에 방어도 제대로 하지 못하고 맥없이 무너졌다. 진숙보의 어리석은 정치와 그를 싫어하는 대신들은, 오히려 황제와 연루되어 멸족의 화를 당할 까봐 두려워 몰래 도망을 갔다. 백성을 돌보지 않은 무능함과 황제의 나약함이 결국 나라를 패망으로 이끌어 역사 속에서 사라지게 했던 것이다.

진숙보는 궁궐로 들이 닥친 주나라 군사들을 피해 비겁하게 우물 안에 숨었다가 체포되었다. 그리고 장안으로 압송되어 양견의 그늘 아래 살았다. 황제의 가족들과 친족들은 숙청당하거나 처형당했다. 그리고 황후와 나머지 일족들은 변방으로 보내어져 노비가 되었다.

수나라 황제 양견은 중원을 통일한 진나라 시황제 영정과 같은 업적을 세우자, 뿌듯함과 만족감이 가슴 깊은 곳에서부터 용솟음쳤다. 모든 것을 다 이룬 듯 했다. 오랫동안 분열되었던 거대한 중원 대륙을 수나라로 통일하였으니 역사가 자신을 우러러 볼 것이라 생각했다. 이제 그에게 남은 골치 덩어리는 먼 북쪽의 돌궐과 요하 동쪽의 고구려였다.

어느 날 수나라 황제 양견이 고구려에 사신을 보냈다.

'고구려는 수나라의 제후국으로 매년 조공을 바치고 입조하여 명을 받아야 한다. 그렇지 않을 경우 군사들을 이끌고 가서 고구려왕을 폐하고, 황족 중의 한 명을 왕위에 앉혀 나라를 다스리게 할 것이다.'

평원왕의 뒤를 이은 고구려 영양왕 고대원은 사신의 보고를 듣자마자, 용맹한 부하 장수들과 지략이 뛰어난 태학박사들과 대신들을 황급히 왕궁에 불러서 회의를 했다. 영양왕은 지도자로써의 정도를 갖춘 보기 드문 영웅호걸이었다. 얼굴은 매우 침착하고 기품이 있었으며 풍채 역시 아버지인 평원왕을 닮아 건장했다. 나라의 국사와 관련된 정치와 외교에 능하였고, 천문과 지리에도 밝았으며, 병법에도 일가견이 있었다. 국정을 행하는 일에 사사로움이나 그릇됨

이 없이 아주 정당하여 덕행과 인망이 높았다. 그는 어렸을 적부터 스승에게서 천시를 익히고 고구려의 모든 지리를 숙달하였다. 태자가 되어서도 군사들을 엄한 법령으로 다루고 항상 일을 처리함에 있어 그들에게 공정한 상벌을 내렸다. 뛰어난 무사였던 아버지 평원왕처럼 그는 왕위에 올라서도 훈련을 게을리하지 않았다. 그리고 군사들의 무예를 출중하게 유지시키기 위해, 말타는 기술들을 경쟁시키고, 활 쏘는 대회를 자주 열었다.

영양왕이 좌중을 바라보며 심각한 표정으로 말을 꺼냈다.

"아버지 평원왕께서는 돌아가시기 전까지 수나라에 조공을 바치며 적대적인 관계를 피해 왔지만, 난 그럴 생각이 전혀 없습니다. 그들에게 맞설 생각입니다."

회의에 참석한 대신들이 영양왕의 말에 크게 놀랐다. 영양왕이 차분한 목소리로 말을 이었다.

"요하를 넘어 수나라에 선제공격을 하는 것을 어떻게 생각들 하십니까?"

말은 마친 영양왕이 좌중을 둘러보았다. 모두들 선제공격이란 말에 너무나 놀란 탓인 지, 대답을 못하고 서로를 쳐다보며 주저하였다. 그러자 경험이 많고 외교에 밝은 태학박사 이문진이 몸을 숙이고 앞으로 나섰다. 그는 선대인 평원왕을 도와 고구려의 조정의 일을 도맡아 했던 신하였다. 그는 고령의 몸이 되자 잠시 조정의 일에서 물러나 조용한 곳에서 안신하고 있었다. 하지만 나라에 전쟁의 기운이 암울하게 감돌기 시작하자, 노쇠한 몸을 이끌고 이곳까지 온 것이다. 학처럼 작고 흰 머리에 쓴 관모가 무거워 보였다.

"소신 속세의 영화에 마음을 두지 않고 조용히 산천에서 세월을 보내려 했으나 고구려의 위기가 닥쳐 이렇게 염치불구하고 편전으로 나왔습니다. 큰 강물이 흘러도 무거운 바위는 구르지 않는 법입니다. 고구려는 선대 대대로 강합니다. 수나라의 물결이 아무리 거세어도 고구려는 꿈적하지 않을 것입니다. 방어에 집중을 하셔야 합니다. 바위가 제자리를 떠나면 구르고 닳아 작아지고 결국 부서지게 마련입니다. 어찌하여 대왕께서는 벌집을 피하지 않으시고 벌들을 먼저 건드려 하시옵니까? 아버지 평원왕의 당부를 잊으셨습니까?"

"지금은 아버지의 유언 때문에 우물쭈물할 시간이 없다고 생각합니다. 수나라 양견에게 군사들과 전쟁물자들을 모으도록 많은 시간을 주지 않기 위함입니다."

영양왕이 확고한 눈빛으로 스승과 같은 이문진을 바라보며 대답했다. 마음속에서 일어나는 일들은 반드시 눈빛 속에 표현되는 법이다. 영양왕의 눈빛에 지혜가 있음을 느낀 이문진이 온화한 미소를 띠우며 영양왕에게 말했다.

"그렇다면 대왕께서는 먼저 수나라를 공격하여 황제 양견의 화를 돋우려는 것이로군요. 예상치 못한 갑작스러운 상황을 만들어, 그들이 조급하게 전쟁을 준비하도록 만든다는 계략이신 것 같습니다."

"그렇습니다. 전쟁에서는 지략으로 싸움을 끌고 나가는 상책과, 복수심과 용맹함을 부리는 중책, 그리고 거짓과 기만 전술로 적에게 두려움을 일으키는 하책, 이 세 가지 병법 모두를 써야 한다고 생각합니다! 제가 수나라를 먼저 쳐들어가는 것은 상책에 해당 됩니다."

영양왕이 신하들을 둘러보며 목소리를 높였다. 회의에 참석한 모든 장수들과 대신들이 이해가 간다는 듯 모두들 고개를 끄덕였다. 영양왕의 목소리가 더 엄숙해졌다.

"예상하지 못한 공격을 당한 적들은 우왕좌왕하기 마련이

지요. 그들은 반드시 화가 나서 서둘러 출병준비를 하게 될 것입니다. 충분한 시간을 가지고 준비를 하지 못한 급조된 수나라의 군사들은 우리에게 허점을 보이고 반드시 실수를 하게 될 것입니다. 나는 이것을 노리고 있습니다."

영양왕의 설명에 묵묵히 말없이 듣고만 있던 강이식 장군이 앞으로 나서며 왕의 계획을 찬양했다.

"정말로 좋은 지략이십니다. 만약 대왕님의 뜻대로만 된다면 반드시 고구려는 이 국난을 극복할 수 있을 것입니다. 대왕님의 생각대로 먼저 공격을 하는 것이 결과적으로 우리에게 훨씬 적은 수의 적들을 상대하게 될 이점을 줄 것이 확실합니다. 저는 대왕님의 생각에 찬성입니다."

"강이식 장군이 항상 제 맘을 잘 헤아리는군요! 제 말에 동의를 해주어서 정말 고맙습니다!"

영양왕이 크게 미소를 지으며 전투에서 가장 많은 전과를 올리고 승리를 거두었던 강이식을 쳐다보았다.

"온달장군이 신라군의 화살에 맞아 세상을 떠난 후 크게 상심하고 있었으나, 장군 같은 믿음직스러운 신하가 옆에 있어 든든합니다."

영양왕이 평원왕의 뒤를 이어 왕위에 즉위하자마자, 온달 장군은 빼앗긴 한강 이북의 땅을 되찾기 위해 신라와 일전을 벌였었다. 하지만 신라의 맹공에 온달장군이 사망하였고, 고구려는 사기를 잃고 패퇴하였다. 온달장군을 잃은 고구려 군사들을 다시 이끌고 전장을 지킨 장군이 바로 강이식이었다. 그는 고구려 영양왕과 신하들의 굳은 신임을 얻고 있었다. 강이식은 키가 크고 어깨가 무척 넓어 체격이 곰처럼 우람했으며, 굵은 수염에 평원왕이 사용했던 언월도보다 더 길고 커다란 갈래창을 사용하였다. 힘이 천하장사라 그와 무예를 겨루어 이기는 자가 없었다. 영양왕은 강이식에게 병권을 주어 고구려 정예병들과 기마병들의 지휘를 맡기고 있었다.

"적을 초조하게 만드는 선제공격이 상책의 지략이라면, 중책과 하책은 어떤 것이옵니까? "

강이식이 각진 얼굴을 들어 호기심 어린 눈초리로 물었다.

"중책은 함께 살고 있는 거란족과 말갈족의 적극적인 전쟁 참여를 독려하는 것입니다. 만약 우리가 방어만 하려고 기다리고 있다가 수나라의 대군이 눈앞에 갑자기 나타났을 때, 그들이 두려움으로 전쟁을 피해 전장을 이탈하는 것을 막는 것입니다. 그래서 이들과 함께 선제공격을 하는 것이 바로 꼭 해야 할 한 가지입니다."

"만약 우리가 전쟁에서 지게 되면 모두가 몰살당하는 운명 공동체임을 각성하도록 하는 것이군요!"

"그렇습니다."

태학박사 이문진이 다시 나서며 부드러운 어조로 말했다.

"그들은 충성심이 강한 민족입니다. 반드시 대왕님의 방책을 따르게 될 것입니다. …그러면 마지막으로 하책은 어떤 것입니까? "

"마지막 하책은 당연히 싸움에서 꼭 이겨야 하는 것이고, 고구려가 이기게 되는 상황에서 그들에게 퇴로를 열어주고 명분을 만들어 주어 전쟁을 멈추고 돌아가게끔 유도하는 것입니다. 하지만 어떻게 생각하면 이 하책이 가장 우리들에게는 힘든 목표가 될 것입니다."

회의에 참석한 모두가 이해한 듯 고개를 끄덕거리며 긍정적으로 동의하였다.

"그렇다면 지금 공격하기에 수나라 어느 곳이 가장 적당하다는 생각이 드십니까? ”

영양왕이 호기심 어린 눈빛을 보이며 목소리를 낮추고서 신하들에게 넌지시 물었다. 태학박사 이문진이 가벼운 기침을 하더니 영양왕과 눈을 마주치며 당연하다는 듯 말을 받았다.

“그렇다면 임유관을 공격하는 것이 적당하다고 생각되옵니다.”

“왜 그곳이 좋다고 생각하십니까? ”

“임유관은 수나라와 고구려 국경지대를 지나는 모든 사람들이 드나드는 곳입니다. 그래서 고구려가 이곳을 점령하게 되면 그 소문이 삽시간에 중원 전체에 퍼져나가게 될 것입니다. 그리고 소문은 수나라 백성들에게 고구려에 대한 공포심을 불러일으키게 될 것입니다. 그렇게만 된다면 수나라 양견은 그러한 소문들을 잠재우기 위해 반드시 고구려 침략을 서두르게 될 것입니다.”

“음, 임유관은 수나라가 지키는 성곽의 아래쪽이라 이동이 쉽고 길이 평탄하지요. 급습하기에는 좋은 곳인 것 같습니다. 하지만 적의 상황을 파악하기 위해서는 눈으로만 판단하면 안 되는 법입니다. 반드시 한 명의 적군을 사로잡거나 그곳의 관리를 매수하여 정확한 정황을 취득해야 합니다. 강이식 장군이 이 일을 담당해 주었으면 합니다.”

“알겠습니다. 대왕.”

영양왕은 고개를 끄덕이며 수나라 요서지방을 언제 공격할지 논의를 했다. 그리고 수하들을 시켜 수나라의 전쟁준비 상황과 백제와 신라의 움직임을 정탐하도록 하였다.

상품을 교류하기 위해 많은 고구려, 백제, 신라의 상인들이 수나라를 오고 갔다. 불교를 배우는 삼국의 스님들 역시 중원에 유학하여 불법을 익히고 정진하는 것이 유행처럼 되고 있었다. 강대해진 수나라의 도시 장안과 낙양에는 서역에서 온 많은 외국인들로 붐볐다. 새로운 학문들과 물건들은 작은 나라에서 온 상인들과 유학인들의 호기심을 자극하고 끌어들였다. 더불어 낙양과 장안으로 오기 위해 거치는 국경지역이나 중간지대의 마을이나 성들도 함께 발전했다.

신라와 백제는 뱃길을 이용하여 수나라와 교류를 하였다. 하지만 고구려는 주로 국경인 요하를 건너 중원으로 들어왔다. 요하에서 멀지 않은 근처에 임유관이라는 곳이 있었다.

동서를 오가는 많은 상인들이 주로 머무는 곳이다. 그 임유관에는 고구려의 사신이나 유학생들이 자주 들리는 객주들이 많았다. 그들은 각국의 상인들에게 숙소와 식사를 제공해 주며, 학문을 배우기 위해 오는 유학생이나 승려들에게도 방을 내주고 도움을 주었다.

고구려 영양왕의 명령을 받은 강이식이 몰래 임유관에 잠입하여 부하 장수를 만났다. 그는 이곳에서 객주의 주인으로 행세하며 적군의 움직임을 파악하고 고구려에 밀서를 전달하는 역할을 하고 있었다. 강이식이 부하장수에게 말했다.

"수나라와 고구려는 이제 곧 전쟁을 하게 될 것이다. 백제 위덕왕은 수나라 황제 양견에게 고구려를 공격해주라고 부탁하고 있고, 신라 진평왕 역시 수나라에 토산품과 공물을 보내어 전쟁을 부추기고 있으니, 고구려의 외로운 싸움이 될 것이다."

"고구려가 수나라와 전쟁을 하는 동안, 신라와 백제가 남쪽에서 쳐들어오지 않을까 심히 걱정입니다."

"이미 짐작은 하고 있다. 우리가 수나라와 전쟁을 치르는 동안 그들이 쳐들어오면, 고구려에게는 큰 위협이 된다. 지금 그 일에 대해 대왕과 대신들께서 심사숙고하며 대비책을 마련하는 중이다. 염탐하여 들은 소식은 없는가? ”

“이곳은 백제나 신라의 왕족들이나 귀족, 승려들이 간혹 거쳐 가는 곳입니다. 그래서 전쟁에 대한 걱정도 많이 하고 서로들 이야기가 많습니다. 그런데 제가 우연치 않게 그들의 대화를 엿 들었습니다. 그들은 수나라가 고구려의 요하 동쪽의 성들을 모두 장악하게 되고, 고구려 평양성에서 중앙군을 대규모로 북방으로 보내게 되면, 그때 백제와 신라가 고구려를 공격할 것이라고 대화를 나누더군요.”

“대왕님의 예측이 맞는 것 같구나. 대왕님도 그렇게 생각하고 있다. 그래서 우리는 수나라 군사들이 고구려 깊숙이 들어오지 못하도록 계획을 세우고 있다.”

“미리 대비책을 세우고 있으니 다행이로군요.”

“그리고 그대가 꼭 해주어야 할 것이 있다.”

“그게 무엇입니까? ”

“수나라 관리나 귀족에게 뇌물을 주어 그들을 유인하거나 포섭하는 일이다. 그것이 어려우면 반드시 그들을 몰래 붙잡거나 가두어 협박하여야 한다. 그리고 수나라 군사들의 새로운 동향이나 정보들을 얻게 되면 바로 보고하여야 한다. 알겠느냐?"

"네. 명심하겠습니다."

고구려 영양왕은 평양성으로 돌아온 강이식에게 모든 상황을 보고 받았다. 그리고 수나라가 아직 전쟁준비를 끝마치지 못했다는 이야기를 듣고서, 강이식에게 잘 훈련된 중앙군과 국경지역의 거란족과 말갈족 군사 만여 명을 이끌고 요하를 넘게 했다. 강이식은 말에 최소한의 식량과 물자들을 싣고 서둘러 길을 떠났다. 중장기병을 데려갈 경우 말 갑옷의 무게가 무거워 말들이 오래 달리지 못하는 까닭에, 건강한 말들을 선별하여 경기병 위주로 데려갔다.

강이식은 요하를 건너기 전 미리 선발대를 보내 요하 서쪽의 감시초소를 공격하게 했다. 고구려 병사들은 어두운 밤을 틈타 요하를 건너 감시초소에 있는 병사들을 번개처럼 제압하였다. 새벽이 되자 고구려 병사들이 배와 뗏목들을 이용하여 모두 요하를 건넜다.

고구려 기마병들이 요하를 넘어 달리자 수나라 경비대에게 바로 보고되었다. 국경지역을 수비하고 있는 수나라 군사 2만 명이 주변의 성들에서 모여 맹렬한 기세로 공격을 가해왔다. 강이식은 예상을 한 듯, 방어 태세를 갖추며 침착하게 그들을 맞이했다. 공격하는 적들의 수를 헤아린 그는 신호를 보내 후방의 병사 절반에게 길을 돌아 적들의 후방을 치도록 했다.

고구려 군사들은 모두 기마병이었다. 하지만 몰려오는 수나라 군사들은 보병 위주였다. 한 명의 기마병은 예닐곱 명의 보병들을 쉽게 이겨낸다. 5천 명의 고구려 기마병들은 수나라군 2만 명을 묶어 두고 충분히 버티며 상대했다.

전투가 시작된 지 얼마 되지 않아 후방으로 말을 몰고 돌아간 고구려 기병들이 갑자기 들이닥치며 수나라 군사들을 거침없이 쓰러트렸다. 병법의 으뜸은 적은 손실로 적에게서 최대한의 이익을 취하는 것이다. 고구려 군사들은 앞뒤의 대열이 흩어지지 않도록 철저하게 밀집대형을 유지하며 저돌적으로 앞뒤에서 압박해 들어갔다.

수나라 군사들은 밀리기 시작하자 당황하기 시작했다. 많은 수가 고구려 군마들의 말발굽에 짓밟혀 머리가 깨지거나 긴 창에 목을 찔려 죽었다. 칼에 목이 달아난 수도 헤아릴 수 없이 많았다. 수나라 군사들이 공황에 빠져 허둥지둥 대었다. 고구려 군사들은 서두르지 않고 방비가 약한 곳을 골라가며 순서대로 한 무리씩 괴멸시켜 나갔다.

　반나절도 되지 않아 수나라 군사들의 시체는 쌓여갔다. 살아남은 군사들의 수가 절반도 되지 않았다. 강이식은 계속 공격을 가하며 뒤쪽의 기마병들에게 신호를 하여 한쪽을 터주도록 하였다. 그러자 기세가 꺾인 수나라 군사들이 혼비백산 뒤돌아보지도 않고 그곳을 통해 도망을 쳤다.

　고구려군의 목표는 임유관이었다. 강이식은 군사들의 힘을 아끼기 위하여 추격하지 않도록 했다. 그리고 잠시 쉬며 가져온 마른 음식과 술을 마셨다. 군마들에게는 풀이나 여물을 먹이면 힘이 없으므로 곡물을 내놓아 배불리 먹게 하였다. 그리고 임유관을 향해 다시 재빨리 돌풍처럼 달려갔다.

　고구려군 정예부대가 쳐들어와 수나라 군사들을 무자비하게 도륙했다는 소문이 수나라 국경지대에 삽시간에 퍼졌다. 임유관을 지키고 있던 위충이 이 사실을 전해 듣고 황제에게 사실을 고하기 위해 허겁지겁 전령을 보냈다. 그리고 급하게 군사들을 모아 방어하기 위해 임유관을 나섰다. 그런데 정면에서 위풍당당한 고구려 군사들을 맞닥뜨리자마자 위충은 바로 기가 질려버렸다.

고구려 군사들은 여러 개의 칼들을 몸에 차고 다니는 습성이 있었다. 그들은 위충의 군사들을 보자마자 사납게 달려 들어 작은 칼들을 던지고 큰 갈을 빼어 들어 무섭게 달려들었다. 양손에 장창을 든 군사들은 수나라 군사들의 몸에 벌집을 내었고, 갈래창을 든 군사들은 수나라 병사들의 칼들을 걸어서 떨어뜨리고 목을 찔렀다. 무거운 도끼를 든 부월수들은 험악한 눈을 부릅뜨고 사형수들의 목을 치듯 수나라 군사들의 방패를 조각내고 갑옷을 찢겨내어 죽였다.

위층은 고구려 군사들의 이런 용맹스런 모습에 감히 맞닥뜨려 싸울 엄두를 못 내고 뒷걸음질쳤다. 병사들이 강하지만 장수들이 약하면 군사들의 기강이 해이해 지고, 장수들이 강한데 병사들이 약하면 적의 전략에 말려들기 쉬운 법이다. 기질이 몹시 나약한 위충은 군사들을 부리지도 못하고 쩔쩔매며 어찌할 바를 몰랐다. 생각은 말처럼 달렸으나 행동은 거북이처럼 느렸다. 혼이 하늘 가운데에 떠있듯 이리저리 다니며 정신없이 허둥거렸다.

살아남은 수나라 병사들은 그런 위충을 우습게 여겨 그를 버리고 달아났다. 토끼들의 형세처럼 빠르게 뛰어 도망치는 부하들을 본 위충도 더 이상 고구려 군사들을 상대하는 것이 어렵다고 판단하였다. 재빨리 말에 올라타더니 쏜살같이 서쪽으로 도망을 쳤다.

강이식은 싸움에서 승리하고 임유관을 함락시키자 부하들에게 충분한 휴식과 음식을 내주었고, 빼앗은 재물들을 나누어주어 사기를 끌어올렸다. 군사들의 사기란 체력적으로 준비된 상태와 보상 그리고 장수의 지휘력에 의해 좌지우지 된다. 강이식은 적의 땅에 있었지만, 부하들에게 최선을 다하여 부하들의 사기를 최상으로 유지하도록 노력을 했다.

고구려군이 요하를 넘어 임유관을 정복하였다는 소식을 들은 황제 양견은 대노하였다. 고구려가 허를 찌르고 실을 꾀하는 허허실실 계책을 사용하는 줄 알고 있었지만, 분한 마음이 하늘을 찌를 듯 격렬하게 북받쳐 올라 앞뒤를 생각하지 않았다. 중원을 통일 할 때 용맹하게 공을 세운 다섯째 아들 양량에게 근처 탁군에 있는 3만의 기마병들을 내어 급하게 출정을 명령했다.

강이식은 고구려 군사들을 데리고 임유관을 나왔다. 하지만 고구려로 돌아가지 않고 탁군쪽으로 향하여 이동을 했다. 탁군에서 임유관으로 오려면 반드시 낮은 구릉들이 모여 있는 언덕길을 지나가야 한다. 강이식은 군사들을 이곳으로 데리고 왔다.

강이식은 먼저 이곳의 지형을 세밀히 살펴보았다. 그러더니 군사들의 배치를 물의 이치에 따라 했다. 물이 높은 곳에서 낮은 곳으로 흐르듯, 고지대와 바위가 견실한 곳을 찾아 방패로 삼았다. 높은 곳 언덕에는 두꺼비 등처럼 울퉁불퉁 솟아있는 바위들이 많았다. 그리고 그 옆에는 무성한 억새들이 자라나 있었다. 강이식은 군사들을 억새들 사이에 은밀히 숨게 하였다. 은빛 억새들의 키가 무척 높아 말까지 보이지 않았다.

지대가 높고 험지인 경우에는 한꺼번에 적들이 달려들어도 충분히 방어를 할 수가 있다. 강이식은 이곳을 최대한 이용하기 위해 적들을 끌어오는 작전을 세웠다. 그리고 척후병이 수나라 군사들이 곧 도착한다고 알리자, 선발대 3천명

을 보내어 아래쪽에서 적을 공격하고 매복하고 있는 이곳
으로 유인하게 했다.

고구려 선발대는 목숨을 아끼지 않고 수나라 군사들을
급습했다. 갑자기 공격을 받은 수나라 군사들은 순간 당황
했다. 하지만 젊고 패기가 많은 양량이 고구려 군사들의 수
가 적음을 보고 전멸시키라며 돌격 명령을 내렸다. 수적으
로 자신들이 훨씬 우위에 있기에 방어진형을 구축할 생각도
안하고 서둘러 공격한 것이다.

군사들의 이동거리가 길면 피로에 지치고 전투력이 떨어
지는 법이다. 고된 행군에 잠시도 쉬지 않고 달려 온 수나라
군마들은 지쳐있었다. 고구려 군사들이 싸우면서 조금씩 도
망을 쳐도 그들은 쉽게 따라잡지를 못했다. 달리다가 쓰러
지는 말들도 있었다. 하지만 양량의 명령에 고구려 군사들
을 따라 언덕 위까지 내달렸다.

수나라 군사들이 다가오자 고구려 군사들이 억새들 사이
에서 뛰어나와 방어태세를 취했다. 양량은 그들을 발견하자
더 화가 치밀어 소리 높여 외쳤다.

"고구려놈들의 뽐내는 기세가 호기만장하구나. 저들의 수

는 적다. 두려워하지 말고 공격하라!"

양량의 외침에 강이식이 코웃음을 치며 고구려 군사들에게 침착하게 대처하라고 말했다. 고구려 군사들은 이곳에 주둔하기 전 미리 대나무 밭에 가서 굵고 튼튼한 대나무를 최대한 길게 잘라 3-4개씩 가죽끈으로 묶어 끝을 뾰족하게 만들어 이곳의 무성한 억새풀 사이에 숨겨두었었다.

적의 철기병들이 고구려군의 진영을 돌파하기 위해 돌격하자, 4명을 일개조로 하여 삼중으로 대열을 만들어 땅을 지렛대 삼아 일제히 사선으로 들어 올렸다. 적들은 달려오는 탄력에 멈추지 못 하고 비참하게 찔리며 말과 함께 땅에 고꾸라졌다. 도끼를 든 고구려 부월수들이 달려들어 투구를 쪼개고 목을 쳤다.

수나라 군사들이 말 위에서 엄청난 화살을 쏘았다. 고구려 군사들은 바위를 방패 삼아 몸을 피했다. 양량이 총공격하라고 명령했다. 수나라 군사들이 언덕 아래에서 한꺼번에 공격을 해왔다. 고구려 군사들은 방어 밀집대형으로 진형을 유지하며 공격을 막았다. 어느 정도 방어에 성공을 하자, 강이식이 신호를 보내어 쇠뇌를 든 경기병들에게 맨 앞으로 나와 화살 공격을 가하게 했다. 갑옷을 뚫고 화살촉이 제대로 몸에 박힐 수 있는 거리는 20보 이내이다. 화살이 갑옷에 비끌려 맞으면 뚫지 못한다. 정면으로 맞아야 세차게 파고 든다. 그래서 강이식은 적군과 맞부딪혔을 때 가장 가까운 거리에서 쏘게 했다. 날아간 화살들이 직선으로 빗줄기처럼 쏟아져 나가며 앞에 있는 수나라 철기병들을 무수히 쓰러뜨렸다. 화살이 떨어지면 바로 뒷줄 부대가 교환하여 다시 화살을 날렸다. 가져온 모든 화살들이 떨어질 때쯤에는 수나라 군사들 삼분의 일이 괴멸했다.

강이식은 다시 창을 든 경기병들을 앞에 배치하고 정면으로 전투를 벌였다. 전투는 두 세력이 잔뜩 서로 버티고 맞서면서 조금도 양보하지 않는 형세였다. 싸우는 역량이 서로 비슷비슷했고 호각지세였다. 고구려 군사들은 평소에 훈련한 대로 밀집하여 공격과 방어를 동시에 하였다. 전방 부대가 싸우고 있을 때, 후방 부대가 재빨리 옆으로 돌아가 싸우는 적군들의 옆을 쳤다. 그리고 적군들이 뒤로 돌아와 후방 부대를 치려고 하면, 중간 부대의 군사들이 방향을 틀어 뒤에서 오는 적들의 측면을 끊었다.

모두가 이를 악물고 악전고투하였다. 적의 숨결을 빼앗어야 자기의 목숨이 살았다. 병기들 부딪히는 소리, 뒤엉킨 군마들의 말발굽 울림, 상처를 부여잡고 울부짖는 군사들의 비명소리. 아비규환 수라장에서 만들어내는 절규들이 허공을 헤치며 음울하게 전장에 메아리쳤다. 노을 빛이 핏빛에 물든 공기를 파고들며 기걸스러운 분위기를 만들어 냈다. 차갑고 메마른 바람은 사투를 벌이는 사람들의 거친 숨소리를 흡수해 갔다.

강이식은 허파 속으로 피비린내가 들어오는 것 같았다. 해가 서산에 가까워졌다. 피로에 지쳐있던 수나라 군사들의 기세가 조금씩 꺾이기 시작했다. 그는 전투를 빨리 끝내려면 적장을 잡아야 한다고 생각했다. 그는 수나라 군사들이 우왕좌왕하는 빈틈을 노려, 정예병들을 이끌고 큰 갈래창을 휘두르며 양량이 있는 곳을 향하여 적군들을 헤치며 전진했다. 강한 물줄기가 거침없이 흐르듯 그 기세가 마치 큰 파도와 같았다. 강이식이 먹이를 노리는 호랑이처럼 두 눈을 부릅뜨고 쏜살같이 쫓아오자, 양량은 화들짝 놀라고 덜컥 겁이 났다. 밀리는 형세가 절박하여 혼자서 대처할 방법을 헤아리지 못하였다. 그는 강이식과 직접 상대할 엄두를 못 내고 뒷걸음질 쳤다. 그러더니 목숨이 아까워 체면도 차리지 않고 허겁지겁 말을 뒤돌아 도망을 치기 시작했다.

작은 구멍으로도 큰 둑이 무너지는 법. 장수가 도망을 치면 그 전투는 이미 패한 것이나 다름이 없다. 도망가는 양량을 쳐다보던 수나라 군사들이 어이없어하며 싸울 의욕을 잃었다. 덩달아 무기들을 내동댕이치고 전장을 피해 말을 달려 달아났다. 고구려 군사들은 쫓지 않고 부상자들을 돌보았다. 피비린내가 진동하던 전장이 순식간에 썰물이 빠져나간 듯 고요해졌다. 강이식 장군은 이미 목표를 달성하였으므로 살아남은 부하 7천 명과 부상자들을 거느리고 요하를 건너 고구려 국경의 성안으로 돌아갔다.

도망쳐 온 양량을 본 황제 양견은 분노했다. 아들에게 전투에 진 책임을 지고 자결을 하라고 고함을 치고 크게 화를 냈다. 하지만 양량의 어머니인 문헌황후 독고가라가 달려들어 황제를 말렸다. 그녀는 후일을 기약하기 위해 아들을 반드시 살려야 한다고 황제를 설득하였다. 두려웠던 양량은 어머니 덕에 겨우 목숨을 부지할 수 있었다.

요하의 서쪽이 고구려군에 점령당한 낭패를 본 수나라 양견은 고구려 영양왕의 예측대로 복수를 하려고 서둘러 군사들을 모으기 시작했다. 그리고 어느 정도의 군량미와 전쟁물자, 군사 30만 명 정도가 모이자 더운 여름인데도 바로 군사들을 출발시켰다. 속전속결로 전쟁을 이기고, 가을에 적국의 식량을 빼앗아 진격하며, 고구려를 순식간에 정벌하려는 속셈이었다.

수나라 황제 양견은 아들 양량을 원수로 삼고, 장군 왕세적에게 지휘권을 맡겼다. 그리고 육지와 바다 양면으로 진격하여 요동을 공격하도록 했다. 육로로는 기병과 방패를 가진 철기병들이 앞장을 섰고, 후미에는 전차와 군량미를 실을 마차들과 함께 보병들이 움직였다. 그리고 진나라를 멸망시킬 때 사용한 전함들과 새로 건조한 수송선들을 동원하여 수만 명의 군사 역시 바다를 건너 곧바로 요동지역으로 향하게 했다.

고구려 영양왕은 수나라 군사들이 출발하자 위장한 선발대를 차단하기 위해 고구려 국경의 관문을 막고 백성들의 통행을 금지하였다. 그리고 적재적소에 농민으로 위장한 병사들을 시켜 적으로 의심되는 자들이 통과하면 바로바로 보고하도록 했다. 큰 전쟁을 앞두고, 요동성에 와있는 영양왕이 강이식을 불러 말하였다.

"수나라가 예상대로 서둘러 공격을 해오고 있습니다."

"정찰병에 의하면 병력이 30만 정도라고 합니다. 그리고 바다를 따라 수군도 출발했다고 합니다."

"요동 지역은 고구려의 성들이 많지만, 압록강 쪽은 방어가 약한데 괜찮을까요?"

"압록강 주변 성주들에게 연락하여 압록강 하구 주변에 이미 방어 진지를 구축하였습니다. 그리고 고구려 수군들도 이미 만반의 준비를 갖추고 있으니, 너무 염려 안 하셔도 될 것입니다."

"하지만 수나라의 전함이 우리 고구려 함선보다 더 규모가 크기에 해전은 피하는 것이 좋을 듯합니다."

"고구려의 수군이 수나라에 비해 약한 것은 사실입니다. 하지만 그들이 원하는 곳으로 상륙하지 못하게 하려면 얼마간의 희생은 어쩔 수 없는 것입니다."

"알겠습니다. 부하 장수들의 책모를 듣고 존중하는 것이 왕의 도리라 생각합니다. 한 나라가 전쟁에서 패하는 가장 큰 이유는 전쟁을 치르는 장수에게 있지 않고 장수들을 부리는 지휘관에게 있다는 생각을 하고 있습니다."

"황공하옵니다."

"수나라에 선제공격을 가하기 전부터 고구려의 방어능력에 대한 생각을 많이 하였습니다. 모름지기 장수란 계획 없이 적을 쓰러트리려 하면 안 된다고 생각합니다. 방책 없이 달려들면 반드시 위기를 겪게 될 것입니다. 그래서 지휘자는 항상 최악의 상황을 대비하고 적절한 공격을 궁리하며 이길 방법을 찾아야 합니다. 오늘은 장군과 그것을 상의하고 싶어 불렀습니다."

"전쟁의 승패란 열 번 싸워서 열 번 이기는 것이 아닙니다. 전쟁의 승리란 적들과 많이 싸우지 않고 최소한의 희생으로 그들을 굴복시키는 것이 최선의 방법이라 생각합니다."

"서로의 생각이 똑같군요. 장군도 역시 적의 싸우려는 의지를 없애는 것을 목표로 하시는 것이지요?"

"그렇습니다. 희생이 적은 공격이 가장 좋은 공격입니다. 고구려 군사들에게 반드시 미리 세워진 계획대로 방어를 하고 공격을 하게하여 전장의 상황이 우리에게 유리하도록 만들어 나가겠습니다."

"그래야 합니다. 욕심 많은 황제 양견에게 고구려 침공이

자기 나라에 무의미하다는 것을 반드시 일깨워주어야 하고, 그들이 스스로 물러나도록 해야 합니다. 그리고 요동지역의 성주들에게 연락하여 모든 고구려 백성들이 성에 들어가 스스로를 지키도록 하며, 적에게 먹을 것을 주지 않기 위해 집과 곡식이 자라는 들판을 비우도록 명령하고 확인하라고 지시하십시오."

"알겠습니다. 분부대로 행하겠습니다."

고구려를 공격해오는 수나라군의 움직임은 요하 주변에 퍼져 있는 고구려군의 정보망에 의해 영양왕에게 낱낱이 알려졌다. 영양왕은 수나라 군사들이 임유관을 지나 회원진에 이르자, 고구려 요서지역 최전방인 무려라에 있는 고구려 군사들에게 공격을 가하도록 했다. 무려라는 고구려 광개토대왕이 점령한 요서지역 북쪽지역으로 요하를 오가는 중요한 요충지이다. 무려라 기마병들 수천 명이 회원진과 가까운 노하진까지 가서 주변의 숲속에 매복하고 있다가 수나라 군사들의 행렬을 보자마자 맹렬히 달려들었다.

긴 행렬을 이루며 요하로 향하고 있던 수나라 군대는 앞부분이 갑자기 공격을 당하자, 신속히 방어 진영으로 태세를 바꾸었다. 그런데 공격하던 고구려 병사들이 수나라 군사 수십 명 정도만 죽이고 바로 달아났다. 적을 놀라게 하고 사라지는 전략이었던 셈이다.

선두가 멈추어 서자, 전체 대열이 무너지며 행군이 지체되었다. 적들이 잠깐 보였다가 바로 사라지기는 하였지만, 자신들의 땅에서 예상치 않게 공격을 받은 수나라 군사들은 저으기 놀랐으며 불안감이 한동안 떠나지 않았다.

황제 양견은 고구려 군사들을 절대 얕잡아 보면 안 되겠다는 생각을 하였다. 이곳 수나라 땅에서 다시 공격을 받았으니, 강이식 장군과 싸웠던 몇 달 전의 상황과 똑같이 된 것이다. 양견은 부하 장수들에게 명령을 하여 미리 선발대를 사방으로 보냈다. 선발대들은 몇 개의 산을 미리 앞서가며, 깊은 계곡이 있는 지형이나 바위들이 많이 있는 곳들을 수색하였다. 수풀이 많이 자란 곳과 주변 숲을 돌아보며 매복의 유무를 보고하였다.

수나라군은 영양왕의 작전대로 행군이 느려지며 요하에 다다르기까지 많은 시간을 지체하였다. 또한 공교롭게도 장마철이라 굵은 비가 며칠째 주룩주룩 내리고 있었다. 요하 주변 지역의 모든 땅은 이미 질퍽질퍽한 진흙탕으로 변했다. 말과 수레를 끌고 가던 수나라 군사들은 기진맥진했다.

평소의 진군 속도보다 훨씬 더 느려지고, 늪지대를 건너기 위해 온 힘을 다하였다. 수나라 군사들은 양량과 왕세적의 독촉에 죽을힘을 다하여 서서히 전진해갔다. 하지만 군사들의 기력은 이미 다 소진되었고, 쓰러지는 자들이 속출했다.

그런데 이러한 상황을 노렸는지, 고구려 군이 이 틈에 또 급습을 했다. 고구려 군사들이 커다란 장거리용 쇠뇌를 수레에 싣고 오더니, 수나라군을 향해 비 오듯이 화살을 내뿜었다. 진흙탕에 빠져 앞으로 잘 나아가지 못하고 있던 수나라 군사들은 고구려 병사들이 쏜 화살에 상처를 입고 맥없이 쓰러졌다. 진흙탕을 어렵게 빠져 나온 수나라 군사들도 몸이 무거워 방어 진영을 제대로 갖추지 못하였다. 수나라 진영은 화살을 피하느라 우왕좌왕하는 군사들로 아수라장이 되었다.

고구려 군사들은 짧은 시간에 가져온 모든 화살을 다 퍼부었다. 그리고 화살이 떨어지자마자 바로 말을 타고 수레를 몰면서 신속하게 멀리 달아나 버렸다. 일부 수나라 군사들이 화가 치밀어 올라 말을 달려 그들을 좇아갔다. 하지만 풀숲에 매복해 있던 고구려 기마병들이 나타나 그들을 몰살시켜 버렸다. 그리고 그들 역시 먼지를 날리며 지평선 너머로 사라져버렸다.

황제 양견은 화가 나서 이를 갈고 몸을 부들부들 떨었다.
약이 너무 올라 어쩔 줄을 몰라 했다. 황제의 신분에 생전
에 이런 치욕은 처음 당해봤다. 고구려왕을 당장 잡아다가
찢어 죽이고 싶었다. 그의 눈에 핏발이 벌겋게 서고 얼굴이
일그러졌다. 나중에는 머리가 멍해졌다. 그러다 진흙에 빠
져 물에 빠진 생쥐꼴을 하고 있는 자신들의 부하들을 바라
보았다. 그는 어이가 없어 허탈한 웃음을 날리다가 땅에 털
썩 주저앉았다.

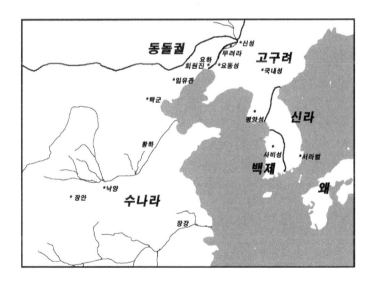

장마철이라 요하의 강물이 불어나 수나라 대군이 건너가기에는 수많은 뗏목들을 만들어야 했고 위험부담이 컸다. 양견은 강폭이 넓은 요하 하류를 피하여 중류쪽으로 이동을 하여 고구려의 요서지역 최전방인 무려라를 점령한 후 강폭이 좁은 곳에서 도하하기로 계획을 세웠다. 수나라 대군이 요하를 따라 북쪽으로 방향을 돌렸다.

　하지만 이미 이러한 상황을 짐작한 듯, 영양왕은 귀신과 같은 전략으로 그들을 끈질기게 괴롭혔다. 요하 하류에서 중류인 무려라까지는 거리가 약 삼백리 정도 되었다. 영양왕은 고구려 군사들에게 밤에도 공격하도록 하여 이동하는 수나라 군사들을 잠도 못 자게 하고 심신이 지치게 만들었다. 낮에는 기마병들이 먼 곳에서 바라보고 있다가 수나라 군사들이 쫓아오면 말을 타고 바로 도망을 갔다. 말도 군사 한 명당 두 마리를 데리고 다녀, 수나라 군사들이 끈질기게 따라 붙어도 결국은 잡지 못하고 돌아갔다. 쫓아오지 않으면 활을 쏘고 비아냥거렸다.

　수나라 군사들은 매일 같이 긴장한 상태로 조금씩 전진을 해야만 했다. 그들이 쉬기 위해 머무르면, 고구려 군사들이 먼 거리에서 화살을 쏘고 도망갔으며, 계곡과 같은 험지에 다다르면, 지나가는 길이 이미 구덩이가 파여지고 주변이 무너져 있어, 말과 수레들이 지나가기에 너무 힘들었다. 수나라 군사들은 고구려 군사들에게 저주를 퍼부으며 길을 다시 복구하고 이동을 했다.

길이 평탄한 곳에서는 역시나 빠른 말을 타고 온 고구려 기마병들이 질풍처럼 달려들었다가 사라졌다. 수나라 군사들은 모기처럼 자신들을 괴롭히는 고구려 군사들의 전술에 슬슬 지치기 시작했다. 그들은 고구려 군사들의 공격에 점점 무디어져 갔다. 고구려 군사들이 공격을 해와도 나중에는 방어만 할 뿐, 그들을 쫓아가지도 않았다. 어떤 경우에는 대놓고 무시하기도 하였다.

영양왕이 수나라 군사들의 진군을 늦춘 목적은 따로 있었다. 시일이 지체될수록 그들이 가져온 식량이 서서히 떨어질 것이라는 것을 철두철미하게 계산을 하고 있었기 때문이다. 수나라 군사들이 출발하고 나서, 영양왕은 임유관에 머물고 있는 고구려 정탐군들에게 수나라 군사들이 운반하여 가져가는 군량미를 실은 수레의 수를 세어 보고하게 하였다. 보고 받은 숫자를 가지고 말과 군사들의 수를 대충 헤아려 보니, 약 3개월분의 군량이었다. 영양왕은 이 사실을 알고 크게 기뻐했다.

영양왕은 수나라의 군사들이 요동지역으로 출발하기 전에, 주변의 모든 주민들에게 알려 곡식을 전부 챙겨 고구려의 성안으로 들어가게끔 명령 했다. 원래 전쟁을 시작하면 처음에 사용할 물건은 자국에서 가져와 사용하지만, 전쟁을 하면서 부족해진 식량은 반드시 적에게서 취하여야 한다. 영양왕은 적들이 취할 수 있는 군량미를 사전에 없애버린 것이다. 식량이 없는 군사들은 패배한 것이나 다름이 없다.

수나라 군사들이 드디어 고구려 영토인 무려라로 진입하였다. 하지만 그곳에는 아무도 없었다. 이미 군사들과 백성들이 이곳을 버리고 요하 동쪽으로 떠난 것이다. 수나라 군사들은 무려라 민가들을 닥치는 대로 수색하였다. 부족한 곡식을 찾기 위해 모든 방과 창고를 뒤졌으나 쌀 한 톨도 발견을 하지 못했다. 더구나 돼지나 닭 같은 짐승 한 마리도 보이지를 않았다. 수나라 군사들의 군량미는 이미 눈에 띄게 줄어있었다.

요동성에서 영양왕이 대신들과 장수들을 불러 말하였다.

"정보에 의하면 수나라 군사들이 이미 무려라로 들어왔고 곧 요하를 넘을 것입니다. 그들이 요하를 넘으면 총공격을 가하려는 데 공들의 생각은 어떻습니까? "

이문진이 앞으로 나와 말을 했다.

"우리가 계획했던 대로 수나라 군사들의 군량미가 얼마 남지 않은 것 같습니다. 성안에서 굳게 버티면 그들이 제풀에 쓰러져 회군을 할 것 같은데 왜 굳이 싸움을 하려 하시옵니까? 조금 더 지켜보심이 어떠하신지요? "

"그들에게 치명적인 피해를 입히려는 것입니다. 그래야 그들이 앞으로 우리 고구려를 업신여기지 않을 것입니다."

"그들의 수가 고구려 군사들보다 많습니다. 국경지역의 고구려의 군사들의 수를 모두 합하여도 절반 정도 되옵니다. 대왕께서는 모험을 하시려는 겁니까? "

"모험이라뇨? 당치도 않은 말씀이십니다. 그들은 이곳까지 오면서 대부분의 힘을 빼앗겼습니다. 전쟁이란 숫자만 가지고 하는 것이 아닙니다. 한 명의 기세는 둘을 이기고, 두 명의 용기는 넷을 이기는 법입니다. 고구려군의 기세와 용기는 지치고 쳐진 수나라 군사들과 비교가 안 됩니다. 사기가 충천해 있으므로 절반의 숫자로도 그들을 충분히 물리 칠 수 있습니다. 강이식 장군은 어떻게 생각합니까?"

"그들의 상황으로 보아 고구려 군에게 충분한 승산이 있습니다. 하지만 신중을 기해야 할 것 같습니다. 전면전보다는 본진이 모두 요하를 넘기 전에 도강한 선발대를 괴멸시켜 두려움을 주는 것이 좋을 것 같습니다."

강이식이 진지한 얼굴표정을 지으며 말했다.

"음– 그렇다면 요하를 넘은 수나라의 앞 부대를 치고 빠지는 계획을 세워보도록 하죠. 거란족과 말갈족 병사들은 지금 어디에 있습니까?"

"이곳에서 하루 떨어진 거리에 주둔을 하고 명령만 기다리고 있습니다. 전령을 보내면 바로 행동을 개시할 것입니다."

"알겠습니다. 그럼 출성하여 그들에게 공세를 취할 방법을 지금 상의하도록 하겠습니다."

영양왕은 요동의 성들에서 중장기병 1만과 경기병 2만 그리고 보병과 궁수 7만으로 모두 10만 명의 군사들을 이끌고 출진하였다. 그리고 수나라 군이 넘어오려는 무려라 동쪽의 강 주변 숲에 군사들을 배치하여 공격 태세를 갖추게 했다. 그리고 얼마 지나지 않아 수나라군 선봉대가 강폭이 좁은 곳으로 강을 건너는 것이 보이기 시작했다. 하늘의 날씨는 건조했고 바람은 적군을 향하여 불고 있었다.

영양왕은 수나라 선발대 수 만명이 강을 건너자마자 공격 신호를 보냈다. 맨 앞 풀숲에 엎드려 숨어있던 고구려 군사들이 몸을 일으켜 수나라 군사들 앞으로 화살을 쏘았다. 수나라 군사들이 쏟아지는 화살에 일시적으로 전투 진형이 흐트러졌다. 하지만 전방의 철기병들이 앞으로 나오며 돌격해 왔다.

영양왕은 장창과 방패로 무장한 군사들을 재빨리 두텁게 포진시키며 수나라 철기병들의 공격을 막아 섰다. 고구려 군사들은 2명이 한 조가 되어 5미터 가까이 되는 무겁고 긴 창을 함께 들고 앞을 향해 비스듬히 창살처럼 날카롭게 세웠다. 그러자 달려오던 수나라 군마들이 긴 창에 찔려 고꾸라졌다. 철기병들도 덩달아 땅에 떨어졌다. 창에 찔리지 않은 철기병들이 다시 돌진하자 고구려 군사들은 창에 붙은 갈고리를 이용하여 그들을 끌어 내리고 찔렀다.

영양왕은 상황을 주시하다가 쇠뇌를 든 궁수들에게 명하여 촉이 무겁고 긴 특수한 화살들을 장착하여 하늘을 향해 쏘게 하였다. 날카롭고 두터운 촉을 가진 화살들이 허공을 가로지르며 바람처럼 날아가 철갑을 뚫고 철기병들의 몸에 가시처럼 박혔다. 여기저기에서 말과 사람들의 비명이 무수히 터져 나왔다. 전쟁터가 삽시간에 공포로 가득 차며 아수라장으로 변했다. 적들의 기세가 꺾이자, 영양왕은 강이식 장군에게 철갑을 두른 중장기병들을 데리고 중앙으로 쳐들어가게 했다. 그리고 북을 울려 초원 뒤에서 대기하고 있던 거란족과 말갈족 병사들에게 요하 강기슭을 점령하여 선발대와 본진 부대 사이를 끊게 했다.

거대한 먼지 구름이 일며 한꺼번에 3만의 군마들이 몰려들어 수나라 선발대 뒷부분을 집어 삼킬 듯 덮쳤다. 그들은 고기떼가 강물을 헤치고 나가듯, 수나라 군사들의 후방 진영을 파고 들며 수나라의 대열을 강을 사이로 하여 앞뒤로 두동강냈다. 영양왕은 선발대를 고립시키자, 고구려의 모든 경기병들과 보병들에게 총공격을 명령하였다. 기마병들이 앞에서 치고 나가면 보병들이 따르며 연쇄적으로 수나라의 대열을 무너뜨렸다. 오랜 행군과 충분한 휴식을 취하지 못하여 몸이 무거워진 수나라 군사들은 고구려 군사들의 공격에 제대로 방어를 못하였다. 더구나 선발대 수 만명이 고구려 군사들 10만명을 당해내지 못했다. 시간이 얼마 지나자지 않아 수나라군의 모든 방어벽이 무너지며 사상자가 속출했다.

황제 양견은 요하를 건넌 선발대가 급습을 당했다는 보고를 받고 신호를 보내어 전군에게 앞으로 진군을 명령했다. 하지만 요하 맞은편에서 3만의 거란과 말갈족 병사들이 방어에 치중하자 돌파가 쉽지 않았다. 거란족과 말갈족 군사들은 밀집하여 강기슭에서 방패 뒤로 몸을 숨기며 방어에 최선을 다했다. 수나라 군의 본진이 방어를 뚫지 못하고 싸우는 사이 수만 명의 선발대 대부분이 거의 전멸 당했다. 전쟁터는 비릿한 피비린내가 진동했고 흘린 피가 강물처럼 변했다.

고구려 군사들도 약 1만 명 정도가 전사를 하였다. 모든 것을 지켜본 영양왕이 어느 정도의 전과를 올렸다는 생각이 들자, 신호를 보내 모든 군사들을 후방으로 후퇴시켰다. 거란족과 말갈족 병사들 역시 강기슭에서 싸움을 멈추고 말을 타고 고구려 군사들을 따라 후퇴하였다.

요하를 건너 선발대가 있는 곳에 도착한 양견은 수나라 군사들이 모두 전멸당한 장면을 목격하고 충격에 빠졌다.

양견은 본진의 군사들에게 고구려군을 추격하라는 명령을 내리지 않았다. 그는 장수들에게 부상자들을 돌보게 하고, 허기진 병사들에게 음식을 가져다 주도록 했다. 그들은 며칠 간 전장을 떠나지 않고 남은 군사들의 숫자를 세고 상황을 정리하며 뒷수습을 했다.

영양왕은 모든 군사들을 데리고 다시 고구려 국경 근처의 성들로 나누어 들어갔다. 그리고 수나라군의 행동을 감시하며 동향을 살폈다. 거란족과 말갈족 군사들에게는 후한 재물과 식량을 하사하여 참전에 대한 감사의 마음을 보냈고, 고생한 고구려 군사들에게는 술과 음식을 내어 편히 쉬도록 하였다.

한바탕의 전쟁이 끝나자 요동지역에 다시 큰 비가 내리기 시작했다. 다치고 지쳐있는 수나라 군사들의 사기는 이루 말할 수 없게 땅에 떨어졌다. 날씨 탓에 군량미 수송도 원활하게 이루어지지 않았다. 군량미도 거의 다 먹어서 없었다.

황제 양견은 축 늘어져 있는 군사들을 보며 철수를 고려하였다. 고구려의 성들은 두텁고 튼튼하기로 유명했다. 수만의 수나라 군사들이 죽었고, 지친 군사들로 장마철에 성을 공격할 공성기구를 신속히 만든다는 것은 불가능한 일이라는 것을 황제 양견은 알고 있었다. 하지만 황제의 자존심 때문에 차마 말을 꺼내지도 못하고 있었다.

양견은 적지에서 적에게 손해를 입히기 보다는, 자신의 피해가 더 커서 걱정을 해야 하는 지금의 암울한 상황이 한탄스러웠다. 양견은 고심을 거듭하며 기울어진 전투상황을 수습하고 헤어날 방도를 찾기 시작했다. 그런데 며칠이 지나자 아들 양량이 찾아와서 군사들에게 심한 열병과 설사병이 돈다는 소식을 알렸다. 황제 양견이 하늘을 쳐다보며 긴 탄식을 했다.

'아! 전쟁의 승패란 예상할 수 없는 하늘의 주사위 놀이란 말인가? 제나라와 진나라를 무너뜨린 수나라가 조그만 고구려에게 이렇게 무참히 패배하다니…. 질병까지 도는 것을 보니 필히 이곳의 하늘은 수나라편이 아니로구나! 여기서 포기하고 정녕 후퇴를 명해야 한단 말인가? 중원의 황제로써 매우 수치스럽구나!'

이때 지휘관 왕세적이 들어와 아뢰었다.

"고구려 땅인 압록강으로 향하던 수나라의 전함들이 태풍을 만나 일부는 침몰을 하고 일부는 파괴되어 도저히 전쟁을 수행할 상태가 안 된다고 합니다."

"뭐라고? 배들이 태풍을 만났다고? 그렇다면 그들이 싣고 오기로 한 군량미는 어떠하더냐? 수송선들이 모두 침몰하였다고 하더냐? "

"그런 건 아닙니다. 하지만 태풍을 견디어 낸 함선들이 비록 가까스로 압록강 하구에 도달하긴 하였지만, 기다리고 있던 고구려 군사들에 의하여 기습공격을 당했다고 합니다. 그들과 싸우며 며칠을 버텼지만, 결국 상륙이 불가능하단 것을 깨달아, 정박을 포기하고 다시 수나라로 돌아갔다고 하옵니다."

"다시 돌아갔다고? 이놈들이 황제의 명을 어기고 수나라로 달아났단 말이더냐? "

"네, 하지만 돌아간 숫자는 열에 하나라 합니다."

황제 양견은 너무 화가 나 쓰러질 것 같았다. 육지에서 패하고, 해상에서도 손실이 크니 이제 고구려 정복은 물 건너간 것이나 다름이 없었다. 그는 왕세적을 물러가게 한 후, 하늘을 원망하며 고구려 정벌을 원했던 자신의 마음을 질책하고 응어리 진 가슴으로 괴로워했다.

요하 주변에 주둔하고 있는 수나라 군사들의 움직임이 전혀 없자 고구려 영양왕이 이문진을 불러 명하였다.

"이제 수나라 양견이 스스로 물러나게 할 수 있는 구실을 주어야겠습니다. 가짜 항복문서입니다."

"알겠습니다. 새나 쥐가 쫓기어 도망할 곳을 잃으면 도리어 상대편을 주둥이로 쪼거나 발을 무는 법이라 했습니다. 모든 것이 대왕의 계획대로 되어 감축드립니다."

이문진이 영양왕에게 크게 절을 하고 물러나, 수나라 황제 양견에게 급히 사신을 보내어 서신을 전했다.

' 황제의 업적은 통일 군주 진시황제에 버금가시고

마음은 백성들의 눈물을 닦아주는 성군으로 칭송되고 계십니다.

전쟁으로 인한 고통과 슬픔을 거두어 주는

은혜를 베풀어 주시길 간청 드리옵니다.

요동의 땅은 신하들의 땅이므로

이만 물러나심이 어떠하시겠습니까?

그렇게 하신다면 그 헤아림을 마음에 깊이 새겨

수나라에 해가 되는 일들은 절대로 하지 않겠습니다.'

고구려군의 공격에 처참하게 패한 황제 양견은 그렇지 않아도 더 싸울 용기와 자만심이 사라져 우울한 심정이었다. 그런데 이렇게 고구려 영양왕이 직접 사과문을 보내자, 양견은 옳구나 하며 기뻐했다. 그는 이 서신을 받자마자 바로 수하 장수들을 불러 앞에 내놓고 보여주었다. 그리고 이것을 퇴각할 수 있는 구실로 삼았다.

"짐이 고구려를 정벌하려 하였으나, 탁한 기운이 수나라 군사들을 병들고 아프게 하고 있소. 그리고 고구려의 왕이 이렇게 신하의 예를 표하니, 어찌 황제의 도리로써 그의 정성을 가상히 여기지 않겠소. 고구려가 수나라를 심히 두려워하여 예절을 다하니, 그들의 행실을 고치려는 짐의 목적은 이룬 듯하오. 이제 수나라 백성들에게 고하여, 고구려왕의 사죄 문서를 받았고, 장마와 강의 범람, 그리고 군사들에게서 발생되는 전염병 때문에 정복을 그만두고 물러남을 알리도록 하시오."

수나라 군사들은 황제의 명령에 기뻐하며 서둘러 고구려의 땅을 떠났다. 하지만 고구려와의 전쟁에서 많은 수가 죽었고, 전염병과 굶주림에 회군 도중 대부분의 군사들이 쓰러졌다. 수나라로 돌아 간 자의 수는 출발할 때의 숫자에 비하면, 열에 하나였다.

영양왕은 수나라 군사들이 물러가자 장수들을 불러 논공행상하여 공적의 크고 작음에 따라 식읍을 나누어 주었고, 사망한 군사들의 가족들에게는 곡식을 보내주었으며, 병사들에게도 재물들을 주어 노고를 크게 치하했다. 하지만 전쟁터 주변 백성들의 생활은 피폐해졌다. 몇 칸 안 되는 작은 초가들은 열 집 중 서너 집이 텅 비었으며, 군마들이 휩쓸고 간 마을에는 짐승들과 새들의 발자국조차 보이지 않았다. 뚫어진 창문들과 헌 담벼락들이 을씨년스러웠고, 세찬 바람에 삐걱삐걱 흔들리는 사립문과 검은 까마귀의 음침한 울음소리는 지나가는 사람들의 눈살을 찌푸리게 했다.

고구려 영양왕은 구휼미를 풀어 그들의 배고픔을 달래주었고 부서진 마을의 재건에도 힘을 쏟았다. 세상이 태평하면 인심이 순박하나 세상이 어지러우면 흑심이 나타났다. 지방에서 간활한 관리들이 애중한 백성들을 괴롭힌다는 소문이 나자 영양왕은 이를 중히 여기고 엄하게 다스렸다.

장안으로 돌아온 황제 양견은 후회와 분노로 시간을 보냈다. 날마다 잠을 못 이루며 식사도 제대로 하지 못하였다. 그런데 또 얼마 지나지 않아 갑작스럽게 슬픔이 찾아왔다. 그의 곁에서 항상 힘이 되어주고 정치적 조언을 해주었던 독고가라 황후가 갑자기 병이 들어 사망한 것이다. 양견은 큰 슬픔을 이기지 못하고 국사를 등한시하였다. 그러다가 자신의 건강도 역시 서서히 악화되어 병석에 누워있는 시간이 많아졌다.

이런 혼란한 시기에 황제 아들들 간의 황위에 대한 갈등이 표면화되기 시작했다. 양견은 독고가라와의 사이에 모두 다섯 아들을 두었다. 큰아들 양용이 태자였는데, 처신이 올바르지 못하자 둘째 아들인 양광에게 태자의 자리를 넘겨주었다. 그런데 황제 양견의 병을 간병하며 돌보던 후궁인 선화부인을 황태자 양광이 흠모하여 희롱하는 사건이 황궁에서 벌어졌다.

화가 난 양견은 성격이 좋지 못한 둘째 아들 양광을 태자 지위에서 패하고, 다시 첫째 아들 양용을 황태자로 복원시키려 하였다. 하지만 이를 알아 챈 양광이 가만히 있질 않았다. 은밀히 부하들을 시켜 병석에 있는 아버지 양광을 살해하였고, 자신의 형인 양용마저 처형하여, 스스로 나서서 그토록 원하던 황제의 자리를 후안무치하게 찬탈하였다.

제 3부. 적을 알고 나를 알면
싸움에 위태로울 것이 없다.

수나라 2대 황제에 오른 양광(양제)은 수도 장안을 중심으로 세력을 펼치고 있는 귀족들의 힘을 억누르기 위해, 낙양으로 천도를 했다. 양광은 자신이 앞에 나서기를 좋아하는 인물이다. 조정의 모든 일에 자신이 직접 관여하였다.

나라의 일이란 어진 신하를 두고 각 분야의 전문가들을 모아 조화롭게 다스라는 것이 원칙이다. 하지만 그는 법이나 제도, 사소한 관직과 세금까지도 신경을 쓰며 신하들을 닦달했다. 지방에 대한 일들이나 군사적인 문제에서는 특히 예민한 반응을 보였다. 그는 시간이 나는 대로 신하들과 군사들을 이끌고 중원대륙 전체와 북쪽 국경지역까지 순행을 하며 황제의 권한을 위협하는 모든 문제들을 해결했다.

수나라의 국력은 황제 양광의 철두철미한 성격 탓에 정점 강대해졌다. 그러자 위협을 느낀 동북쪽의 돌궐이 수나라 황제 양광에게 조공을 보내며 친밀함을 내보였다.

돌궐을 이루고 있는 민족은 예로부터 중원의 북쪽인 초원지대를 지배하고 있는 부족들의 모임이다. 중원대륙이 주나라와 제나라로 나뉘어 서로 대립하며 싸우고 있자, 돌궐은 이런 정세를 이용하여 자신들의 세력을 정략결혼이나 평등한 외교관계를 통해 유지하고 있었다. 그런데 주나라가 제나라를 멸하고 수나라로 통일이 되어 강력해졌다. 더구나 돌궐 내부에서 발생된 신하들의 분열과 서로 간의 권력투쟁으로 지금은 나라 자체가 두 곳으로 분열되어 매우 약해져 있었다. 수나라에 머리를 숙여야 하는 이유이다.

돌궐이 수나라에 굴복하며 고개를 숙이고 나오자, 황제 양광은 이를 기쁘게 생각하여 이 기회에 그들과 화친을 유지하는 정책을 펴 나가려고 마음먹었다. 그는 돌궐에 사신을 보내어 직접 돌궐로 행차를 할 것이니 준비하라고 전하고 군사들과 함께 길을 나섰다. 수나라 황제가 직접 변방지역까지 행차하여 오자 돌궐의 왕족과 귀족들은 황제인 양광을 극진히 대접했다.

그런데 하필이면 이 때에 고구려의 사신들도 와 있었다. 돌궐의 계민가한은 황제 양광에게 고구려 사신들이 얼마 전에 이곳에 도착하여 머무르고 있다고 사실대로 말하였다. 양광은 고구려의 사신들이 와있다는 소식을 듣고 깜짝 놀랐다. 고구려와 돌궐간의 암묵적인 모종의 계략이 있는 것이 아닌가 하는 생각이 문득 들었다. 순간 걱정과 함께 분노도 치밀었다. 양광이 명령하여 고구려 사신들을 불러들여 땅바닥에 무릎을 꿇게 하고 엄하게 꾸짖었다.

"너희 고구려는 황제인 나를 우습게 보는 것이더냐? 요수는 황하나 장강보다 작고 너희 백성들의 수는 수나라에 비할 바 못 된다. 어찌 소국의 임금이 대국의 황제에게 이렇게 무례하게 구는 것이더냐? 너희들은 당장 고구려로 돌아가 내 명령을 분명히 전하거라. 고구려왕은 황제의 신하이다. 왕은 신하된 도리로써 직접 낙양으로 와 입조하고 내 명을 깍듯이 받아야 할 것이다. 그렇지 않으면 천자의 입장에서 예의가 없는 오랑캐왕을 어찌 가만두겠느냐? 너희들은 속히 돌아가 고구려왕에게 내 뜻을 알리거라."

고구려 사신들이 고개를 숙이고 황망히 물러갔다. 황제 양광은 고구려 사신들을 보낸 후 계민가한과 못다 한 이야기를 하였다. 그리고 일을 마치자 낙양으로 돌아와 깊은 생각에 잠겼다. 돌궐은 자기들에게 온순하게 변했다. 하지만 고구려는 그런 돌궐에게 사신들을 보내어 무언가를 꾸미려 하고 있었다. 고구려와 돌궐이 연합을 하게 된다면 수나라에게는 크나 큰 위협이 될 것이 뻔했다.

황제 양광은 며칠을 고민하였다. 아버지 양견이 고구려와 싸워 패했던 사실을 알았기에, 전쟁을 꼭 해야 되는 지 갈팡질팡 한 것이다. 하지만 고구려와 돌궐의 연합을 깨기 위해서는 어느 한 곳을 반드시 멸망시켜 수나라의 위협을 제거해야 한다는 해답을 내렸다.

그리고 귀족세력들이 가지고 있는 군사력을 통제하고 소멸시키기 위해서는 고구려와의 전쟁에 그들을 이용하는 것이 좋겠다는 생각까지 하였다. 황제 양광은 돌궐에서 있었던 이번 일을 가지고 고구려 정벌에 이용했다. 양광이 모든 신하들을 불러 놓고 말했다.

"돌궐의 계민가한은 나를 성심으로 모시고 수나라의 신하 나라로 행동하고 있다. 하지만 오랑캐 고구려는 못나고 어리석어 입조도 하지 않고 조공을 하라고 명을 내려도 복종하지 않고 있다. 이는 수나라를 업신여기고 천자인 나를 능멸하고 있음이다. 그래서 고구려를 정벌하여 수나라의 군현으로 만듦이 마땅한 도리라 생각한다. 건방진 변방의 작은 나라 고구려를 하늘의 뜻에 따라 내 친히 나서서 황제의 위엄을 가르치려 하니, 공들은 군사들에게 갑옷과 무기를 살피게 하고 출병할 준비를 서두르도록 하여라."

황제의 고구려 정벌 명령에 수나라 전체가 분주해졌다. 신하들은 백성들에게서 전쟁준비에 필요한 자금을 만들기 위해 많은 세금을 거두어들였고, 관리들은 병기들과 전선들을 만들기 위해 백성들을 잡아다가 일을 시키기 시작했다. 전쟁에 반대를 하는 신하들은 양광이 가차 없이 파직시키고 유배를 보냈다. 수나라 백성들은 울며 겨자 먹기로 노동에 시달리며 난세의 상황을 한탄했다.

돌궐에서 고구려의 사신들이 돌아와 고구려 영양왕에게 황제의 명을 전하였다. 하지만 고구려 영양왕은 황제의 명을 무시했다. 오히려 전쟁에서 졌던 수나라가 다시 고구려를 핍박하려는 것에 매우 화를 냈다. 하지만 얼마의 시간이 지나지 않아서 수나라가 전쟁준비를 시작한다는 소문이 순식간에 돌기 시작했다. 갑자기 평양성은 바쁘게 돌아갔다.

수나라 황제에게 사과를 하고 다시 협상을 해보자고 주장하는 온건한 세력도 있었고, 피할 수 없는 전쟁이라면 다시 한 번 선제공격을 가하자는 강경파도 있었다. 고구려 영양왕은 고구려의 분위기를 헤치는 신하들을 불러 크게 나무라고 꾸짖었다. 그리고 경험 많은 장수를 불러 수나라의 모든 움직임과 동향을 정탐하여 정보를 모으라는 명령을 내렸다.

수나라 곳곳으로 변장한 고구려 군사들이 가서 정탐을 하였다. 그리고 수나라 군사들이 고구려 국경과 가까운 곳인 탁군으로 속속 이동하고 있다는 정보가 요동지역 고구려 성주들에게 황급히 보고되었다. 성주들은 전령을 평양성에 있는 고구려 영양왕에게 보냈다. 영양왕은 서찰을 읽더니 모든 문무대신들을 소집하였다.

"수나라가 과거의 패배를 잊지 않고 또 고구려를 공격하려고 하는 것이 확실하오. 고구려의 흥망성쇠가 이제 공들의 손에 달려 있소. 압록강 유역에서 가져와 궁궐에 심어 놓은 오백년 된 잣나무들을 보시오. 아직도 가지가 울창하고 푸른빛에 생기가 있소. 은은한 솔향은 산의 향기를 가져다 놓은 듯 아침마다 나의 영혼을 항상 맑게 만들어준다오. 고구려의 역사는 잣나무보다 오래 되었소. 나는 그대들이 나라의 기둥이 되어 고구려가 천년만년 번성하길 바라오. 이번에 수나라 황제 양광이 침공을 하게 된다면 황제 양견이 쳐들어왔던 때와는 전혀 다를 것이오. 그들이 준비하는 정황을 살펴보면 엄청난 대군이 될 것이라고 하오. 아마도 이번에는 고구려의 모든 백성들이 힘을 모아야만 할 것이오. 그대들에게 좋은 책략과 지략이 있으면 나에게 말해 주시오."

영양왕의 물음에 대신들이 서로 열띤 논의를 하였다. 그리고 군사력을 더 강화시키고, 보다 정확한 상황을 파악하기 위하여, 중앙군 군사 지휘권을 가지고 있는 을지문덕 장군을 요동지역으로 파견하기로 하였다.

을지문덕은 고구려 귀족가문 출신으로 젊었을 때 장수로 발탁되어 요동지역에서 국경 경비를 오랫동안 맡았었다. 그래서 요동지역과 요서지역의 모든 일들에 대해서 잘 알았고, 그곳의 정황에 익숙했다. 지금은 중년을 넘겨 평양성에서 중앙군을 관리하고 있었다. 그는 키가 적당히 크고 얼굴이 온화하며 준수했다. 중후한 나이를 먹었는데도 가슴과 팔 다리의 근육이 균형 있게 발달되어 있어 풍채가 청년처럼 비범했다. 가지런하게 자란 수염은 영특하게 빛나는 눈빛들과 어우러져 보는 이들의 눈길을 사로잡았다. 그는 시와 문예에도 능하여, 특별한 일이 없는 날에는 고구려의 명망 높은 학자들과 어울려 항상 학문과 시를 논하곤 하였다. 그는 고구려에서 정갈하고 엄숙하기로 소문이 나 있었으며, 활과 칼을 다루는 연습을 하루도 게을리 하지 않았다. 특히 먼 거리에서도 과녁의 중앙을 정확히 맞추는 활솜씨는 고구려의 으뜸이며 타의 추종을 불허하였다. 거란족이 국경지역 마을을 급습했을 때 혼자서 맥궁을 사용하여 100발을 쏘니, 무릇 90여 발이 모두 적들의 얼굴과 목, 가슴에 명중하여 그들의 기세를 꺾은 일화는 아직도 고구려 사람들에게 유명하다.

"을지문덕 장군. 모든 부하들이 그대를 스승처럼 따르고 있으니, 그대의 지혜로운 책략이라면 누구든 명령에 복종을 할 것이오. 그대는 천 번을 생각하여 하나의 마음을 얻는다고 들었소. 부디 요동으로 가서 정세를 상세하게 파악하여 짐에게 보고해 주길 바라오."

"알겠습니다. 대왕마마."

을지문덕이 공손히 대답하고 물러났다.

나뭇잎 부딪히는 소리와 다람쥐 뛰어오르는 소리가 들렸다. 을지문덕과 예닐곱 명의 수하들은 숲에서 몸을 더욱 낮추고 기다렸다. 얼마쯤 지나자 어둠이 몰려오며 고구려 군사들의 그림자를 서서히 감추었다. 을지문덕은 수하들과 함께 숲 밖으로 나와 풀숲 사이로 서서히 포복하며 기어갔다. 마르고 꺼끌한 수풀의 거친 촉감이 얼굴을 스치고 지나갔다. 어깨에 멘 활이 부러진 날개마냥 거추장스러웠다. 몸의 움직임이 부자연스러웠지만 시큼한 흙 냄새를 맡으며 도마뱀 무리처럼 몸을 나아갔다. 밤이슬이 눈썹을 핥았고 밤공기가 코끝을 적셨다.

희미한 달빛 사이로 수나라 보초병들의 모습이 어슴푸레 보이기 시작했다. 다섯 명이었다. 을지문덕과 수하들이 모두 조심스럽게 일어나 앉은 다음 활시위에 화살을 물린 후 당겼다 놓았다. 화살은 바다수면을 튀어 오르는 날치들처럼 허공을 뚫고 날아가 적들의 목과 몸에 적중했다. 보초병들은 작은 신음소리만 내고 바로 쓰러졌다. 을지문덕과 수하들이 신속하게 적군들이 쓰러져 있는 곳으로 다가와 세 명의 목을 베고, 상처 입은 두 명의 병사를 포박했다. 그들은 탁군의 끝자락에 있는 수나라 군사들이었다. 을지문덕은 수나라 군사들의 숫자와 황제 양광의 근황에 대해 물었다. 그들은 현재 수십만의 군사들이 탁군에 이미 모였으며, 임삭궁에는 아직 황제 양광이 오지 않았다고 말을 했다. 을지문덕은 그들을 고통 없이 조용히 없애고 땅에 묻은 뒤, 부하들을 데리고 안시성으로 소리 없이 돌아왔다.

안시성은 건안성과 더불어 요동지역 남쪽을 방어하고 지탱해주는 성이다. 이곳은 압록강 주변에 있는 국내성과는 다르게 수나라와 교역을 오가는 많은 상인들이 거주하고 있고, 수나라의 정탐꾼들이 상인으로 위장하고 자주 잠입하는 곳이다. 을지문덕은 안시성 성주와 만나 가벼운 저녁과 술한 잔을 나눈 후 방으로 돌아왔다.

을지문덕은 항상 손잡이에 둥근 고리가 달리고 칼이 곡선형으로 길게 뻗어있는 환두대도를 가지고 다녔다. 다른 고구려 무사들은 허리춤에도 작은 단도와 중간 크기의 칼들을 몇 개 더 차고 있었지만 을지문덕은 칼과 활 하나씩만 지니고 있었다. 을지문덕은 방에서 칼을 빼내어 닦았다. 그러던 중 한 사내가 방으로 조용히 들어왔다. 그는 을지문덕과 오랜 친구인 고영수이다. 고영수는 주나라에 멸망한 제나라의 방계왕족인 고보녕의 아들이다.

고보녕은 요동지역과 가까운 요서지역의 고위관리였다. 제나라가 멸망하자 돌궐로 도망을 친 황족들은 요서지역에서 가장 큰 세력을 가진 고보녕을 포섭하였다. 그리고 그를 승상에 앉히고 제나라를 되살리기 위한 부흥운동을 부탁했다. 고보녕은 제나라의 충신이었다. 그는 제나라의 재건을 위해 황족인 고소의를 새로운 황제로 추대하면서 새로운 전략을 수립하고 성심을 다했다.

그는 수나라가 세워진 후에도 거란족과 말갈족 군사들과 동맹을 맺고 수나라 요서지역을 여러 차례 공격하였다. 하지만 점점 강해지는 수나라는 장수들을 보내어 제나라의 잔존세력을 몰아내도록 하였다. 군사력에서 수적으로 불리한 제나라 부흥군은 몇 번의 전투에서 대부분 몰살당하는 참패를 당했다. 고보녕은 거란으로 도망을 쳤다. 하지만 수나라의 현상금에 눈이 어두운 장수의 배신으로 고보녕은 타지에서 비참한 죽음을 당했다. 아들 고영수는 이때 거란에서 겨우 도망쳐 나와 요서지역으로 피신을 하였다.

사실 고구려 평원왕은 죽기 전까지 제나라를 멸망에서 다시 부활시키려는 부흥군을 도와주고 있었다. 제나라가 다시 살아나면 고구려의 주적이 된 주나라와 대적할 수 있는 완충지대가 생기기 때문이다. 그래서 평원왕은 고보녕에게 고구려에 거주하는 거란족과 말갈족 병사들을 내주어 제나라 땅을 다시 회복하도록 도와주었다. 주나라가 고구려를 쳐들어왔었던 이유도 바로 이러한 정책을 하는 평원왕이 괘씸하였기 때문이었다.

영양왕 역시 평원왕의 뜻을 이어받아 고구려의 고위 관리나 국경지역의 성주들에게 고구려에 도움이 되는 요하의 서북쪽 사람들을 모두 포섭하라는 명을 내렸다. 그들은 돌궐, 거란, 요서지방을 오가며 수나라에 대항하는 관리나 왕족들을 은밀히 만났다. 그리고 수년 동안 많은 제나라의 귀족들이나 왕족들과 친분을 맺었다. 그리고 그들에게 물심양면으로 도움을 주고 도움을 받으며 지냈다.

을지문덕이 고영수를 처음 만난 곳은 난릉왕의 무덤이었다. 멸망한 제나라의 명장 난릉왕 고숙은 소수의 기병대로 낙양을 포위한 주나라 군사들을 물리친 영웅이었다. 비록 젊은 나이에 난릉왕의 명성을 시기한 제나라 황제의 독주로 세상을 달리하였지만, 제나라 백성들에게는 전설적인 영웅이었으며, 남자이면서도 아름다운 그의 얼굴 탓에 중원의 천하미남으로 불리워졌었다.

고구려 귀족가문의 자제였던 젊은 을지문덕은 학식과 견문을 넓히기 위해 중원의 여러 곳을 돌아다니며 많은 경험을 쌓고 있었다. 그러다가 난릉왕의 이야기를 듣고 그를 흠모하게 되어 그의 무덤을 찾아갔었다. 난릉왕은 죽었지만 그의 무덤에서 그의 용맹함과 의로움을 마음에 되새기고자 했던 것이다.

그때 무덤에 제사를 지내러 온 난릉왕의 딸 목염군주와 그녀와 함께 온 고영수를 우연히 보게 되었다. 그들은 목염군주 미색에 현혹되어 그녀를 납치하려고 하는 수나라 군사들과 언쟁을 벌이며 싸움을 하고 있었다. 젊은 고영수와 그녀의 하인들이 나서서 수나라 군사들을 쫓아내려 했지만 수적으로나 무예에서 밀리고 있었다.

이에 을지문덕이 끼어들어 수나라 군사 몇 명을 땅에 내동댕이치고, 부당한 짓을 계속하면 상관을 찾아가 벌을 내리게 할 것이라며 그들을 준엄하게 꾸짖으며 겁박하였다. 을지문덕의 늠름한 자태와 용맹한 기세에 눌린 수나라 군사들은 바로 도망을 쳤다. 을지문덕은 넘어져 있는 목염군주의 섬섬옥수 같은 손을 잡고 일으켜 주었다. 꽃처럼 고운 얼굴을 가진 목염군주의 얼굴에 살짝 붉은 홍조가 생겼다. 도움을 받은 목염군주와 고영수는 을지문덕에게 큰 감사를 표했다.

목염군주는 멸망한 제나라의 왕족 난릉왕의 딸이었고, 고영수는 고위관리인 고보녕의 아들이었다. 서로 가문끼리 친했던 사이였는데, 고영수의 아버지인 고보녕이 제나라 부흥군을 이끌다가 거란에서 살해당하자 고영수는 거란을 탈출하여 요서지역에 거주하는 목염군주의 집에 의지하며 살고 있었다. 그런데 난릉왕의 무덤에 목염군주와 함께 제사를 지내러 왔다가 을지문덕에게 도움을 받은 것이다.

그들은 고아한 풍채의 선풍도골 같은 을지문덕에게 호감을 느끼고 친절히 대했다. 서로 통성명을 하고 이야기를 나누어 보니 모두가 같은 나이였다. 고영수는 을지문덕이 고구려의 귀족 자제임을 알고 크게 기뻐했다. 고구려에 아버지가 큰 도움을 받았던 고영수는 을지문덕이 사양을 하는데도 그를 자신이 머무는 목염군주의 집까지 데려갔다. 아버지가 입은 은혜를 조금이라도 갚고 싶다고 했던 것이다.

처음 만났지만 마음이 서로들 맞아 옛날부터 사귄 벗들처럼 친밀해졌다. 고영수는 을지문덕과 과거 고구려와 제나라 부흥군이 맺었던 동맹에 대해서 많은 이야기를 하였다. 그리고 지금 득세하고 있는 수나라에 대한 걱정과 앞으로 멸망한 제나라 귀족들이 미래를 위해 어떻게 처신하는 것이 좋을 지에 대해 여러 가지 생각을 주고받았다. 을지문덕은 목엽군주의 집에 한 달 정도를 머물다가 고구려로 돌아왔다. 그 이후 을지문덕과 고영수는 간혹 친구처럼 만나며 세상 돌아가는 일들에 대해 자주 대화를 나누곤 했다.

을지문덕이 닦고 있던 칼을 칼집에 꽂으며 반가운 얼굴로 고영수를 맞이하며 말했다.

"부하의 기별을 받고 이렇게 빨리 와주시니 고맙습니다."

"수나라는 제나라의 원수입니다. 고구려가 제나라처럼 수나라에 쓰러지는 모습을 볼 수가 없습니다. 밤잠을 설쳐가며 달려왔습니다. 조그만 일이라도 성심껏 돕겠습니다."

고영수가 웃으며 대답했다.

"항상 감사한 마음입니다."

"아닙니다. 고구려가 아버지에게 보내준 군사력만 3만 명이었습니다. 비록 아버지가 꿈을 이루지는 못하고 돌아가셨지만, 저희 집안이 어찌 고구려 평원왕의 은혜를 잊겠습니까? 지금은 멸망한 가문이라 군사력으로 전혀 도움을 주지는 못하지만, 정보는 어떻게든 모아서 장군께 신속히 보내드리도록 하겠습니다."

"감사합니다. 지금 장안과 낙양, 항주 등의 상황은 어떠합니까? 군사들이 한 곳으로 모이고 있습니까? "

고영수가 가져온 지도를 품에서 꺼내어 을지문덕에게 건네주며 대답했다.

"지도에 수나라 군사들의 진영을 표시해 두었습니다. 그 지도를 보시면 그들의 위치를 정확히 알 수가 있을 것입니다."

을지문덕이 지도를 펴서 살펴보았다. 고영수가 다시 말을 이었다.

"수나라 황제 양광은 천하의 악인입니다. 아버지인 황제 양견과는 전혀 다른 성격입니다. 그는 자신의 형인 양용을 처형했고, 부황의 후궁인 선화부인까지 범하였습니다. 그리고 그는 황제가 된 이후로도 자신의 휘하에 있는 장수들을 아무도 믿지 않습니다. 모든 것을 혼자 다 결정한다고 합니다. 전쟁을 반대하는 신하들을 참수하였다고 합니다."

"황제들의 공포정치는 옛날부터 내려오는 전통 같은 것입니다. 황제의 전략이겠지요."

을지문덕이 지도를 계속 보며 표정의 변화 없이 말했다.

"황제 양광은 모든 권력을 가지기 위해 병부에서 관할하는 명령권을 황제 직속으로 만들었습니다. 모든 수나라 군사들을 직접 통제하려는 것입니다."

"군대를 더 모으려는 조짐은 보이던가요?"

"그렇습니다. 지방 호족들이 가지고 있는 군사력을 없애기 위해 총관부를 폐지하고 지방의 군사들 역시 황제의 명령하에 두었습니다. 모든 군사력을 황제 아래 두고 있다는 것은 왕권강화 목적도 있겠지만, 크나 큰 전쟁을 위한 준비단계입니다."

"황제 양광이 북쪽의 돌궐을 물리칠 때 직접 50만 대군을 이끌고 출정하였었는데 이번에는 더 큰 병사들을 모집하고 있다는 뜻이군요. …고구려가 큰 위험에 처한 것 같습니다."

"그의 야욕이 얼마나 큰 지는 그가 일으키는 군사들의 규모만 봐도 알 수 있습니다."

"황제 양광이 지시한 운하 건설의 진행은 어떠하던가요? "

"완성되었습니다. 낙양에는 이미 대규모의 곡식저장 창고들이 세워졌습니다. 지금 대규모의 군량들이 운하를 통해 북부지역으로 이동되고 있습니다. 전쟁을 위한 준비가 몇 달 안에 곧 끝날 것 같습니다."

"황제 양광이 생각보다 빠르게 전쟁 물자를 확보하고 있군요. 그가 얼마나 신하들을 다그치는 지 알겠습니다."

"황제는 즉위하자마자 만리장성을 다시 쌓게 하여 백성들의 큰 원성을 샀습니다. 그리고 그의 아버지가 중단시킨 대운하의 공사를 다시 하여 수나라 백성들을 괴롭히고 있죠. 그런데 수나라의 대신들 어느 누구도 그를 제지하지 못하고 있습니다. 그들에게는 전쟁을 막을 만한 힘이 없습니다. 이미 전쟁은 시작되었다고 할 수 있습니다."

"황하지역과 고구려와 가까운 탁군 지역은 어떠합니까? "

"항주에서 시작된 운하도 탁군까지 완성이 되어 전쟁물자들이 속속 도착하고 있습니다."

"음! 굉장히 어려운 싸움이 되겠군요. 평양성으로 돌아가 대왕과 상의를 해야겠습니다.”

“그런데 한 가지 궁금한 것이 있습니다.”

“무엇입니까? ”

“수나라 황제가 고구려에 사신을 보내 조공을 요구했으나 고구려의 영양왕께서는 이를 거절하셨습니다. 만약 고구려가 지금이라도 조공을 보내면 전쟁이 멈추어지지 않을까요? 고구려 백성들이 겪을 고초를 생각한다면 비겁하지만 전쟁을 피하는 것이 상책이 아닐까요? ”

“조공은 핑계일 뿐입니다. 황제 양광이 전쟁준비를 시작했다면 이미 뚜렷한 목표를 가지고 시작한 것입니다. 황제로써 고구려를 정복했을 때의 이득을 생각하면, 절대 전쟁을 포기하지 않을 것입니다. 지기 싫어하고 안하무인인 그의 성격으로 보아, 분명 그가 직접 참전하여 군사들을 이끌고 고구려를 쳐들어 올 것입니다. 모든 고구려 장수들은 이미 수나라 군사들을 막을 철저한 방비를 계획하고들 있습니다.”

“그렇군요. 이런 상황에서 전쟁을 피하려는 것은 오히려 적이 고구려를 우습게 알게 끔 만드는 어리석은 일이 될 수도 있겠군요."

"그렇습니다."

"알겠습니다. 그들이 선발대를 출발시키려는 기미가 보이
면 바로 이곳으로 서신을 보내겠습니다."

"감사합니다."

"그건 그렇고…, 목염군주가 장군께 안부를 꼭 전해주라며
서신과 함께 제게 이것들을 주라고 부탁하셨습니다."

고영수가 가져온 보따리에서 용 무늬가 그려진 작은 검
과 서책들을 꺼내어 을지문덕에게 건넸다. 을지문덕은 검
과 책들을 받아 들고 잠시 살피더니 큰 한숨을 내쉬며 고영
수에게 물었다.

"혹시 이것들이 무엇인 줄 아십니까?"

"당연히 알고 있지요. 바로 돌아가신 난릉왕의 단검과 그가
즐겨 읽었던 병서들이 아닙니까?"

"맞습니다. 그녀가 이것들을 제게 보낼 줄은 정말 생각도
못했습니다."

"목염군주가 젊은 날 도움을 받았던 적이 있어서 그랬겠지만, 제 생각에는 어떤 다른 뜻이 있는 듯싶습니다."

"다른 뜻요? 그녀는 아버지를 존경하는 저를 좋게 생각했던지, 이방인인 저를 외면하지 않고 친절하게 대해 주었습니다. 제가 그녀의 집에 머물고 있었을 때, 그녀에게 난릉왕에 대하여 많은 것을 물었습니다. 하지만 난릉왕이 죽을 때 그녀의 나이가 많지가 않아서 그녀는 아버지에 대한 기억이 별로 없더군요. 그런데 실망한 저에게 갑자기 난릉왕이 즐겨 읽었던 병서들을 불쑥 내밀었습니다. 제가 깜짝 놀라 그 이유를 물었더니, 그녀는 슬픈 얼굴을 하며, 그녀의 집안에는 이제 이 병서들을 읽을 만한 남자가 없다고 대답했습니다. 그래서 저에게 모두 주려는 것이라고 하더군요. 저는 그 책을 받기가 민망하여 거절하였습니다. 그런데 이제 나이가 이렇게 먹고 나서 그녀가 주려고 했던 책들을 여기에서 받게 되는 군요."

"우리들은 그 당시 서로 아주 친하게 지내지 않았습니까? 저는 따로 혼사를 정해둔 곳이 있어서 목염군주와 맺어지지는 않았지만, 그대와 목염군주는 서로가 좋아하지는 않으셨습니까? "

"경국지색 같은 그녀의 미모에 반하지 않은 남자가 어디 있겠습니까? 천하제일 미남인 난릉왕의 딸답게 그녀의 얼굴을 본 남자들은 모두가 그녀를 사랑하게 될 것입니다."

"목염군주는 그대의 인품이나 시문이 맑고 깨끗하여 호감을 가지고 있었습니다. 두 분이 그때 같이 지내는 것을 자주 보았었는데, 그녀에게 어떤 고백은 하지 않으셨습니까? "

"안 했습니다. 그녀의 친절함을 제가 애정으로 잘못 받아들이면 안 된다는 생각을 했었습니다. 혹시나 마음을 잘못 전달했다가 그녀와의 관계가 깨질까 무서웠던 것이죠. 그래서 그녀를 얻으려다 잃기 보다는, 그냥 친구로 오랫동안 관계를 유지하는 것이 좋겠다는 생각을 하였습니다."

"책들은 그렇더라도, 목염군주께서 이 검을 주신 이유는 장군께 정이 있어서 주시는 것이 아니겠습니까? 떨어지는 꽃은 물이 흐르는 대로 흐르기를 바라고 기다립니다. 장군은 떨어지는 꽃을 띄워 흐르기를 바라지 않으셨습니까? "

"목염군주가 꽃이고 제가 흐르는 물이라는 뜻이로군요. 고구려에 돌아와서 한 때 그녀를 많이 생각하기도 하였지만…, 찾아가지는 못했습니다."

"꽃은 웃으나 소리는 들리지 않고, 새는 슬프게 우나 눈물이 보이지 않는 법입니다. 그녀는 제가 당신과 간혹 만난다는 말을 듣고 당신의 안부를 묻곤 하였답니다. 그리고 고구려에 대해서도 지금 굉장히 많은 걱정을 많이 하고 있습니다."

"그녀에게는 제나라 왕족의 피가 흐르고 있습니다. 제나라를 멸망시킨 주나라와 같은 수나라를 증오하고 있다는 것이죠. 지금의 시기는 수나라와 고구려가 곧 전쟁을 시작하려는 폭풍전야입니다. 그녀가 저에게 이 난릉왕의 칼을 보내 준 것은, 아마도 그의 용맹을 본받아서 전쟁에서 꼭 승리하라는 뜻으로 보낸 것일 겁니다."

"그럴까요? 목염군주는 당신이 떠난 후 귀족가문에서 오는 혼처를 몇 년간 거절하였습니다. 나중에 혼사를 치르기는 하였지만, 최근 부군을 잃고 혼자의 몸이 되었지요. 이 서신은 그녀가 혼사를 치르기 전 써놓았던 글이라고 합니다. 당신에게 주라고 한 이유가 이곳에 담겨 있겠지요. 여인의 깊은 뜻을 남자들이 헤아리기란 어려운 일입니다. 시간이 되면 그녀를 찾아 옛이야기를 나누는 것도 좋을 듯 합니다."

"시간이 되면 찾아 보도록 하겠습니다."

"잘 생각하셨습니다. 그리고 아직도 요서지방에는 고구려를 좋아하는 사람들이 많습니다. 그들 역시 멸망한 제나라의 백성들이라 수나라를 적으로 알고 전쟁에서 고구려가 패하지 않도록 돕는데 큰 도움을 줄 수 있을 것입니다. 그들에게서 도움을 받을 일들이 있을 것입니다. 밤이 늦었으니, 다시 길을 떠나 수나라 군사들의 동향을 알아보고 연락을 드리겠습니다."

"감사합니다. 지도는 정말 많은 도움이 될 것 같습니다. 항상 몸조심하시고 매사에 경계를 늦추지 마십시요."

"알겠습니다. 다음에 다시 만나도록 하죠."

고영수가 을지문덕에게 인사를 하고 자리를 떠났다. 을지문덕은 한 동안 목엽군주가 준 병서들과 단검을 바라보며 눈을 떼지 못했다. 그리고 그녀가 준 서신을 펴서 읽었다.

' 흐드러진 달빛 아래 그대와 함께 보았던 꽃이 또 피었네요.

　꽃의 은은한 향기가 당신의 온기를 생각나게 하지만

　불어오는 바람이 질투하며 당신의 숨결을 앗아가네요.

기약 없는 기다림은 사무친 그리움이 되었고

타들어가는 촛불에 심장은 우울하게 그을리고

님을 향한 연정은 슬픈 눈물이 되어 얼굴을 적시네요.

덧없는 세월이 무심하게 스며들어 옛정을 지우려 하니

지는 달에 님의 흔적이 흐르는 구름 따라 사라질까

애타는 마음을 살랑이는 꽃향에 띄어 품속에 감춥니다.

추억을 삼키려는 이별의 길은 저기서 슬픈 미소로 손짓하고

창 밖의 낙엽은 쓸쓸한 외로움의 무게에 못 이겨 떨어지니

답답하고 망망한 그리움을 저무는 마음에 담아 글을 남깁니다.'

서신을 다 읽고 난 을지문덕의 얼굴이 침통해졌다. 그리고 그의 눈 속에는 그리움과 후회가 섞인 흔적들이 강하게 나타났다. 을지문덕은 한 참을 꼼짝 못했다. 마음이 쓰라렸고, 복잡하고 미묘한 감정들이 마음 깊은 곳에서 솟구쳐 나왔다. 그리고 어렴풋이 잊혀졌었던 추억들이 비몽사몽 뇌리를 스쳐갔다.

그녀의 집 근처에 나들이 나갔다가 바람 따라 불어오는 비에 겉옷을 우비 삼아 함께 돌아왔던 때가 생각났다. 좁은 겉옷 밑으로 조용히 들어와 맞닿을 듯 가까워진 그녀의 은은한 향기와 단내 나는 숨결에 젊은 을지문덕의 가슴은 두근거리며 요동을 쳤었다. 비가 그칠까 봐 오히려 조바심을 냈던 그때의 심정이 지금도 느껴지는 듯 했다.

세월이 하늘의 구름처럼 흘렀건만 을지문덕의 마음은 변하지 않는 물처럼 젊어진 듯 했다. 복숭아 같은 얼굴에 가늘고 길게 굽어진 아름다운 눈썹을 가진 목염군주의 얼굴이 눈앞에 어른거렸다. 연모지정의 기운이 거슬러 부는 바람처럼 매사에 침착한 을지문덕의 마음을 흔들리게 했다. 그녀는 깊은 마음속에 있어서 잊을 수 없는 사람이었던 것이다. 그는 잠을 이루지 못하며 뜬 눈으로 밤을 지새웠다.

전쟁이 터질 것이라는 공포감은 고구려뿐만 아니라 이웃 나라 신라와 백제에까지 전파되어 불안감을 불러일으키고 있었다. 이런 어수선한 시기에 신라 서라벌의 왕족인 김용춘이 장군인 김서현의 집을 찾아갔다.

김용춘과 김서현은 집이 가까운 이웃이었다. 평소에도 자주 왕래를 하였으며, 그들의 아들인 김춘추와 김유신은 날마다 마당에서 같이 뛰어 놀며 지냈다. 김춘추가 김유신보다 여덟 살이 어리므로 김유신이 항상 어린 김춘추를 돌보며 귀여워했다.

김용춘은 비록 폐위된 진지왕의 아들이지만, 진평왕의 사촌동생이라 신라에서는 최고의 지위를 갖고 있는 귀족이었다. 그는 외모가 준수하고 영웅의 기개가 있었으며 언변이 뛰어나, 젊은 나이에도 국가의 모든 외교와 정치에 깊숙이 관여하고 있었다. 신라의 모든 사람들이 그를 좋아하였다.

김서현은 가야 사람으로 신라에 편입될 때 진골귀족이 되었다. 그리고 전장에서 신라의 장수들과 많은 공을 세웠다. 둘의 무예는 모두 뛰어나 분간하기 어려울 정도로 난형난제였다. 김서현이 김용춘보다 나이가 훨씬 많아 김용춘은 김서현을 형님처럼 따랐다.

"수나라 황제 양광이 준비하고 있는 수나라 군사들의 수가 그 아버지 양견이 일으킨 군사들보다 세배는 많다고 합니다. 정말 위험한 상황인 것 같습니다. 고구려가 만약 진다면, 우리 신라와 백제 역시 온전하지는 않을 테죠?"

김용춘이 걱정 어린 말투로 김서현에게 말했다.

"돌궐에게 고구려가 사신을 보낸 것을 황제 양광이 알고 분노했다고 합니다."

"고구려를 자신들의 관할아래 두고 군신관계를 분명히 하려고 고구려의 왕에게 직접 오라고 했는데 고구려왕이 거부를 하여 더 화가 났겠지요."

"고구려왕의 강한 기질이나 성격으로 보아 절대 수나라에 굴복하지는 않을 것입니다."

"저도 그렇게 생각합니다."

"그런데 왜 고구려의 사신들이 수나라 양광에게 들킨 것일까요? 그런 서투른 외교를 하다니…, 잘 이해가 가지 않습니다. 계민가한의 책략일까요? "

"돌궐 계민가한의 속내는 매우 깊습니다. 수나라 황제에게 깍듯한 예의를 보이면서도 은근히 고구려 사신을 황제에게 소개하여, 그들이 언제든지 고구려와 손을 잡고 연합을 할 수 있다는 점을 내보인 것입니다. 두 마음을 가진 것이죠."

"아! 그런 계략이었군요."

"하지만 양광 역시 지략에서는 지지 않는 인물이지요. 돌궐이나 고구려 한 쪽을 치기 위해서는 반드시 다른 한쪽을 잡아두어야 하기에, 그 역시 몸소 돌궐까지 간 것입니다. 범이 두 마리 늑대를 상대하기 어려우니, 한 마리를 동굴 밖으로 나오지 못하게 하고 다른 한 마리만 잡으려는 것입니다. "

"그럼 계민가한과 양광의 전략은 서로에게 실은 없지만, 서로가 득을 보는 결과는 얻었군요."

"그렇지요. 하지만 사신을 보낸 고구려 역시 돌궐이 수나라와 함께 고구려에 쳐들어오지 않게 한 것만으로도 득을 얻은 것이라 볼 수 있습니다. 외교는 머리의 싸움입니다."

"수나라 양광이 혹시 전쟁을 일으키지 않고 고구려에 겁을 주어 항복시키게 하려는 전략은 아닐까요?

"양광은 토욕혼을 정벌하고 이미 고구려 정벌을 위해 낙양과 탁군을 운하로 연결하여 고구려 원정의 전초기지로 만들었습니다. 쉽게 포기할 전쟁이 아니고 국운을 전부 건 큰 전쟁이란 뜻입니다. 그는 반드시 고구려를 멸망시키려 할 것입니다. 역사상 최대의 전쟁이 벌어질 것입니다."

"그렇군요!"

"그런데 문제는 수나라 황제 양광이 고구려를 점령하게 되면, 그는 반드시 항복한 고구려군과 합세하여 우리들에게 쳐들어 올 가능성이 있다는 것입니다."

"설마 그런 일이 생기겠습니까? 형님이신 진평왕께서 수나라에 조공을 보내고 원광법사에게 걸사표를 짓게 하여 고구려를 정벌해 주라고 부탁을 하셨잖습니까? 그런데 수나라가 신라에 쳐들어 온다구요? 믿기 어려운 말씀이십니다. 너무 생각이 앞서 가시는 듯합니다."

"황제 양광의 말을 절대 믿으면 안 됩니다. 나라의 이익에 따라 언제든지 말을 바꾸는 것이 권력을 가진 자들의 본성입니다. 우리는 항상 만반의 준비를 하여야만 합니다."

"만반의 준비란 어떤 것을 말하시는 것입니까?

"전쟁상황을 정확히 알고 외교전략을 짜는 것입니다. 수나라가 고구려를 쉽게 제압하면 신라 역시 조심해야 합니다."

"대왕께서 그에 대한 대책을 미리 세우시지 않을까요? "

"형님은 너무 수나라에 의존을 하고 있습니다. 하지만 저는 수나라에 굽히는 것이 싫습니다. 국왕은 나라를 위한 정치를 하시는 것이고 학자들은 전쟁의 피해를 최소화하고 민생을 살피는 방법을 강구하면 되는 것입니다."

"정치와 민생의 법도는 같은 것이 아닌가요? "

"정치란 백성들에게 나라의 가치를 배분하는 것입니다. 전쟁은 나라의 모든 가치를 앗아갑니다. 고구려가 망하고 뒤이어 신라마저 전쟁에 휩싸이게 되면 모든 슬픔과 고통은 다 백성들이 짊어지게 됩니다."

"음…, 무슨 말씀이신지 이해가 됩니다."

"신라마저 큰 전쟁에 휘말리게 된다면, 그것은 정말 잘못된 전략입니다. 하지만 형님과 외교나 정치에 대한 생각의 차이 때문에 서로 말다툼을 하고 싶지는 않습니다. 형님은 진지왕께서 화백회의에서 폐위가 되어 왕에 오르신 분입니다. 본인의 힘이 아닌 타인의 힘에 의해 왕이 되신 것이죠. 그러니 힘을 가진 신하들의 눈치를 보는 것은 당연한 일입니다. 그 분이 비록 고구려와 백제에 대한 원한 때문에 그런 일을 하시기도 하였지만, 사실은 전쟁을 옹호하고 있는 신하들의 청이 더 큰 작용을 했을 것입니다. 그래서 만약 그에게 우리들의 의견을 주장하고 전쟁을 억제하려고 시도한다면, 왕에게는 큰 고통이자 갈등의 짐이 될 것입니다."

"하지만 대왕의 뜻이 그러하니 저희들은 따를 수밖에요."

"일단은 전쟁의 양상과 진행 사항들을 속속들이 알아서 신라에게 이번 전쟁이 어떤 영향을 미칠지 알아보아야 하겠습니다. 제삼자의 입장이지만 경계를 게을리하면 안 됩니다."

"정보를 캐기 위해 위장된 병사들을 보낼 계획이십니까?"

"아닙니다. 수나라와 삼국을 오가는 무역상들을 이용할 계획입니다. 무역을 하는 상인들은 삼국간의 생필품 거래를 중개하며 삼국의 백성들의 의식주에 많은 도움을 주고 있습니다. 비록 전쟁을 하는 중에도 식량과 생필품 거래들은 꼭 필요한 법입니다. 신라에 있는 그들에게 도움을 청할 생각입니다. 이들이 가지고 있는 정보력을 이용하면, 수나라 군사들의 동향과 진군하는 시기, 고구려와의 전쟁에서 일어나는 영향들을 어느 정도는 파악하여 신라가 미리 대비해야할 계책을 세울 수 있을 것이라고 확신합니다."

"평화란 것이 서로간의 대치에서 오는 세력 균형이라는 생각을 하고 계시고 있군요!"

"그렇습니다. 모든 이치는 균등함에 있습니다."

"알겠습니다. 저 역시 국경 지역 병사들에게 정보를 취합하여 수시로 보고 하도록 명령을 내리겠습니다."

"고맙습니다."

　신라의 서라벌 월성의 편전에는 자색 공복을 단정하게 입은 왕족과 귀족들이 모여 있었다. 중앙에 자리 잡은 어좌에는 진평왕이 앉아 여러 신하들과 고구려에 대한 이야기를 하고 있었다. 혼자 멀리 떨어져 무언 가를 골똘히 생각하고 있던 김용춘이 방금 막 편전으로 들어온 김서현을 보자 황급히 다가가 속삭이며 이야기를 나누었다.

　신라 진평왕 김백정은 진흥왕의 큰아들 동륜태자의 아들이다. 그는 키가 크고 얼굴이 각지며 인상이 굵고 깊었다. 처음 보는 사람들은 그의 기이함에 얼굴을 오랫동안 쳐다보기도 하였다. 하지만 인성이 강하고 책을 좋아하여 식견이 아주 풍부했다. 그는 화백회의에서 진지왕이 폐위되자, 대신들의 추대로 왕위에 올랐다. 처음에는 할머니인 사도왕후에게 섭정을 맡겼지만, 지금은 왕권을 회복하여 형제들과 친구들을 요직에 앉혔으며 국방강화에도 힘을 썼다.

그는 국경지대에 많은 성과 산성을 쌓았다. 고구려와 백제와의 전쟁에도 직접 군사들을 이끌고 참여하여 크고 작은 승리를 거두기도 하였다. 하지만 고구려의 침략이 끊이질 않자, 원광법사를 시켜 수나라에 고구려 정벌을 요청하는 걸사표를 짓게 하였다. 그리고 그는 다시 전쟁을 앞둔 고구려를 괴롭힐 전략을 짜기 위해 신하들을 불러 들였다. 그는 회의가 끝나자 사촌동생이자 사위인 김용춘을 데리고 옆의 정전으로 들어갔다. 그리고 김용춘을 바라보며 말을 했다.

"수나라 탁군에 벌써 군량미 수백 만석이 모였다고 하는군. 이번 겨울이 지나면 수나라가 고구려를 공격할 것 같네."

"내년 정월이 지나면 출진을 할거라 다들 예측하고 있습니다. 고구려의 운명이 내년에 결정이 되겠군요."

"수나라가 반드시 고구려를 멸망시켜주면 좋겠다는 생각을 하고 있네. 그래서 말인데 내가 아우님에게 이 천사옥대를 주겠네. 그러니 나의 부탁을 한 가지 들어 주겠는가? "

"이 옥대는 선녀에게서 받았다는 신성한 그 허리띠가 아닙니까? 무슨 일인데 저에게 갑자기 이것을 주려하십니까? "

"하하. 사람들은 이 옥대가 선녀가 궁전 뜰에 내려와 나에게 하사한 것이라 하여 천사옥대라 부르지만, 실상은 궁중의 기술자가 만들어 준 옥대라네. 자네에게 주고 또 다른 것을 만들 수가 있다네."

"이 문양은 왕과 왕비, 왕세자만 찰 수 있는 것입니다."

"아우님 역시 나와 똑같은 왕의 핏줄이잖는가? "

"저는 형님의 그런 귀한 물건에 전혀 욕심이 없습니다. 그건 그렇고 대체 무슨 부탁이십니까? "

"자네를 이 나라의 병부령에 임명할 테니, 수나라와 고구려의 전쟁이 시작되면 군사들을 이끌고 김서현 장군과 함께 고구려의 후방을 공격하는 것이 어떻겠는가? "

"예상은 하고 있었습니다. 형님의 부탁이니 반드시 일을 준비하여 도모는 하겠지만, 공격은 고구려의 전쟁 상황을 보아가며 판단하는 것이 좋겠다고 생각합니다."

"물론이네! 지금 당장 고구려를 공격하라는 것이 아니네. 고구려 군사들이 수나라를 정신없이 막느라 틈을 보이면, 그때 공격을 하여 고구려의 땅을 빼앗으라는 것이네."

"알았습니다. 형님의 말씀대로 일단 준비를 하겠습니다. 하지만 백제의 움직임도 살펴보면서 그 시기를 정하도록 하겠습니다. 신라군을 절대 위험에 빠뜨리지 않기 위함입니다."

신라의 불교는 많은 나라와 교류를 하고 있었다. 지명법사나 원광법사처럼 신라의 유명한 스님들이 불법을 배우러 과거에 진나라를 갔다 오기도 하였고, 젊고 호기심이 많은 승려들은 최근 불법을 배우러 수나라를 드나들었다. 황룡사 법회를 막 끝낸 원광법사 앞으로 김용춘이 다가왔다.

"원광법사님. 물어볼 것이 있어 왔습니다."

"이렇게 직접 이곳으로 오신 것을 보니 수나라가 곧 고구려를 쳐들어갈 것이라는 소문 때문이지요? "

"네. 그렇습니다. 이제 곧 천하의 영웅들이 전쟁이라는 운명에 휩쓸리게 될 것 같습니다."

"소승의 불찰이지요. 비록 대왕의 부탁이지만, 승려의 신분으로 정치에 휘말리게 되어 군사를 일으켜 주라는 걸사표를 지은 것은 매우 부끄러운 일입니다. 후배 승려들에게 얼굴을 들지 못하겠습니다. 자비로우신 부처님의 가르침과는 정 반대되는 행동을 하였으니, 이제 저에게는 불지옥의 운명만이 기다리고 있을 것입니다."

"법사님이 계시는 불지옥이라면 지옥이 아니라 극락이겠지요. 걸사표를 지은 것은 고구려의 잦은 침입으로 인한 백성들의 고통을 줄여주기 위한 법사님의 희생임을 모두가 다 알고 있습니다."

"그렇다고 신라 백성들을 위해 다른 이들의 목숨을 위태롭게 해서는 안 되는 일이지요. 적이지만 고구려나 백제의 백성들 역시 귀중한 생명들인데, 만약 전쟁으로 인해 많은 이들이 목숨을 잃게 된다면, 저의 업보는 불지옥도 부족하게 될 것입니다."

"원광법사님께서 가르쳐 주신 세속오계는 이 나라 젊은이들의 큰 교훈을 주었습니다."

"부처님의 윤리는 모두에게 하나이지만, 인간들의 윤리란 개개인의 사정에 따라 다르답니다. 그래서 그런 말들을 젊은 백성들에게 해준 것이지요."

"충성으로써 임금을 섬기고, 효로써 부모를 봉양하며, 믿음으로써 벗을 사귀고, 싸움에 나가서는 절대 물러남이 없어야 한다. 이런 것들은 신라의 백성들이 반드시 따라야 할 간결하고 명확한 덕목입니다."

"하지만 살아있는 것을 죽일 때에는 가림이 있어야 한다는 제 마지막 가르침은 아주 잘못된 것입니다. 부처님은 살생을 입에 올리지 말라고 하셨습니다. 하지만 제가 쓴 글이 전쟁의 소용돌이를 일으키는 빌미가 되어 많은 목숨이 사라질 수 있는데, 나라에는 제 행동이 충성일망정, 백성들에게는 큰 불충을 한 것이 되지요."

"법사님. 이웃나라의 끊임없는 공격을 받는 신라로서는 어쩔 수 없는 행동입니다. 용기 있는 마음으로 굳건히 난관을 헤쳐가려면 필요한 살생은 어쩔 수 없는 것입니다. 신라의 수천 명의 젊은 화랑도들은 원광법사님을 스승처럼 여기고 있습니다."

"그런가요? 불제자에게는 명성이란 다 부질없는 것입니다. …얼마 전 총명한 김선종이라는 제자가 갑자기 교육 중에 저에게 질문을 하더군요."

"법사님 밑에서 배우는 뛰어난 몇몇 제자들의 이름은 저도 소문을 들어 잘 알고 있습니다. 선종 그가 대체 무슨 질문을 하였습니까? "

"그는 저에게, 부처님의 가르침은 모든 사건과 생명들의 생성과 소멸을 일으키는 연기를 깨닫고 관찰하며 성장하는 것인데, 왜 나는 질서 있는 인연을 만들지 않고, 무질서한 인연을 만들어 세상을 어지럽히는 것이냐며 꾸짖듯이 언성을 높이더군요."

"허허! 제자가 스승을 꾸짖다니…, 우리 가문에서는 있을 수 없는 일이로군요."

"아닙니다. 불교에 귀의한 모든 사람은 부처가 될 수 있고, 불교를 아는 모든 중생 역시 깨달음을 통해 부처가 될 수 있습니다. 그리고 부처의 가르침은 스승과 제자라는 굴레가 아니라 질문과 대답이라는 대화의 연관성에서 생기는, 깨달은 자와 배우는 자의 관계입니다. 제자가 스승을 가르칠 수 있고, 스승이 제자에게 배울 수 있는 그런 세상이 바로 부처의 세상이며, 미래를 밝게 만드는 연기의 시작인 것이죠."

"법사님께서는 제자의 말을 듣고 그냥 아무렇지 않게 지나쳤습니까? "

"제자가 허물을 보고 묻고 있는데, 허물의 진실을 말해주지 않으면 앞으로 누가 저를 따르겠습니까?"

"법사님이 말씀하시는 허물의 진실이라는 것이 무엇입니까? 눈에 보이는 것입니까?"

"진실이란 많은 인간들이 부처에 다다르기를 원하지만, 부처에 이르지 못한다는 것입니다. 인간들은 부처가 되기를 원하나 감정을 조절하지 못하는 본성 때문에, 깨달음이란 체험을 통해 서서히 이치를 알아가야 합니다. 하지만 지금도 많은 승려들이 마음을 괴롭히는 번뇌와 고통을 스스로 없애지 못하고 있다는 것입니다. 중생을 구제한다는 목적이 있기에 결국은 이 세상과의 인연과 얽히게 되고, 또 그 인연의 얽힘이 연기의 흐름이 되어 또 다른 악연을 만들어 내는 것입니다. 세속적인 실수가 반복되는 셈입니다. 이것이 지금의 불교가 가지고 있는 허물입니다. 그리고 그런 허물을 벗겨내고 새로운 세상을 만들어 나가는 것이 바로 젊은 제자들의 역할이지요."

"결국은 법사님이 짊어진 짐을 젊은 제자에게 나누어 주는 셈이 되었군요."

"허허허. 그 제자의 질문이 저를 다시금 돌아볼 수 있게 만든 계기가 되었다는 표현이 맞겠지요. 그런데 저에게 오신 연유는 대체 무엇이지요? "

"많은 사람들이 다가오는 거대한 전쟁을 두려워하며 피해를 줄이기 위한 계획을 세우고 있습니다. 제가 여기에 온 이유는 법사님께 도움을 요청하기 위함입니다."

"저 같이 불도를 닦는 승려가 무슨 도움이 되겠습니까? "

"이곳에는 수나라를 오가시는 승려들이 많으니 그들에게서 수나라의 정세와 전쟁에 관한 소식들을 듣고자 함입니다."

김용춘은 고구려와 수나라의 전쟁의 결과에서 오는 후유증을 원광법사에게 설명을 하였다. 그리고 그가 생각하고 고민하고 있는 부분을 설명했다. 원광법사는 그의 말을 귀담아 듣더니, 크게 고심을 하며 하늘을 보았다. 그리고 긍정적인 답변을 하며 무슨 일이든 신라를 위해 그를 돕겠다고 말했다.

전쟁의 기운이 다시 피어 올랐다. 고구려 국경지역 사람들의 삶에 다시 긴장감이 돌았고, 불안감이 안개처럼 서서히 덮치기 시작했다. 수나라 양제가 군사를 모으고 있다는 소문이 서서히 고구려 곳곳으로 퍼졌다. 큰 전쟁을 겪었던 주민들은 벌써 동요되어 피난 준비를 하였다. 백성들은 비상식량과 옷가지들을 최대한 마련했고, 군사들은 재료들을 긁어 모아 화살과 갑옷, 무기들을 만드는데 총력을 기울였다. 사람들이 떠난 국경지역의 마을은 황폐해져 인기척이 사라졌다. 굶어서 갈비뼈가 가시처럼 드러난 버려진 개들만이 먹이를 찾아 쓸쓸하게 어슬렁대며 돌아다니고 있었다.

수나라 황제 양광이 대신들과 장수들을 모아 놓고 고구려 공격에 대한 계획을 준엄하게 말하였다.

"고구려 같은 작은 나라가 사리에도 어둡고 공손하지도 못하오. 원래 고구려 땅은 중화의 땅이거늘 고구려 종족이 모여들어 씨를 뿌리고 번창하니 오랑캐의 땅이 되었소. 세월이 흘러 악이 쌓이니, 하늘의 도로써 그들에게 화를 내리겠소. 고구려가 조칙을 내려도 조정에 알현하지 않으니 정벌을 하여 천자가 행하는 형벌을 내리겠소. 황제의 사신을 거절하고, 황제를 섬길 마음이 없으니, 이를 참는다면 누가 이것을 용납하겠소? 이에 친히 하늘의 뜻에 따라 이 무리들을 멸하여 능히 선대의 정책을 이어나가고자 하오."

 모든 대신들이 황제의 엄숙한 포고에 머리를 조아렸다.

"나는 스승에게서 배운 병법을 그대로 따를 생각이오. 적군보다 병사들이 몇 배로 많으면 포위하여 항복을 받아내야 하고, 그들을 포위해도 항복하지 않으면 적들을 유인하여 차례대로 격멸시켜야 하오. 그리고 같은 수의 병력이면 죽을 각오로 싸워야 이길 수 있고, 만약 적보다 적은 수이면 이기지 못하는 승산이 없는 전투는 피하고 치며 빠지는 수법을 써야 하오. 나는 그러한 이유로 우리 수나라 군사들이 피해를 입지 않고 고구려왕의 항복을 받아내는 방법을 쓸 것이오. 그러므로 대국의 재정으로 볼 때, 우리 수나라는 100만 명 이상의 대규모로 준비를 하는 것이 옳다고 생각하오."

 100만이 넘는 군사들의 수와 엄청난 물자들의 준비를 하라고 명령하는 황제의 말에 신하들은 크게 놀라고 당황해했다. 운하를 만드는 과정에서 수많은 백성들이 병들고 죽었다. 낙양에 거대한 정원을 만들기 위해 수많은 백성들이 강제로 동원되었다. 피폐해진 삶에 수나라 백성들의 원성이 하늘을 찌를 듯이 높았다. 그런데 황제가 또 어마어마한 규모의 전쟁을 하려는 것이다. 대신들 모두가 황제의 고구려에 대한 원한을 알고 있었다. 하지만 황제의 말에 또 다시 백성들이 짊어져야 할 고통을 생각하니 마음이 아팠다. 그러나 모두들 황제의 공포정치에 목숨을 잃을 까봐 두려웠다. 황제의 명령에 어느 누구 하나 나서지 못했고, 아무런 대꾸도 하지 않았다.

"고구려를 정복하고 무너뜨리려면 전쟁을 오래 끌지 않아야 하오. 반드시 항복을 시키거나 아니면 대규모의 군사들로 일시에 공격하여 고구려를 섬멸해야 하오. 경들은 짐의 말에 따라 이를 실행에 옮기도록 하시오."

수나라 황제 양광은 자신의 생각을 충분히 이해시켰다고 생각하자, 지체 없이 각각의 장수들을 불러들였다. 그리고 그들에게 한 명씩 중요한 직책을 내려주고 전쟁준비를 철저히 하도록 엄하게 명령을 하달했다. 수나라 조정의 모든 대신들이 황제의 비위를 맞추기 위해 최선을 다했다.

황제 양광은 육군이 사용할 수많은 전차들과 수군을 실어 나를 수백 척의 함선들을 만들게 하였다. 그리고 그 결과를 수시로 보고하도록 했다. 또 본인은 직접 운하를 통해 큰 배를 타고 탁군으로 이동하여, 모든 지역에서 징집한 군사들의 숫자와 군량미, 전쟁물자와 보조 인원들을 점검하고 보충을 지시했다. 양광의 전쟁준비는 집요하고 끝이 없었다. 그는 먼저 장수 이경을 시켜 요하 서북쪽의 고구려 땅인 무려라를 공격하여 정복하게 했다. 그리고 고구려 이름을 없애고 통정진으로 바꾸어 수나라 땅으로 흡수를 하였다.

을지문덕이 요동지역에서 돌아와 푸른 비단관과 관복으로 갈아 입고 궁궐로 들어가 영양왕에게 보고를 하였다.

"적들의 기세가 충만하고 무기 창고에는 다양하고 많은 무기들이 갖추어져 있습니다. 양광은 부하들에게 군정을 맡기지 않고 스스로 나서서 군량미를 비축하며 차근차근 고구려를 공격할 준비를 하고 있습니다. 수십 명의 장수들에게 정벌의 중임을 맡게 한 정황으로 보아 이번 공격은 100만 이상의 대규모가 될 것 같습니다. 그리고 무려라가 함락되었습니다. 양광이 요서지역의 감시망을 없앤 것입니다."

"다른 장수들의 보고를 보아도 이번에 수나라는 우리가 상상하지도 못 할 대군을 이끌고 올 것이라 하오. 더구나 무려라를 먼저 치는 것을 보면 그들이 확실히 고구려를 꺾기 위해 만반의 준비를 하고 있다는 뜻이오."

영양왕이 근심 어린 표정을 지으며 말했다.

"그들이 식량을 모두 비축하면 군사를 움직여 여러 갈래의 노선으로 나뉘어 진격을 할 것입니다. 그들이 요동 방어선을 무너뜨리기 위해서는 빠른 속도로 전략적 요충지를 공격할 것이니 이에 대한 준비를 철저히 해야 할 것 같습니다."

"을지문덕 장군. 그대는 이번 전쟁을 어떤 전략으로 하는 것이 좋을 것이라 생각을 하시오?

"소신의 생각에는 대왕께서 과거에 행하시어 수나라 대군을 물리치셨던 청야전술을 다시 이용하여 수나라의 대군을 상대함이 좋을 것으로 사료됩니다."

"청야전술이 그들에게 또다시 효과를 낸다는 보장은 없소. 더구나 고구려 백성들이 성안에서 버티고 있는 동안, 그들이 봄에 침공하여 들판을 점령하고 곡식을 심어 가을에 거두면 청야전술은 무의미하게 될 것이오. 그대는 혹시 공격과 방어를 병행하는 책략은 생각해 보지 않았소? "

"물론 생각은 해 보았으나 많은 수의 대군을 상대하기에는 공격보다는 방어에 치중하셔야 하옵니다. 고구려 군사들의 사기가 하늘을 찌를 정도로 높기는 하나, 대군의 날카로운 칼날을 모두 막기는 버거울 것입니다. 고구려 군사들의 수가 요동지역에 약 15만, 평양성 주위에 10만, 그리고 남쪽 국경지대에 5만이 배치되어 있습니다. 100만이 넘는 수나라를 상대하려면 정면 충돌보다는 다른 전략을 사용하여야 합니다. 고구려처럼 높은 산과 계곡이 많고 들판이나 평지가 적은 곳은 방어하기에 아주 적합한 곳입니다. 요동지역의 성들은 공성무기로 쉽게 부술 수도 없을 정도로 견고하고, 압록강 주변의 겨울은 적들이 견딜 수 없을 정도로 혹독합니다. 대왕이 행하셨던 청야전술은 만고의 모범입니다. 이번에 그들이 봄에 쳐들어온다고 해도 겨울을 넘어서 버티지는 못할 것이옵니다. 그들이 곡식을 심고 추수를 계획한다고 해도 우리는 바람을 이용한 화공으로 얼마든지 그 곡식들을 모두 불태울 수 있습니다. 염려하지 않으셔도 될 것 같습니다."

"음- 그대의 말을 들으니 다시 청야전술로 그들과 대적해야 할 것 같다는 생각이 드는구려."

"요동을 지키는 성주들은 군사와 백성들을 하나 같이 보살피고 있습니다. 전쟁이 나면 모든 백성들이 성안에 모여 살고, 평화가 찾아오면 백성들이 성 밖으로 나가, 농사를 짓고 짐승들을 기르는 반복된 생활을 잘하고 있습니다. 전쟁의 피해를 최소화하려면 평소에 익힌 전술대로 행하심이 마땅할 것으로 사료되옵니다."

"알겠소. 그대의 생각대로 하는 것이 옳을 것 같소. 그대는 모든 성주들에게 전하여 공격을 하지 말고 방어에 집중하라고 연락을 하시오. 그리고 흙으로 쌓은 토성들은 내외벽에 돌과 바위를 이용한 석성을 추가로 보충하게끔 하시오."

"알겠습니다. 축성술을 기록한 문서들과 부족한 물자들을 함께 보내도록 하겠습니다."

"그렇게 하시오."

"그런데 한 가지 궁금한 것이 있사옵니다."

"그게 무엇이오?"

"대왕님께서 며칠 전 국내성에 다녀오신 연유가 혹시 그들의 군량미를 빼앗기 위한 전략을 짜러 가신 것이옵니까?"

"그렇소. 을지문덕 그대는 나의 모든 생각을 이미 알고 있구려. 나는 국내성에 요동지역 성주들을 모이게 하였소. 그리고 수나라 군사들이 한 성을 공격하면 그 주변의 성주가 군사들을 이끌고 군량미를 실은 후방부대를 급습하라는 명령을 내렸소. 군량미를 빼앗거나 없애는 것은 적군의 사기를 꺾고 힘을 약하게 만드는 최선의 방법이라오. 어떻게 그런 중요한 일을 내 직접 가지 않고 지시를 내린단 말이오."

"그렇다면 성주들에게 일반 병사들을 보내지 말고 중장기병인 개마무사들을 보내라고 하셨습니까?"

"그렇소. 적군이 수가 많을 때는 아군의 희생을 최소화해야 하오. 고구려의 개마무사들은 철갑으로 말과 기병들을 보호하므로 웬만한 적들의 화살이나 칼로는 쓰러뜨릴 수가 없소. 그래서 철을 더 생산하고 갑옷을 더 만들어 개마 무사의 수를 두 배 이상 늘리라고 명령을 하였소."

"대왕님의 지략은 저보다 항상 한 발 앞서 가십니다."

"아니오. 그대와 같은 대신들과 고구려의 성주들의 능력의 출중함은 내가 다 알고 있소. 그대들 역시 나와 똑같은 생각을 하고 있었을 것이오. 내가 그대들에게 뒤지지 않게 노력을 하고 있는 것뿐이오. 그리고 공은 여러 나라에 부하들을 보내어 정탐을 하고 있는데 신라와 백제의 동향은 어떠하다고 하오?"

"신라가 고구려를 공격할 기회를 보고 있다는 정보가 들어

왔습니다.”

“백제는 어떠하던가요?”

“백제는 아직 뚜렷한 징후를 보이지 않고 있으나 신라와의 국경지대에서 성을 추가로 쌓으며 방어를 굳건히 하고 있다고 하옵니다. 백제는 우리와 동맹을 맺고 신라에게 뺏긴 땅을 되찾고 싶어 하니, 수나라가 고구려를 침공하였을 때 그들에게 신라를 공격하게 하면 신라 역시 고구려를 공격하지 못하게 될 것이옵니다.”

“내 이미 그런 생각은 하고 있었소. 하지만 백제는 수나라에 사신을 보내어 그들과 모든 것을 협조한다는 약속을 했다고 들었소. 그들이 비록 신라와 같이 고구려를 침범하지 않더라도 수나라가 공격을 명한다면 다른 마음을 가질 수도 있소. 미리 백제에게 사신과 재물을 보내어 그들과의 관계를 돈독히 해야겠소. 그리고 공은 수나라의 동향을 좀 더 정확히 파악하여 알려주면 고맙겠소. 지금 바로 요동지역으로 다시 가서 고구려에 도움이 될 만한 것들을 파악해 주었으면 하오.”

“소신 분부대로 행하겠습니다.”

을지문덕은 영양왕과 몇 가지 이야기를 더 나눈 후 평양성을 나와 바로 말을 달려 요동지역의 안시성으로 향했다.

마침내 황제 양광이 만족할 만한 수나라의 전쟁준비가 완료되었다. 양광은 113만 명이 넘는 대군을 직접 이끌고 고구려 공격에 나섰다. 좌 12군 장군으로는 우문술에게, 우 12군 장군으로는 우중문을 임명하고, 각각 군사 수십만 명을 거느리게 하였다.

황제 양광 역시 어영군 6군을 직접 이끌고 함께 출진하였다. 양광은 아버지 양견이 고구려를 여름에 침략하여 장마와 홍수로 큰 불편을 겪은 것을 잘 알고 있었다. 그래서 큰 추위가 가길 기다렸다가 봄이 오자마자 계획한 대로 실행에 옮겼다. 황제 양광이 전군에게 명령했다.

"고구려를 정복하여 만 리가 떨어진 곳도 수나라와 같은 바람이 불게 만들 것이다. 황제의 군대여! 출발하라!"

수나라의 113만 대군이 원정을 위해 출발하였다. 군사들이 떠나는 데만 한 달이 넘게 걸렸다. 그리고 군사들의 행렬은 천리에 가까웠다. 말을 탄 기병들이 움직일 때는 땅이 흔들렸고 초원의 풀들은 군마들의 말발굽에 사라졌다. 보병과 전차를 운영하는 군사들이 앞섰고, 식량과 물자를 실은 수레들이 뒤따랐다. 그들이 지나가는 곳은 새로운 길들이 생겨났다.

황제 양견은 수군도 철저하게 준비를 하였다. 고구려와 가까운 산동반도 동래에서 거대한 함선 일천 척을 만들었다. 그리고 장수 내호아에게 수군 12만 명을 거느리고 고구려 평양성이 있는 대동강을 향해 출발하도록 했다.

안시성에서 을지문덕이 다시 돌아왔다는 소식을 듣고 고구려 영양왕이 급히 그를 궁궐로 불러들였다.

"그들의 기세와 규모가 어떻던가요?"

"이번 전쟁은 고구려 백성들과 군사들에게 큰 고통을 줄 것 같습니다. 그들의 규모가 생각했던 것보다 더 크고 대단합니다. 요서지역 전체가 수나라 군사들로 꽉 찼습니다."

"나라의 운명이 지금 풍전등화이군요. 황제 양견의 고구려 침략은 큰 희생 없이 막아냈지만, 그의 아들 양광의 이번 공격에는 많은 희생이 따를 것 같군요. 양광 그는 실로 자만심이 대단한 사람인 것 같소. 백만이 넘는 대규모의 군사들을 이끌고 직접 이곳으로 오다니, 고구려로써는 상상도 못할 일이오. 이제 우리가 어떻게 하면 좋을 것 같소? ”

“소신의 생각에 그들이 원하는 방향과 다르게 전략을 짜야 한다고 생각합니다. 허를 찔러야합니다.”

“그들과 다른 전략이라면 어떤 것을 말함이요? ”

“소규모의 군사들을 이끌고 유인하여 국지전의 양상으로 바꾸어 버리는 것입니다. 고구려의 튼튼한 성들을 모두 적절하게 운용하는 것이 이로울 것으로 생각됩니다.”

“정면으로 부딪치지 말고 그들의 군사력을 분산시켜 하나하나씩 대항하자는 말씀이요? ”

“그렇습니다. 첫째로 기동이 가장 빠른 군사들을 이용하여 그들을 유인해야 할 것이며, 둘 째로 그들이 전쟁에 유리한 지형에 주둔하지 못하도록 괴롭혀야 할 것이며, 셋째로 고구려 성주들에게 연락하여 서로 협공할 방법을 논의하여, 적군의 형태에 따라 군사들의 공격하는 모양과 순서를 미리 계획하여야 합니다.”

"공격으로 적들을 유인하고 성들을 이용하여 방어를 하자는 책략이군요."

"그렇습니다. 하지만 그것만으로는 부족합니다. 적들을 기만하고 두려움에 떨게 만드는 계략이 반드시 필요합니다. 수나라 군대의 전력은 우리보다 월등합니다. 직접적인 충돌보다는 피해를 최소화하기 위해, 치고 빠지는 방법을 이용해야 합니다. 그런 공격들이 성공한다면 그들이 섣불리 공격하지 못할 것입니다."

"알겠소. 그대의 말처럼 수나라의 군사들을 기만할 수 있는 교묘한 방법들을 찾아야 할 것 같소. 방어를 잘하여 장기전으로 간다면, 고구려의 강한 근성으로 그들을 능히 물리칠 수 있을 것이라는 생각이 드오."

영양왕은 을지문덕에게 평양성 주변의 중앙군 10만 명중 7만 명을 내주어 압록강과 평양성 사이의 모든 방어를 책임지게 하였다. 만약 요동지역의 성들이 함락되거나, 요동을 지나쳐 바로 압록강을 넘어오게 되면 평양성이 위험하게 되므로 그에게 모든 것을 맡긴 것이다

봄의 아침햇살이 요하의 물안개를 삼키며 시야를 밝혀줬다. 요하의 물빛은 강변에 무리 지어 흩어져 있는 군사들의 어수선한 그림자들과 어우러져 울렁거리는 영상을 만들어냈다. 군사들의 수가 강기슭의 자갈만큼이나 많았다. 강폭이 넓은 요하는 바람도 없이 물결쳤다. 푸르게 변한 강가 수풀들도 머리숲처럼 자라나 있었다. 많은 물새들이 병사들에게 강기슭을 빼앗기고 강 중간에 옹기종기 모여 있었다.

수나라 황제 양광이 대군을 이끌고 드디어 요하에 도착하였다. 그런데 한 달 앞서 출발한 선발부대가 아직도 요하를 건너지 못하고 고구려 군사들과 대치를 하고 있었다. 황제 양광이 그 모습을 보고 대노하였다. 장군 우중문과 우문술을 다급히 불러오게 하여 물었다.

"대체 이곳에서 우물쭈물 무엇을 하고 있는 것이냐? 어찌하여 아직까지 군사들이 요하를 건너지 못하고 있느냐?"

"선발대가 뗏목을 만들어 요하를 건넜지만 그 수가 고구려 군사들에 못 미처 그들의 공격에 모두 죽었다고 하옵니다."

"그럼 뗏목을 만들지 말고 부교를 만들 것이지 왜 지금까지 그러하지 못했던 것이냐?"

"고구려 군사들이 몰래 요하를 건너 기습을 하므로 방어를 위해 부교를 만들지 못했다고 하옵니다. 이제 본진이 도착하였으니 고구려 군사들이 두려워 이곳으로 오지 못할 것이옵니다. 곧 부교를 준비하도록 하겠습니다."

"공부상서 우문개를 불러 오너라"

"예. 폐하."

양광 앞에 다가온 우문개가 머리를 조아렸다.

"그대는 장안에서 현인궁을 내게 만들어 주어 나를 아주 기쁘게 했다. 그대를 고구려 원정에 종군토록 한 것은 전쟁에 필요한 모든 구조물들을 만들기 위함이다. 부하들에게 명하여 하루빨리 부교를 만들도록 하여라. 지체하면 큰 벌을 받게 될 것이다."

"알겠습니다. 최선을 다하겠습니다."

우문개가 자리를 뜨자 우중문이 조심스럽게 다가와 황제에게 물었다.

"요하를 건너시면 고구려의 수도 평양성으로 바로 직진하시는 겁니까? "

"아니다. 먼저 고구려의 요동성과 국내성을 함락시키는 것이 목표다."

"그럼 평양성 인근에 수군들이 우리들보다 먼저 도착하게 되는데, 내호아 장군에게 먼저 공격을 하라고 명을 하셨습니까? "

"수군의 힘만으로는 평양성을 정복하지 못한다. 평양성 인근에 상륙한 후 본진과 합류하기를 기다리라고 했다. 시간이 없으니 서둘러 요동성을 점령해야 할 것이야."

"알겠습니다. 부교가 설치 되는대로 바로 요동성을 공격하도록 하겠습니다."

우문개는 수나라 군사들의 진영 가까운 곳에서 큰 나무들을 골라 베었다. 그리고 통나무들을 넓고 길게 연결하여 3개의 부교를 만들었다. 수백 마리의 말들을 이용하여 끌어왔다. 부교 밑에 설치한 지렛대 나무들이 삐거덕거리며 부서져 나갔다. 말들이 흘리는 땀과 힘겨운 날숨들이 병사들이 때리는 채찍소리와 함께 요하의 공간을 어지럽혔다.

부교를 요하에 띄어서 길게 늘어놓으니 요하의 폭보다 조금 짧았다. 하지만 우중문은 더 기다릴 수가 없어, 군사들에게 명하여 부교 위를 걸어서 요하를 건너게 했다. 군사들은 부교의 끝까지 가서 강물로 뛰어든 다음 강가까지 걸어서 갔다.

하지만 고구려 군사들이 강가에 두텁게 진형을 갖추고 강을 건너오는 수나라 군사들에게 쉬지 않고 화살을 날렸다. 수나라의 많은 군사들이 화살을 맞고 사망했다. 설사 방패를 이용하여 화살을 막고 강가에 도착하더라도 대기하고 있던 고구려 군사들이 휘두르는 창과 칼에 의해 모두 죽임을 당했다. 첨벙거리며 튀어 오르는 물방울과 혈관에서 솟아나는 핏방울이 섞이며 요하의 강물은 이내 아비지옥 같은 붉은 세상이 되었다.

우문개가 그러한 상황을 보고 크게 놀라, 부교를 만들고 남은 작은 통나무들을 이용하여 화살을 막을 수 있는 두터운 나무방벽을 수십 개 만들어왔다. 우중문은 수나라 군사들에게 나무 방벽 뒤에 숨어 무리를 지어 다시 한번 한꺼번에 요하를 건너도록 명령을 했다.

그러자 고구려 군사들의 맹렬한 공격에도 강을 건너는 수나라 군사들의 수가 점점 많아졌다. 강기슭에 도달한 수나라 군사들은 나무방벽을 이용하여 고구려 군사들을 밀어붙이며 전투다운 싸움을 하기 시작했다. 하지만 높은 언덕에서 밑을 바라보며 공격하는 고구려군이 강기슭 낮은 곳에서 위를 쳐다보며 싸우는 수나라군보다 훨씬 유리했다.

내려치는 칼이나 찌르는 창의 힘이 더 강했고, 쏘는 화살은 더 빠르고 멀리 날아갔다. 시간이 지날수록 수나라 군사들의 시체가 강기슭에 점점 많아졌다. 계속해서 요하를 건너는 병사들이 죽은 병사들을 보충해 나갔지만, 하루 종일 싸우다 보니, 3만 명의 군사들이 죽었고, 여러 명의 장수들도 전사 하였다. 고구려 군사들은 수천 명의 희생만 있었다.

이를 지켜본 황제 양광은 더 이상 군사들에게 강을 건너지 말도록 지시하고 부교를 거두어라 명하였다. 그리고 우문개 대신에 하조를 시켜 부교를 강폭 끝까지 닿도록 더 길게 만들도록 하였다. 하조는 긴 나무들을 잘라 밤낮을 쉬지 않고 일을 해서 이틀 만에 부교를 더 길게 만들었다.

황제 양광은 보병들은 보내지 않고 철기병들에게 방패와 창을 주어 한꺼번에 부교를 도하시켰다. 그들은 강을 넘자마자 밀집방어를 하며 수나라 군사들이 모두 넘어 올 수 있도록 고구려 군사들을 막았다. 그렇게 반나절이 지나자 요하를 건너간 수나라 군사들의 수가 10만 명에 달했다. 황제 양광은 충분한 군사들이 모였다고 생각했다.

"고구려 놈들은 이제 힘없는 물고기들이 작은 연못 안에서 노는 것과 같다. 우리들이 복수를 할 차례이다. 그들이 다시 신선한 공기를 마시지 못하도록 전멸시켜야 할 것이다."

양광은 철기병들을 앞세워 전군이 언덕 위에 있는 고구려군을 포위하며 총공격을 가하게 했다. 한 병사가 전투의 시작을 알리는 효시를 허공에 쏘았다. 끝에 속이 빈 깍지를 달아 붙인 우는살이 하늘을 날며 기이한 소리를 내었다. 묵직한 수나라 철기병들이 땅을 울리고 굉음을 내며 무소들의 무리처럼 맹렬히 돌격했다. 생사를 건 혈투가 시작되었다.

바람이 세차게 불었고 모래가 날리고 돌멩이가 굴렀다. 수적으로 불리해진 고구려군은 열심히 싸웠다. 하지만 수나라 군사들의 기세에 점점 밀렸다. 수나라 본진에 있던 모든 철기병들이 나중에 강을 건넜다. 그리고 언덕아래에서 솟구치는 물줄기처럼 고구려군의 진영을 깨뜨리며 나아갔다. 무서운 형세로 다가오는 세력이 매우 대단하여 아무도 막을 수 없었다. 격렬한 전투로 피바람이 불고 피비가 내렸다.

고구려 군사들이 결국 버티지 못하고 만여 명의 군사를

잃고 요동성으로 급히 물러갔다. 첫 번째 전쟁에서 승리를 한 황제 양광은 전투를 한 군사들에게 잠시 쉬게 하고, 남은 군사들 모두 요하를 건너게 하였다. 그리고 진군하여 요동성까지 다가갔다. 양광은 군사의 절반으로 하여금 계속 요동성을 포위하게 하고, 나머지 절반의 군대는 개모성, 백암성 등 주변의 성들로 보내어 동시에 공격하게 했다.

요동성에는 고구려 군사와 백성들 수만 명이 지키고 있었다. 요동성은 인간들이 만들어 낸 강력한 요새였다. 성벽 자체가 두텁고 높이도 열길이 넘었다. 수나라 황제 양광이 일차 공격을 시작하였으나 절벽과 같은 성벽을 수나라 군사들이 가져온 일반 사다리로는 올라갈 수 없었다.

요동성을 둘러싸고 있는 물웅덩이 해자 역시 장애물이었다. 수나라의 사다리차 운제는 긴 사다리 두 개를 연결하여 접었다가 펴는 방식으로 큰 수레에 고정되어 있었다. 그런데 전쟁이 시작되기 전, 요동성 성주가 해자의 넓이를 크게 넓히고 깊게 파서 주변 물길을 풍부하게 끌어왔다. 수레가 건너지 못하는 작은 강처럼 이미 변해있었던 것이다.

황제 양광은 성벽을 부수는 투석기를 이용하여 많은 돌들을 날려 보내게 했다. 그리고 이동식 망루가 있는 소차를 들어 올려 성안을 살피게 했다. 성벽은 매우 튼튼하였으며, 성벽이 조금 부서지더라도 고구려군은 굵은 통나무를 이용하여 바로 무너진 곳을 메꾸며 방어를 해나갔다.

요동성 성벽에는 대형쇠뇌를 설치한 노대들이 있었다. 고구려 군사들은 노대에서 장거리로 보내는 대형쇠뇌에 사람의 키보다 긴 화살들을 장전하여 인정사정없이 쏘아 보냈다. 수나라 철기병들과 말들은 한 번만 맞아도 즉사했고 일반 병사들은 스치기만 해도 큰 부상을 입었다. 대형쇠뇌의 화살은 형상화된 번개와 같았다. 한 번씩 날아올 때마다 위이잉 하는 무서운 공기 파열음이 군사들의 귓가를 진동시켰다. 마치 노한 신이 창을 땅으로 내리 꽂는 것 같았다. 대형쇠뇌의 무서움에 수나라 군사들이 요동성 근처에는 감히 접근하지도 못했다.

지루한 싸움은 기일이 없이 계속되었다. 황제 양광은 성벽을 먼저 오르는 자에게 관직과 큰 상을 내린다는 명령을 하달하였다. 관직에 눈을 먼 보병들이 앞 다투어 직접 사다리를 들고 해자를 건너기 시작했다. 하지만 해자 안의 물속에 무작위로 뿌려진 뾰족한 별모양의 쇠가시에 많은 군사들이 발에 상처를 입고 여기저기 쓰러졌다. 그런 무방비의 상태에서 성벽 위의 고구려 군사들이 화살을 또 비 오듯 뿌렸다. 날아오는 화살에 대부분이 큰 부상을 입고 죽어나갔다. 일부 병사들은 방패를 머리 위에 받치고 해자를 건너 필사적으로 성벽을 기어올랐다. 하지만 위에서 쏟아지는 바위에 머리가 깨지고, 절구로 방아 찧듯 내리치는 통나무에 추풍낙엽처럼 떨어졌다.

황제 양광은 상황이 좋지 않자 후퇴 명령을 내렸다. 그리고 요동성에서 조금 떨어진 마수산에 있는 진영으로 돌아왔다. 양광은 장수들을 모아놓고 말했다.

"모두가 겁쟁이들이로다! 그대들은 자신들의 관직과 가문의 지체가 높음을 뽐내는가? 어찌 황제인 나를 어리석고 나약한 사람으로 대우하려 하는 것이냐? 낙양에서 출발하기 전에, 공들은 혹시나 내가 병에 걸릴까 전장에 오는 것을 원치 않았었는데, 그것은 그대들이 이렇게 죽음이 무서워서 힘을 다하지 않는 모습을 내게 들킬까 봐 염려하여 그랬던 것이 아니더냐? 내가 능히 공들의 목을 베고 죽일 수 없다고 생각하는 것인가? 목숨을 버릴 생각으로 요동성을 공격하지 않으면 가만 놔두지 않겠노라. 장수들은 열 가지 계략과 백 가지 방책들을 내놓아 할 것이야."

그리고 전투에서 앞장을 서서 군사들의 사기를 올린 자에게는 승진을 시켜주었다. 하지만 명령을 어기고 뒤로 후퇴한 자에게는 목을 치는 형벌을 가했다. 한 사람을 벌하여 다른 사람들의 경계가 되게 하였던 것이다. 모두들 황제의 처사에 두려움을 느꼈다.

수나라 군사들은 날마다 황제의 닦달에 못 이겨 쉬지 않고 공격했다. 하지만 요동성은 철옹성이었다. 높은 공성탑을 만들어 수많은 화살들로 공격해도 똑같은 상황이 벌어졌다. 황제 양광은 해자를 흙으로 메꾸자는 부하 장수들의 뜻을 마침내 따르기로 했다. 수많은 군사들이 해자로 다가가 방패로 날아오는 화살을 막으며 깊은 웅덩이를 수레에 싣고 온 흙을 담은 포대 자루로 조금씩 메꾸어 나갔다.

군사들 수만 명이 며칠간 일을 하자 해자의 수심이 낮아지며 군사들이 수월하게 건널 수 있게 되었다. 해자가 완전히 흙으로 덮여져 수레들이 드나들 수 있을 정도가 되자, 황제 양광은 군사들을 나누어 성문을 부수는 충차와 함께 요동성의 남쪽과 서쪽을 동시에 총공격하게 했다. 성벽과 높이가 비슷한 바퀴 달린 누각들도 성벽 가까이 다가가서 요동성 성벽에 있는 고구려 군사들에게 화살을 쏘게 하였다.

요동성의 고구려 군사들도 방어에 최선을 다했다. 노대의 쇠뇌에서는 쉬지 않고 화살을 날렸고, 성벽의 돌기처럼 튀어나온 옹성에서는 사다리차를 타고 성벽을 오르는 수나라 군사들에게 화살을 쏘며 공격했다.

계속된 며칠간의 공격으로 드디어 요동성의 성벽이 조금씩 깨지고 금이 갔다. 성벽에 오르는 수나라 군사들의 수도 급격히 늘어났다. 요동성의 방어선이 거의 무너질 즈음 갑자기 고구려 한 장수가 성벽 위에서 외쳤다.

"여보시오! 군대를 물리면 우리들은 바로 항복하겠소! 공격을 멈추시오!"

앞에서 지휘를 하고 있던 우문술은 고구려 장수가 외치는 소리를 듣자 기뻐했다. 그리고 잠시 공격을 멈추게 한 후, 부하를 시켜 황급히 황제 양광에게 전갈을 보냈다. 원래 뛰어난 지휘관이란 휘하 장수에게 모든 것을 일임하면, 그가 실패할 때까지 지켜보며 결과를 기다리는 법이다. 하지만 황제 양광은 전쟁 중인데도 모든 군사들의 움직임을 통제하고 있었다. 수나라에서 출발하기 전 그는 모든 장수들을 불러 말하였었다.

'전쟁을 행할 때 공격하고 정지함을 모두가 반드시 나에게 아뢰어라. 짐의 회답을 기다릴 것이며 스스로 판단하여 제멋대로 하지 말라. 그렇지 않으면 큰 벌을 내릴 것이다.'

우문술은 고구려 군이 항복한다는 중요한 정보를 황제에게 고하지 않았다가 나중에 큰일을 당할 수 있다는 생각을 하였다. 양광이 마수산에서 전령에게 요동성이 항복한다는 소식을 듣고 뛸듯이 기뻐하며 외쳤다.

"그래? 요동성이 항복을 한다고 했다고? 그러면 즉시 공격을 멈추도록 하라. 그들이 항복하기를 기다려라!"

하지만 수나라 군대가 아무리 기다려도 요동성에서는 항복할 기미가 보이지 않았다. 오히려 통나무를 이용하여 부서진 성벽의 틈을 메꾸며 전열을 가다듬는 행동까지 보였다. 화가 난 양광은 한 병사를 보내어 요동성 앞에서 왜 항복하지 않는 지를 크게 외쳐서 묻게 했다. 그런데 고구려군 사들이 대답도 하지 않고 황제의 명을 받은 병사에게 활을 쏘아 그에게 큰 부상을 입혔다.

"고구려 이놈들! 내게 거짓말로 항복을 한 척 하다니…. 시간을 벌기 위한 못된 수작이었구나! 괘씸하도다! 여봐라.

지체하지말고 당장 총공세를 퍼 부어라!"

양광은 대노하여 다시 공격을 가했다. 잠시 쉬는 틈을 이용하여 성벽을 보수하고 기운을 충전한 요동성 고구려 군사들이 이를 악물고 다시 방어를 했다. 그렇게 또 며칠이 지났다. 수나라군은 몇 번의 대대적인 공격으로도 요동성을 점령하지 못했다. 황제 양광은 이제 초조한 마음이 들기 시작했다.

여름이 눈앞에 왔다. 수나라에서 가져온 물자 절반을 썼다. 그런데도 앞에 있는 요동성 하나도 함락시키지 못했다. 더구나 수개월 간의 공격으로도 요동의 성들 중 단 한 곳도 함락시키지 못하였고, 지금까지 10만 이상의 병력이 손실되었다. 고구려의 성들을 하나씩 차례로 정벌해 나가려면 얼마의 시간이 걸릴지 상상도 할 수 없었다. 양광은 미리 계획하였던 것들이 이미 틀어졌다는 것을 깨닫고, 요동성 주변을 다시 한 번 둘러보고나서 모든 장수들을 불러 모았다.

모든 장수들이 머리를 조아리며 황제 양광에게 요동성을 놔두고 직접 평양성으로 가자는 의견을 제시했다. 하지만 양광은 이곳을 함락시키지 못하고 떠난다는 것은 천자로써 있을 수 없는 일이라 대답했다. 그래도 뜻을 받아들여 우중문과 우문술에게 30만 병력의 별동대를 편성하게 하여 고구려 평양성으로 바로 가서, 대동강 근처에서 기다리고 있는 수군과 합류하여 평양성을 공격하라는 명을 내렸다.

우중문과 우문술은 다급히 별동대를 편성했다. 기동을 빠르게 하기 위하여 보급부대는 거느리지 않고, 군사들에게 직접 몇 달 먹을 식량들을 챙기게 하였다. 그들은 요동지역의 고구려 성들과 싸우지 않고 회피하며 진군하였다. 그리고 얼마 지나지 않아 압록강 근처까지 다다랐다.

수나라 장수 내호아가 12만 명의 수나라의 수군을 이끌고 대동강 하구에 도착했다. 내호아는 군사들을 이끌고 평양성에서 육십 리 떨어진 곳에 진영을 구축하고 황제의 군대가 오기를 기다렸다. 평양성에서는 고구려 영양왕이 정찰병을 이용하여 이들을 계속 지켜보고 있었다. 그는 고심을 하다가 평양성 장수들을 불러 작전을 세웠다.

"수나라 수군들이 평양성 근처에 진을 치고 있으나 공격은 하지 않고 있소. 그런데 수나라 장수들이 별동대를 이끌고 지금 평양성으로 출발하였다는 전갈이 방금 왔소! 비록 을지문덕 장군이 별동대를 막기 위해 압록강 근처로 갔지만, 만에 하나 별동대가 평양성에 도착하여 수군들과 합심하여 공격하게 되면 우리에게 아주 불리하게 될 것이오. 그러므로 별동대가 오기 전에 우리가 먼저 수군들을 괴멸시키는 것이 좋겠소! 어떻게들 생각하시오? ”

영양왕의 아우 고건무가 나서서 말했다.

“평양성 역시 요동의 성들처럼 곡식을 성안으로 거두고 방어만 하는 청야전술을 하시지 않을 작정이십니까? ”

“요동지역은 국경지대이지만 이곳은 고구려의 도성이다. 그러니 방어만 하여서는 아니 되는 법이다. 수나라 군사들은 바다에서 강한 수군들이고 우리들은 육지에서 강한 정예병 3만 명이다. 그들을 물리치는데 부족함은 없을 것이다.”

“그럼 제가 군사들을 이끌고 성밖으로 나가서 그들을 물리치겠습니다.”

“아니다. 전쟁이란 힘의 싸움이 아니라 지략의 싸움이다. 마음은 고맙지만 우리는 그들을 지략으로 격퇴해야 한다.”

“그럼 어떤 방법을 이용하시려는 것입니까? ”

“평양성은 여러 성벽들이 이중 삼중으로 겹쳐진 요새이다. 우리가 이를 이용하지 않으면 무엇을 이용하겠느냐? ”

“평양성으로 유인하여 성으로 방어하시려는 것입니까? ”

"아니다. 그들을 성 안으로 들어오게 할 것이다."

"네? 싸우지도 않고 평양성을 그들에게 고스란히 넘긴다는 말씀이십니까? "

"그렇다. 수나라 병사들을 이곳으로 들어오게 할 것이다."

"아— 성안으로 끌어들인다는 뜻이로군요. 그럼 고구려 군사들은 언제 어디서 그들에게 공격을 가하는 것입니까? "

"수나라 병사들은 평양성으로 들어오면 반드시 재물에 눈이 어두워져 집집마다 돌아다니며 약탈을 할 것이다. 그리고 진영을 갖추지 않고 흩어진 부대는 우리 고구려 군사들에게 오합지졸이나 다를 바 없다. 그때 근처 숲에 매복해 있던 모든 고구려 군사들이 다가가 그들을 몰살시킬 것이다."

"아— 좋은 방법인 것 같습니다."

"아우인 자네는 무예가 출중하니, 날랜 정예병들을 이끌고 수나라 수군들의 진영으로 가서 그들을 괴롭히고 이곳으로 유인해 주게나. 절대 길게 싸우면 안되네."

"알겠습니다. 대왕님의 명을 따르겠습니다."

고건무는 영양왕의 명령대로 기마병 일만 오천 명을 데리고 수나라 진영을 급습했다. 고구려군은 처음에 일시적으로 총공격을 가하여 수나라 진영의 앞쪽을 집중 공격했다. 그리고 수나라 병사들 수백 명의 목을 베었다. 수나라 군사들이 방어를 하다가 전투지역을 넓히며 공격진형으로 바꾸며 고구려 군사들을 에워싸려 했다. 그러자 고건무는 후퇴명령을 내리고 패한 척 곧바로 평양성으로 도망치기 시작했다.

고구려와의 첫 전투에서 승리를 거둔 수나라 장수 내호아는 고구려군이 의외로 허약하다고 생각했다. 자신감이 불어나고 충만해졌다. 기세가 오른 내호아는 부하 장수들의 만류에도 불구하고 공격명령을 내렸다. 그리고 자신이 직접 군사 4만 명을 데리고 평양성으로 겁 없이 진격했다.

평양성은 북쪽으로 험준한 산을 끼고 있다. 왕이 머무르는 내성은 안쪽 깊숙이 둥글게 타원형으로 자리 잡고 있었고, 두텁고 긴 외성은 대동강 앞 평지까지 길게 뻗으며 여러 마을을 크게 감싸며 돌고 있었다. 안쪽이 이중으로 방어가 된 요새의 형태를 갖추고 있었다. 영양왕은 북쪽의 높은 곳에 병사들을 모두 숨기고 성안의 큰 건물 안에 활과 쇠뇌를 쏘는 궁사들을 매복시켰다. 그리고 도망친 척 하며 돌아온 고건무는 평양성 근처의 숲에 모든 기마병들을 대기시키고 자신은 군사 오백 명을 거느리고 평양성으로 들어가 민가에 숨었다.

내호아가 이끄는 수나라 수군들은 고구려 군사들의 저항이 없자, 이들이 모두 성을 버리고 도망갔다고 생각하고 신이 나서 평양성으로 들어와 약탈을 하기 시작했다. 서로 먼저 평양성으로 들어가려고 몸들이 심하게 부딪히기도 했다. 재물을 챙기려고 하는 수나라 군사들로 평양성 입구는 말들이 지나갈 수 없을 정도로 **빽빽**하게 차고 밀집되었다.

수나라 수군들이 평양성의 성 안으로 절반 정도 들어오자 영양왕은 공격 명령을 내렸다. 북쪽에서 몸을 숨기고 있던 모든 병사들이 평양성 안에 있는 수나라 군사들을 덮쳤다. 그리고 숲 속에 숨어있던 기마병들 역시 성을 돌아 돌격하여 성 밖의 수나라 군사들을 닥치는 대로 척살했다.

평양성 안과 밖에서 비명소리가 진동했다. 이분된 수나라 군사들은 허둥대며 수비 진영을 갖추려고 하였지만 제대로 된 방어를 하지 못했다. 성곽과 큰 건물 뒤에 숨어 있던 고구려 궁수들이 나타나 화살을 쏟아 부었다. 날아오는 화살에 의해 수나라 군사들이 속수무책으로 쓰러졌다.

평양성 안쪽을 장악한 고구려 군사들이 평양성에 들어와 있는 수나라 군사들을 포위망을 좁혀가며 죽였다. 민가에서 노략질을 하고 있던 수나라 군사들 역시 매복된 고구려 군사들에 의해 한 무리씩 제거되었다. 고건무는 병사들을 이끌고 무서워 민가에 숨어있는 수나라 군사들을 찾아내어 모두 목을 베었다. 평양성 곳곳은 수나라 군사들의 피로 벌겋게 물들었으며, 수나라 병사들이 지르는 비명소리는 끊임없이 허공으로 울려 퍼졌다.

위에서 쏟아져 내려오는 화살들과 무섭게 돌진하는 기마병들의 위세에 눌린 내호아는 평양성 밖에서 버티다가, 싸울 의욕을 잃고 혼비백산하여 도망치기 시작했다. 그러자 살아남은 군사 수천 명도 모두 그를 따라 도망을 쳤다. 내호아는 수군 기지로 돌아가서 다시는 공격할 생각을 하지 않고, 요동지역의 수나라 군사들이 도착하기 만을 기다렸다.

황제 양광의 명령을 받은 우중문과 우문술이 30만의 별동대를 데리고 압록강 근처에 도달했다. 압록강을 지키고 있던 고구려 병사가 이를 발견하고, 신속히 말을 달려 고구려 진영으로 와서 을지문덕에게 보고를 했다.

을지문덕은 출정하기에 앞서 휘하 장수들을 불러 모았다. 그리고 작전을 알려주며 용기를 불어 넣어 주었다.

"수나라 별동대의 규모는 30만이다. 만약 우리가 정면으로 부딪혀 대규모로 싸울 경우, 한 번의 전투에서만 패해도 국가의 운명이 위험해지는 상황이 올 것이다. 이는 나라를 지키는 장수로써 매우 바람직하지 못한 작전이다. 그래서 두 가지의 전략을 세웠다. 하나는 압록강을 넘어오는 적군의 선발대를 공격하여 격퇴하는 것이다. 먼저 선발대를 전멸시켜야 그들이 두려워하여 고구려에 겁없이 함부로 공격을 하지 못할 것이다. 그리고 다음 전략으로는 그들을 끊임없이 괴롭히고 지치게 하여 사기를 떨어뜨리고 식량을 부족하게 만들어 물러가게 하는 것이다."

을지문덕은 군령을 내어 압록강 근처의 국내성 성주에게 연락을 하였다. 국내성에서 병사들을 보내어 우중문의 부대를 공격하지는 않더라도 그들의 본진을 압록강 강변에 묶어 두라는 지시였다. 수나라 선발대가 압록강을 건너자 국내성 기마병 수천 명이 말을 타고 나와 수나라 군사들과 멀리 떨어진 곳에서 먼지를 날리며 소란을 피웠다. 그러자 고구려 대군이 자신들을 공격할지도 모른다는 생각에 우중문은 군사들에게 방어진형을 갖추고 경계를 하게 하였다.

우중문의 수나라 선발대 3만 명이 거대한 뗏목들을 타고 압록강 도강을 완료했다. 을지문덕은 압록강 주변의 숲에 대기하고 있었다. 출발을 앞두고 을지문덕이 모여 있는 고구려 군사들 앞으로 나아가 큰소리로 말했다.

"생존을 위해서는 목숨을 버려야 한다는 각오로 싸움에 임해야 한다. 모든 군사들 한 명 한 명이 나라와 백성들을 위해 엄중하게 전투에 나서야 한다. 그래야 하늘이 우리를 도와 이 전쟁을 승리로 이끌어 줄 것이다. 고구려의 운명은 너희들 손에 달려있다. 나라를 지키면 하늘을 지키는 것이고, 이 땅을 지키면 역사를 지키는 것이다. 모두가 한 몸이란 생각으로 전쟁에 임하길 바란다."

고구려의 모든 군사들이 을지문덕의 말에 크게 감동하여 고구려를 위해 목숨을 다 바쳐 싸우겠다는 의지를 내보였다. 을지문덕이 목소리를 더 높여 외쳤다.

"적의 수가 우리보다 적을 때는 반드시 그물망을 조이듯 포위해 들어가면서 섬멸해야 한다. 성급하게 공격을 하여 한 곳이 뚫리면 안 된다. 앞으로 도망갈 길을 철저히 차단하여 적의 기세를 꺾은 다음 한꺼번에 몰아서 잡아야 한다."

을지문덕은 7만의 군사 모두를 끌고 가 압록강을 건너서 진영을 갖추고 있는 수나라 선발대의 길을 둥글게 막아 앞길을 끊었다. 그리고 중장기병들과 장창부대를 이용하여 서서히 공격하면서 포위망을 좁혀 들어갔다. 수나라군은 자신들보다 두배가 넘는 군사들이 갑자기 튀어나와 물샐틈없이 압박해 오자 뒤로 주춤주춤 물러나며 불안에 떨었다.

을지문덕이 먼저 활을 쏘아 수나라 기를 들고 있는 선봉을 쏘아 맞추어 쓰러뜨렸다. 그것을 신호로 하여 모든 궁수들이 덩달아 활을 쏘기 시작하였다. 을지문덕의 명령에 보병들이 모두 우렁차게 함성을 지르며 공격태세를 취하고 세차게 칼과 창을 휘둘렀다. 고구려 군사들의 높은 위세에 겁에 질린 수나라 군사들이 큰 저항을 하지 못하고 계속 뒤로 밀렸다. 그리고 더 이상 후퇴할 곳이 없자 싸우다가 앞부분부터 차례대로 쓰러졌고, 뒤쪽의 병사들은 두려워서 압록강변에 놓아둔 뗏목들을 다시 타고 줄행랑을 쳤다. 미처 도망가지 못한 병사들이 상처를 입으며 비명을 내질렀다. 기세를 잃고 무너진 수나라 선발대는 절반의 수가 전멸했다.

우중문은 수나라의 선발대가 고구려 공격에 속수무책으

로 무너지고 도망을 쳐오자, 고구려군들의 공격이 날카롭고 거세다는 생각에 본진의 도강을 포기하였다. 그리고 국내성의 기마병들이 물러가자, 강폭이 좁아 걸어서 건널 수 있는 압록강 상류 쪽으로 군사들을 데리고 이동을 하였다.

수나라 선발대를 계획대로 물리친 을지문덕은 부하들에게 술과 음식을 하사하여 피로를 풀게 하고 다음날 장수들을 다시 불러 모았다.

"모두들 수고하였다. 어제는 무척 용맹스러웠다. 하지만 오늘 이후의 전쟁 원칙은 방어이다. 싸움을 하더라도 고구려 군사들이 최대한 생존하며 적이 물러가도록 괴롭히는 것이다. 그대들은 이미 지형들을 낱낱이 파악하여 준비하였을 거라 생각한다. 반드시 공격보다는 계획에 따라 군사들을 움직여, 부하들에게 많은 피해가 가지 않도록 해야 한다."

"그럼 저희들은 선공은 하지 않고 방어만 하는 것입니까? "

한 부하 장수가 궁금해 물었다.

"그렇다. 적 군사들을 공격하여 쓰러트리는 것은 방어하며 막아내는 것보다 몇 배의 군사력과 희생이 필요한 법이다. 하지만 우리에게는 그만한 숫자가 없다. 또한 적을 막는 것이 공격하는 것보다 훨씬 쉽다. 하지만 우리는 성을 이용하지 않을 것이다. 수나라 군사들을 정면에서 상대하지 않고 치고 빠지는 전략을 구사할 것이다. 적을 죽이기 위해 공격하지 말고 적을 유인하기 위해 공격을 해야 한다."

"공격하면서 적이 우리를 따라오도록 하여 지치게 만드는 방법을 사용하라는 말씀이시군요."

"맞다. 짧은 시간에 겨루고 물러나는 싸움에서는 신속함이 중요하다. 우리는 적군이 급히 방어하지 못하는 후방이나 측면을 공격해야 한다. 그곳을 공격하기 어려우면 반드시 경계가 불안한 곳을 찾아서 쳐야 한다. 그리고 적군이 공세를 시작하면 우리는 바람처럼 사라질 것이다."

"알겠습니다. 그럼 유인 공격은 언제 시작하는 것입니까?"

"내가 먼저 압록강을 건너서 적들의 진영에 들어가 상황을 보고 판단 할 것이니 너희들은 이곳에서 기다리거라."

"적진으로 들어가시다뇨?"

"그들과 협상을 핑계로 만난다는 말이다. 크게 걱정은 하지 말거라. 하지만 만약 내가 삼 일 안에 돌아오지 못한다면 이를 대왕에게 바로 아뢰어야 한다. 알겠느냐?"

"네 알겠습니다."

다음 날 을지문덕은 압록강 상류 쪽으로 가서 강을 넘어 수나라 진영을 찾아갔다. 그리고 수나라 보초들을 만나자 자신의 신분을 밝히고 항복을 논의하러 왔다며 우중문 장군을 만나게 해달라고 말했다. 보초의 보고를 받은 우중문은 갑작스러운 적군 장수의 방문에 놀랐지만, 그를 진영 안으로 모셔오게 했다. 을지문덕은 수나라 진영으로 들어가서서히 말을 타고 걸으며 수나라 군사들의 동태를 살폈다.

그런데 아침을 먹을 시간이 훨씬 지났는데도 불을 피워 밥을 지어 먹은 흔적들이 거의 없었다. 그리고 많은 병사들이 힘없이 땅에 앉아 있거나, 몇몇 병사들은 창이나 지팡이에 의지하고 서 있었다. 진영의 깃발들은 정열 되어 있지 않았고 무기들도 어지럽게 흩어져 있었다. 을지문덕은 이들이 배고픔에 허덕이고 있으며, 피로도가 매우 높아 당장은 전쟁을 수행하려는 집중력과 의지가 없다는 것을 직감했다.

사실 수나라 군사들의 군량미는 거의 바닥이 나고 있었다. 무거운 갑옷과 무기에 식량까지 직접 들고 행군한 수나라 군사들 중에는, 얼마 가지 못해 지쳐서 도중에 식량을 버리거나 땅에 묻어 버린 군사들도 있었다. 그래서 남은 식량을 아끼느라 하루 한끼만 먹는 병사들이 많았던 것이다.

우중문을 만난 을지문덕이 먼저 말을 꺼냈다.

"대국인 수나라가 어찌하여 작은 고구려 땅에 와서 전쟁을 하시는 것입니까?"

"고구려가 우리 수나라를 업신여기고, 천자이신 황제폐하께 입조도 거부하고 조공도 바치지 않으며 방자하게 굴고 있으니, 어찌 우리가 이를 가벼이 여긴단 말이오?"

"그렇다고 전쟁을 하여 죄가 없는 수나라와 고구려의 군사들의 목숨을 많이 잃게 된다면, 이 또한 양측의 큰 손해가 아니겠습니까?"

"수나라 모든 백성들의 목숨은 황제폐하의 것이오. 그들은 수나라를 위해 목숨을 바칠 각오가 되어 있소."

"대장군께서 황제폐하를 설득하여 수나라로 돌아가신다면, 고구려에서는 분명 조공을 가지고 수나라로 가서 황제폐하를 알현할 것입니다."

"장군의 말만으로는 어림도 없소. 고구려왕인 영양왕이 직접 황제폐하께 무릎을 꿇고 사죄하고 황제폐하의 명을 받아야만 하오. 그러면 내 황제폐께 간언해 보리다."

"저는 고구려왕인 영양왕을 대신하여 왔습니다. 저의 말을 믿지 못하신다면 다시 고구려왕께 가서 황제께 왕의 알현을 건의하고 상의를 해보겠습니다. 하지만 그때까지 기다리시고 공격은 하지 말아주셨으면 합니다."

을지문덕이 말을 마치고 우중문에게 가볍게 인사를 하고 밖으로 나와 말을 타고 떠났다. 을지문덕을 만나고 난 우중문이 우문술에게 말했다.

"약속 없이 갑자기 화친이나 항복을 논하는 것은 분명 음모가 있는 것 같소. 을지문덕이 우리 진영을 떠났는데 반드시 을지문덕을 생포해야 되겠소. 언젠가 폐하께서 고구려왕이나 대장군이 오면 반드시 잡아두라고 한 적이 있었소. 범을 놓아주어 화근을 남기면 안 되는 법이라 했소. 늦었지만 을지문덕을 잡아야겠소."

우중문은 황제의 명령대로 군사들을 시켜 을지문덕을 잡으려 했다. 하지만 우문술은 항복한 장수를 붙잡는 것은 도리에 맞지 않다고 우중문을 말렸다.

"수나라 군사들 역시 지금 많이 지쳐있어 싸우기 보다는 항복을 받는 것이 좋을 것 같습니다. 그런데 항복하러 온 장수를 잡거나 죽이면, 고구려왕은 절대 항복하지를 않을 것이고, 장수를 잃은 고구려 군사들이 복수하기 위해 이곳으로 돌격해 올 것입니다. 고구려 장수를 그냥 보내주시는 것이 옳을 듯싶습니다."

옆에 있던 수나라 대신 유사룡도 말했다.

"왕을 대신하여 항복하러 오는 사신을 잡아두는 법은 없습니다. 그를 돌려 보내시지요."

우중문은 하는 수 없이 을지문덕을 잡지 않고 돌아가게끔 했다. 하지만 아무리 생각해도 나중에 황제가 이 사실을 알게 되면 모든 화가 자기에게 미칠 것 같았다. 그는 실수한 것 같아 황급히 부하들을 보내어 을지문덕을 잡으라고 명했다. 하지만 을지문덕은 이미 도망쳐 압록강을 건넌 후였다.

을지문덕이 돌아간 후에도, 고구려 군에서는 연락이 오거나 항복하는 기미가 전혀 없었다. 자기들이 속았음을 안 우중문과 우문술은 군사들을 독려하여 드디어 압록강을 넘어 평양성으로 향했다.

수나라 군사들이 압록강을 넘어오자, 을지문덕은 지형의 험난함을 잘 이용하여 선발된 날랜 군사들을 숨기며 그들을 먼 거리에서 따라갔다. 본진은 평양성과 압록강 사이에 주둔시켰다. 그는 수나라 군사들의 움직임과 동향을 파악하고 고구려 군사들이 이동할 길을 정했다. 기회를 보아 소수의 병력으로 적을 공격하여 그들의 군량미를 떨어지게 만드는 작전을 세운 것이다. 을지문덕은 장소를 미리 물색하여 좁은 협곡을 일차 공격장소로 정했다. 그곳은 도처에 산이 들쑥날쑥 했고 일대 전체가 겹겹이 산으로 둘러싸여 있었다. 수나라 군사들이 한 구비 산을 돌 때마다 지세의 높낮이가 심하고 험난하였다. 이윽고 그들이 원하던 협곡 사이로 진입을 하자 을지문덕은 기회라 생각했다. 그리고 달이 뜨지 않는 칠흑같이 어두운 밤이 오자 부하들을 불러 말하였다.

"앞도 보이지 않는 밤에 적의 진영에 가는 것이 마음에 걸리나 이 모든 것이 나라를 위해 하는 일이라 생각하고 굳건한 마음을 가져야 할 것이다. 보초병들을 죽이고 적군의 진영에 최대한 깊숙이 침투하여 높은 곳에서 최대한 많은 군막에 불화살을 쏘아야 한다. 그리고 추격을 하지 못하게 험지를 이용하여 날렵하게 도망을 쳐 복귀하여야 한다."

을지문덕은 군사들을 이끌고 수나라 군사들의 진영으로 서서히 접근했다. 평지를 피해 언덕과 산세를 이용하여 풀숲을 매끄럽게 가로지르는 뱀처럼 은밀하게 접근했다. 그런데 갑자기 바람도 없는데 어둠 속 숲의 나무들이 약간 움직이는 것을 포착하였다. 잠들어 있을 것 같은 산새 한 마리도 날아올랐다. 을지문덕은 적군이 매복되어 있다는 것을 깨닫고 부하들에게 숲의 뒤로 돌아가 그들을 해치우도록 명령했다. 날랜 군사 한 무리가 멧돼지 무리마냥 쏜살같이 기슭을 가로질러 수나라 감시 초병들을 제압했다. 칼 부딪히는 소리와 비명들이 들리기는 하였으나 골짜기를 넘어 퍼질 정도로 크지는 않았다.

그들은 어둠의 그림자를 타고 수나라의 진영이 아래에 보이는 높은 곳까지 조용히 다가갔다. 그리고 신속하게 불을 붙여 군막들을 향하여 불화살들을 날렸다. 도망가기 전에는 산기슭의 마른 풀에도 불을 붙였다. 군막 일부가 불에 타고 산으로 불길들이 번지자 모든 수나라 군사들이 잠에서 깨어났다. 모두들 우왕좌왕 불길이 없는 곳으로 대피를 했다. 우중문과 우문술도 갑자기 밝아진 불빛들과 어수선한 소리에 깨어 부하장수들과 함께 안전한 곳으로 이동을 했다.

고구려군의 예기치 못한 기습으로 화가 난 우중문은 척후병의 수를 평소보다 두 배로 늘려 모든 방향으로 보내었다. 그리고 고구려 군사들의 침입을 놓친 병사들에게는 목을 친다는 엄명을 내렸다.

다음날 저녁에도 을지문덕은 병사들을 보내어 척후병들을 찾아서 죽였다. 그리고 활과 쇠뇌를 이용하여 수나라 군사들 앞 진영까지 와서 화살을 날려 쉬고 있는 군사들에게 부상을 입혔다. 하루 한 끼 먹는 식사를 막 끝낸 수나라 병사들은 서둘러 방어태세를 취했다. 하지만 이미 수십 명이 화살에 맞아 죽었고 부상병들이 속출했다. 가져간 화살을 다 쏜 고구려 군사들을 썰물 빠져 나가듯이 퇴각하였다.

을지문덕은 대낮에도 수나라 군사들이 오는 길목에 고구려 기마병들을 주둔시켜 그들을 놀랬켰다. 을지문덕이 데려온 부하들은 고구려에서 무예가 걸출한 정예병들이었고 군마들은 가장 빠른 말들이었다. 수나라 군사들이 오면 공격하다가 바로 후퇴하며 도망쳤다. 밤에도 때로는 공격을 가하기도 하고 북으로 큰 소리를 내어 수나라 군사들이 잠을 자지 못하도록 괴롭히기도 하였다.

이런 일들이 반복되자 수나라군의 피로도는 쌓여갔다. 잠을 자지 못한 아침에는 몸을 제대로 가누지도 못했다. 혹시나 그들이 휴식을 하고 기운을 차리면 고구려 군사들이 다시 공격을 하였고, 그들이 공격하면 고구려 군사들은 바로 후퇴하여 도망을 쳤다. 그러다가 수나라 군사들이 따라오지 않으면 또 다시 가까이 와서 활을 쏘고 공격하며 쉬지를 못하게 하였다.

장수들이란 전투 상황에 따른 병사들의 마음 상태와 심리적 변화를 세심하게 관찰하고 살펴야 한다. 하지만 우중문과 우문술은 마음이 급해 그렇게 하지를 못했다. 평양성으로 급히 가기 위해 피곤해진 병사들을 이끌고 계속 강행군을 했다. 때로는 적은 수의 고구려 군사들이 공격해 오면, 방어만 하고 그들을 무시하고 평양성으로 계속 진군하였다. 하지만 식량이 부족하였다. 그들은 지나가는 마을마다 가가호호 모든 곳을 다 뒤졌다. 쌀 한 톨이나 가축 한 마리도 발견 하지 못했다. 수나라 군사들은 행군하면서도 배가 고파 힘이 없었다. 걸음걸이가 갈수록 무거워졌다.

수나라군이 기진맥진하고 식량이 거의 없을 것으로 생각한 을지문덕이 수하를 불러 명하였다.

"이제 공과 명분을 주어 상대방 장수를 심적으로 압박하여야겠다. 이 서신을 수나라 대장군 우중문에게 전하거라"

수하가 말을 달려 수나라 진영으로 가서 서신을 우중문에게 전달했다. 서신에는 다음과 같이 쓰여 있었다.

' 당신의 귀신과 같은 책략은 하늘의 이치와 똑같고

신묘한 계획 역시 땅의 이치에 다다랐습니다.

전투에 이겨서 이미 그대의 공이 산처럼 높으니

만족함을 알고 멈추기를 바랍니다. '

하지만 우중문은 이를 무시했다. 그는 오히려 부하들을 독려하여 평양성 근처의 내호아 군사들이 있는 곳까지 도착을 하였다. 하지만 평양성 근처의 수나라 수군들이 고구려 군사들에게 대패하여 대동강 기슭에서 겨우 버티고 있는 모습을 보고 큰 충격을 받았다. 우중문과 우문술이 급히 내호아를 찾아 상황을 보고 받았다. 내호아의 말을 들은 우중문은 화가 나서 얼굴을 붉히며 고래고래 소리를 질렀다.

"아니 내호아 당신 미쳤소? 황제폐하께서 본진이 합류하기 전까지는 절대로 평양성을 공격하지 말라고 했지 않소. 그런데 허락도 없이 공격하여 패퇴했단 말이오? 전공에 집착한 나머지 황제폐하의 명령을 무시하고 실수를 저질렀으니 앞으로 어떻게 한단 말이오?"

우중문과 우문술은 화가 났지만 별도리가 없어 별동대로 일단 평양성을 포위하기로 결정을 하였다. 그들은 먼저 수나라 수군들이 가지고 있는 군량미를 이용하여 별동대 군사들에게 배불리 먹게 하고 며칠을 쉬게 하였다. 그런 다음 평양성 삼십리 밖 주변으로 크게 진영을 쳐서 포위를 하였다.

을지문덕은 7만의 군사들을 평양성 후방에 배치시키고 홀로 평양성으로 들어와 영양왕과 이야기를 나누고 방어계획을 짰다. 을지문덕이 영양왕에게 말했다.

"몇 달만 더 버티면 황제 양광이 곧 위급함을 느끼게 될 것입니다. 하늘의 날씨가 차갑게 변화되고 땅의 따스함이 사라진다면 그들에겐 또 다른 적이자 제약이 될 것입니다."

"그때까지는 시간이 너무 많이 걸리오. 황제 양광이 이번 전쟁으로 얻을 수 있는 이익이 전혀 없다는 것을 반드시 알게 해야 물러날 것이오."

"그렇다고 평양성 밖으로 나가 공격을 해서는 아니 됩니다. 수나라 수군은 숫자가 적어서 이겼지만 별동대는 아직 30만에 가깝습니다. 공격으로는 절대 물리칠 수 없습니다."

"그렇다면 장군의 뜻은 이곳에서 버티며 요동지역처럼 청야전술로 그들의 식량이 떨어질 때까지 기다리자는 말씀이오?"

"그렇습니다. 요동지역에는 황제 양광이 있지만, 이곳에는 황제가 없으므로 그들은 섣불리 공성무기도 없이 평양성을 공격하지는 않을 것입니다. 또한 그들이 수군들과 합류하여 군량미를 얻었다고는 하지만, 그 군량미 역시 얼마 지나지 않으면 떨어질 것이고, 특히나 군사들을 먹이느라 군마에 필요한 먹이는 수군들이 많이 가져오지 않았을 것입니다. 그래서 시간의 유리함은 우리 고구려에게 있습니다. 적의 상황을 잘 이용하면 우리에게 유리한 기회가 올 것입니다."

"알겠소. 장군의 말을 들으니 그 방법 밖에 없을 것 같소. 하지만 그들이 식량이 떨어져서 물러나더라도 내년에 다시 돌아와 전쟁을 또 일으키면 어떻게 해야 하겠소?"

"그래서 그들의 허를 찔러 고구려에 다시 발을 붙이지 못하도록 해야 합니다."

"퇴각하는 적들을 공격하자는 말씀이오?"

"그렇습니다."

"알겠소. 공에게 고구려 군사들의 모든 지휘권을 줄 터이니 10만의 병력으로 반드시 그들을 물리쳐 주시오."

우중문은 수나라 군사들이 충분한 휴식을 취하자, 평양성으로 다가와 포위를 하고 공격을 할지 말지 고민을 하고 있었다. 별동대를 구성하여 급히 오느라 공성전을 할 만한 구조물들을 만들 기구나 여력이 없었기 때문이다. 가져온 끈을 이용해 나무를 베어 급하게 만든 사다리만 있을 뿐인데, 이것만으로는 평양성을 함락시키기 어려웠다. 하지만 아무 공격도 하지 않고 그냥 수나라로 돌아갈 경우, 황제에게 크게 꾸중을 듣고 벌을 받을 것임이 분명했기에 그는 일부 선발대만 뽑아서 공격을 명령했다.

그의 예상대로 평양성을 공격한 수나라 군사들은 성벽을

오르지도 못하고 모두 전사했다. 우중문은 우문술과 상의를 하며 어떻게 해야 할지 고민을 했다. 그런데 그때 을지문덕이 보낸 병사가 수나라 진영으로 왔다. 고구려 병사는 을지문덕이 쓴 서신을 우중문에게 전해주었다. 우중문이 펼쳐보니 그 서신에는 항복한다는 내용이 들어 있었다.

'그대의 군사들을 물리신다면 제가 고구려의 왕을 모시고 가서 직접 찾아뵙겠습니다.'

마침 평양성을 공격하기가 힘들다고 생각하던 우중문은 이 서신을 받고 기뻐했다. 우중문이 우문술에게 말을 했다.

"군사들을 퇴각시킬 구실을 찾은 것 같소."

"이 서신을 믿고 군사들을 물리실 셈이십니까?"

"그렇소. 이 서신이 사실인 지 거짓인 지는 우리에게 중요하지 않소. 황제께서는 공격과 물러남에 모든 것을 보고하고 행동하라고 명하셨소. 그러므로 우리가 항복한다는 서신을 받고도 평양성을 공격한다면 그것이 오히려 더 독이 될 수 있소. 그리고 이런 천운의 기회를 그냥 놓쳐 보내서는 아니 되오. 이 서신을 핑계 삼아 요동으로 돌아가는 것이 옳은 판단일 것이오."

"무슨 뜻인지 알겠습니다. 후퇴할 명분을 얻었다는 말씀이군요. 고구려 을지문덕이 보낸 서신을 바로 본진에 계시는 황제에게 전하라고 전령을 급파하겠습니다."

"그렇게 하시오. 나는 부하 장수들을 불러 퇴각에 대하여 논하겠소."

우중문은 부하 장수들을 불러 퇴각을 하기 위한 계획을 세웠다. 퇴각이 결정되자 우중문은 수나라 군사들의 형세를 방어진영으로 바꾸고, 오던 길로 되돌아서 안전하게 서서히 후퇴하기 시작했다.

을지문덕은 그들이 알지 못하는 먼 곳의 거리에서 고구려 중앙군 10만 대군을 모두 이끌고 서서히 그들의 뒤를 따라갔다. 그렇게 이틀이 지나자 수나라 군사들이 살수에 다다랐다. 살수는 강폭이 넓으나 깊이가 그리 깊지 않아 말을 타거나 걸어서 충분히 건널 만한 강이었다. 우중문은 후방의 부대에게 방어를 명하고, 전방의 군사들부터 차례로 강폭이 좁은 곳을 찾아 살수를 건너게 했다.

그리고 수나라 군사들의 절반이 살수를 건넜을 때였다. 갑자기 고구려 군사들이 후방에서 맹렬한 기세로 돌진해 왔다. 을지문덕이 전방과 후방의 부대가 강으로 이분되어 서로 연합하여 도울 수 없게 되는 때를 기다렸던 것이다. 수나라 군사들이 뒤를 돌아보니 두터운 먼지들이 땅에서 피어오르며 군마들의 소리가 천지를 울리는 것 같았다. 수나라 후방의 방어부대들이 잔뜩 겁을 먹고 조금씩 뒷걸음 쳤다.

을지문덕은 중장기병들을 앞세워 후방부대를 급습하여 대형을 무너뜨리게 했다. 그리고 경기병들에게는 측면을 공격하게 하여 살수를 건너지 못한 적들을 흩어지게 만들었다. 보병들은 북을 치고 함성을 지르며 적군들의 사기를 꺾으며 전진을 했다. 궁수들은 일제히 화살을 쏘아 적들의 가슴을 뚫었다. 10만의 고구려 군사들은 용기백배했다.

우중문이 재빨리 강을 건넌 철기병들에게 명하여 후방을 도우라 했다. 수나라 철기병들이 다시 강을 건너와 후방의 부대와 합세하여 고구려 중장기병들을 막아 섰다. 을지문덕은 중장기병들 사이로 두터운 방패와 긴 창을 가진 중장보병들을 밀접 시켜 한 곳으로 힘을 집중시켰다. 그리고 그들이 수나라 철기병들을 방어하고 있는 틈을 이용하여, 후방의 궁수들에게 철갑을 뚫을 수 있는 화살을 가지고 그들을 공격하게 했다. 고구려 군사들의 날카롭고 묵직한 화살들이 철기병들의 갑옷을 뚫고 박혔다. 철기병들과 말들이 다 함께 무참히 쓰러졌다.

시간이 지날수록 수나라 군사들은 살기를 띠고 달려드는 고구려 군사들의 용맹한 공격에 겁을 먹기 시작했다. 전쟁 중에는 용기를 가지고 서로의 방패가 되어 단결해야 살아남는다. 하지만 수나라 군사들은 혼돈에 빠져 우왕좌왕했다. 서로의 방어와 협공이 단절되자 더 많은 수의 수나라 군사들이 무참하게 다치고 쓰러졌다.

을지문덕이 칼을 든 정예 기마병들을 다시 돌격시켰다. 그들은 적진 사이로 발사된 화살처럼 질풍처럼 달려들어 흩어진 수나라 군사들의 진형을 쑥대밭으로 만들어 버렸다. 수나라 군사들이 방어를 포기하고 앞 다투어 살수로 뛰어들어 강을 건너 도망치기 시작했다. 함씬 물에 젖은 수나라 군사들은 갑옷이 무거워 재빨리 뛸 수가 없었다.

수나라의 많은 장수들과 군사들이 절반 가까이 죽고 쓰러졌다. 사상자가 많아 흐르는 피가 내를 이루듯 유혈성천 했다. 모두가 제 각각 살기 위해 각자 도생하는 방법을 꾀하였다. 보병들은 주인을 잃은 말에 올라타거나, 부상 입은 기마병을 쓰러뜨리고 말을 빼앗아 달아나기도 하였다.

을지문덕은 군사들을 이끌고 수나라 군사들을 끝까지 추격하였다. 수나라 군사들은 싸울 생각을 아예 포기하고 무거운 갑옷과 창검까지 버리며 고구려 군사들을 피해 죽기 살기로 내달렸다. 우중문과 우문술 장군 역시 이러한 상황을 받아들이기 매우 힘들었으나, 이미 패배했다는 사실을 인지하고 전멸을 피하기 위해 말을 타고 내달리며 북쪽으로 도망을 쳤다.

　　고구려군사들은 며칠 동안 그들을 뒤따라 가며 압록강 근처까지 줄기차게 쫓아 왔다. 그리고 수나라 군사 대부분을 전멸시켰다. 을지문덕은 압록강에 다다르자 고구려 군사들의 추격을 정지시켰다. 그리고 고구려 군사들을 향해 큰소리로 말했다.

"살아남은 수나라 군사들이 압록강을 넘게 되면 수나라 양광은 이들을 고구려군을 유인하는 미끼로 사용할 것이다. 본진으로 도망쳐 귀환하는 군사들의 두려움은 곧 본진에 있는 수나라군의 사기를 떨어뜨리고, 그들에게 두려움을 전염시킬 것이다. 도망가는 자들에게 이제 길을 터주고 공격을 하지 말아야 한다. 그들의 공포심이 수나라 군사들을 더 압박하는 수단이 될 것이다."

이렇게 하여 압록강까지 도망친 수나라 군사들은 목숨을 부지할 수 있었다. 하지만 별동대 30만 명중 살아서 압록강까지 다다른 수나라 군사들은 3천명도 되지 못했다.

고구려 영양왕은 대승을 거두고 돌아 온 을지문덕을 평양성 밖까지 나와 맞이하며 환대를 했다. 그리고 그에게 큰 상을 내리고 군사들에게는 많은 재물을 하사하였다.

황제 양광은 30만 대군이 왔다가 전쟁에서 대패하고 돌아온 우중문과 우문술을 보고 분노하여 며칠을 잠을 이루지 못했다. 부하들을 시켜 그들을 가두고 쇠사슬로 묶었다. 그리고 이미 식량도 떨어져 가고 날씨가 추워짐을 알기에, 부하들의 권유에 의해 고구려에서의 퇴각을 명하였다.

수나라 군사들이 물러나자 요동성 성주는 크게 기뻐하며 부하들의 노고를 치하하였고, 잔치를 베풀어 성안에 있는 모든 군사들을 호군하였다. 그리고 백성들에게는 임시로 거두었던 가축을 나누어주고, 피폐해진 농토를 다시 복구하였다.

황제 양광은 낙양으로 돌아와 패배한 장군들을 질책하였다. 우중문은 총사령관의 책임을 지고 하옥되었다. 우문술과 내호아는 관직을 박탈당하고 서민 계급으로 강등되었으며, 유사룡은 을지문덕을 잡지 않고 그냥 살려 보내준 책임으로 참수형을 당하였다. 우중문은 나중에 병을 얻어 석방되었으나 결국 집에서 사망하였다.

　수나라가 물러나고 한 숨을 돌리고 있던 다음 해 고구려의 평양성으로 급한 전갈이 당도했다. 요동성에서 말을 타고 달려 온 병사가 영양왕 앞에 엎드리며 보고했다.

"수나라 양광이 고구려 정복에 대한 꿈을 버리지 않은 것 같다는 전갈을 전하라 하였습니다."

"수나라에서 무슨 조짐이 보이더냐?"

"황제가 고구려에 참전했던 장수들을 대부분 복권시키고 군량미를 축적하고 있다고 합니다."

"이놈 양광! 정말 욕심이 많은 황제이구나! 한번 실패했는데도 굴하지 않고 또 고구려에 도전을 하려고 하는구나! 전쟁으로 백성들을 도탄에 빠트리려고 하는 후안무치한 자이다! 전쟁에서 지고 실추된 명예를 회복하는 것이 백성들의 목숨보다도 중요하단 말인가? "

영양왕이 을지문덕을 불러 상의했다.

"수나라 황제의 탐욕은 끝이 없는 것 같소. 그들이 또 고구려를 침범하려고 준비를 하고 있소. 예사롭게 여기면 아니될 것 같은데 공의 생각은 어떻소? "

을지문덕이 대답했다.

"이번 전쟁은 황제 양광의 최후의 발악이 될 것 같습니다. 요동지역으로 가서 제가 방어 태세를 철저히 하겠습니다."

"고맙소. 적의 상황을 염탐하여 무슨 변화가 있으면 바로 기별해 주시오."

"알겠습니다."

수나라 양광은 고구려 일차 침입에서 대패하자, 고구려에 대해 뿌리 깊은 원한을 가지게 되었다. 그리고 전쟁에서 패배한 황제라는 꼬리표가 붙은 수치심에 다시 군사를 일으켜서 재차 고구려를 침입하려고 한 것이다.

하지만 조정 대신들은 고구려 원정을 반대하였다. 일차 공격도 실패하였는데 또 이차 공격을 하겠다는 황제의 말을 거부한 것이다. 하지만 황제 양광은 반대하는 대신들을 꾸짖고 그의 생각대로 군사들을 다시 모집하고 전쟁준비를 지시했다.

수나라 신하들과 백성들은 양광의 횡포에 하늘이 무너지는 듯 했으나, 고구려에 꼭 앙갚음을 하겠다고 벼르고 있는 황제의 고집을 꺾지 못하고 울며 겨자 먹기로 따를 수밖에 없었다.

일차 때 113만 대군을 이동시키는 것이 얼마나 힘들고 어려운 지를 깨달은 황제 양광은 이번에는 정예부대 30만 명만 징집하여 원정군을 만들었다. 군량 보급을 더 쉽게 하고 기동을 더 빠르게 하여 효율적으로 고구려를 공격하기 위해서였다. 그리고 경험이 많은 장수들이 필요하였기에 어쩔 수 없이 일차 원정 때 실패한 장군 우문술을 다시 복직시키고, 일차 공격에 참여하여 고구려의 전술을 경험한 병사들을 주축으로 하여 원정군을 조직했다.

황제 양광은 장수 우문술에게 군사들을 데리고 우회하게 하여 압록강에서 넘어오는 고구려 지원병을 차단하는 역할을 맡기고, 여러 장수들에게 고구려의 성들을 하나씩 공격하게 하였다. 고구려 군사들이 한꺼번에 몰려오지 못하도록 분산시키는 작전을 세운 것이다. 그리고 본인은 직접 본진 군사들을 이끌고 요동성을 다시 공격하였다.

황제 양광은 요동성 공세에 앞서 준비하는 수나라 군사들에게 목소리를 높여 외쳤다.

"대국인 우리 수나라가 한낱 조그만 고구려에 패하고 물러갔던 치욕을 이번에는 반드시 되돌려 주어야 한다. 요동성을 처음으로 넘는 자에게는 장군 벼슬과 함께 땅과 식량을 내리고, 요동성을 짓밟은 자들에게는 모든 노획된 재물을 나누어 줄 것이다. 모두 죽을힘을 다하여 요동성을 공격 하도록 하라!"

황제 양광은 공성전에 필요한 엄청난 물량의 공격기구들을 준비해왔다. 투석기를 이용하여 쉴 새 없이 요동성의 성벽을 공격하고 충차를 이용하여 성문을 부수기 위해 공격을 거듭했다. 나무로 만든 높은 누각에 병사들을 올려 보내 요동상 안으로 활을 쏘게 하였고, 흙을 자루에 담아 성벽보다 높이 만들어 성을 넘어가 공격하려는 시도도 하였다. 하지만 수나라의 침입을 미리 알고 철저히 준비한 요동성 고구려 군사들은 쉽게 성을 뺏기지 않았다.

그런데 황제 양광이 걱정했던 일이 마침내 발생하고 만다. 황제 양광의 전쟁준비로 피폐해진 본국의 신하와 백성들이 황제가 전쟁으로 중원에 없는 틈을 타 반란을 일으킨 것이다. 더구나 그 반란군에는 고구려로 식량 운송을 책임지는 예부상서 양현감도 끼어 있었다. 고국에서 여기저기 반란이 일어나고 있다는 소식에 수나라 군사들의 사기는 땅에 떨어지고 황제 양광은 요동성 공격을 멈추고 장수들과 어떻게 해야 할지 상의를 했다.

한 가지 일이 잘못되면 여러 가지 일들이 동시에 봇물처럼 터진다고 했던가? 회군 여부를 고심하고 있던 황제 양광에게 반란군들과 친한 병부시랑 곡사정이 문책을 당할까 두려워서 고구려로 투항하였다는 소식이 전해졌다. 양광이 길게 탄식하며 중얼거렸다.

"천하의 영웅도 때와 시대를 잘못 만나면 이름을 날릴 수 없는 법. 후세의 역사가들의 입방아에 오를 나의 처지를 생각하니, 외로운 객인처럼 매우 애처롭게 되었구나!"

황제 양광은 하늘이 자신을 돕지 않는다는 생각을 하며

미련 없이 모든 공성전 무기들을 버리고 심야를 이용하여 신속한 철군을 단행했다. 그리고 낙양으로 돌아오자마자 우문술 등의 장수들에게 군사를 내주어 반란을 일으킨 양현감을 잡아 처단하게 했다.

황제 양광은 날마다 고구려에 대한 패배감으로 수치심에 사로잡혀 잠을 제대로 이룰 수가 없었다. 고구려를 자기 눈앞에 무릎을 꿇게 하지 않고는 황제의 체면이 서지 않겠다는 자괴감에 빠져 있었다. 그는 회의가 있을 때마다 대신들 앞에서 고구려에 대한 재침공을 주장하고 나섰다.

황제의 괴팍한 성격을 아는 신하들은 차마 군사들을 모으라는 그의 명령을 아예 거부하지는 못했다. 하지만 군사들을 징집하고 모으는 척만 하면서 조심스럽게 시간을 질질 끌기 시작했다. 황제의 무서움에 할 수 없이 시키는 일들을 수행을 하지만, 백성들의 원성이 높고, 수나라가 고구려와 전쟁을 하는 틈을 타서 돌궐이 공격할까 염려되어서, 그의 명령을 교활하게 피한 것이다. 더구나 다시는 고구려와 전쟁을 하고 싶지 않다는 그들만의 무언의 반항이었다.

힘을 가다듬어 다시 고구려를 정복하고 싶은 양광은 궁여지책으로 내호아 장군에게 명하여 육상이 아니 해상으로 공격하도록 했다. 황제의 명을 받은 내호아는 수군을 통솔하여 요동의 가장 남쪽에 자리 잡은 비사성과 주변 성들을 공격하여 함락시키는 일시적인 전과를 올리기도 하였지만, 더 이상의 전진은 어려웠다.

고구려 영양왕은 수나라의 전쟁 준비에 대한 정보들을 계속 염탐하고 있다가 수나라의 많은 대신들이 황제의 명령을 따르지 않고 백성들의 불만이 가득함을 알고 을지문덕과 상의하여 전쟁을 하지 않는 방법을 선택했다.

영양왕은 사신을 보내 고구려에 투항한 곡사정과 함께 항복한다는 문서를 보냈다. 물론 황제 양광을 기만하기 위한 거짓항복이었다. 하지만 황제 양광은 고구려의 뜻을 눈치 챘으면서도 추락한 자신의 명분을 회복시키기 위해, 이것을 좋은 구실로 삼아 고구려의 항복문서들을 신하들에게 내보이며 자신의 권위에 고구려가 굴복하였다고 자랑을 하였다. 그리고 곡사정을 많은 사람들이 보는 앞에서 처형하며 황제의 위신을 세웠다.

제 4부. 할거한 영웅들의 기운이 자라면

세상의 빛이 어지럽혀진다.

수나라의 대군이 고구려의 을지문덕에게 대패하고 물러 갔으나, 신라와 백제와의 전쟁은 지속되고 있었다. 백제가 신라의 여러 성들을 쳐들어왔다. 공격과 후퇴가 반복되고, 치고 받는 공방전이 많아짐에 따라 백성들의 고통과 피해 는 나날이 늘어갔다. 두 나라의 상황은 서로 우열을 가르기 힘든 백중지세의 형세였다.

전쟁의 피해도 극심한데 가뭄과 장마가 몇 해 반복되었 다. 추수 후 겨울이 지나면서 곡식도 부족하게 되어 백성들 의 생활은 더욱 궁핍해졌다. 신라 진평왕은 백성들에게 나 라의 곡식을 나누어 주고, 김용춘, 김서현 , 김유신 등의 장 수들을 고구려와 백제의 국경지대에 보내어 적들이 쳐들어오지 못하도록 막으면서 백성들의 안정을 도모했다.

백제의 위덕왕은 수나라와 가깝게 지내며 외교적으로 고구려를 견제하는 전략을 세우고 있었다. 수나라와 진나라가 전쟁을 할 당시, 탐라에 표류해 온 수나라 전함을 수리를 해주고, 조공까지 채워서 수나라에 돌려보내 주었을 뿐만 아니라, 수나라가 고구려와 전쟁 후 패퇴하여 물러나자, 사신을 통해 다시 고구려를 공격하게 되면, 백제가 예의 없고 오만한 고구려를 함께 협공하겠다는 서신까지 보냈다.

하지만 74세의 고령인 위덕왕은 건강이 좋지 못하여 갑작스레 사망하였다. 그러자 그의 아우인 부여계(헌왕)가 왕위를 잇게 되었다. 하지만 그 역시 나이가 많은 지라, 즉위한지 일 년도 못되어 죽고 말았다. 그래서 어쩔 수 없이 중년의 나이인 아들 부여선(법왕)이 급하게 왕권을 물려받았다. 그런데 의문스럽게도 다음 해에 그 역시 갑자기 세상을 달리하고 만다. 오랜 기간 통치하며 안정된 정권을 유지했던 위덕왕이 죽자마자, 실권을 쥐고 있던 백제 귀족 가문들의 권력을 향한 암투가 은밀히 진행되고 있었던 것이다.

백제는 원래 대성팔족이라고 불리는 권세 있는 가문 여덟 곳이 서로 권력을 위해 싸우며 견제하고 있는 상황이었다.

하지만 어지러운 이런 상황에 사택씨가 백제에서 가장 강력한 가문으로 떠올랐다. 그리고 사택씨 가문의 주도로 다음 왕으로 부여장을 옹호하였으며, 다른 가문들의 반발이 없자, 마침내 부여장이 다음 왕인 무왕이 되었다.

무왕 부여장은 법왕의 서자로 태어났다. 하지만 귀족이 아닌 어머니 탓에 태어났을 때부터 궁궐에서 살지 못하고 어머니와 함께 마를 캐며 살아갔던 가난한 서동이었다. 왕과 함께 지내지 못했던 서동의 어머니는 집안이 좋지는 못했지만 아주 지혜로웠다. 그녀는 부여장을 임신하였을 때 연못의 용과 정을 통하여 아기를 갖는 태몽을 꾸었었다.

그녀는 장차 아들이 큰일을 할 것이라 믿었다. 아들이 자라서 글을 읽히자, 왕족이라는 사실을 그에게 알렸고, 절대 자부심을 잊지 않고 당당하게 살아가게끔 교육을 시켰다. 그녀는 주변의 절에 있는 고승들에게 부탁하여 불법과 학문을 통하여 많은 것들을 배우게 했다.

선천적으로 영특한 부여장은 자라서 얼굴이 준수한 청년이 되었다. 세상을 배우기 위해 떠돌던 중 우연히 절세미인으로 소문난 신라 진평왕의 셋째 딸인 선화공주의 소문을 들었다. 그는 자신의 행운을 시험하고 지략을 믿고 싶어서 신라의 서라벌로 향했다. 사내대장부라면 아름다운 공주를 아내로 맞이하는 모험을 해보아야 한다고 생각했던 것이다.

그는 가져온 마를 이용하여 순진한 동네 아이들에게 나누어 주며 친밀하게 지냈다. 그리고 자신이 지은 노래를 궁궐 근처에서 날마다 아이들에게 부르게 하였다. 노래는 '아름다운 선화공주님이 남몰래 서동과 안고 노닐다가 궁궐로 돌아간다.'는 내용이었다.

선화공주가 연인과 함께 밤에 몰래 사랑을 나눈다는 아이들의 노래가 신라 서라벌에 퍼졌다. 그리고 궁궐까지 알려지게 되었다. 신하들이 황망하고 크게 놀라 이를 진평왕에게 고하였다. 얌전했던 선화공주에게 이런 해괴한 소문이 돌고 있다는 사실에 진평왕은 무척 화가 났다. 군사들을 보내어 당장 아이들을 잡아다 심문하여 조사를 하려 했다. 하지만 신하들이 말렸다. 죄 없는 아이들을 잡아 가두면 신라의 민심이 동요될 것이라는 것이었다. 진평왕은 대신들과 상의를 하여 소문이 잠잠해질 때까지 선화공주를 궁궐 밖으로 귀양을 보내는 것이 좋겠다는 결론을 내렸다. 그는 딸인 선화공주를 서라벌에서 먼 곳으로 귀양을 보냈다.

이러한 상황은 서동 부여장이 바라는 바였다. 그는 선화공주가 귀양을 간다는 소식에 궁궐 밖에 숨어 있다가 길을 따라 갔다. 그리고 선화공주 행렬이 잠시 쉬는 틈을 타서 선화공주 앞에 나타나 진심 어린 사랑고백을 하였다. 서동은 그의 출신과 상황을 솔직하게 말했다. 감추고 있는 그의 포부와 자신의 지혜를 진지하게 그녀에게 내보였다. 선화공주는 자신 있고 영특한 부여장의 행동과 표정에 호감이 갔다.

귀양을 가서도 선화공주 옆에는 항상 부여장이 머물며 그녀를 그림자처럼 따랐다. 가까움은 친밀감을 불러일으켰고, 오랜 대화는 정과 믿음을 보이게 했다. 그러던 어느 날 선화공주는 마침내 그에게 마음을 주었고, 그들은 귀양하고 있던 곳을 떠나 백제로 향했다.

백제로 돌아가 부부의 연을 맺은 그들은 우연히 마를 캐던 장소에 널려있는 사금들을 발견하게 되었다. 선화공주는 그 금을 이용하여 진평왕에게 보낼 금괴를 만들어 그들의 혼인을 승낙받자고 부여장에게 말했다. 부여장은 부지런히 사금을 모았다. 그리고 자신의 스승인 사자사의 지명법사에게 부탁하여 어렵게 만든 금괴를 서라벌로 보냈다.

진평왕은 원래 백제를 무척 싫어했으나 불교에는 아주 충실한 신자였다. 백제 사자사의 고승인 지명법사가 서라벌에 왔다는 소문을 듣고 그는 친히 나가서 그를 영접했다.

지명법사가 진평왕을 알현하고 금괴를 건네며 말을 했다.

"부여장은 소승이 어렸을 때부터 가르쳤습니다. 그는 백제의 힘없는 왕족이지만, 머리가 영특하고 아주 지혜로워서 공주님께는 좋은 배필이라 생각되옵니다. 부디 그들의 결혼을 승낙하여 주시옵소서."

백제인이라는 사실에 진평왕은 처음에 완강히 반대를 했다. 하지만 평소 불교에 심취해 있던 진평왕은 결국 지명법사의 끈질긴 설득에 넘어가고 말았고, 마침내 며칠 뒤 그들의 혼인을 승낙하였다.

부여장과 선화공주는 행복한 나날을 보내며 자연을 벗삼아 사랑을 나누고 이야기로 밤을 지새웠다. 시골 마을의 한 청년이 신라의 공주를 얻었다는 소문은 백제 곳곳에 퍼졌다. 백제의 모든 권력을 쥐고 있던 사택적덕에게도 이 소문이 들어갔다.

사택적덕은 부여장을 직접 찾아가 만났다. 부여장은 주변에 실력 있는 연고자가 전혀 없는 이십 세를 갓 넘긴 젊은 왕족이었다. 사택적덕은 그가 생각했던 가장 적합한 왕위 계승자라 생각했다. 비록 선화공주를 아내로 맞이하였으나, 사택적덕은 그를 빼앗으려 온갖 술수와 권력을 이용하였다.

부여장 주변의 모든 사람들이 부여장에게 찾아와 왕족의 지위를 유지하려면 사택적덕의 딸을 아내로 맞이하라고 권했다. 심지어는 어머니도 사택적덕의 말에 넘어가 아들을 불러 결혼하라고 설득을 하였다. 백제는 여러 명의 아내를 둘 수 있었다. 하지만 부여장은 사랑하는 선화공주 외에는 다른 여자와 절대로 결혼하지 않겠다고 거절을 하였다.

그렇게 몇 달이 지났다. 선화공주만을 사랑하는 부여장이었지만, 어머니에게도 효심이 가득하여 어머니의 충고에 마음이 조금씩 허물어지기 시작하였다.

"서동이 너는 백제 왕족의 피를 이어받았다. 지금 백제의 왕실은 사상누각처럼 모래 위에 지어진 성과 다를 바가 없다. 너는 왕족으로써 백제의 부흥을 꿈꾸지 않는 것이냐? 혈기 왕성한 백제의 왕족이 신라의 공주에게 마음을 빼앗겨 나라의 운명에 이렇게 무관심 하다면, 네가 죽어서 조상님들의 얼굴을 똑바로 볼 수 있단 말이냐? 남자는 집안일보다 나랏일을 하여야 한다. 부디 백제 대신들의 청을 받들고 왕족의 전통을 이어주길 바란다."

부여장은 어머니의 꾸지람을 듣고 며칠간 잠을 자지 못하였다. 옆에서 이를 지켜보던 선화공주가 입을 열었다.

"제가 비록 신라의 공주이오나 이제 당신과 결혼을 하여 부부가 되었으니 백제인이라 할 수 있습니다. 고구려, 백제, 신라는 서로 다른 왕을 섬기지만 말과 풍습은 똑같아 한 마을에 사는 가족과도 같습니다. 저는 서방님이 다른 여자와 혼인을 하여도 항상 저를 사랑해 줄 것을 알고 있습니다. 어머니 말씀처럼 남자들의 세상은 집안에 있지 않고 바깥 세상에 있습니다. 바깥세상이 어지러우면 집안 역시 어지러워지는 법이니, 제가 서방님을 독차지 하려는 욕심을 버려 모두를 편안하게 하는 것이 마땅한 도리라 생각되옵니다."

부여장은 선화공주의 말에 오랜 고심을 하였다. 그리고 마침내 사택적덕의 모든 조건들을 수락하여 사택적덕의 딸을 아내로 맞이하였다. 사택적덕은 자신의 딸을 부여장에게 시집을 보내자마자 정실부인이 되게 하였다. 그리고 부여선이 갑작스럽게 죽음을 맞이하자 사위 부여장을 백제의 왕으로 앉히고 자신의 가문은 백제의 왕권과 결합한 최고의 가문이 되었다.

백제 무왕이 된 부여장은 백제의 귀족가문들과 상의를 하며 국정을 이끌어 나갔다. 백제의 귀족들은 무왕에게 대외적으로는 앙숙인 신라의 국경지대를 공격하게 하였다. 무왕 역시 백제의 앞날을 위하여 신라에 빼앗긴 땅을 되찾아야 했기에, 좌평 해수를 시켜 기병 4만 명을 거느리고 신라의 아막산성을 공격하게 했다. 하지만 해수는 신라군의 강력한 방어로 전쟁에서 패하고 겨우 말 한 마리를 끌고 살아서 돌아 왔다.

무왕은 신라와의 전투에서 패배한 이후, 귀족들의 요구에도 섣불리 신라를 공격하지 않고 외교적으로 해결하는 방도를 모색했다. 그는 수나라와 고구려에 사신을 보내어 눈치를 보며 싸움을 피하는 중립적인 외교를 펼쳤다.

수나라 백성들은 전쟁 준비로 피폐해진 삶을 복구하려 많은 노력을 기울였다. 하지만 권문세족들은 자신들의 배만 불리었고 황제 양광은 재차 고구려를 침공하려고 군비를 모으고 백성들을 착취했다. 양광은 자신은 전쟁에 참여하지 않고 부하 장수들에게 명령을 내려 여러 차례 고구려의 국경지대를 줄기차게 공격하였다. 하지만 내세울 만한 성과는 아무 것도 없었다.

수나라 모든 백성들이 황제와 관리들의 무분별한 정치와 전쟁 행위에 분노를 느꼈다. 그리고 많은 지방 호족들이 여러 곳에서 반란을 일으키며 수나라 정국이 위태로워졌고 수습하기 힘들 정도로 점차 위기에 몰렸다.

장안 주변에 계속 소란스러운 봉기 소식을 들은 양광은 결국 장안과 낙양을 손자들에게 맡기고 자신은 장강 이남의 강도로 피신하여 그곳에서 주색잡기에만 빠졌다. 이런 혼란한 틈을 타고 양광의 이종사촌인 이연이 휘하의 군사들을 이끌고 수나라의 장안으로 진격하여 장안을 손에 넣어 버렸다. 그러자 양씨가 가졌던 수나라의 왕권은 붕괴되었고, 마침내 황제 양광은 고구려로 함께 원정을 떠났던 우문술의 아들들의 반란으로 교살당하고 일생을 마감하고 말았다.

이런 어수선한 시기에 고구려에서는 영양왕이 갑자기 서거하였다. 영양왕에게는 왕위를 계승할 자식이 없었다. 그러자 동생인 고건무가 왕위에 올라 다음 왕인 영류왕이 되었다.

영류왕 고건무는 평원왕의 둘째 아들이자 영양왕의 이복동생이다. 그는 수나라의 고구려 침입 당시, 평양성으로 온 장수 내호아가 이끄는 수군들을 평양성으로 유인하여 몰살시킨 뛰어난 무사이자 지휘관이었다. 그는 눈썹이 짙고 이마가 넓은 무인의 기질을 보이면서도 높은 콧날과 적당한 턱선으로 학자다운 풍채를 가지고 있었다. 고구려 신하들이 모두 그를 옹호하고 받아들였으며 존경하였다.

수나라가 멸망하고 새로운 당나라가 세워지자, 수나라와 전쟁을 벌였거나 갈등이 있었던 주변 국가들이 사신들을 보내어 당나라와 새롭게 외교적인 교류를 시작하고 무역을 장려하기 시작했다. 당나라를 세운 황제 이연 역시 내부의 세력을 견제하는 것이 먼저였기에 외교적으로는 각 나라와 화친을 맺었다. 수나라와 전쟁을 벌인 고구려와도 우호적인 관계를 유지해 나갔다.

고구려 영류왕은 당나라에 수나라와의 전쟁에서 잡힌 포로들을 보내어 고구려 포로들과 교환하며 친분을 과시했다. 그리고 유학이나 불법을 원하는 학생들이나 승려들을 당나라로 보내어 공부를 시켰으며, 당나라에서 유행하는 도교같은 새로운 학문 역시 받아들였다.

당나라 황제 이연은 나라가 외교적으로 안정이 되어가자 국정에 전념하며 새로운 나라의 기초를 위해 정권을 안전하고 든든하게 다지고 나갔다. 그리고 장안과 낙양의 귀족

세력들과 자신에게 복속하지 않는 지방의 토착세력들을 끌어들이기 위해 여러가지 많은 노력을 하였다.

신라 진평왕은 당나라와 가장 활발한 교류를 하며 외교활동을 하였다. 매년 사신을 보내어 신라의 토산품을 진상하였으며, 고구려가 신라에 침입하지 않도록 당나라의 간섭을 청원하였다. 하지만 백제와는 계속 전쟁을 하고 있었다. 진평왕은 시도 때도 없이 공격하는 백제 때문에 골치가 아팠다. 그는 신라의 기둥인 김용춘과 김서현을 궁궐로 불러들여서 그에 대한 대책을 세워주라고 부탁하였다.

김용춘과 김서현은 나이 차이에도 불구하고 우정이 신라에서 으뜸이었다. 김용춘은 경험이 많고 듬직한 김서현에게 많은 것들을 의지했다. 둘은 항상 신라의 중요한 일들을 맡았고, 고구려와 백제와의 전쟁에도 함께 자주 출전하였다.

김용춘과 김서현은 서라벌 월성 주위 가까운 곳에 집이 있었다. 특별한 일이 없을 때는 자주 식사를 같이하고 술잔을 기울이며, 신라의 정세와 미래에 대해 자주 의논하고 이야기를 나누었다. 그러므로 자연스레 김용춘의 집안과 김서현의 집안은 왕래가 잦았고, 김용춘의 아들 김춘추와 김서현의 아들 김유신 역시 성장하며 형제처럼 지냈다.

김서현이 진평왕의 신임을 얻게 된 것은 그가 진흥왕의 동생인 숙흘종의 딸 만명을 부인으로 얻으면서부터였다. 가야귀족으로 신라 서라벌에서 큰 세력을 가지지 못했던 그는 만명을 보자마자 한 눈에 반하게 되었다. 그리고 만노군 태수가 되자, 그녀와 결혼을 하려고 온간 노력을 다하였다. 하지만 신라의 전통 귀족 가문이 아닌 김서현을 못마땅하게 여긴 숙흘종이 딸 만명을 집에 가두고 만나지 못하도록 하였다. 하지만 천둥이 치고 번개가 번쩍이는 소란스러운 날, 김서현이 만명을 데리고 도망을 가 만노군에 함께 가서 살며 행복해 하자, 숙흘종은 그들의 사랑에 어쩔 수 없이 둘의 결혼을 허락하게 되었다.

　　만명부인이 김유신을 가졌을 때, 아버지 김서현은 하늘의 화성과 토성 두 개의 별들이 땅으로 내려오는 꿈을 꾸었다. 그리고 만명부인은 금으로 만든 갑옷을 걸친 동자가 구름을 타고 집안으로 들어오는 꿈을 꾸었다. 그래서 김서현 부부는 김유신이 장차 나라의 큰일을 할 인물로 생각하고 김유신의 교육에 남다른 정성을 보이며 강한 훈련과 넓은 학문을 익히게 했다.

　　가족의 후원과 선천적으로 영민하게 태어난 김유신은 15

세에 화랑의 우두머리 풍월주에 올랐다. 김유신의 무예는 화랑도 중에서도 가장 으뜸이었다. 그가 휘두르는 검은 매서웠고, 연한 바위는 싹둑 자를 정도로 강했다. 곰이나 호랑이도 때려잡을 것 같은 커다란 손으로 칼을 장난감 부리듯 마음대로 휘둘렀다. 칼은 바람이었고 몸은 바위 같았다. 바람소리를 휙휙 내며 허공을 가르는 김유신의 칼에 매일같이 연습하는 화랑도들도 감히 무서워 근접하지 못했다.

김유신은 날마다 칼인 사인검을 무릎에 놓고 명상을 했다. 칼과 자아를 일치시키기 위한 화랑도의 수련법이었다. 간혹 나무 그늘 밑에서 낮잠을 자다 보면, 꿈속에 신선들이 나타나 칼을 들고 하늘의 기운을 불어 넣어주곤 하였다. 김유신은 날마다 작은 바위들을 내리치는 연습을 하였다. 산 아래 사람들은 나중에 두 동간 난 바위들이 많아지자 산 이름을 단석산이라 불렀다.

해가 지날수록 김유신의 풍채는 주위의 모든 사람들을 압도할 정도로 크고 우람해졌다. 떡 벌어진 어깨에 고된 훈련으로 생긴 가슴을 뚫고 나올 것 같은 근육, 영특한 눈빛에 우뚝 솟은 콧날, 굵은 입술, 남들보다 길고 우람한 팔과 다리, 풍채가 당당한 헌헌장부였다. 성격이 쾌활하고 밝은 김유신은 날마다 화랑도들을 이끌고 신라 곳곳을 돌며 유명한 산들에서 수련을 하며 돌아다녔다.

김유신은 아버지 김서현을 따라 귀족들이 모여 정사를 논하는 장소에 자주 따라 가곤 했다. 회의하는 장소는 하늘에 제사를 지내는 신궁이었는데 제사장인 천관녀가 이를 관할하고 통제하고 있었다. 그녀는 국가의 중요한 일이 있거나 존망의 위기가 있을 때마다, 왕족들과 귀족들을 모시고 나라의 대운을 빌고 춤을 추었다. 천관녀는 아름답고 총명했으며 가무에 뛰어났다. 사람들은 천관녀를 나비와 벌을 부르는 재색을 겸비한 꽃과 같은 여인이라고 불렀다. 화랑도들 사이에서는 그녀가 추는 춤 모습을 보기 위해 고위관직에 있는 아버지를 따라 오는 이들이 많았다.

김유신은 천관녀의 지적인 매력과 고운 용모에 흠뻑 빠졌다. 천관녀의 몸집은 하늘하늘 했고, 손목과 발목도 실낱같이 가늘어 갈대 같았으며, 부푼 가슴은 사내들의 마음을 녹일 정도로 풍만했다. 온갖 아름다움을 갖춘 자태를 가지고 있었다. 깊은 호수를 담고 있는 그녀의 슬픈 것 같으면서도 아름다운 눈동자를 보자마자 김유신은 한 눈에 반하였다. 달도 숨고 꽃도 부끄러워하는 화용월태 미인이었다.

그녀에게서 풍기는 향기는 그윽하고 복복했다.

혈기 왕성한 김유신은 그녀의 아름다운 미모에 연모의 정이 생겼다. 그리고 그녀의 집을 알게 된 김유신은 밤마다 그녀를 찾아가 사랑을 고백했고, 순수하고 뜨거운 애정행각을 밤늦도록 나누었다. 하지만 이러한 행복한 생활은 오래가지를 않았다.

사랑에 빠진 김유신은 밤에 들어오지 않은 날이 많았고 화랑도의 수련을 게을리 하고 있었다. 김유신의 어머니 만명부인이 이를 눈치채었다. 만명부인이 하인을 불러 정황을 파악하고 김유신을 불러 크게 꾸짖었다.

"어찌 나라를 이끌 사내대장부가 여인의 미색에 홀려 방탕한 생활을 한단 말이냐? 너의 아버지는 나라를 지키기 위하여 목숨을 걸고 백제와의 전쟁터에 나가셨다. 너는 대체 무슨 생각으로 이렇게 하는 것이냐? "

김유신이 크게 정신을 차리며 무릎을 꿇고 앉아 대답했다.

"젊은 나이에 감추어야 할 제 기운을 스스로 조절하지 못하여 죄송합니다."

"입신출세를 생각하는 녀석이 야밤삼경 여인네와 노니는 것이 매우 부당하구나. 미녀의 감언이설에 놀아나지 말고 진충보국 하여야 한다. 그런 몸가짐이나 행실로 이 어미의 마음을 아프게 하려는 것이냐? 다시는 그녀를 만나지 말거라. 알았느냐? "

"각골명심하겠습니다. 소신 무슨 일이 있어도 다시는 천관녀를 만나지 않겠습니다. 부디 용서하여 주시옵소서."

그 이후로 김유신은 어머니와 약속을 지키며 다시는 천관녀를 찾아가지 않았다. 하지만 외로운 마음을 달래려 화랑도들과 술을 잔뜩 마시고 취하던 어느 날이었다. 김유신이 술기운을 못 이기고 말 위에서 졸고 있는 틈을 타, 말이 습관적으로 천관녀의 집으로 가더니 걸음을 멈추어 버렸다.

말의 울음소리에 김유신이 겨우 잠에서 깼다. 눈을 비비고 바라보니 달이 은은하게 산 위에 걸려 있었고 천관녀의 방안에서 흘러나오는 불빛이 서늘한 밤공기를 타고 자신의 가슴으로 다가오고 있었다. 김유신은 자신이 천관녀의 집에 왔음을 깨닫고 깜짝 놀라 말에서 내리며 크게 노하였다.

"영물인 줄 알았더니 미물이로구나! 너는 태어나면서부터 나와 함께 했다. 어찌 대장부의 새로운 마음을 몰라보고 이 곳으로 온 것이더냐?"

그리고 허리춤에서 사인검을 꺼내어 아끼는 말의 목을 내리쳤다. 말이 피를 흘리며 쓰러져 즉사했다. 김유신은 죽은 말의 머리를 붙잡고 잠시 눈물을 흘리더니 무심하게 일어서서 그 자리를 떠났다.

천관녀는 집 앞의 말 울음 소리에 사랑하는 김유신이 자기를 다시 찾아온 줄로 알고 기뻐 뛰쳐나갔다. 하지만 김유신의 매정한 행동을 보고 큰 충격을 받고 쓰러졌다. 그녀는 몇 달을 방안에 앉아 슬피 울며 그를 그리워하였다. 외로운 베개와 쓸쓸한 등불로 밤을 지새우기 일쑤였다. 부스럭거리는 밖의 소리에 부리나케 나가보면 바람이 홀리는 소리였고, 김유신이 찾아올까 기다리며 서있는 곳에는 지는 달이 스산하게 지붕만 비추었다.

그녀는 날이 지날수록 김유신을 잊지 못해 죽을 것 같았다. 글과 시를 좋아하는 그녀는 연인을 원망하고 그리워하는 시를 지었다. 그리고 그 시로써 자신의 마음을 간접적으로 알리려 지인들에게 부탁하여 김유신에게 보냈다.

' 밤안개 가득한 외로운 밤

술잔에 달빛을 채워놓고 기다리네.

정 끊고 산 넘어 떠난 님은

하늘 멀리 떠나는 새처럼 돌아오질 않고

바람도 이별의 고통을 아는 지

촛불 앞에 머물며 나를 달래네.

꽃향기 안고 산을 넘어 님 찾아 떠나려 하나

행여나 돌아온 님이 비워놓은 그림자에 슬퍼할까 두려워

밤마다 탄식하며 그리워서 눈물 짓네.

봄바람이 불었는데 벌써 가을비 내리고

시름없이 우 짓는 애닯은 저녁 새에

눈물에 적신 푸른 옷깃 남이 볼까 몰래 감추고

오늘도 애애절절 가신 님 기다리며

쓰라린 마음 안고 다소곳이 단장하네. '

이 시는 신라 서라벌에 급속히 퍼졌다. 그리고 그 둘의 사랑은 신라 사람들의 크나큰 관심거리가 되었다. 하지만 그녀의 그런 기다림과 노력에도 김유신은 끝내 돌아오지 않았다. 천관녀는 김유신을 그리워하며 다른 남자도 만나지 않고 그곳에서 홀로 지냈다.

김유신은 수나라와 고구려가 한참 전쟁을 벌이고 있을 때, 18세의 나이로 화랑의 국선이 되었다. 그리고 집안의 중매와 어머니의 성화에 못 이겨 그 해 영모와 결혼했다.

고구려 영류왕은 군사들을 동원하여 신라의 국경지대를 자주 공격하였다. 하지만 대규모 공격이 아닌 소규모 공격이었다. 고구려가 남쪽으로 군사들을 모으고 이동시키면 당나라에 침입할 수 있는 빌미를 주게 되므로 영류왕은 단지 신라가 고구려의 영토를 침입하지 못하게 하는 정도로만 국지전을 벌였다. 하지만 신라에서는 그러한 고구려의 공격을 심각하게 생각하고 있었다. 신라의 왕족과 귀족들은 한강 유역을 지키기 위해 백제보다도 고구려에 대한 방어에 신경을 쓰며 회의를 통해 대책을 강구하고 있었다.

무예를 익히는 신라의 젊은이들은 산속에서 수련을 하며 사물을 보는 눈을 예리하게 하게 만들고 담을 키우기 위해 밤에 맹수 사냥을 나가기도 한다. 밤에 산속을 두리번거리는 맹수의 무시무시한 눈빛을 마주한 사람은 대게 땅에 얼어붙거나 오줌을 지리기도 했다. 화랑도 중에서는 담력이 크고 무예가 뛰어난 젊은이들만이 일 년에 한 두 차례 길을 나선다.

김유신은 선천적으로 두려움이 없었다. 그는 호랑이가 사람을 죽였다는 소문을 듣고 검은 옷과 검은 두건을 쓰고 사건이 일어난 주변의 높은 산을 올랐다. 그리고 하루가 거의 지날 무렵 깊은 계곡에서 호랑이의 흔적을 발견했다. 그는 저녁이 되자 가져온 식량을 챙겨 먹고, 달빛을 피해 나무 그늘에 자신의 몸을 숨기고 바위처럼 앉아 맹수를 기다렸다. 칼과 화살을 꺼내어 무릎 앞에 놓았고, 손에는 각궁을 들었다. 그가 가지고 온 화살에는 일반 화살촉보다 훨씬 크고 긴 비수와 같은 화살촉이 장착되어 있었다.

밤이 깊어지자 천지가 고요했다. 김유신은 깊은 호흡을 하며 숨소리를 낮추고 앞을 계속 주시했다. 허공을 날아다니는 어지러운 반딧불이의 희미한 빛 무리가 흔들리더니,

긴 수풀 사이로 커다란 야수의 두 눈빛이 스쳐 지나갔다. 김유신이 눈을 가늘게 뜨고 바라보니 어슬렁거리는 호랑이의 형체가 어렴풋이 나타났다. 김유신은 기다림 없이 활시위에 화살을 걸어서 쐈다. 화살이 예리한 파공음을 내며 호랑이 목에 박혔다. 호랑이는 큰 울음으로 포효하며 몸을 뒤집으며 땅에 뒹굴었다. 김유신이 몸을 일으켜 잽싸게 다가가 호랑이의 미간을 노리고 다시 한 번 화살을 쏘았다. '퍽' 하는 소리와 함께 호랑이의 몸이 축 늘어지며 땅에 철퍼덕 쓰러졌다. 잠자던 산새들이 놀랐던지 나무 위에서 푸드덕거리는 소리가 났다. 김유신은 사인검으로 호랑이의 죽음을 다시 한 번 확인한 후 가죽을 벗겨 새벽에 마을로 내려왔다.

집으로 돌아와 하인에게 시켜 호랑이 가죽을 손질하게 하고 아버지 김서현 방으로 가니 그곳에는 김용춘이 찾아와 있었다. 김유신이 방에 들어가 인사를 하니 김용춘이 김유신을 반겼다. 김용춘이 김유신의 어깨를 다정하게 두드린 후 김서현을 쳐다보며 말했다.

"고구려가 또 공격하여 신라의 성을 빼앗고 백성들을 포로로 잡아 갔습니다. 진평왕께서 기세등등한 고구려를 꺾고, 한강유역을 방어하기 위해 고구려 요충지인 낭비성을 함락시키는 것이 어떻겠느냐고 물어보십니다."

"언제쯤 그 일을 도모하시려고 하던가요?"

"올해 가을 추수가 끝나면 바로 공격할 계획이십니다. 형님
께서 도와주셔야 할 것 같습니다."

"당연히 제가 앞장 서야 하겠지요. 하지만 오래 초가을에
서리가 내려 곡식이 충분이 여물지 않아 흉년이 될 것 같습
니다. 백성들의 상황을 보아 때를 정하는 것이 옳을 듯합니
다. 군사들도 가족이 있기에 농사의 결실을 보아 정하는 것
이 옳을 듯싶습니다."

"네 그렇게 말씀드리겠습니다."

　김용춘이 김유신에게 눈을 돌리며 말했다.

"그런데 이번 싸움에는 김유신 너도 함께 가는 것이 어떻
겠느냐"

　김유신이 진지한 얼굴로 대답했다.

"항상 아버지를 따라 다니며 백제군과는 싸움을 많이 해보
았지만, 고구려군과는 한두 번 밖에 싸워보지 못했습니다.
고구려 낭비성 군사들의 기세가 야수처럼 강하다고 하니

그들과 꼭 대결해 보고 싶습니다."

아들 김유신의 말을 들은 김서현이 김용춘을 보며 웃으며 말했다.

"당연히 유신이도 저랑 함께 갈 것입니다. 화랑도의 모든 정신을 배운 아들의 힘과 지략을 계속 나라를 위해 써야겠지요. 공께서도 아들인 춘추를 데려가신다고 했는데, 그는 아직 유신처럼 경험이 많지 않으므로 좀 더 학문과 무예를 익힌 후 데려가심이 좋을 듯합니다."

김용춘이 대답했다.

"네. 그럴 생각입니다. 춘추는 요즘 수나라를 물리 친 고구려 장수들의 병법에 대해서 연구하느라 밤잠을 설치고 있습니다. 학문만 좋아하는 그런 녀석을 전쟁터에 데려갈 수는 없겠지요. 유신은 무예의 기초가 반석처럼 튼튼하여 능히 혼자서 몇 사람을 당해낼 만합니다. 하지만 춘추는 칼과 활을 다루는 솜씨는 화랑도에서 꼴찌입니다."

"하지만 공부는 어느 누구도 따라가지 못하는 천재이지 않습니까? 유신은 무예가 뛰어나나 학문에서는 춘추보다 훨씬 뒤쳐져 있습니다. 그런데 고구려의 병법들을 연구한다는 것이 무슨 말이십니까? ”

“춘추는 고구려보다 다섯 배나 많은 수나라 군사들을 물리친 고구려 장수들의 능력을 대단히 높게 평가하고 있습니다. 고구려를 오가는 상인들에게 돈으로 전쟁에 관한 정보들을 사서 보관하였고, 하인들을 시켜 무슨 소문이든 다 긁어 모았습니다. 전쟁을 경험하지는 않았지만, 나름대로 고구려와 수나라의 전쟁의 양상을 살펴보고, 자신이 배운 병법과 비교하는 것 같았습니다. 특히 고구려 을지문덕의 전술들은 서책으로 만들어 기록하여 날마다 들여다보고 있더군요. 어제는 저와 식사를 하다가, 을지문덕 같은 장수 하나만 있어도 고구려와 백제가 절대 신라를 업신여기지 않을 것이라며 애통해 하기도 했습니다.”

“을지문덕은 난세의 영웅입니다. 용맹한 범이 울면 하늘의 바람이 일어난다고 했습니다. 고구려의 숨겨진 영웅이 때를 만나 지략으로 떨쳐 일어난 것입니다. 신라인이 수나라를 물리친 고구려인을 흠모한다고 큰 문제가 되지는 않으나, 언제 싸우게 될지 모르는 적들에게 깊은 정을 주어서는 안 된다고 생각합니다. 다만 적을 알고 나를 알면 전쟁에서 쉽게 이기는 법. 춘추가 장차 신라를 위해 큰일을 할 수도 있을 것 같습니다."

"그게 다 유신이 춘추를 돌보아 준 덕분입니다. 유신이 없었다면 화랑도의 고된 수련을 아마 견디지 못했을 것입니다."

김유신보다 훨씬 어린 김춘추는 김유신이 화랑의 우두머리가 되어 학문과 무술을 익히는 것을 옆에서 보고 자랐다. 그래서 항상 김유신을 멋있다고 생각했고, 그의 행동을 따라서 하며, 동네에서도 형이라고 부르며 따라다녔다.

김춘추는 김유신을 따라 화랑도의 정신을 배우고 익혔는데, 화랑 사다함이 가야국을 정벌하는 데 큰 공을 세웠다는 이야기를 듣고 자신도 사다함과 같은 멋진 화랑이 되겠다는 생각을 항상 가지고 다녔다. 김유신은 매일같이 김춘추의 뒤를 보살피며 화랑도들이 그를 잘 따르게끔 중간에서 많은 도움을 주고 보조해 주었다.

그리고 김춘추가 18세가 되자 김유신처럼 풍월주가 되었다. 김춘추는 어린 나이에도 정치와 권력의 균형에 대해서 본능적으로 알고 있었다. 비록 김유신을 그림자처럼 따르는 화랑도들과의 친분도 있었지만, 본인 스스로가 귀족 가문의 자제들인 화랑도들의 중심점이 되기 위해 무척 많은 노력을 기울이고, 그들의 대소사를 세밀히 살피며 챙겼다. 그는 판단력이 뛰어났지만, 화랑도들 내에서 어느 한 무리에도 휘말리지 않기 위해 항상 중립을 지키며, 어느 편에도 서지 않았다.

당나라와 고구려, 백제, 신라의 관계는 서로를 견제하였으나 큰 전쟁 없이 지나갔다. 하지만 당나라에서 황제의 아들 간에 내분이 일며 큰 변고가 생겼다. 모든 전쟁에서 백전백승하며 공을 세운 황제 이연의 둘째 아들 이세민이 황태자 자리를 맏아들 이건성이 차지한 것에 대한 앙갚음으로 형제인 이건성과 이원길을 현무문 앞에서 죽이는 변이 일어났던 것이다. 이세민은 당나라에 반대하는 지방호족들을 모두 정벌하여, 아버지 이연에게서 하늘이 내린 장수라는 별호를 얻기도 했다. 하지만 태자 자리를 자신에게 주지 않은 것에 대해 견디지 못했던 것이다.

당나라를 세운 황제 이연은 환갑이 넘어 쇠약해지고, 아들들의 반란으로 심기가 아주 불편하여 더 이상 조정의 일에 관여하고 싶지 않았다. 그는 둘째 아들 이세민에게 마침내 황제자리를 양위하였다. 이세민은 드디어 바라던 대로 당나라 2대 황제인 태종이 되었다. 그는 황제가 되자마자 변신을 꾀했다. 불 같은 성격이었지만 겉으로는 온화한 모습을 보이려 노력했고, 무술과 싸움을 좋아하는 본심을 감추고 학문과 예술을 사랑하는 황제인 것처럼 행동했다.

고구려는 당나라와 전쟁 없이 평안 날이 지속되자 신라와 다투고 있는 국경지대에 많은 신경을 썼다. 고구려 영류왕은 날마다 대신들과 함께 신라에 대한 문제를 상의를 하고 있었다. 그러던 어느 날 요동지역에 가 있는 을지문덕에게서 서신이 도착했다. 영류왕은 대신들과 함께 을지문덕이 보낸 글을 읽었다.

' 압록강이 보이는 정자에 올라

길었던 여름 해를 바라보며 대왕님께 글을 올립니다.

군사들의 피로 물 들었던 요동의 들판은

시련을 잊고 만개한 화초들로 가득하고

적군들의 몸을 삼켰던 압록강의 푸른 강물은

살 찌고 유유자적한 물고기로 넘쳐납니다.

북풍에 실려 오는 향기에 술 한 잔 들어

고구려에 바쳤던 짧은 인생을 돌아보고 회고하니

전쟁으로 볼 수 없게 된 옛 친구들이 그리워

애달픈 눈물이 이슬처럼 피어나고

의리와 용기로 다져왔던 지난날들이 아쉬워

홀로 대장부의 울음을 가슴 속으로 삼킵니다.

압록강의 빠른 물살에 몸을 싣고

어서 빨리 배를 띄워 평양성으로 가고 싶으나

환갑을 넘은 소신의 느리고 천한 몸이

화살 같은 마음을 정 없이 잡아 묶어둡니다.

소신은 대왕님의 은혜에 명리와 권세를 다 누렸으니

이제 그만 풍진세상의 관직을 그만두고

총총한 별빛과 자연을 벗 삼아 유랑하려 하옵니다.

여생을 옥계청류 맑은 곳에서 그리웠던 지인과 함께

속박 없이 조용하고 편안하게 살겠습니다.

황혼이 된 몸은 천리 먼 거리에 있어도

마음은 항상 푸른 고구려를 품고 있으니

신하의 결정이 무심하다 여기지 마시고

이 서신과 오래 묵은 이별주를 받으십시오.

대왕님은 고구려의 몸과 마음이니

부디 옥체 건강하시어 천세를 누리옵시고

문무백관들과 함께 백성들과 나라를

변함없이 평안하게 해 주십시오.'

　영류왕은 명장 을지문덕의 은퇴를 크게 아쉬워하였다. 하지만 몇 년 전부터 귀향을 원하는 그의 마음을 알았기에 더 이상 그를 잡지 못하였고, 그에게 많은 재물과 식읍을 하사하여 그간의 공을 치하하였다. 그리고 왕족을 통하여 직접 답신을 보내 진정으로 감사의 마음을 전했다.

백제의 무왕은 왕권이 안정되자, 과거 신라에게 빼앗긴 땅들을 찾기 위하여 신라의 국경지대를 자주 공격하였다. 신라의 많은 성들을 점령하며 동쪽지역의 영토를 조금씩 넓혀 나갔고, 신라에 빼앗긴 북쪽의 한강유역에 대한 공격도 늦추지 않았다. 하지만 당나라 황제 이세민이 신라와의 밀약으로 백제에게 신라를 공격하지 말 것을 권유하자 당나라의 눈치를 보느라 그는 더 이상 신라를 침략하지 않고 정세만 살폈다.

그는 나이가 들어가자 사비궁을 더 크게 중수하였다. 또한 사비성을 대신하여 신라의 침공을 막을 수 있는 인구가 밀집된 지역이 필요함을 느끼고, 왕후인 사택씨 가문의 경제적 지원을 받아 미륵사를 짓고 주변 마을을 크게 확장하여 군집된 백성들의 수와 크기를 늘려나갔다.

하지만 백제와 달리 고구려는 신라를 침범하였다. 국경지대에서 자주 전투가 벌어지자 신라 백성들이 모두 남쪽으로 도망가는 일들이 벌어졌다. 신라 진평왕은 고구려 국경지역 요충지인 낭비성을 함락시키라는 명을 내렸다. 김용춘이 대장군이 되었고, 김서현, 김유신 부자와 많은 군사들이 고구려 낭비성으로 출진하였다.

고구려의 낭비성은 요동지역의 다른 성들과는 다르게 성벽이 낮고 크지 않았다. 그래서 고구려는 낭비성 앞의 산기슭 언덕에 방어진을 치고 대비하고 있었다. 신라 김용춘은 군사들을 둘로 나누었다. 한 부대는 평양성에서 보낼지도 모르는 구원병들을 차단하는 임무를 주었고, 자신은 나머지 군사들을 이끌고 낭비성을 공격하였다.

하지만 몇 번을 공격해도 개마무사로 앞을 두텁게 막고 전투를 벌이는 고구려군의 방어를 깨트릴 수가 없었다. 전투를 너무 오래 끌면 고구려의 증원군이 올 수 있으므로 김용춘의 마음은 더 급해만 갔다. 그런데 이상황을 알고 김유신이 앞으로 나서며 말했다.

"신라의 군사들이 패하고 있습니다. 화랑의 이름으로 평생 충효를 다하기로 약속하였으니, 죽을 각오로 물러남이 없이 전쟁에 임하여 용감히 싸우겠습니다. 구겨진 옷깃을 당기면 옷이 바르게 펴지고, 접혀진 벼리를 당기면 그물이 활짝 펴지게 됩니다. 제가 앞날을 펴기 위해 스스로 옷깃과 벼리가 되겠습니다. 목숨을 바쳐 나라에 보답하는 일사보국하는 마음으로 일심전력 적장의 목을 베어오겠습니다."

말을 마친 김유신이 적진으로 말을 타고 달려갔다. 김유신은 전방으로 가지 않고 낭비성 옆의 산을 감고 돌았다. 김유신의 동료들이 그 모습을 보고, 고구려 군사들의 눈을 속이기 위해 낭비성 근처로 다가가 멀리서 활을 쏘며 고구려 군사들의 눈길을 전방으로 쏠리게 했다. 동쪽에서 소리를 내고 서쪽에서 적을 치는 전략으로 친구를 도운 것이다.

김유신은 후측방에서 낭비성 앞에서 지휘를 하고 있는 고구려 장수를 급습했다. 갑작스러운 공격에 당황한 고구려 장수와 근처 부하들이 칼과 창을 꺼내어 그와 싸우며 겨루었다. 김유신은 대단히 용맹하여 능히 백 사람의 적을 당해내는 일당백이었다. 김유신이 말 위에서 내리치는 강한 타격에 그들의 칼과 방패들이 떨어져 나가며 부상을 당했다.

김유신의 검법은 묵직하고 날카로웠다. 고구려 장수는 김유신과 몇 번 싸워보지도 못하고 김유신의 사인검에 바로 목이 달아났다. 김유신이 말 위에서 허리를 굽혀 잽싸게 적장의 베인 목을 칼로 찍어 들었다. 그리고 다시 오던 길로 말을 몰아 쏜살같이 신라의 진영으로 되돌아왔다.

뛰어난 실력과 힘으로 혼자서 고구려 장군의 머리를 베고 돌아온 김유신을 본 신라 군사들의 사기는 끓는 물처럼 넘치고 패기가 하늘을 찔렀다. 김용춘이 신라군에게 총공격을 명령했다. 기세가 오른 신라군은 용감하게 뛰어가 고구려 군을 물리치고 낭비성을 함락시키는데 성공을 했다. 모두들 승리에 찬 함성을 외치며 김유신을 찬양했다.

김용춘은 낭비성을 지킬 신라의 군사들 일부를 남기고 의기양양하게 신라 서라벌로 돌아왔다. 승리를 하였다는 소식에 진평왕은 크게 기뻐하며 모두에게 큰 상을 내리고 잔치를 벌여 그들의 수고를 달랬다. 김춘추 역시 돌아온 김유신과 술을 마시며 밤새 이야기를 나누었다. 김춘추는 이번 승리를 이끈 김유신의 활약을 듣고 '형님은 고구려 을지문덕 장군보다 더 큰 인물이 되겠습니다.'라며 김유신을 치켜세웠다. 그들의 우정은 밤의 깊이와 함께 더욱 굳어져 갔다.

고구려, 백제, 신라의 삼국이 크고 작은 싸움을 벌이고 있는 시기에 신라의 진평왕이 갑자기 죽었다. 그러자 진평왕의 유언으로 덕만공주가 왕위를 물려받아 선덕여왕이 되었다. 진평왕과 왕비 마야부인과의 사이에서는 아들이 없었다. 덕만공주, 천명공주, 선화공주 등 예쁜 딸들만 있었다. 천명공주는 김용춘과 결혼하여 김춘추를 낳았고, 선화공주는 백제 무왕에게 시집을 가서 백제에 있었다.

선덕여왕이 즉위하자, 당 태종은 신라에 빨강색, 자주색, 하얀색을 띈 모란꽃 그림과 함께 그 씨앗을 선물로 보냈다. 하지만 선덕여왕이 모란꽃은 부귀를 상징하나, 그림에 나비와 벌이 없는 것을 보니 꽃에는 향기가 없을 것이라고 말을 하였는데, 씨앗을 심어보니 과연 그러했다. 선덕여왕은 당나라와 친밀한 관계를 유지하며 많은 신라의 고승들을 당나라로 보내 불교의 중흥에 힘을 썼다.

김유신은 선덕여왕이 안정된 정권을 유지하도록 뒤에서 보필하며 신라 귀족의 한 축이 되었다. 김유신은 김춘추가 성인이 되자 김춘추를 여동생과 혼인시켜 가족으로 만들어야겠다는 생각을 항상 품고 다녔다.

김춘추는 사실 사춘기가 지나면서부터 신라의 모든 여성들이 흠모하는 귀공자가 되었다. 고귀한 신분의 왕족이면서, 학자풍의 가지런한 옷차림, 건장하면서도 날렵한 몸매, 여인처럼 곱상하고 백옥 같은 하얀 피부, 그리고 온화하고 부드러운 말투는 혼인할 나이가 된 모든 신라 여성들의 관심의 대상이 되었다. 그는 말수가 적고 행동이 아주 치밀하였으나 일단 말을 하기 시작하면, 대화할 때 사용하는 손짓이나 언변술이 너무도 뛰어나 누구든지 그의 말솜씨에 깊이 빠지게 하는 힘을 가지고 있었다. 그와 한 번이라도 말을 나눈 여인들은 김춘추의 매력에 현혹되어 그가 보고 싶어 밤에 잠을 못 잘 정도였다.

　김유신의 여동생 중 문희 역시 빼어난 풍모의 김춘추를 보며 속으로 무척 흠모하고 있었다. 하지만 김유신의 집에 자주 들리며 형제처럼 지내니, 김춘추에게 연인으로써 다가가기란 무척 어려운 일이었다. 그런데 어느 날이었다. 김유신의 여동생인 보희가 꿈을 꾸었는데 서악에 올라 소변을 보았는데 서라벌이 전부 소변에 잠겨버리는 꿈이었다. 이를 이상히 여긴 보희는 깨자마자 동생 문희에게 이야기하였다. 동생 문희는 언니의 이야기를 듣고 복을 가져다 주는 꿈이라며 가지고 있던 비단치마를 주고 그 꿈을 샀다.

　그리고 얼마 뒤, 김춘추가 심심하여 김유신을 찾아와 집 앞에서 축국을 하게 되었고, 경기를 하던 도중 김유신이 김춘추의 옷깃을 밟아 찢어지게 만들었다. 김유신은 축국을 그만두고 김춘추를 집으로 데려와 여동생 보희에게 옷깃을 꿰매게 했다. 언니인 보희가 나가려 하자, 평소 김춘추를 흠모했던 문희는 '내가 언니 꿈을 샀으니 제가 갈게요' 라며 김춘추 앞으로 나아갔다.

김춘추는 자신의 옷깃을 꿰매고 있는 문희를 쳐다보며 미묘한 감정을 느꼈다. 숯 같이 검으면서도 달빛처럼 빛나는 윤기 있는 머리와 오똑한 코, 그리고 가는 허리에 치마를 뚫고 나올 듯한 큰 골반은 무릇 남성들의 마음을 두근거리게 만들기에 충분하였다. 가무스름한 건강한 피부와 호리호리한 키는 김유신의 동생답게 야생미를 갖춘 절세미인임을 뽐내고 있었다.

이 인연을 계기로 두 사람은 점점 가까워졌다. 김춘추는 김유신보다도 문희를 보기 위해 김유신의 집을 더 자주 들렸고, 김유신은 둘을 맺어 주려고 일부러 더 김춘추를 일도 없으면서 시시때때로 불렀다.

그런데 둘이 사랑하며 오랫동안 사귀었는데도, 좀처럼 김춘추는 문희에게 정식으로 혼인을 신청하지 않았다. 그 이유는 김춘추는 집안에서 맺어준 설보종의 딸 설보라를 정궁부인으로 데리고 있었기 때문이다. 비록 신라 귀족들이 여러 명의 부인을 둘 수는 있었지만, 그는 아내인 설보라 역시 사랑하고 있었기에, 그녀에게 마음을 주고 있었으나 선뜻 청혼을 하지 않았던 것이다.

하지만 이를 괘씸하게 여긴 김유신이 꾀를 내어서 그 둘을 결혼시키려는 계획을 세웠다. 김유신은 수하를 시켜 여동생 문희가 결혼도 하지 않고 임신을 했는데 당장 임신을 시킨 사내와 결혼하지 않으면 불에 태워 죽인다는 소문을 내게 끔 하고, 집안에서 일부로 불을 피워 누구나 볼 수 있도록 연기가 자욱하니 떠오르도록 하였다.

계획에 있던 대로, 날마다 월성의 높은 누각에 올라 서라벌을 바라보던 선덕여왕이 김유신의 집에서 피어 오르는 연기를 보았고, '저것이 무엇이냐? ' 묻자, 이미 김유신의 계책에 동의한 신하들이 그간의 사정을 말하였다. 그러자 선덕여왕은 당장 김춘추를 불러 결혼을 하라고 다그쳤고, 황망한 김춘추는 문희에게 정식으로 청혼하여 비로소 성대한 혼례를 올리게 되었다. 나중에 김춘추의 첫째 부인 설보라가 아이를 낳다가 죽자 문희가 그 뒤를 이어 정궁부인이 되었다.

정치적으로 무게가 있는 왕족 김춘추와 강력한 병권과 힘을 가지고 있는 가야계의 귀족 김유신이 한 집안이 되자, 신라의 모든 권력 서열은 이 둘의 집안 아래에 놓이게 되었다.

제 5부. 하늘의 이치와 땅의 도리는
인간들의 마음에 있다.

당나라 오대산 기슭의 어느 산사에서 황금색 용포를 입은 당나라 태종 이세민이 태산교악처럼 서서, 앞에 있는 한 스님을 뚫어져라 쳐다보며 말했다.

"그대가 바로 신라에서 온 자장법사이구려."

'이 스님이 바로 눈먼 봉사의 눈을 뜨게 했다는 바로 그 스님이란 말인가?'

소문에 득도를 한 스님이라고 들었는데, 나이는 오십 대 초반으로 그리 많아 보이지 않았고, 얼굴도 평범하게 보여, 사람들이 모두들 그를 생불로 여긴다는 말이 믿어지지가 않았다. 다만 그의 표정에서 풍겨 나오고 있는 짙은 온화함과 그윽한 눈빛에서 풍기는 알 수 없는 깊이가 미묘하게 이세민의 호기심을 끌어당기고 있었다. 이세민에게 큰 절을 마친 자장스님이 앞에 있는 그의 얼굴을 천천히 훑어보았다. 하늘을 떠받칠 것 같은 드넓은 어깨와 짧고 견고한 목, 각진 사각형 얼굴에 중앙에 우뚝 자리 잡은 바위 같은 코, 선 굵은 입술, 짙은 눈썹 아래에서 형형하게 빛나고 있는 초롱초롱한 눈빛, 근육으로 다져진 굵은 몸매와 튼튼한 허리선. 가히 당나라를 평정할만한 영웅호걸의 기개가 담겨있었다.

"제가 신라에서 온 자장법사입니다. 먼 길을 이렇게 찾아주시니 빈승에게는 큰 영광이옵니다."

"백성들을 다스리려면 많은 현인들의 조언이 필요한 법이지요. 나의 곁에는 수많은 학자들과 고승들이 많지만, 법사님처럼 설법으로 봉사의 눈을 뜨게 했다는 말은 처음 들어보았소. 그래서 내 장안에서 생불로 소문이 난 그대를 직접 만나고자, 이렇게 한걸음에 이곳 오대산까지 달려온 것이오."

"생불이라니요? 다 순진한 백성들의 마음에서 만들어지는 허상일 뿐이지요."

"눈 먼 봉사의 눈을 번쩍 뜨게 하셨다던데, 그럼 그게 헛소문이란 말씀이오?"

"소승은 그저 보이지 않는 눈으로 살아가는 그에게, 설법으로 마음의 눈을 뜨게 해 주었을 뿐, 속세의 눈을 뜨게 하지는 않았습니다."

"하하하. 그런 것이오? 육체의 눈이 아니라 보이지 않는 눈을 뜨게 한 것이오? 하지만 백성들 모두는 그대가 병자를 고칠 수 있는 신비한 힘이 있다고들 믿고 있는데, 법사가 너무 겸손하신 것 아니요?"

이세민이 호탕하게 웃더니 다시 자장스님을 쳐다보며 말을 했다.

"아무튼 내 그대의 명성을 듣고 이렇게 천리를 한걸음에 달려왔으니, 나에게도 어디 마음의 눈을 뜨게 설법을 좀 해 주시구려."

자장스님이 잠시 생각하더니 조용히 대답했다.

"황상은 이미 하늘을 품으셨습니다. 천하를 평정하시고 지금은 태평성대를 만드시어 백성들의 칭송이 자자하시거늘, 어찌 동쪽의 작은 나라에서 온 소승에게 답을 구하십니까?"

"내 비록 민란을 평정하고 백성의 안위를 위해 큰 뜻을 품고 전쟁을 일으켜 오랑캐를 쫓아냈지만, 어찌 피를 나눈 형제의 목숨까지 앗아가며 황위에 오른 나의 업보를 영원히 없앨 수 있겠습니까? 내 마음을 씻어줄 스님들과 같은 고인들의 설법이 필요하다오. 천하는 한 사람의 것이 아니라 만인의 것이오. 하지만 그 천하를 얻은 한 사람은 만인의 고통을 혼자 감내해야 하오. 지금껏 많은 현인들에게 왕의 법도를 배우며 익히면서 마음의 안정을 위해 배움을 청했지만, 나의 마음에 평정을 안겨준 학자들은 아직까지 없는 듯하오. 밤마다 나는 악몽에 시달리고 있소. 그게 바로 내가 머나 먼 이곳까지 달려온 이유라오."

"일반 백성들의 삶과 황상의 삶은 비교되는 것이 아니지요. 몇몇 형제의 피로써 수많은 백성들의 피를 대신할 수만 있다면, 그것은 황상의 희생이라 할 만 합니다. 역사는 많은 사람들의 피를 먹고 변화되고 있습니다. 가족을 버리고 백성을 끌어안을 수 있는 외로운 영웅의 악몽이라면 후세들은 그의 고통을 이해하고 칭송하게 될 것입니다."

"나의 괴로움을 잘 이해하는 대답인 듯 하구려!"

"다만 한 가지 걱정스러운 것은……."

자장스님이 말끝을 흐리자 이세민이 다급히 물었다.

"무엇이 걱정스럽단 말이오? "

"황상의 마음이 최근 편안하시지 못하는 것은, 혹시나 또 다른 하늘을 마음속에 품고 있지 않나 하는 생각이 들기 때문입니다."

"또 다른 하늘이라니? "

"비록 백성들의 평안함을 위해 큰 나라를 세우셨지만, 북쪽의 돌궐뿐만 아니라 동쪽의 고구려까지 생각하고 계시니 마음이 크게 어지러우신 것이 아닌 가 생각됩니다."

이세민은 자장스님의 말을 듣고 심기가 불편한 듯, 눈을 크게 뜨며 눈썹을 천천히 치켜 올렸다.

"어찌 신라에서 온 그대가 나에게 그런 말을 할 수가 있는 것이요? 최근 다시 세력을 확장시키고 있는 북쪽 돌궐족은 백성들의 안위를 위해 반드시 정벌해야만 하오. 그리고 고구려 역시 당나라를 호시탐탐 노리고 있소. 요동지역은 이미 고구려가 다 장악하고 있지 않소. 얼마 전에도 신라 선덕여왕과 글을 주고받았는데, 그대의 여왕은 지금, 고구려와 백제의 침공에 시달려 우리 당나라의 도움을 절실히 구하고 있소. 스님은 여태 그걸 모른단 말이오? ”

이세민의 높은 언성에 자장스님이 황망히 고개를 숙이며 나직이 말했다.

“고구려는 당나라와 신라에 큰 적이지요. 소승은 그저 국가의 대사보다는 황상의 마음의 평안을 위해 올린 말입니다. 오해는 하지 마십시오. ”

“그럼 자장법사는 당나라가 신라와의 관계에도 불구하고 고구려와 친해지거나, 아니면 그들과 가까운 나라가 되길 바란다는 뜻이오? ”

“그런 뜻이 아닙니다. 소승은 정치와는 무관합니다. 다만 돌궐족이든 고구려이든 전쟁으로 피폐해지는 불쌍한 백성들의 마음과, 앞으로 전쟁을 치르며 겪어야 할, 수많은 당나라 군사와 가족들의 고통을 헤아려 주시라는 말씀이지요. 백성 개개인의 심적 고통보다 수백만의 삶을 좌지우지 하시는 황상의 심적 부담이 그들보다 수백만 배 크다는 것을 알고 있는데, 어찌 소승이 황상께 다른 의도를 가지고 말을 올리겠습니까? 소승은 세상의 평안은 한 순간에 이루어지지 않고, 수백 년 또는 수천 년의 기나긴 변화를 통해 이루어진다고 생각하기에, 지금 황상의 가시는 길이, 어려운 전쟁의 지름길 보다는, 당나라의 먼 미래를 위해, 길지만 더 조용하고 평탄한 길이 나을 것이란 생각에 말씀을 드리는 것입니다."

"내가 북쪽의 돌궐을 치고, 서방의 토번을 정벌하며, 또 동쪽의 고구려를 쫓으려 함은, 바로 이 나라에 다시는 전쟁이 없는 세상, 즉 아무도 넘보지 못하는 강력한 힘의 우위를 가지려 함이요. 나는 형제의 피를 보며 이 자리에 올랐지만, 백성들에게는 더 이상 피를 보지 않게 하기 위한 나의 뜻이오."

"하지만 황상께서는 이미 많은 인재들을 평등하게 등용하여 당나라의 정치는 지금 태평성대에 접어들지 않았습니까? 외세의 힘을 꺾기 위해 다시 국력을 낭비한다면 이 또한 백성들이 겪어야 할 큰 고통이 아니겠습니까? "

"나는 황제로써 두 가지 원칙을 가지고 있소. 큰 상을 내리던지, 아니면 다시는 다른 마음을 절대 품지 못하게 만드는 것이요. 그것이 사람이라면 그 사람을 죽일 것이고, 그것이 이웃 나라라면 그 나라를 정복하여 회복 불가능한 상태로 만드는 것이요."

"권력을 앞세우면 역사가 어두워지고, 마음을 앞세우면 역사가 밝아지는 법입니다. 황상께서는 당나라 백성들뿐만 아니라, 세계 만 백성을 위하시는 위대한 황제가 되어주시길 부탁 드립니다. 이 세상은 한 사람의 힘만으로는 바뀌지 않는 세상입니다. 권력은 한 사람의 힘과 지략으로 얻고 통치할 수 있는 것이나, 세상은 모든 백성들의 삶과 희망에서 만들어지는 신성한 것입니다. 제발 전쟁만은 삼가 해 주시기를 부탁 드립니다. 가장 정점에 계시는 황상의 마음 속 의도가 백성들을 평화롭고 안정되게 하시는 것이라면 당나라는 후일 큰 복을 받게 될 것입니다."

"나는 항상 청동거울을 보며 나 자신을 다스리고, 역사란 거울을 통해 주변 국가와의 정치를 행하며, 위정과도 같은 입바른 신하의 입을 통해 객관적 지표로써 백성들에게 맞는 정치를 행하려 노력하고 있소. 수나라의 두 황제가 고구려를 치려다가 많은 군사를 잃고 멸망의 길을 걸었던 것을 나는 분명히 알고 있소. 나는 그대가 생각하는 것처럼 큰 전쟁을 일으켜 서로가 망하는 그런 욕심은 내질 않을 것이요.

하지만 국경을 안정시키려 하는 마음에는 변화가 없소. 내가 돌궐을 정복하고 요동으로 힘을 뻗치려 함은 후대를 위한 안배인 것이요."

"저는 비록 작은 산사에서 불법을 수련하며 배움을 행하고 있지만, 부처님의 큰 세상은 한 나라의 역사뿐만 아니라 모든 나라의 역사를 극락세상으로 바꾸려는 넓은 세계임을 알고 있습니다. 당나라의 황제이신 황상께서 이웃나라의 평화마저 함께 생각해 주신다면, 이 세상의 큰 복이라 할 수 있을 것입니다."

"좋소. 전쟁에 대한 이야기는 이만 합시다. 내 어찌 부처님의 말씀을 배우는 그대와 살생에 대해서 논한단 말이오. 아무튼 그대의 올바른 심기에서 한 나라를 보지 않고, 세상 전체를 넓게 보라는 충고로 받아들이겠소."

"황송하옵니다. 역사를 직접 만들어 가시는 황상께, 역사를 객관적으로 바라보는 미천한 제가 이런 말씀을 올려 죄송하옵니다."

이세민은 알았다는 듯 천천히 고개를 끄덕이더니 조용한 어조로 말을 했다.

"신라에 그대와 같은 많은 현인들이 있기에, 이곳 당나라 학자들은 유학 온 신라 학자들을 항상 친구로 생각하며 학문을 논하는 것이오. 동방의 세 나라는 작은 나라들이면서도 세상의 이치와 도리를 깨달은 자들이 상당히 많은 것 같소. 어떻게 우리로부터 문자를 가지고 가서 배운 작은 나라들에서, 우리보다 더 뛰어난 학자들이 생기는 지 정말 신기할 따름이오. 나는 가끔 고구려, 백제, 신라, 이 작은 세 나라들이 합쳐지게 되면 과연 어떤 힘을 발휘하게 될지 궁금한 적이 많다오. 아니 두렵다는 표현이 맞을 것이오. 사실 내심은 당나라에 위협이 되는 이 세 나라의 통일을 바라지 않고 있소. 하지만 어찌 되었든 그대들이 사는 곳은 권모와 술수가 넘쳐나는 이곳과는 조금 다르다는 느낌이 든다오."

"선덕여왕님의 제안을 수락하셨습니까? "

"생각하는 중이오. 하지만 여자의 몸으로 신라를 이끌고 있는 선덕여왕에게 그대와 같은 현인들이 있다는 것이 부러울 따름이오. 나는 신라를 항상 형제의 나라로 생각할 것이오. 그대는 훗날 신라로 돌아가거든, 그대의 선덕여왕에게 나의 이와 같은 뜻을 알려주길 바라오."

"황공하옵니다. 빈승 명심하겠습니다."

이세민은 그가 궁금해 했던 불교의 여러 가지 뜻과 왕이 해야 할 일들에 대해 몇 가지 더 물으며 자장스님의 말을 경청했다. 자장스님은 이세민에게 부처님이 가르치는 도리와 백성들에게 베풀어야 할 황제의 도리에 대해 그가 생각하는 바를 알려주었다. 이세민은 이야기를 듣는 도중 고개를 끄덕이기도 하며, 뭔가를 깊이 생각하느라 말을 잠시 멈추기도 했지만 진지하게 그와 많은 시간을 보내며 대화를 나누었다.

이윽고 오후 햇살이 약해지고, 곧 어둠이 내리려 하자, 하산을 권유하는 신하들의 뜻에 따라, 이세민은 자장스님에게 고마웠다는 말을 남기고는 일행을 데리고 산사를 떠났다. 이세민이 걸음을 옮길 때마다 산기슭에서 불어오는 바람이 그의 용포를 흔들고, 비단 위에 수 놓인 두 마리 용들이 때를 기다렸다는 듯이 하늘로 승천하듯 펄럭이며 산사의 공간을 진동시켰다. 산사의 모든 스님들은 산 아래 기슭까지 이세민을 따라 내려가며 그를 배웅하였다.

당 태종 이세민이 떠난 후, 산사에 다시 들어 온 자장 스님에게 그의 제자 중 한 명이 갑자기 말을 꺼냈다.

"스승님. 그런데 황제 뒤에 서 있었던 여인은 누구입니까?

눈빛을 보니 대단한 여인인 것 같습니다."

"몇 년 전 궁궐에 들어온 황제의 후궁 무미랑인 것 같구나. 얼마 전 고승들께서 말한 당나라를 뒤흔들 여인이 황제의 기운과 서서히 겹쳐지고 있다고 하던데, 바로 저 여인이 풍기는 기운인 것 같구나."

"스승님도 그녀의 눈빛에 감추어진 대욕을 보셨습니까?"

"어찌 대욕만 보았겠느냐? 황제를 능가하는 탐욕과 지략이 감추어져 있더구나. 그녀의 눈빛에는 후일 어린 황제를 좌지우지하며 정치를 쥐락펴락하는 탁고기명의 기운이 깃들어져 있더구나."

"그럼 그녀가 후일 황상의 뒤를 이을 황태자를 가진다는 말씀이십니까?"

"내가 어찌 하늘의 뜻을 알겠느냐? 천심보다는 그녀의 눈빛에서 발하는 인간의 욕심을 읽은 것뿐이다. 지금의 시대는 여인의 부드러운 음의 기운이 활기찬 양의 기운을 품고 하늘로 오르는 기세이다. 신라도 그렇고, 그 여인을 보니 이곳 당나라도 곧 그렇게 될 것 같구나. 여인의 지혜가 남자의 용기를 감싸 안을 시기가 온 것 같다!"

"지금 신라에서는 스승님이 빨리 불법을 깨우치고 귀향하시기를 바라고 있사온 데, 언제쯤 가실 예정이십니까? "

"부처님의 마음을 좀 더 알고 갈 예정이다."

"그런데 스승님. 스승님은 항상 저희들에게 속세의 일에는 관여하지 말고 불법에만 신경을 쓰라고 하셨는데, 선덕여왕님의 명대로 귀국하시어 정치에 관여하시려는 겁니까? "

"내가 선덕여왕님을 도우려는 것은 정치가 아니라 백성을 돕고자 하는 마음이다. 속세의 일과 정치는 다른 법이니라. 불제자라 해서 부처님의 마음만 쫓으면 어찌 이 세상이 돌아가는 이치를 알고, 백성을 돕는 수레바퀴의 역할을 할 수가 있겠느냐? 부처님의 마음도 알고, 군주의 마음도 알고, 또 백성의 마음을 헤아리는 것이 곧 이 세상을 올바르게 바꾸려는 기본이라 할 수 있을 것이다."

"하지만 선덕여왕님께서는 불법을 이용하여 정치적 안정을 꾀하시려는 것이 아니실까요? "

　제자의 얼굴은 여전히 호기심이 가시지 않는 표정이었다.

"정치적 안정이 백성들의 안정과 직결된다면, 어찌 그들의 행복을 바라는 불제자들이 인간세상의 지옥도 마다하지 않겠느냐? 넌 불법에서 벗어날 경우 일어나는 너의 평정심의 혼란을 두려워하는 것이냐?"

"아닙니다. 이제 백성들을 위한다는 것이 무엇인지 알 것 같습니다. 그런데 스승님."

"왜 그러느냐?"

"고구려와 백제 때문에 신라에도 이제 곧 큰 전쟁이 일어난다는 소문이 돌고 있는데, 삼국의 장래는 장차 어찌되는 것입니까? 꼭 삼국통일이 되기 위해서는, 같은 민족, 세 나라가 큰 전쟁을 해야만 하나요?"

"우둔한 군주들이 작은 땅덩어리를 차지하기 위해, 서로의 백성을 죽여 가며 그들의 삶을 피폐하게 만들고 있으니, 세상의 극락을 바라는 불제자로써 항상 괴롭기만 하구나! 글로써 칼을 이겨야 하고, 마음으로써 싸움을 그만두게 만들어야 하는데, 지금의 상황을 보니 그렇게 해결이 될 것 같진 않구나. 부처님의 자비로운 마음으로는 저들의 호전성을 고칠 수가 없음이야."

"불법을 더욱 전파시켜, 정치적 신념에 부처님의 자비를 실으면 전쟁이 줄지 않을까요?"

"속세에서는 불법보다는 세력가들의 욕심과 권력이 더 큰 법이다. 백성들의 삶을 편안하게 만들기 위해서는 그들을 다스리는 올바른 법도가 있어야 하고 그것을 실천하는 것이 가장 중요한 것이다. 나는 귀국하게 되면 선덕여왕님께 그러한 법도를 알려주고 권력이 백성들을 위해 사용이 되도록 행동으로 옮기고 싶은 게야."

"그럼 저희들이 귀국하여 해야 할 일들은 무엇인가요?"

"불법으로 인간들의 자비로움을 깨우치게 하기 위해, 다스리는 자와 다스림을 받는 자 모두를 감싸 안아야 된다. 고통을 주는 자에게는 깨우침을 주고, 고통을 받는 자에게는 은혜를 베푸는 것이 부처의 마음이며, 나라가 어지럽거나 위험에 처했을 때, 정치와 나라의 안정에 도움을 주는 호국불교 역시 백성들의 편안함을 위한 희생이니라."

"그래서 스승님께서는 항상 불법을 마음속으로만 익히지 말고, 세상과 함께 익히라고 하셨군요."

"그렇다. 내가 너희들을 이곳 당나라까지 데려와 불법을 배우고, 새로운 문물을 익히게 한 이유는, 바로 너희들에게 나라의 장래를 맡기기 위함이야. 나라의 장래는 큰 그림을 이해하고 실천할 수 있는 사람들에 의해 결정이 되는 것이다. 권력을 휘두르는 자를 막고, 백성을 괴롭히는 자를 쫓아내는 것만이 정도가 아니라, 미래를 위해 백성들의 마음에 변화를 주는 것이 더 큰 자비인 것이다. 나는 너희들이 신라에 돌아가서도 너희들이 이곳에서 배우고 깨달은 것들을 불법에만 쓰지 말고, 백성들을 위해서 쓰길 바란다. 다시 말해 고구려, 백제, 신라라는 울타리와는 상관없이 너희들이 관여하는 모든 사람들에게, 무엇이 세상의 기준이 되고, 무엇이 가장 소중한 것인 지를 깨닫게 만들어라. 한 나라의 흥망성쇠는 외적으로는 그 나라에서 나고 자란 수많은 영웅호걸들과 그 주변을 둘러싼 다른 나라들의 정치세력에 의해 좌지우지 된다. 그렇지만 내적으로는 나라 전체에 미치는 그 민족 백성들의 집단적 마음에 의해 그림자와 같은 영향을 받게 되는 것이다. 이곳에 있는 너희들은 몇 명 안 되지만, 후일 너희들이 가르친 제자와 그 제자의 제자들은 아마도 수천 년을 이어가며, 신라뿐만 아니라 통일된 미래의 나라에도 큰 영광을 주게 될 것이다. 작은 지혜들이 모여 올바른 세상이 만들어지고, 작은 힘들이 모여 다툼 없는 세상이 만들어지면 그게 바로 너희들이 추구하고, 부처님이 말하는 극락세계인 게야."

"네 알겠습니다. 스승님!"

제자들이 우렁차게 대답했다. 자장스님은 제자들에게 몇 가지 당부를 더 하고 그들을 산사로 들여보낸 후, 홀로 그곳에 남아 잠시 생각에 잠기더니, 이윽고 고개를 들어 신라가 있는 동쪽하늘을 바라보며 나직이 읊조렸다.

'아! 나라를 지배하는 왕이 사악해지면, 정치인들과 지식인들이 그 허물을 가려주며, 그들마저 욕심에 눈이 멀어 나라가 피폐해지면, 백성들의 선한 마음들이 일어나 나라를 구하는 것이 역사의 수레바퀴이거늘…, 똑같은 인간들이 삼국으로 나누어져 저렇게 전쟁만 하고 있으니…, 인간들의 이런 살심은 대체 어디서 나오는 것이란 말인가? 살생을 부르는 살생의 억겁을 인간들의 힘으로는 끊을 수 없다는 말인가?'

자장법사 김선종은 젊었을 때 스승인 원광법사가 전쟁을 권하는 걸사표를 지었다며 법회에서 비판하여, 승려들 사이에서는 의지가 금강석처럼 굳고 부처의 가르침을 가장 잘 따르는 스님으로 통했다.

자장법사가 신라에 돌아왔다는 소식이 선덕여왕에게 전해졌다. 선덕여왕은 농사 짓는 것을 돕기 위해 천문대인 첨성대를 만들고 분황사와 같은 여러 사찰들을 완공시키기 위해 심혈을 기울이고 있었다. 그런데 고구려가 국경 근처를 자주 공격해 왔다. 그녀는 신라의 장군들에게 군사들을 내주어 고구려군을 물리치게 하였다. 하지만 백성들의 불안한 마음을 달랠 길이 없어 한참 고민을 하고 있는 중이었다.

"자장법사님 참 오랜만이군요."

선덕여왕이 당나라에서 돌아와 쉬고 있는 자장법사를 찾아와 인사를 건넸다.

"그간 평안하셨습니까? 여왕님."

"고구려와 백제의 잦은 침입 때문에 신라 백성들이 고통을 당하고 있습니다. 평안할 리가 있겠습니까?"

"모든 것이 다 이 어지러운 세상을 만드는 미천한 인간들의 업보때문인 것이지요."

"법사님을 만나러 이곳으로 온 이유는 당나라 황제 이세민에 관한 것입니다."

"이세민과 손을 잡아도 되는 지 물어보려고 하시는지요? "

"네. 그렇습니다. 고구려와 백제의 침략이 점점 강해지고 있으니, 그와 손을 잡아 신라를 구하려는 저의 마음입니다."

"그는 겉보기로는 온화하고 말주변도 좋게 보이지만, 사실 본성은 상당히 냉정하고 정이 없는 성격입니다."

"들리는 소문과는 다르군요."

"현무문의 변에 대해서는 아시겠지요? "

"네. 이세민 형인 황태자가 이세민의 명성에 시기를 하여 그를 죽이려 하자, 이세민이 선수를 쳐서 그들을 죽인 정변이 아닙니까? "

"맞습니다. 소문에는 이세민이 황제 이연에게 형제들이 자기를 죽이려 한다고 하소연하자, 황제가 화가 나서 진실을 묻기 위해 황궁으로 아들들을 불러들이자, 현무문 앞에서 그들을 살해한 것으로 알고 있으나, 사실은 처음부터 그들을 죽여서 황위를 양위 받을 속셈으로 이세민이 직접 일을 꾸미고 벌인 짓이라는 추측이 많습니다."

"그 말이 사실이라면 정말 조심을 해야 되겠군요."

"그가 비록 황제에 올라 농민들에게 균등히 토지를 나누어 주고 세금제도를 온화하게 만들어 성현이라고 소문이 났으나, 사람들을 본인의 편으로 끌어들이기 위한 술책입니다. 그의 머리는 어느 누구도 따라 잡을 수 없을 정도로 아주 비상합니다. 아버지인 이연이 이루지 못한 당나라의 불안정한 상황을 그의 지략으로 몇 년 만에 안정화 시키고, 당나라를 중원 역사상 가장 번성하게 만들었습니다."

"당나라의 번성이 우리 신라에게는 좋은 일이 아닐까요? "

"당나라 이세민의 마음 속 넓이가 바다와 같거늘, 고구려 하나로 만족하겠습니까? "

"그럼. 당나라가 고구려를 멸망시키게 되면, 다음은 백제와 신라 차례가 될 수도 있다는 말씀이시군요."

"맞습니다. 이세민은 곧 주변을 정벌하여 당나라의 땅을 넓히려는 계획을 실천하게 될 것입니다. 그에게 도움을 청할 수는 있으나 항상 이에 대한 대비는 하셔야 하옵니다."

"알겠습니다. 명심하겠습니다. 이 일을 김춘추와 김유신을 불러 상의해 보도록 하겠습니다."

중원을 다시 평정하고 강력한 왕권을 쥐게 된 황제 이세민은 주변 나라들을 복속하기 위한 야망을 품고 있었다. 그는 먼저 북방에서 항상 당나라를 위협하고 있는 동돌궐을 공격하기로 마음먹었다. 돌궐은 원래 한 나라였는데, 수나라의 이간책으로 서로 싸워 오래 전에 동돌궐과 서돌궐로 나뉘어져 통치되고 있었다. 황제 이세민이 첫번째 먹이로 동돌궐을 택한 이유는 동동궐은 지도자인 힐리가한과 계민가한이 서로 다투고 있어 힘이 분산되고 있었고, 복속되어 있던 작은 나라 설연타의 반란으로 군사력이 크게 위축되어 있었기 때문이다.

황제 이세민은 장군 이정을 시켜 10만 군사들을 거느리고 동돌궐을 정복하게 했다. 그리고 돌궐의 부족들이 서로 연합하지 못하도록 설연타와 동맹을 맺었다. 계민가한과 다투느라 세력이 약화된 힐리가한은 속절없이 무너졌고 결국은 모두가 당나라군에 포로로 잡히는 신세가 되었다.

황제 이세민은 동돌궐의 힘을 무력화시키기 위해 잡은 병사들을 모두 처형시키고, 돌궐백성들을 포로로 잡아서 당나라로 이송하였다. 그리고 많은 재물들도 약탈하고 빼앗아 수고한 당나라 병사들에게 골고루 나누어 주었다.

당나라가 고구려와 가까운 동돌궐을 멸망시켰다는 소식이 급속도로 퍼졌다. 고구려 영류왕이 평양성에서 걱정스러운 얼굴로 대신들을 바라보며 말했다.

"동돌궐이 당나라 이세민의 힘에 무릎을 꿇었다고 하오. 동돌궐은 고구려와 함께 당나라를 견제할 세력인데, 동돌궐이 패하였으므로 이제 당나라의 화살 끝이 우리 고구려를 향할까 걱정이 되오. 대신들의 생각을 들어 보았으면 하오."

영류왕의 물음에 한 대신이 앞으로 나와 대답했다. 대중들이 그를 쳐다보니 고구려의 책성도독 고양이었다. 고양은 막리지를 지낸 고식의 아들로 영류왕의 총애를 받고 있었다. 그가 차분한 어조로 말했다.

"당나라와 계속 화평책을 취하는 것이 좋을 듯하옵니다. 당나라는 서역의 고창까지 굴복시킨 무서운 힘을 가지고 있습니다. 당나라 황제 이세민을 찬양하기 위해 태자인 환권과 귀족 자제들을 사절단으로 파견하여 화친을 위한 외교적 노력을 기울이심이 마땅한 줄로 아옵니다."

이때 혈기가 완성하고 눈빛이 매서운 장수 한 명이 주저없이 앞으로 나서며 말했다.

"당나라 이세민의 교만함이 하늘을 찌르는군요! 어찌 이세민은 수나라의 양견과 양광의 패배를 벌써 잊고서, 또다시 고구려를 탐낸단 말입니까? 그들이 쳐들어오면 우리가 능히 그들을 요하의 고기밥이 되도록 할 수 있습니다. 대왕께서는 염려하는 마음을 거두시고 모든 것을 소신에게 맡겨주시면 제가 무모한 그들의 시도를 분쇄하겠습니다."

모두가 목소리가 난 곳을 쳐다보니 연개소문이었다. 연개소문은 고구려의 높은 벼슬인 대대로의 아들이며 조부와 증조부 모두 막리지를 거친 귀족의 자손이다. 연개소문 가문은 활을 잘 쏘고 칼을 잘 부리는 것으로 유명하다. 아버지의 대를 이어 대대로의 지위를 물려받은 연개소문 역시 고구려에서는 천하제일 무사로 불리는 기골이 장대한 장수이다. 청년시절 활로 창공을 날고 있는 독수리의 목을 관통시켰고, 군사들끼리 겨루는 비무대회에서도 그가 휘두르는 칼의 타격하는 힘이 너무 강한 나머지 웬만한 병사들은 정면으로 막아낼 엄두도 못 내었다. 그는 중년인데도 뚜렷한 이목구비와 검고 굵직한 수염이 얼굴 옆과 턱을 모두 감싸고 있었다. 특히나 호랑이 눈처럼 큰 두 눈에서 쏟아지는 눈빛은 기세등등하고 활활 타올라, 그와 눈이 마주친 이들은 서둘러 눈을 피하기도 하고, 혹시라도 눈빛이 교차되면 간담이 서늘해지는 경험을 하곤 했다. 하지만 그의 목소리는 호쾌하고 영웅 같은 기질이 있어 수하 장수들과 병사들에게는 무척 인기가 높았고, 그를 한 번 따르게 된 자들은 결코 그를 배신하는 법이 없었다. 그만큼 그는 호탕한 기질로 부하들을 친구와 형제처럼 대하는 전형적인 무사들의 우두머리 같은 호걸이었다. 당나라와의 전쟁도 불사하겠다는 강경론자 연개소문의 말에 영류왕이 크게 놀라며 그를 타일렀다.

"나라의 정책이란 패기만 가지고 하는 것이 아니오. 그대의 충심은 내가 잘 알겠으나, 오히려 자극적인 행동은 고구려에 위기를 불러 올 수 있으니, 정치적으로 그들의 침입을 억제할 수 있는 방법을 모색하여야 할 것이오."

고양이 다시 앞으로 나서며 말했다.

"그들에게 우리가 전쟁을 할 의향이 없음을 알려주어야 합니다. 사신을 파견하여 황제의 덕망을 칭송하고 공물을 바쳐 황제에게 고구려와 화평하게 할 수 있는 명분을 주시도록 하는 것이 고구려 백성들을 위한 계략입니다"

고양의 말에 비위가 상한 듯, 연개소문이 다시 언성을 높이며 반대의 뜻을 내비쳤다.

"그건 안 되는 말씀입니다. 어찌 한낱 조그만 공물로 황제의 욕심을 거두어들이게 한다는 말씀이십니까? 우리가 무슨 수를 사용하든 당나라 이세민은 반드시 고구려를 침공해 옵니다. 화친으로 당나라의 영악함을 물리칠 수는 없습니다. 여기서 이런 토론을 하기 보다는 먼저 군사들을 훈련시키고 요하 동쪽의 성들을 더 늘리고 굳건히 하시는 것이 옳은 방향이라 생각되옵니다."

연개소문의 말을 들은 영류왕이 한 숨을 내쉬며 연개소문에게 다시 말했다.

"의기가 호방한 장군의 말처럼 우리는 반드시 고구려 군사들의 전투력을 최상으로 유지하며 방어를 튼튼히 할 것이오. 수나라를 물리친 을지문덕 장군은 환갑이 지나자 관리직을 내놓고 고향으로 돌아가 쉬고 있소. 그와 같은 명장이 떠나서 아쉽기는 하지만 고구려에는 을지문덕에 버금가는 훌륭한 장수들이 많소. 요동에 있는 모든 성주들 역시 모두가 훌륭한 지휘자이자 책략가들이오. 우리는 오래 전부터 부여성에서 사비성에 이르는 천리장성을 틈틈이 만들어 나가고 있소. 전쟁을 무서워하는 것이 아니라 피하려는 것이오. 전쟁은 모든 백성들과 나라를 눈물과 피로 물들게 하는 죄업이오. 작은 전쟁이라도 피할 수 있으면 피하고 싶은 것이 나라를 이끄는 왕의 생각임을 이해해 주시오."

연개소문은 영류왕과 나약한 신하들의 행동에 자신의 분을 참지 못하고 자리에서 박차고 일어나 나가버렸다. 영류왕은 화가 났지만, 병권을 쥐고 있는 연개소문을 어찌 할 수 없었다. 영류왕은 일부 장수들의 반대에도 당나라에 사절단을 보냈다. 그리고 고구려의 지세를 그린 봉역도 같은 지도를 보내어 당과의 갈등을 봉합하고 평화를 바라는 마음을 내보였다.

당나라 이세민은 고구려의 저자세에 거만함을 느끼며 고구려의 전승 기념비인 경관을 파괴하라고 명령했다. 고구려는 수나라의 공격을 물리친 후 승리를 기념하기 위하여 수나라 군사들의 유골들을 쌓고 이용하여 경관을 지었었다. 하지만 당나라 이세민은 중원의 치욕스런 역사적 증거물인 이 경관을 항상 파괴하고 싶었던 것이다.

고구려 영류왕은 화평책을 유지하기 위해 황제 이세민의 모든 요구 조건들을 따르며 전쟁을 피하려 노력했다. 그러나 연개소문은 계속 반대하며 당나라와의 전쟁을 주장했다. 연개소문의 끈질긴 간섭에 화가 머리 끝까지 난 영류왕은 마침내 여러 대신들과 은밀하게 모여 조정의 골칫거리인 그를 제거하려는 계획을 세웠다. 하지만 궁궐 곳곳에 연개소문을 따르는 부하들이 많았기에 그러한 시도가 있다는 정보가 바로 연개소문의 귀에 들어갔다.

연개소문은 국경지역의 천리장성으로 떠나는 병사들의 사열을 빌미로 그들을 불러 들여 잔치를 열었다. 그리고 대신들 180명이 모이자마자 군사들을 시켜 그들 모두를 죽이고, 자신은 직접 군사들을 이끌고 궁중으로 달려가 영류왕까지 칼로 베어 죽였다. 그리고 그의 시체를 토막 내어 모두가 그의 무서움에 감히 반기를 들지 못하게 행동했다.

연개소문은 영류왕 동생의 아들인 고보장을 왕으로 추대하여 앉히고, 자신은 고구려 최고관직인 막리지가 되어 실권을 잡게 되었다. 그리고 마음에 들지 않았던 영류왕의 정치를 자신의 입맛에 맞게 바꾸어 갔다.

연개소문은 불교보다도 도교의 가르침을 중시했다. 그는 중국으로 사신을 보내어 도교에 정통한 문인들을 초빙하여 가르침을 받기도 하고, 도교를 배우며 무술을 하는 사람들을 측근으로 고용하여 중요 요직에 앉히기도 했다. 고구려를 지배하고 있는 귀족들이 불교와 연관이 많자, 그들을 견제하기 위한 수단으로 도교를 이용하려는 연개소문의 마음 속 깊은 책략이었던 것이다.

당나라와 고구려의 외교적 신경전이 절정을 달하고 있을 무렵, 백제를 안전하고 내실 있게 지켜 온 무왕이 갑자기 세상을 떠났다. 그리고 그의 첫째 아들인 태자 부여의자가 왕위를 계승했다.

의자왕은 뛰어난 머리에 용모가 준수하였다. 쌍꺼풀이 진하고 서글서글한 눈과 갸름한 코를 가지고 있었다. 체력이 좋고 매사에 웅걸차고 용감하였으며, 담력은 누구와도 견주어서 절대 패하지 않았다. 그는 일대일의 싸움에서 한 번도 지지 않았다. 무슨 일이 있어도 끝까지 버티는 힘과 인내력이 좋았으며, 전쟁 중에는 무서울 정도로 과감한 판단력과 결단력이 있었다. 그는 형제들과 우애가 깊고 가족, 친구들과 잘 어울리고 예절이 밝아 해동증자라 불리기도 하였다.

아버지 무왕의 뒤를 이어 왕위에 오른 의자왕은 왕이 되자마자 다음 해 여름에 직접 백제의 군사들을 이끌고 쳐들어가 신라의 많은 성들을 함락시켰다. 그리고 장군 윤충에게 신라의 요충지인 대야성을 공격하게 하였다.

윤충이 대야성을 포위하고 압박하자, 성주 김품석이 지레 겁을 먹고 싸울 의지 없이 항복을 하고 성을 내주었다. 그런데 윤충 장군은 항복한 성주 김품석과 김춘추의 딸이자 품석의 아내인 고타소의 목을 함께 베어 백제의 사비성으로 보냈다. 이는 과거에 백제의 성왕이 신라의 포로가 되어 목을 베인 치욕에 대한 일종의 복수였다. 의자왕은 윤충 장군에게 말들과 곡식을 주어 포상하고 그의 공을 칭송했다.

대야성이 점령되고 딸과 사위의 목이 베어졌다는 소식에 김춘추는 하늘을 보고 탄식을 하며 쓰라린 눈물을 흘렸다.

"우매한 장수가 적들의 책모를 파악하지 못하고 방어를 게을리 했구나! 귀중한 사위와 딸이 처형되는 큰 수모를 당하였으니, 원통하고 분해서 이를 어찌 해야한다는 말인가!"

주위의 사람들이 슬퍼하는 그의 행동에 따라서 같이 울었다. 그는 며칠을 잠 못 들며 멍하니 밤하늘을 바라보다가 낮에는 지쳐 쓰러져 잠을 잤다. 김춘추는 낮이나 밤이나 기둥에 기대어 서 멀건이 하늘만 쳐다보며 백제에 대한 복수심에 불타올랐다. 보지 못한 김유신이 그를 찾아와 김춘추를 데리고 심산유곡을 찾아 갔다. 그리고 화랑시절 개울가에서 심신을 수련하고 마음의 안정을 되찾은 것들을 상기시키며,

김춘추의 마음을 냉정하게 돌아오게 하기 위해 많은 노력을 기울이며 다정스럽게 도움을 주었다.

김춘추가 김유신의 조언에 마음을 서서히 가다듬고 며칠 뒤 궁궐로 들어가 선덕여왕을 만났다.

"지금 신라는 백제에게 신라에서 가장 중요한 요충지인 대야성을 빼앗겼습니다. 대야성에서 이곳까지 쳐들어오기는 아주 쉽습니다. 우리는 하루 빨리 낙동강 유역을 방어할 수 있는 대책을 세워야만 합니다."

선덕여왕이 김춘추를 쳐다보며 물었다.

"그래 어떻게 하면 신라가 이 위기를 넘길 수 있겠는가?"

김춘추가 선덕여왕에게 말을 했다.

"백제 이외의 모든 주변 국가들을 동맹으로 끌어들여야 합니다. 고구려, 당나라, 왜국 등 모든 나라에 사신들을 보내어, 백제의 못된 행태를 알려 고립시키고, 신라와의 유대감을 증진시켜야 합니다."

"당나라라면 모르지만 고구려나 왜국이 어찌 우리 신라와 동맹을 맺는 단 말이오? 고구려는 우리와 전쟁을 하고 있는 적국이지 않습니까? ”

“전쟁에서는 적과 아군이 필요에 따라 바뀌기도 하고, 상황에 따라 또다시 변하기도 합니다. 삼국의 전쟁에서 이득이 된다면 무조건 어떤 수를 써서라도 한 나라를 배척하고 다른 나라와 동맹을 맺어야 합니다. 그래야 백제와 같은 공격적인 나라를 견제하고 제압할 수 있습니다.”

“공의 말이 맞기는 한데 무척 어려운 일인 듯합니다. 누가 그 큰일을 하며, 또 누가 그런 위험한 길에 목숨을 걸고 떠난다는 말씀입니까? ”

“제가 직접 다녀오겠습니다. 그리고 먼저 고구려를 포섭하기 위해 평양성으로 바로 떠나겠습니다.”

“사신들을 보내지 않고 공이 고구려로 직접 간다고요? ”

“네. 그렇습니다. 백제는 제 사랑하는 딸을 죽인 원수입니다. 자식의 원한을 갚기 위해 그 아비가 가지 않으면 누가 가겠습니까? 그리고 신라의 왕족의 피가 섞인 제가 가야지만 아마도 그들이 만나줄 것입니다.”

“그럼 김유신 장군과 상의하여 자세한 계획을 세우고 결정하도록 하시오. 만약 그대가 간다면 신라의 모든 군사들을 동원하여 보호하도록 노력하겠소."

"감사합니다."

서라벌의 낮은 산에서 흐르는 개울가의 물소리는 청아하고 나지막하였다. 김유신은 몸과 마음을 다스리는 심신수련을 위해 자주 이곳에 머무르곤 하였다. 그는 깊은 마음속 심골에 숨어 있는 두려움을 없애기 위해 긴 호흡을 하며 정신을 가다듬었다.

하지만 계속 얼마 전 있었던 백제와의 전투가 떠올랐다. 비록 큰 부상을 입지는 않았지만, 백제 궁수의 화살이 투구에 맞아 말에서 떨어진 순간이 머릿속에서 지워지지 않았다. 땅 위에 넘어져 나뒹구는 그에게, 날선 도끼를 든 백제의 부월수가 자신의 허리를 내리치고 있었다. 잽싸게 몸을 돌려 일격을 피하고, 휘두른 칼에 그의 다리가 잘라져 나가 겨우 위기를 모면하였지만, 순간 들었던 공포감은 아직도 사라지지 않고 있었다. 지저귀는 새소리가 쓸쓸하게 느껴졌다.

"내 형님이 여기 있는 줄 알고 왔소."

낮익은 목소리에 김유신이 뒤를 돌아보았다. 김춘추였다.

"무슨 일로 예까지 왔는가? "

김유신이 자리에서 일어나며 김춘추를 향해 말했다.

"고구려로 떠나기 전 형님을 뵈러 왔습니다."

"얼마 전 자네 말을 듣고 곰곰이 생각을 했네. 외교적으로 신라의 힘을 키워야 한다는 자네의 판단이 옳다고 생각하네. 자네의 행동에 진정으로 찬성이네. 그래 떠나기 전 내가 도울 일이라도 있는가? "

"저와 형님은 마음이 하나이며 나라를 이끌 기둥들입니다. 제가 만약에 고구려에 들어가서 좋지 못한 일을 당한다면 절대 무심하지 않으시겠지요? "

김유신이 미소를 짓더니 김춘추의 두 손을 꼭 잡으며 비장하게 대답했다.

"그걸 말이라고 하는가? 동생이 만약 고구려에서 돌아오지 못한다면 내가 반드시 군사들을 데리고 가서, 신라의 모든 말발굽들이 고구려와 백제 이 두 나라의 궁궐들을 짓밟게 하여 멸망시킬 것이네. 내가 그렇게 하지 않는다면 어찌 사내대장부라 하겠는가? 그리고 김춘추 자네 없이 내가 어떻게 이 세상을 홀로 살아가고, 앞으로 무슨 면목으로 백성들을 볼 수 있단 말인가? ”

김춘추가 크게 감격하여 김유신에게 함께 손가락을 깨물어서, 서로 맺은 언약을 금강석과 같이 단단히 하기 위해, 피를 마시며 맹세를 하자고 하였다.

“감사합니다. 형님. 제가 두 달이면 돌아올 것입니다. 만약 그때가 지나도 신라로 무사히 돌아오지 못한다면, 아마도 저는 형님과 다시는 만나지 못할 것입니다.”

“정치도 전쟁와 같다고 생각하네. 나는 전쟁에서 오직 승리만을 생각하는 장수이네. 자네도 정치에서 무슨 수를 써서라도 꼭 승리하도록 최선을 다하게나.”

“정치란 강한 자가 나약한 자를 부리는 것이고, 전쟁이란 강한 자가 나약한 자를 죽이는 것입니다. 하지만 이 두 가지가 모두 위험한 놀이입니다. 저는 정치로 앞에서 끌테니, 형님께서 반드시 뒤에서 군사력으로 밀어주십시요.”

“알겠네. 너무 두려워하지 말게나. 들리는 소문에 의하면 연개소문이 비록 권력을 휘두르고 사람 죽이는 것을 제멋대로 한다고 하지만, 그 역시 왕이 신하들을 부리고 신하들이 나라의 일꾼들을 부리듯, 장수들이 모든 병사들을 부리려는 책략인 것이네. 공포감은 때로 군사들에게 손발이 잘 맞는 체계적인 질서를 가져다 주지. 그건 병법에도 있는 말이네. 연개소문의 부하들이 그를 수족처럼 따른다는 것은 그가 분명 현명하게 군사들을 운용하고 있다는 뜻이라네. 자네는 분명이 아무 탈 없이 돌아올 것이네. 걱정하지 마시게.”

겨울이 되어 날씨가 추워졌으나 김춘추는 김유신이 보낸 군사들의 보호를 받으며 고구려에 사신으로 갔다. 김춘추가 찾아 왔다는 소식에 고구려 보장왕과 신하들은 그를 크게 반기지 않았다. 신라 사신에게서 별로 얻을 이득이 없다는 것을 알았기 때문이다. 하지만 연개소문은 밤에 조용히 김춘추가 머무는 방으로 찾아와 직접 김춘추를 만났다.

김춘추가 연개소문과 마주하고 앉았다. 그런데 영웅은 영웅이 알아보는 법. 연개소문의 호걸 같은 풍채에 김춘추가 놀랐고, 준수한 외모의 학자 같은 김춘추의 수려함에 연개소문도 감탄했다. 연개소문이 먼저 말을 꺼냈다.

“그래 무슨 일로 적국인 이곳 고구려까지 직접 오셨소? ”

"무자비한 백제의 난동을 막고자 함입니다."

"백제의 난동이라니요? 백제 의자왕이 대군을 이끌고 신라와의 국경지대를 급습하여, 순식간에 수십 개의 고을과 성을 빼앗았다는 것은 알고 있소. 전쟁에 져서 성들을 빼앗긴 것들을 백제의 탓으로 돌린다는 말이오?"

"물론 패전의 책임은 우리 신라에 있으나, 백제 역시 고구려의 적이 될 수 있기에, 백제보다는 먼저 우리 신라와 손을 잡고 동맹을 맺자는 의도입니다."

"남의 칼을 빌려 사람을 죽이려는 것이오? 나는 여자가 왕의 행세를 하는 신라와는 군사적 동맹을 맺지 않을 것이오. 신라는 겨울철의 부채처럼 쓸모가 없소이다."

"막리지께서는 신라를 무시하시는 것이옵니까?"

"백제에게 져서 신라 서부지역을 모두 빼앗길까 봐 두려워 이곳으로 온 줄 알고 있는데, 어찌 미래를 놓고 내가 그대와 흥정을 한단 말이오? 흥정이란 조건이 서로 비슷하고 맞아야 이루어지는 법이오. 이것은 흥정이 아니고 구걸이오. 내가 보기에 신라에게 가능성은 없어 보이오."

"가능성이라 함은 고구려가 판단하는 것이 아니고 신라가 판단하는 것입니다. 막리지의 뜻이 그러하시다면 저희 신라와 동맹은 맺지 않더라도 서로 침범을 하지 않는 불가침 조약을 체결하면 어떻습니까? "

"불가침 조약이라고? 하하하. 솜 속에 칼을 감추어 놓은 듯 말은 부드러우나 속셈은 매우 날카롭소. 내 이제 그대의 뜻을 파악했소. 참으로 교묘한 술수를 부리고 있소이다. 거죽은 양이나 속은 범이로구려. 그대는 백제에 대한 복수를 하기 전에 고구려의 손발을 미리 묶어둘 참이었구료. 정말 대단하오. 우리와 동맹을 맺으려는 것이 아니라 백제에 집중하여 싸우기 위해 이런 위험을 무릅쓰고 여기까지 오신 것이었구료."

"모든 운명은 하늘이 쥐고 있는 법입니다. 저는 단지 그런 운명들이 우리 신라에 어떻게 펼쳐지는 지 시험을 하고 싶은 마음입니다. 어찌 지옥인들 두려워하겠습니까? "

"하하. 그대의 뛰어난 언변을 보니 여우처럼 말로 잔꾀를 부리는구려. 고구려는 늑대라오. 늑대의 야성은 길들여지지 않는 법이오. 고구려를 길들이려 하지 마시오. 여우는 늑대의 먹이가 될 수 있소. 주머니에 있는 송곳은 언제든 그

끝이 밖으로 뚫고 나오는 법이오. 신라와 같은 날카로운 송곳을 고구려는 품지 않겠소. 그리고 정치와 외교는 냉정한 것이오. 달면 삼키고 쓰면 뱉는 법이오. 내 비록 그대의 품성을 흠모하지만, 그대가 이곳에 도착한 때부터 대왕과 논의를 하여 그대를 당분간 이곳에 감금을 하는 것이 고구려의 이익에 부합된다고 결정을 내렸소. 부디 미안하지만 이곳에 머물며 우리의 인질이 되어주어야겠소. 숙식은 어려움이 없도록 조치를 취할 것이니 너무 가혹하다고 생각하지 말아 주었으면 하오."

"막리지께서는 나를 이용하여 신라에게서 땅을 요구하려는 참이었군요."

"그대도 이제 눈치를 채셨구려! 우리 고구려는 식량이 풍부한 한강 유역이 꼭 필요하다오. 그곳만 얻으면 군량미가 부족하지 않고 당나라도 무섭지 않게 되오. 우리는 신라가 한강 유역을 우리에게 돌려준다면 반드시 신라를 침범하지 않고 백제와도 동맹을 맺지 않을 것이오. 이곳에 머무르며 잘 생각을 해 보시오."

김춘추는 자신들의 위험을 오히려 이익을 위해 사용하려는 연개소문의 술책에 놀라, 단칼에 이를 거절하였다. 그리고 고구려와의 협상이 불가능하다는 것을 깨닫고 방으로 돌아와 한탄을 했다. 김춘추는 방에 갇혀 고심을 하며 침식을 잊고 깊은 생각에 몰두하였다.

그러다가 문득 기지를 발휘하여 고구려의 대신 선도해에게 뇌물을 주며 여기서 빠져 나갈 방책을 물었다. 그러자 그가 거짓으로라도 왕에게 약속을 하여 위험을 벗어나야 함이 어떻겠냐고 충고를 하였다. 그러자 김춘추는 그의 뜻이 일리가 있다고 받아 들여, 고구려 보장왕에게 신라로 돌아가면 왕에게 말하여 한강의 땅들을 돌려주도록 노력해보겠다는 거짓 서약을 하였다.

하지만 이때 신라의 사신이 보장왕을 만나러 왔다. 김춘추의 안위를 걱정한 김유신이 대군을 이끌고 와서 고구려 국경의 앞 한강 북부까지 진격하여, 고구려에 위협을 가하며 김춘추를 내놓으라고 사신을 보내왔던 것이다. 겁이 많은 보장왕은 연개소문과 상의하여 전쟁을 피하기 위해 마지못해 김춘추를 풀어주었다. 신라보다는 당나라와의 전쟁에 신경이 곤두서 있는 고구려의 약점을 이용하려는 김유신의 계책이 맞아 떨어졌던 것이다. 김유신은 김춘추를 데리고 안전하게 서라벌로 돌아왔다.

하지만 고구려 연개소문의 거침없는 술책은 여기에서 끝나지 않았다. 백제 의자왕과 단합하여 신라를 고립시키기 위해 당나라와 신라를 이어주는 항구인 서해안의 당항성을 협공했던 것이다. 당항성은 신라의 진흥왕이 중원지역과 교역을 하기 위해 한강 지역을 획득하여 확보한 곳으로 신라 사람들에게는 아주 중요한 곳이었다. 당항성이 있었기에 신라의 모든 대외 무역교류가 크게 활성화 되었고, 불교 및 문화가 크게 번성할 수 있었던 것이다. 고구려와 백제 역시 이런 이유로 항상 당항성을 탐내고 있었다.

신라 선덕여왕은 당나라에 급히 사신을 보내 구원병을 요청하였다. 당나라 황제 이세민은 고구려와 백제에 사신들을 보내 신라를 괴롭히지 말라고 엄포를 놓았다. 그러자 당나라와의 갈등을 피하고 싶었던 고구려와 백제는 바로 군사를 거두었다. 선덕여왕은 이세민에게 공물을 보내어 감사의 마음을 표했다.

제 6부. 나라를 유지하려면

하늘을 꿰뚫는 지략이 필요하다.

당나라 황제 이세민은 고구려를 치기 전 먼저 주변의 세력들을 모두 복속시키는 계획을 세웠다. 장수들을 보내어 토욕혼을 멸망시키고, 서쪽에서 강성해진 토번을 정벌하여 황제의 영향력 아래에 두었으며, 서역으로 가는 길목의 고창을 정복하였고, 돌궐의 세력을 밀치고 강해지려는 서북쪽의 설연타마저 항복을 받아냈다.

이세민은 연개소문이 영류왕을 죽이고 허수아비 보장왕을 세워서 나라의 일들을 맘대로 하고 있다는 소식을 들었다. 겉으로는 영류왕의 죽음을 애도하는 척 제사를 지내주고 사신을 고구려에 보내어 조문케 하였다. 하지만 마음속으로는 고구려를 치기 위한 계획을 조용히 세우고 있었다.

그는 처남인 장손무기를 은밀히 자주 불러 고구려에 대한 침략을 논의하며 조금씩 세밀하게 준비를 해 나갔다.

그리고 마침내 기회가 왔다. 백제에게 대야성을 비롯하여 수십 개의 성을 빼앗긴 신라가 다급하여 사신을 보내어 당나라에 군사들을 요청하였던 것이다. 당태종은 신라의 군사력을 이용하여 고구려 남쪽을 공격하고, 당나라가 북쪽에서 동시에 공격하면 승산이 있다는 생각을 하였다.

이세민은 먼저 고구려에게서 전쟁 구실을 만들기 위해, 사신을 보내 신라를 공격하지 말라는 명령조의 칙명을 전달했다. 그러자 예상대로 연개소문은 황제의 거만함에 코웃음을 쳤다. 오히려 보장왕에게 답장을 보내게 하여, 신라가 수나라와 전쟁하는 틈에 빼앗았던 남쪽의 모든 땅을 다시 돌려주면 신라에 쳐들어가지 않겠노라며 거절했다. 고구려가 국경지대 천리에 이르는 장성들을 보충하였고, 부족한 곳은 다시 튼실하게 쌓아서 방어에 자신감이 있었던 것이다.

이세민은 연개소문이 자신을 무시하자 화가 났다. 하지만 제대로 된 구실을 만들기 위해 다시 한 번 사신을 고구려에 보냈다. 그러나 연개소문은 이를 무시하고 사신을 감금시키고 말았다. 고구려 연개소문이 당나라 사신을 감금하자 당나라 황제 이세민도 연개소문이 보낸 사절단을 나무라고 감금했다. 그리고 고구려 국경지역에 있는 영주도독 장검을 시켜 전쟁을 하기 위한 형세를 정탐하도록 했다.

장검은 병부 소속인 신하 진대덕을 고구려 사절로 보냈다. 진대덕은 외교관이란 핑계로 평양성을 향해 가면서 곳곳을 정탐했다. 명승지에 들린다며 이곳 저곳을 보고 다니고 고구려 관리들을 매수하여 필요한 지도들을 구해갔다. 당으로 돌아온 진대덕은 고구려에서 수집한 상세한 정보들을 황제 이세민에게 보고하여 큰 상을 받았다.

이세민은 고구려가 사신을 감금하고 당나라를 업신여겼다며 신하들에게 고구려 정복의 당위성을 설파하였다. 그리고 장안과 낙양에 있는 귀족들과 나이 많고 존경 받는 이들을 모두 불러 잔치를 열었고, 고구려의 당에 대한 불충과 업신여김을 엄히 엄벌해야 한다며 전쟁기운을 불지르기 시작했다. 또한 고구려와 갈등이 있는 거란족에게 사신을 보내어 고구려와의 동맹을 끊게 하는 치밀함까지 보였다.

황제 이세민은 국가의 중요대사를 아들인 태자에게 맡

기고 그는 낙양으로 이동하여 전쟁을 본격적으로 준비하였다. 그리고 원하는 수의 군사들이 모이자, 이세적을 대장군에 임명하여 당나라 군사 30만 명을 이끌게 하였고, 장수 장량에게 함선 500척과 수군 7만 명을 주어 지휘하게 했다.

이세민은 거란과 말갈족, 고구려의 적인 신라에게도 사신을 보내어 고구려 정벌에 필요한 군사들을 보내주라고 파병을 요청하였다. 거란과 말갈족은 황제의 명을 거역하지 못하기에 군사들을 차출하여 파병하였다. 하지만 신라는 백제와 싸우느라 정신이 없는 상태였다. 김유신이 신라군을 이끌고 백제를 쳐서 예닐곱의 성들을 빼앗아 승리를 하고는 있었지만, 당나라에 군사들을 파병할 정도로 여유가 있지는 않았다. 신라 선덕여왕은 서신으로 당나라가 고구려를 공격할 때, 고구려 남쪽에서 공격을 하여 고구려 군사들이 북쪽으로 이동하지 못하도록 하겠다는 답변을 보냈다.

봄이 되자 정주에 도착한 이세민이 모든 신하들과 장수들을 불러 모아놓고 말하였다.

"요동은 본래 중국의 땅이다. 수나라가 네 차례 군사를 출동하였으나 얻을 수 없었다. 짐이 지금 동쪽을 정벌하는 것은 원수를 갚고, 신하에게 죽은 고구려 군주의 치욕을 씻어

주고자 함이다. 당나라 주변의 모든 국가들을 복속시켰지만, 고구려만이 아직 평정되지 않았다. 그러므로 짐이 아직 늙지 않았을 때 이를 취하려 함이니 최선을 다해야 한다."

그리고 대군을 거느리고 장수 이세적, 장량과 함께 출진을 하였다. 이세민은 장수들에게 요하를 넘어 북쪽의 신성과 중간의 요동성, 그리고 남쪽의 건안성까지 여러 곳의 성들을 동시에 공격하게 했다. 고구려의 군사력이 한 곳으로 집중되는 것을 막고 각개 격파하는 방식으로 고구려의 성들을 동시에 점령하려는 계획이었다.

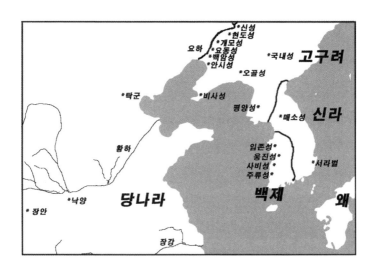

신성에는 이미 연개소문이 와서 모든 것들을 지휘하고 있었다. 연개소문이 장수들을 모아 놓고 우렁차게 말했다.

"당나라 장수들은 돌궐과 고창, 설연타를 정복한 명장들이다. 그들과 바로 부딪혀 교전을 하는 것은 일단 피하고 성을 방어하며 지키면서 공격의 기회를 엿보아야 한다."

"정보에 의하면 그들이 가지고 오는 공성기구 역시 크고 많다고 하옵니다! 성안에 있다가 오히려 전멸될 수도 있는 위험이 있지 않을까요? 먼저 기습공격을 가하는 것은 어떻겠습니까? "

부하 장수의 말에 연개소문이 고개를 설레설레 저었다.

"고구려 성들은 쉽게 정복당하지 않는다. 내 이미 모든 성주들에게 목숨을 걸고 성을 사수하라고 일렀다. 죽는 한이 있더라도 성을 지켜야 한다. 강한 활로써 쏜 화살이라도 마지막에는 힘이 다하여 약해지는 법이다. 우리는 때를 기다렸다가 당나라 군사들을 궤멸시킬 것이다."

이때 병사 한 명이 급하게 들어와 허리를 숙이며 연개소문에게 고했다.

"장군. 당나라 군사들이 옆에 있는 현도성을 함락시켰다고 합니다. 곧 있으면 이곳 신성에 도착할 것 같습니다."

"알겠다. 너는 돌아가 내가 일러 준 대로 성벽의 방어에만 집중하라고 다시 군사들에게 전하거라."

"알겠습니다."

"현도성이 당나라에 빼앗겼다면 이곳 신성도 위험하지 않을까요? "

다른 부하 장수 한 명이 걱정스러운 얼굴을 하며 연개소문을 쳐다보며 물었다.

"신성의 바위벽은 망치로도 깨기 어려운 금강석 같은 돌들로 만들어진 성벽이다. 투석기 같은 것으로는 어림도 없다. 정보에 의하면 당나라 군사들이 여러 방향으로 침입하여 고구려 성들을 공략하려고 하고 있다. 신성은 평양성으로 가는 길목이 아니다. 그들은 고구려 성들을 점령해가며 고구려의 세력을 꺾으려 하는 것이다. 이곳에서 잘 방어하며 그들의 군사력을 오랫동안 묶어 둘 수만 있다면, 반드시 우리에게 공격의 기회가 오게 될 것이다. 모두들 자리로 돌아가서 맡은 임무에 최선을 다해주길 바란다."

장수 이세적은 당나라 군사 6만 명을 이끌고 현도성을 빼앗은 뒤 바로 신성을 공격했다. 하지만 연개소문의 말처럼 신성의 성벽은 아주 높았고 두터웠다. 당나라 군사들이 가져온 공성무기로 하루 종일 공격을 했지만 아무 소용이 없었다. 고구려 군사들은 성 밖으로 나오지 않고 높은 성벽에서 가까이 다가오는 당나라 군사들을 향해 활을 쏘기만 하였다. 이세적이 고구려 군사들을 성 밖으로 유인하려고 갖은 꾀를 다 부렸지만 고구려 군사들은 근접전은 하지 않고 계속 방어만 하였다.

이세적은 십일 동안 밤낮으로 공격을 했다. 하지만 신성은 성벽의 바위 하나 깨지지 않고 요지부동이었다. 이세적이 지친 당나라 군사들을 물러나 쉬게 하였다. 그리고 날짜를 세어보니, 북쪽의 성들을 치고 중간 지점인 요동성에서 황제 이세민과 만나기로 약속한 시일이 다가오고 있었다. 이세적의 얼굴이 일그러졌다. 신성을 계속 공격해야 할지, 포기하고 물러나야 할지 갈등에 휩싸인 것이다.

한참을 생각하다가 이세적은 과감히 신성공격을 포기하고 군사들을 이끌고 남쪽의 개모성으로 향하여 진군했다. 신성을 정복하지 못한 것보다, 황제 이세민과의 약속을 지키지 못하는 것이 더 무서웠고, 신성보다는 성벽이 약한 개모성을 함락시켜 신성을 정복시키지 못한 본인의 과실을 줄이기 위해서였다. 이세적의 계산에는 현도성과 개모성을 빼앗고 신성을 포위하고 있으면, 신성을 함락시키지는 못했어도 견제의 역할을 할 수 있을 것이라 판단했기 때문이다.

이세적은 개모성에 총공격을 가했다. 그의 생각대로 개모성은 신성과 다르게 공성무기가 효과를 보았다. 포차를 이용하여 성안으로 투석을 하고 충차를 이용하여 성문을 부수니 십일 만에 개모성을 함락시킬 수가 있었다. 이세적은 개모성을 부하 장수 위정에게 지키게 하고 자신은 황제 이세민을 맞이하러 급히 군사들을 이끌고 요동성으로 향했다.

이세적이 신성과 개모성을 공략할 때 영주도독인 장검은 요하를 건너 남쪽의 건안성을 공격했다. 장검은 건안성에 도착하자마자 대규모의 공격을 바로 시작했다. 공성무기로 성을 공격하며 화공까지 펼쳐 성안의 성벽근처를 아수라장으로 만들었다.

하지만 고구려 군사들은 희생을 무릅쓰고 사다리를 타고 올라오는 당나라 군사들을 향해 화살과 바위를 쏟아 부으며 저항을 했다. 비록 수천 명의 군사들이 목숨을 잃기는 했지만 건안성은 여전히 굳건하게 방어를 잘 하며 버티고 있었다.

장량은 당나라 수군을 이끌고 동래에서 바다를 건너 요하의 가장 남쪽에 자리 잡고 있는 비사성을 공격하였다. 장량은 비사성을 바로 공격하지 않고 칠흑같이 어두운 밤을 이용하였다. 고구려군이 성벽에 올라 비사성 전면을 지키고 있자, 절벽으로 이루어진 서쪽 암벽을 타고 밤 고양이들처럼 밧줄을 타고 올라 성문을 습격했다. 한밤중에 성문이 열리자 고구려 군사들은 미처 제대로 방비도 하지 못하고 싸울 기회도 없이 무너지며 무기력하게 항복하였다. 하지만 성안의 많은 군사들이 참수를 당하였고 백성들은 포로가 되었으며 쌓아둔 군량미 역시 당나라 수군의 손에 넘어갔다.

개모성을 함락한 당나라 대장군 이세적이 의기양양하게 요동성으로 도착했다. 하지만 요동성에 도착한 지 얼마 되지 않아 갑자기 고구려 군사들이 주변에서 밀어닥쳤다. 깜짝 놀란 이세적의 얼굴에서 식은땀이 주루룩 흘러 내렸다.

'무슨 이 귀신 곡할 일이란 말이냐? 고구려 군사들이 대체 어디서 튀어 나온 것인가?'

그는 서둘러 군사들에게 급히 방어태세로 전환하게 하고 상황을 주시했다. 사실 신성에서 모든 것을 지휘하고 있던 연개소문은 당나라 군사들의 계책을 미리 파악하고 있었던 것이다. 연개소문은 당나라 군사들이 신성을 공격하기 전에 이미 군사들을 비밀리에 빼돌려 고구려의 국내성에 머무르게 하고 있었다.

신성은 고구려의 성 중에서 가장 험하고 튼튼한 성이기에, 적은 숫자로도 방어할 수 있음을 깨닫고, 소수 부대만 머물러 방어를 시켰던 것이다. 그리고 이세적의 당나라 군사들이 요동성에 이르자 신성과 국내성의 4만 명의 보병과 기병들을 이끌고 이세적 군대의 측면을 급습하였던 것이다.

한 차례 전투가 세차게 오고 간 후, 이세적이 놀란 마음을 추스르고 전장을 살피며 묘책을 궁리했다. 그런데 가만히 보니 고구려 군사들의 숫자가 자기들 보다 많아 보이지 않았다. 아마도 급히 이곳으로 달려오느라 중무장을 한 중장기병들이 따라오지 못한 모양이었다. 이세적은 옳구나 싶어 장수 이도정을 시켜 철기병들을 모두 이끌고 고구려군의 정면을 돌파하도록 지시하였다. 그리고 자신은 궁수부대를 거느리고 후방에서 지원사격을 가했다.

이도정의 철갑 기병들이 고구려 앞쪽을 어렵게 뚫고 나갔다. 중장기병이 없는 고구려군들은 당나라의 철기병들의 공격에 쓰러져갔다. 전투를 한 지 얼마 되지도 않아 고구려 군사들이 북쪽으로 도망치기 시작했다. 이도정이 군사들을 이끌고 도망치는 고구려 군사들을 쫓아가려 하였다. 하지만 이세적이 이를 말렸다. 혹시나 그들의 유인술에 걸릴 수도 있고 그들을 너무 멀리 쫓으면 곧 오시는 황제 이세민의 꾸중을 감당할 길이 없었기 때문이다. 일단 고구려군을 후퇴시킨 장수 이세적은 안도의 한 숨을 내쉬며 중얼거렸다.

'대체 이런 전술을 고구려 장수 누가 부리고 있다는 말인가? 정찰병들의 말에 의하면 연개소문은 평양성에 있다고 하였거늘, 혹시 그가 벌써 이곳에 와서 군사들을 은밀히 숨기며 그림자처럼 계략을 짜고 있다는 것인가?'

고구려 군사들을 쫓으려다가 다시 돌아온 장수 이도정도 이세적의 표정을 보더니 무엇을 짐작한 듯, 한 손으로 긴 수염을 쓸어내리며 골몰히 생각에 잠겼다. 이세적은 갑자기 불안한 마음에 부하 장수를 시켜 술을 가지고 오게 한 후 연달아 몇 잔을 들이켰다. 목구멍을 넘어가는 술처럼 그의 씁쓸한 기분도 마음 따라 넘어갔다.

당나라에서 가장 마지막으로 대군을 이끌고 출발한 황제 이세민은 요하 주변의 습지대가 많은 요택 지역을 서서히 통과하여 바로 요동성으로 직행하였다. 당나라 이세민에게는 요동성 함락이 아주 중요하였다. 수나라 황제들이 모두 요동성 때문에 패퇴하고 쇠약해져 나라가 망했기 때문이다. 이세민 자신이 요동성을 함락한다면, 후세에 큰 이름을 떨칠 수 있는 기회가 오기 때문에 일차 목표가 되었다. 더구나 요동성 함락은 고구려 북쪽 전체를 빼앗을 수 있는 군사적 요충지를 획득하는 중요한 승리를 의미한다.

황제의 중앙군이 요동성에 도착하자 미리 와서 준비하고 있던 이세적과 장수들이 이세민 앞으로 다가가 머리를 조아리며 보고를 하였다.

"황제폐하. 폐하의 명령대로 고구려 신성과 개모성 모두 함락하려 하였으나 신성의 방어가 너무 굳건하고 저희들이 가져간 공성무기로는 도저히 신성의 성벽을 오르거나 깨드릴 수 없어, 폐하의 행차에 누가 되지 않도록 개모성을 먼저 공략한 다음 바로 이곳으로 왔습니다. 소신의 불충을 용서하여 주시옵소서. 시간을 주시면 다시 신성을 공격하도록 하겠습니다."

이세민의 얼굴에 약간의 실망의 빛이 떠올랐다가 사라졌다. 하지만 그는 가벼운 미소를 지어 보였다. 이세민은 수 없이 많은 전쟁에 참여했다. 백전백승의 장수이자 영특한 황제였다. 군사들의 사기와 장수들의 충성심이 전쟁에서 얼마나 중요한 지를 잘 알았다. 그는 이세적을 나무라지 않고 오히려 칭찬했다.

"그대의 노고에 짐이 감사의 마음을 표하노라. 비록 신성을 빼앗지는 못했더라도 우리 군사들의 희생도 적었고, 북쪽에서 요동성으로 오는 길도 차단되었으므로 일차 목표는 달성한 것 같다. 그대의 전술과 판단이 옳다고 생각한다. 하지만 고구려 지원군들이 이곳을 공격하였다. 비록 그대가 격파하여 물러나게 하였다고는 하지만, 언제 그들이 남은 군사들을 이끌고 다시 이곳으로 쳐들어올 지 모르니, 그대는 정찰과 방어에 각별히 신경을 쓰도록 하라."

"알겠습니다. 폐하."

이세적이 꾸중을 듣지 않자 부리나케 물러갔다. 그는 군사들에게 요동성을 다시 포위하도록 명하고 주변 모든 성들에 정찰대를 보내어 고구려 군사들의 동향을 세세히 파악하여 보고하게 했다. 이세민은 요동성 근처에 자신의 진영을 설치하고 전쟁을 참관하며 직접 지휘를 시작했다.

이세민은 먼저 요동성을 둘러싸고 있는 물줄기 해자를 막는 것을 일차 목표로 삼았다. 기습을 당하지 않도록 말을 탄 기병들을 시켜 요동성 주위를 매일같이 샅샅이 수색하고 정찰시켰다. 또한 성위에서 공격을 최대한 못하도록, 해자를 메우는 작업을 하는 동안은, 이동식 투석기와 장거리 쇠 뇌를 이용하여 고구려 군사들에게 쉴 새 없이 바위와 화살들을 날려 보냈다. 더구나 바람이 불어오는 날에는 화공까지 동원하여 요동성을 가만두지 않고 혼란스럽게 만들었다.

수만 명의 병사들이 고생하여 흙 포대 자루로 어느 정도 해자를 메웠다. 장수 이세적은 성문을 부수는 충차와 사다리차, 누각이 있는 소차 등을 동원하여 총공격을 지시했다. 그리고 거대한 포차들을 자리잡게 하여 큰 돌들을 던지니 삼백보를 날아가서 맞는 성벽마다 번번이 깨져 나갔다.

고구려 군사들은 나무를 쌓아 망루를 만들고 끈과 그물을 엮은 다음 진흙으로 보충하고 막았다. 그리고 요동성의 모든 무기들을 이용하여 공세를 가하고, 성벽을 기어 올라오는 당나라 군사들을 향해 바위를 던지고 기름을 붓고 불을 지르는 등 목숨을 걸고 방어를 하였다. 하지만 일주일이 지나자 줄기차게 퍼붓는 당나라군의 공성무기로 인해 요동성의 벽들이 금이 가고 무너지기 시작했다. 고구려 군사들은 계속해서 임시로 뾰족한 통나무들을 방벽처럼 길게 설치했다. 하지만 이것들도 나중에 화공으로 모두 불타버렸다.

황제 이세민은 이 기회를 놓치지 않았다. 전군에 명령하여 요동성으로 후퇴 없이 전진하도록 명령을 내렸다. 뒤돌아보고 후퇴하는 자는 목을 치라는 엄명까지 내렸다. 당나라 군사들은 이번이 마지막 싸움이 될 것이라는 것을 깨달았다. 뒤돌아보면 목숨이 달아나므로, 없는 힘까지 끌어 모아 모든 공성탑들을 성벽에 붙여 요동성을 공격하였다.

당나라군은 높은 곳에 파성추가 달린 당차에 올라가 요동성의 망루에 불을 지르고 파성추로 누각과 성벽을 때려 허물어뜨렸다. 당나라 군사들은 무너져 내린 요동성 성벽 틈새를 뚫고 요동성 안으로 진입하였다. 사기가 오른 당나라 군사들이 함성을 지르며 모두들 뒤따랐다. 요동성 안으로 당나라 군사들이 개미떼처럼 쏟아져 들어갔다.

고구려 군사들은 당나라 군사들을 향해 최후의 방어진을 펼쳤다. 하지만 전방에서 용맹무쌍하게 싸우던 군사 만 명이 모두 전사하였다. 남은 군사들도 부상자가 많아 더 이상의 싸움은 어렵다고 판단하여 결국 항복하고 말았다. 살아남은 고구려 군사 만 명과 백성 4만 명이 포로가 되었고, 가축들과 곡식 50만 석을 당나라 군사들에게 빼앗겼다.

이세민은 요동성이 항복하자 기뻐서 날뛰었다. 요동성 정복은 고구려의 자부심을 꺾은 것과 같았다. 수나라와 당나라를 거친 중원의 모든 백성들은 난공불락인 고구려 요동성의 무시무시함을 모두 알고 있었다. 요동성은 요하의 동쪽을 상징하는 성이며, 요동성은 중원의 장수들에게는 꼭 한번 정복하고 싶은 마지막 목표였다.

그렇게 바라던 숙원이 이루어 진 이세민은 고생한 장수들과 병사들에게 술과 고기를 내리고 치하하며 즉시 봉화대에 연락하여 연기를 올리게 했다. 당나라 신하들과 태자에게 이 기쁜 마음을 속히 알리기 위해서였다. 봉화대를 통해 신속히 전달된 당나라군의 승전보는 한 동안 당나라 백성들의 자랑거리가 되었다.

신성에 머무르고 있던 연개소문이 요동성이 곧 함락될 것이란 소식을 듣고 있었다. 나이가 많고 경험이 풍부하여 고구려의 모든 신하들에게서 존경을 받고 있는 대대로 고정의가 걱정 어린 목소리로 연개소문에게 말했다.

"요동성은 고구려에서 가장 중요한 성입니다. 요동성이 함락되면 요동의 모든 성들을 연결하는 중심부 성을 적들에게 빼앗기는 결과가 됩니다. 반드시 요동성에 지원병을 급파해야 합니다. 황제 이세민이 요동성의 해자를 메우기 시작하였는데, 며칠 안에 요동성이 함락되는 것은 시간문제라고 합니다. 만약 요동성이 함락되면 안시성도 무사하지 못할 것입니다."

"한 가지를 얻으려면 한 가지를 포기해야 하는 법입니다. 비록 요동성이 고구려에서 가장 중요한 성이기는 하지만, 고구려의 일부만 빼앗기는 것입니다. 무릇 전쟁이란 전체의 승리가 중요하지, 한 번의 승리가 중요한 것이 아닙니다."

"그럼 막리지께서는 어떤 복안이 있으십니까? "

"내가 이세민이 오기 전 요동성을 포위하고 있던 당나라군을 잠시 치고 빠진 것은 바로 개모성을 다시 탈환하기 위함입니다. 대군을 이끌고 오는 이세적의 군사들을 막기보다는 그들이 남긴 오합지졸들을 공격해야 아군들에게는 최소한의 피해로 최대한의 이익을 얻게 되는 것이지요."

"하지만 개모성 역시 성 밖에서 공격하기에는 어려운 성입니다."

"대대로께서는 저를 너무 무시하고 있군요! 제가 그런 것도 모르는 바보이겠습니까?"

"그럼 개모성을 탈환 할 수 있는 무슨 비책이라도 있단 말씀이십니까?"

"제가 만약 고구려 어느 성에 머무르고 있다는 사실을 알면 분명 당나라 군사들은 나를 잡기 위해 혈안이 될 것입니다. 그래서 나는 비밀리에 신성과 국내성을 오가며 여러 가지 계획을 세웠고, 개모성을 지키기 어려울 때를 대비하여 또 다른 작전을 이미 세워났습니다."

"또 다른 작전이라고요?"

"그렇습니다. 토끼는 언제 올지 모르는 위기에서 벗어나기 위하여 여러 개의 굴을 파 놓아둡니다. 그들은 성을 되찾을 수 있는 전략을 가지고 성을 포기했습니다. 개모성에 투항한 백성들 중에는 농민으로 변장한 많은 고구려 군사들이 때를 기다리고 있습니다. 그들은 미리 무기들을 성안에 숨겨 두었으며, 우리가 개모성으로 쳐들어가면 곧바로 봉기하여 성문을 지키는 당나라 군사들을 제압하고 우리에게 문을 열어줄 것입니다. 이것이 바로 나의 첫 번째 계책입니다."

"아 그런 계획을 미리 세워두고 있었군요. 이제 안심이 됩니다. 개모성이 있으면 그들의 보급로를 끊을 수 있습니다."

"그 이후에도 할 일이 많습니다. 두 번째, 세 번째 계책은 전투상황에 따라 그때 말씀드리겠습니다."

연개소문은 원래의 계획대로 요동성이 곧 함락되는 위기와 왔음에도 지원군을 보내지 않았다. 대신 군사 4만 명을 이끌고 개모성을 공격하였다. 그의 명령대로 그들이 성문 앞에 도착하자마자, 변장했던 고구려 군사들이 봉기하여 성문을 손쉽게 열었다. 개모성 안으로 들어 간 연개소문은 당나라 군사들을 전멸시키고 개모성의 문을 굳게 닫아버렸다. 그리고 신성이나 개모성 근처를 지나는 당나라의 모든 보급로를 차단하고 줄기차게 공격했다.

한참 승리의 즐거움에 심취해 있던 이세민에게 개모성이 다시 고구려 군에 빼앗겼다는 급한 소식이 전해졌다. 이세민은 화들짝 놀라 이세적을 급히 불렀다.

"아니 개모성 방어를 대체 어떻게 하였기에 이렇게 쉽게 개모성이 다시 고구려 군사들의 손에 넘어가는 것이냐? "

"폐하. 저도 방금 그 소식을 들었는데 예상을 못한 일이라 몸 둘 바를 모르겠사옵니다."

 이세민은 너무 화가 나서 이세적을 크게 꾸짖었다. 그러다가 갑자기 어떤 생각이 문득 떠올랐다. 잠시 생각하던 이세민이 성질을 약간 가라앉히며 이세적에게 물었다.

"그런데 왜 고구려 군사들은 위험에 처한 요동성을 지원하지 않고 개모성으로 간 것이더냐? 그들에게 혹시 무슨 다른 꿍꿍이가 있는 것 아니더냐? 공의 생각은 어떠한가? "

  이세민의 물음에 이세적이 머뭇거렸다. 그러다가 고개를 깊이 숙이며 어렵게 말을 꺼냈다.

"아마도 연개소문이 이곳 요동지방에 와 있는 듯합니다."

"뭐라고? 연개소문이 이곳에 와 있다고? "

"그렇습니다."

"대체 무슨 연유로 그대는 연개소문이 이곳에 있다는 추측을 하는 것인가?   정찰병에 의하면 그는 분명히 평양성에 있는 것 아닌가? "

"정찰병은 단지 연개소문이 평양성을 떠나지 않았다는 정보만 입수했을 뿐, 그가 언제 어디를 갔는지 알 수는 없습니다. 다만 고구려 군사들의 움직임을 보면 분명 이곳의 성주가 아닌 그보다 더 높은 한 사람의 명령대로 모든 군사들이 계획대로 움직이는 듯합니다."

"이곳을 공격하다가 갑자기 물러간 고구려 군사들의 이상한 행동을 보고 그대는 판단하는 것이로구나."

"그렇습니다. 더구나 개모성이 그렇게 쉽게 탈환되었다는 것은 성안에서 돕지 않으면 불가능한 일이옵니다. 아마도 치밀하게 미리 계획된 것이라는 생각이 드옵니다."

"그럼 개모성의 고구려 군사들이 버티기 힘드니 우리에게 거짓으로 항복을 했었다는 말이로구나."

"그러하옵니다. 아마도 소신이 큰 실수를 저지른 것 같습니다. 개모성의 모든 고구려 백성들을 처형했어야 했는데…, 모든 것이 그들을 살려준 저의 불찰인 것 같습니다. 소신의 죄가 구름을 가져오고 해를 가리게 한 것 같습니다. 소신 황제폐하의 엄벌을 받아도 마땅하옵니다.”

“아니다. 지금은 중요한 시기이니, 그간의 공을 생각하여 이번 일은 넘어가도록 하겠다.”

“충성을 다하여 황제폐하의 은혜를 갚겠습니다.”

“…그런데 연개소문이 그리 대단한 사람이더냐? ”

이세민이 자기를 나무라지 않자, 이세적이 황송하여 서둘러 대답했다.

“연개소문은 생김새가 사내답고 뛰어나며, 무사다운 의지와 기개가 커서, 작은 것에 얽매이지 않아 모든 군사들이 그를 따른다고 합니다. 그가 간혹 포악한 짓을 한다고 하지만, 꾸준히 정탐한 정보에 의하면 영류왕을 살해한 것에 대해 반대파들의 비난이라고 하옵니다. 비록 그가 술에 취하면 부하들을 하인 부리듯 막 대하기는 하나, 사석에서는 부하들에게 너무 잘하여 장수들이나 병사들 모두 그를 좋아하여 스스로 따른다고 합니다. 병법에도 능하여 그를 절대 가벼이 여겨서는 안 될 것입니다.”

"음! 연개소문은 포악하지만 지략을 겸비한 장수라고 들었다. 내 언젠가는 연개소문과 한번 겨뤄보고 싶었는데, 그가 이곳 전장에 와 있다는 생각을 하니 오히려 더 투지가 생기고 흥미가 느껴지는구나! 내 그대를 더 탓하지 않을 테니, 연개소문보다 더한 전략을 짜서 내게 가져와야 할 것이다. 그리고 다음에 공격할 백암성에 대해 다른 장수들과 논의하여 어서 내게 보고 하도록 하라."

이세민은 계속 요동성에 머물렀다. 이세적은 황제 이세민의 명령을 받고 백암성을 먼저 공격했다. 백암성은 요동성 동남쪽에 있는 고구려의 작은 성이다. 이세적은 요동성을 함락시키자마자 백암성과 주변의 모든 성주들에게 사신들을 보내어, 만약 싸우지 않고 당나라에 항복을 한다면 반드시 성안의 모든 백성들을 살려주고 재물도 **빼앗지** 않겠다는 약속이 담긴 서신을 사전에 전달했었다.

서신을 받은 백암성 성주 손대음은 며칠을 두고 고민하고 고민했다. 군사들 수에서 당나라에 한참 밀리고, 자신들은 요동성 방어력의 절반도 되지 못한데, 당나라 대군과 싸운다는 것은 곧 전멸을 의미했기 때문이다. 항복을 하자니 나라를 팔아먹은 대역 죄인이 될 것이고, 싸우자니 자신을 믿고 따르는 백성들의 원한 서린 눈빛이 아른거렸다.

밤잠을 설치며 고뇌하던 백암성 성주 손대음은 마침내 당나라 군사들이 백암성을 포위하고 공격을 하기 시작하자, 두려운 마음에 결국 항복하기로 마음을 먹었다. 그는 자신한 사람이 당나라에 항복한 비겁한 성주가 되어서, 수많은 백성들의 목숨을 구할 수만 있다면, 자신의 부끄러움과 희생은 매우 가치가 있다고 생각을 했던 것이다.

이세민은 백암성을 손쉽게 얻자 크게 기뻐하며 장수들에게 상을 내리고 공을 치하했다. 그리고 군사들을 충분히 쉬게 한 후, 다음 목표인 안시성으로 대군을 이끌고 이동했다.

이세민이 안시성으로 출발했다는 소식을 들은 연개소문은 전쟁 경험이 풍부한 대대로 고정의를 다시 불렀다.

"이제 두 번째 계획을 시작할 차례입니다. 제가 군사 15만 명을 줄 터이니 대대로께서는 이들을 이끌고 반드시 안시성을 구해야 할 것입니다. 대대로께서는 침착하시고 치밀하여 일을 처리하는 데에 실수를 하지 않으시니, 장수 고연수와 고혜진을 잘 부려 전투에서 반드시 이기셔야 합니다."

"막리지께서 당나라 군사들이 요동성을 공격할 때 고구려 군사들을 차례차례 한 곳으로 모아 대군을 만들어 둔 이유가 바로 안시성에서의 전쟁을 염두에 둔 이유이시었군요."

"그렇습니다. 고구려 군사들뿐만 아니라 말갈족 군사들도 이곳으로 다 모이게 하기 위해 시간이 조금 필요했습니다. 말갈족 장수들을 만나고 오느라 시간이 좀 더 지체된 듯합니다. 거란족 일부도 포섭하였습니다. 하지만 거란족은 지금 당나라에 붙어서 고구려에 대항해보려는 의지를 숨기고 있습니다. 거란족 일부와 함께 당나라와 싸우는 것도 중요한 전술의 하나입니다. 그들의 화합을 막고 분열시켜야 나중에 우리 고구려에 이롭습니다."

"막리지의 병법은 정말 신출귀몰합니다. 이런 전란에 막리지께서 계시니 고구려의 큰 복인 것 같습니다."

"과찬의 말씀이십니다. 아무튼 제가 이곳 지형을 살펴보니 대군을 물리치기에는 적당한 높이의 언덕이 펼쳐져 있는 안시성 지역이 가장 유리한 곳이라 판단을 했습니다."

"대군이 겨루려면 높은 언덕이 좋은 선택이지요."

"그렇습니다. 그래서 저는 안시성을 최후의 승부처로 선택을 했습니다. 이제 경험이 많은 대대로께 고구려의 운명을 맡길 것이니 반드시 큰 공을 세워주길 바랍니다. 저는 신성에 머물며 몇 가지 더 할 일들이 남았습니다."

"알겠습니다. 고구려를 위해 최선을 다 하겠습니다."

"그런데 안시성의 방어 전력은 어떠한 듯합니까? "

"안시성의 둘레는 천연의 험한 산으로 둘러 싸여있고, 병사들이 모두 싸움에 경험이 많은 정예병들입니다. 특히 안시성의 성주 양만춘은 재주가 뛰어나고 용기가 대범하여 감히 당나라 군사들이 함락시키지 못할 것입니다."

"성주 양만춘에 대해서는 본인도 잘 알고 있습니다. 그는 대나무처럼 강한 사람입니다. 어느 누구에게도 굽힌 적이 없는 대단한 인물입니다. 하지만 떠나기 전 꼭 명심해야 할 것이 있으십니다. 대대로께서는 반드시 당나라 군사들과 바로 정면으로 싸우지 말고, 그들이 안시성을 공격할 때를 이용하여 적의 후방과 측면을 최대한 공격하여 괴멸시켜야 한다는 것입니다. 알겠습니까? "

"알겠습니다. 명심하겠습니다."

대대로 고정의는 연개소문의 당부에 비장한 마음을 안고 출정 준비를 하였다. 그리고 출발하기 전 북부 욕살 고연수와 남부 욕살 고혜진을 불러 연개소문의 명령을 설명하고 전달하였다. 15만 명의 대군이 긴 행렬로 안시성을 향해 나아갔다. 멀리서 떠나는 고구려 군사들을 쳐다보는 연개소문이 하늘을 보며 생각했다.

'나라의 운명이 곧 결정되겠구나! 전쟁터로 떠나는 고구려 장수들과 병사들의 뒷모습을 보니 눈물이 나도록 가슴이 벅차 오르는구나! 내가 그대들과 함께 하지 못해 미안한 마음을 금할 수 없으나, 이번 전쟁에서 질 경우를 대비하여 나는 또 다른 곳으로 길을 떠나야만 한다.'

대대로 고정의는 고구려 군사들을 이끌고 연개소문의 말처럼 안시성에서 조금 떨어진 언덕에 군영을 설치하고 방어태세를 취했다.

고구려 지원병이 도착했다는 소식을 들은 당나라 황제 이세민이 장수들을 불러 말하였다.

"갑자기 고구려 지원군 15만이 오니 심히 두려운 마음이 드는구나. 하지만 우리는 그들보다 군사들의 수가 더 많기에 공들이 충분히 그들을 제압하리라 믿는다. 내 생각에 안시성의 고구려 군사들과 지원병들은 분명 서로 합심하여 우리들을 협공하려 할 것이다. 우리가 성을 공격하면 고구려 지원군들이 우리를 공격할 것이고, 우리가 지원군들에게 군사를 돌리면 안시성의 군대들이 나와 우리의 진영을 공격할 것이다. 그러니 먼저 지원군을 유인하는 계략을 이용하여 섬멸하도록 하라."

이세민의 명령대로 장수 이세적이 따랐다. 고구려 대대로 고정의는 15만의 군사 진영을 본인이 머무르는 곳과 고연수, 고연진이 머무는 세 곳으로 나누어 방어하고 있었다. 이세적은 날랜 기병들을 선발하여 일차로 고연수가 지휘하는 고구려 군의 진영을 공격하게 했다. 장수 고연수는 자기들 진영으로 적들이 공격해 오자, 고구려 기병 수천 명을 거느리고 그들에게 돌격했다. 그런데 의외로 당나라 군사들이 싸움도 제대로 하지 못하고 픽픽 쓰러졌다. 그리고 남은 군사들은 말을 돌려 달아나기 시작했다.

'뭐야. 당나라 군사 이놈들, 별것도 아니잖아?'

지략이 부족한 우둔한 장수 고연수는 양양득의하며 고정의의 명령도 잊은 채 도망치는 당나라 군사들을 따라 모든 군사들을 이끌고 진격하기 시작했다. 고연수가 당나라 군사들과의 첫 번째 전투에서 승리하자, 순간 자신의 군사들만으로도 이길 수 있겠다는 자만심이 생겼기 때문이다.

그들이 이긴 당나라 군사들은 단지 이세적이 고구려군사들의 정세를 파악하고 유인하기 위하여 돌궐 군사들로 만들어진 일차 선발대일 뿐이었다. 당나라 정예부대가 아닌 소모품과 같은 용병이었다. 그런데 고구려 장수 고연수는 허수아비 같은 적들을 쉽게 패퇴시키자 연개소문과 고정의의 명령을 잊어버리고, 진영으로 다시 돌아올 생각을 안 하고 계속 진격을 한 것이다. 그는 과거에도 간혹 울컥하는 본능을 추스르지 못하여 일을 그르친 경우가 상당히 있었다.

대대로 고정의는 장수 고연수가 연개소문의 명령을 따르지 않고 진격하였다는 전갈을 받자, 크게 대노하며 장수 고혜진을 불러 빨리 고연수 군사들이 철수하도록 명령을 전달하라고 했다.

"당나라 본진이 움직이기 전까지는 절대로 공격해서는 안 된다. 장기전을 생각하고 방어만 하고 있다가 기회를 보아 역습을 가해야 한다. 우리가 먼저 공격하게 된다면 안시성과 서로 협공을 할 수가 없게 된다!"

하지만 고구려 장수 고혜진 역시 고연수처럼 다른 생각을 하고 있었다.

"도끼를 들었으면 산에 나무를 베러 가야지 가만히 있는 것은 능사가 아닌 것 같습니다."

"네가 가려고 하는 곳은 산이라 아니라 깊은 강이고 바다이니라. 그곳에는 나무가 없다. 너는 어찌하여 소탐대실하는 우를 범하려고 하느냐? 전쟁을 수행함에 있어 장수들의 처신과 임무 수행이 아주 중요한 법이다. 그대는 막리지 연개소문의 명령을 거부할 참이더냐? "

"전쟁이란 자고로 적이 공격하지 않기를 기대하면 안 된다고 했습니다. 우리가 직접 그들을 쫓아가 진영을 깨서 적이 공격할 수 없는 상황을 만들어야 합니다."

"적군들이 조금 진격했다가 다시 후퇴하는 것은 우리를 유인하려는 것이다. 장군은 그것도 모르는가? "

"우리 고구려 군사들은 15만 명이나 됩니다. 어찌 대대로께서는 오합지졸인 당나라 군사들을 두려워하십니까? 저 역시 군사들을 이끌고 고연수 장군을 따라 당나라 군사들을 몰아붙이겠습니다. 반드시 승리하고 돌아올 것이니 너무 걱정하지 마십시오!"

고혜진은 대대로의 말을 듣지 않고 앞서 간 고연수의 고구려 군사들과 합세를 했다. 이세민은 고구려 군사들이 계획대로 유리한 고지인 언덕에서 내려와 평지에서 다시 진영을 갖추고 있다는 말을 듣고 매우 기뻐하며 말을 했다.

"하늘이 우리를 돕고 있구나! 적들이 우리의 계략에 말려들었다. 그들이 방어 태세를 모두 갖추기 전에, 그대들은 정예병들을 빨리 데리고 가서 총 공격을 가하라!"

이세민의 명령에 장수 이세적, 장손무기, 이진달이 20만 명의 기병과 보병들을 이끌고 고구려 진영을 포위하며 급습했다. 당나라 군사들은 미리 계획한 데로 군사들을 움직였다. 먼저 한 부대를 고구려 진영의 후방으로 돌아가서 기다리게 하였고, 정면에서는 장손무기가 철기병들을 이끌고 맹공격을 가하였다. 그리고 측면에서는 발석차, 박격기들을 이용하여 고구려 진영에 거대한 바위, 무거운 쇠공들을 소나기처럼 퍼부었다. 졸지에 하늘과 땅에서 무수히 공격을 당한 고구려 군사들은 놀라서 허겁지겁 하였다. 방어만 하느라 제대로 된 공격을 하지 못하였다. 가파른 산비탈에서 넘어져서 나뒹굴고 내려가는 아주 위태로운 형세였다.

황제 이세민은 모든 북을 이용하여 둥둥둥 크게 치게 하고, 군사들에게 함성을 계속 지르게 했다. 그리고 후방의 군사들에게 먼지를 일으키며 30만 대군이 그들을 포위한 것처럼 보이게 만들었다. 소리와 먼지로 고구려 군사들의 사기를 꺾으려 함이었다. 그런데 효과가 있었다. 고구려 군사들이 지레 겁을 먹고 한두 명씩 도망치기 시작한 것이다.

두려움이 앞서니 초목이 모두 적군으로 보였다. 고구려 진영 전체가 혼란에 빠지기 시작했다. 당나라군의 사기가 한껏 오르며 큰물이 둑을 무너뜨리고 넘쳐흐르는 기세를 타고 맹렬한 공격을 가했다. 고구려 군사들이 쓰러지며 수만 명의 사상자가 나왔다. 고구려의 산천이 고구려 군사들의 피로 물들었다. 쓰러져 있는 부상자들은 봄의 개구리와 가을의 매미처럼 고통스럽게 울며 부르짖었다. 장수 고연수와 고혜진은 등골이 서늘해짐을 느꼈다. 연개소문의 말을 듣지 않는 것이 후회되었고 뼈에 사무치듯 시려왔다.

"내가 범의 꼬리를 밟았구나."

고연수는 자신의 실수를 크게 후회하며 방어 진영을 갖추라는 명령을 내렸다. 고혜진과 함께 남은 군사들 약 4만 명을 이끌고 필사적으로 후퇴하여 주변에 있는 주필산 높은 곳으로 올라갔다. 그곳에서 다시 진영을 갖추고 방어태세를 취했다. 하지만 기진맥진한 고구려 군사들의 눈에는 희망의 빛이 사라졌고, 공포감이 엄습해 있었다. 집요하고 짜증스러운 햇살은 군사들의 마음을 더 메말라가게 만들었다. 당나라 장수 장손무기는 주변의 다리를 철거하고 길을 막아, 퇴각로를 완전히 끊고 이들을 철저히 포위하였다.

큰 승리를 얻은 이세민은 너무 흡족하여 군사들에게 고기와 술을 먹이며 치하했다. 전투에서 큰 공을 세운 장수에게는 재물을 하사하였다. 그리고 하급 병사이면서도 명장처럼 고구려 군사들을 쓰러트린 설인귀를 불러 특별히 상을 내렸다. 이세민은 고생한 당나라 병사들을 며칠 쉬게 하고, 많은 전사자들 때문에 사기를 떨어뜨리지 않도록 제사를 지내어 죽은 병사들의 넋을 달래는 의식도 행하였다.

대대로 고정의는 고연수와 고혜진이 이끄는 고구려 군사들이 패퇴하여 도망갔다는 소식을 듣고, 그들을 구하기 위해 남은 군사들을 모두 이끌고 진격했다. 하지만 그가 당도하기도 전에 고연수와 고혜진은 참지 못하고, 갈증과 허기로 지쳐 쓰러져가는 부하들을 살리기 위해 남은 군사들을 데리고 당나라에 항복하고 말았다. 대대로 고정의는 이미 결과를 되돌릴 수 없다는 것을 깨닫고, 당나라군에 보복공격을 가하지 않고, 다시 원래의 높은 언덕으로 돌아와서 방어태세를 취했다. 노련한 백전노장답게 후일을 위해 다시 안시성을 도울 계책으로 전환한 것이다.

부하 장수들을 거느리고 회의를 하고 있던 안시성 성주 양만춘이 지원하러 온 고구려 군이 패했다는 소식을 들으며 탄식을 하고 있었다.

'음. 막리지 연개소문의 계책은 방어 전략이었는데 어쩌자고 고연수 장군이 멍청하게 당나라를 먼저 섣불리 공격하여 패했단 말인가?'

그때 부하 장수 구비가 성주 양만춘에게 다가와 말했다.

"성주님이 예측한 곳으로 말들을 모두 이끌고 나갔더니, 역시나 패퇴한 고구려 군사들이 모두 그곳으로 달려오고 있었습니다."

"그래? 그렇다면 후퇴한 고구려 군사들은 모두 성안으로 안전하게 들어왔느냐?"

"네. 성주님의 분부대로 도망치는 고구려 군사들을 도와서 모두 이곳 안시성 안으로 들어와 휴식을 취하게 하였습니다. 다친 병사들도 말들에 태워 왔으므로 한 명도 빠짐없이 모두가 다 무사히 이곳으로 당도하였습니다. 아마도 며칠이 지나면 그들의 체력이 곧 회복될 것입니다."

"음. 그나마 다행이로구나! 아까운 고구려 군사들의 생명들도 구했고, 안시성의 병력 또한 배가 되었으니 이제 당나라와 한 번 붙어 볼만 하구나!"

안시성 성주 양만춘이 입술에 질끈 힘을 주며 짙은 눈썹을 찡그렸다. 다부지고 기품 있는 그의 모습에, 부하 장수들이 존경심으로 그를 쳐다보았다. 그리고 죽을 각오로 안시성을 지키겠노라고 맹세하며 두 주먹들을 불끈 쥐었다.

성주 양만춘은 항상 병사들을 돌봄에 있어 자식처럼 대하고 장수들을 친구처럼 대했다. 백성들과도 항상 형제와 같이 정을 나누고 친밀하게 지냈다. 그의 이러한 행동은 위기 상황에서 모두를 똘똘 뭉치게 하는 원동력이 되었고, 두터운 신임과 존경을 받게 만드는 결과를 가져왔다 그러므로 성주와 함께 전투를 같이 하는 군사들은 성주의 명령이라면 죽음을 무릅 쓰고 용감하게 싸우겠다고 했다. 양만춘 성주는 고구려 군사들의 의지를 하나로 만들며 당나라 군사들을 격파할 대책을 준비하였다.

황제 이세민이 장수 이세적을 불러 안시성보다 먼저 건안성을 공격하는 것이 어떻겠냐고 물었다.

"짐이 보기에 안시성의 성벽이 매우 높고 주변이 험준하오. 더구나 성주 양만춘은 재능과 용기가 있어 연개소문의 난에도 성을 지키고 굴복하지 않았고, 연개소문이 이를 공격하였으나 함락시킬 수 없어서 성을 그에게 주었다고 하오. 하지만 건안성은 병력이 약하고 양식이 적으므로 우리가 불시에 공격한다면 반드시 이길 것이오. 그러니 먼저 건안성을 공격하는 것이 어떻겠소? "

이세적이 곰곰이 생각하다가 공손히 대답하였다.

"건안성은 남쪽에 있고 안시성은 북쪽에 있습니다. 그런데 우리의 군량미는 모두 북쪽 요동 쪽에 있습니다. 만약에 안시성을 함락시키지 않고 건안성을 공격했다가 안시성의 고구려군이 당나라의 보급로를 끊는다면 큰 일입니다. 그러니 안시성을 먼저 공격해야 한다고 생각합니다. 안시성이 함락되면 건안성도 두려워하여 쉽게 빼앗을 수 있을 것입니다."

"알겠소. 이세적 그대를 장수로 삼았으니 어찌 공의 책략을 쓰지 않겠소."

이세민은 이세적의 말대로 안시성에 대한 공격명령을 내렸다. 이세민은 요동성의 해자를 흙으로 메꾸어 물리친 것처럼, 이번에는 장수 이도종을 시켜 흙으로 토산을 세우게 하였다. 토산이 성벽보다 높아지면 그곳을 이용하여 성벽을 넘는다는 계획을 세웠다. 이세적은 안시성의 고구려 군사들이 토산을 쌓고 있는 당나라 군사들을 공격하지 못하게, 병사들에게 안시성의 주변을 날마다 수색하고 성문을 수시로 공격하여 나오지 못하게 하였다.

황제 이세민의 계략은 먹혀 드는 듯 했다. 비록 약 두 달이라는 오랜 시간이 걸리긴 했지만, 토산이 완성되어 안시성보다 높게 된 언덕이 생긴 것이다. 그런데 이때 당나라에 불운이 따랐다. 하부가 강하지 못한 토산이 안시성 성벽 쪽으로 무너지며 붕괴된 것이다. 안시성 성주 양만춘은 이 기회를 놓치지 않았다.

"여봐라! 모두 나를 따라 저 토산을 점령해야 한다."

성주 양만춘이 두꺼운 갑옷을 입고 제일 앞에 서서 진두

지휘 했다. 고구려 군사들은 미리 준비한 뾰족한 통나무로 길게 만든 방벽을 들고 앞으로 전진을 하며 당나라 군사들을 공격했다. 장창을 앞으로 들어 밀고 나가며, 강력한 쇠뇌를 이용하여 토산에서 버티는 당나라 군사들을 차례차례 쓰러뜨려 나갔다. 고구려군의 화살은 웬만한 철갑은 뚫을 수 있는 강철 화살촉을 가지고 있었다.

토산을 지키는 당나라 군사들이 당황하며 버티려 했지만 고구려 군사들의 목숨을 건 돌진에 속수무책으로 쓰러졌다. 순식간에 적군을 물리치고 토산을 점령한 성주 양만춘은 가져온 나무방벽들을 이중 삼중으로 치고, 바위 돌들을 성안에서 옮겨와 깊게 몸을 숨기는 방어벽을 만들었다.

토산이 무너지고 고구려군에 빼앗겼다는 소식을 들은 이세민은 어이가 없어 직접 전장에 나와 전투 상황을 살펴보았다. 보고대로 고구려 군사들이 이미 토산을 점령하고 방어를 친 상태였다. 오로지 토산 하나만 믿고 두 달을 기다려온 황제 이세민에게는 이러한 상황이 도저히 이해가 되지 않았다. 그는 장수들을 불러 무슨 수를 쓰더라도 다시 토산을 빼앗아 되찾으라고 명령을 내렸다. 황제의 명령에 모든 당나라 장수들이 대답을 하며 죽을 각오로 총 공격을 단행

했다. 이번에 이 토산을 빼앗지 못하면 황제의 노여움에 참수를 당할지도 모른다는 긴박한 심정이 있었다.

당나라 군사들이 전투태세로 변하여 눈에 불을 켜고 물밀 듯이 쳐들어오자 성주 양만춘이 부하 장수들에게 외쳤다.

"우리가 이곳 토산에서 방어만 하고 지키려 한다면 반드시 저들에게 몰살을 당하게 되니 저들의 기세를 꺾어야 한다."

그는 먼저 부하 장수 추정국에게 말하였다.

"그대는 빨리 말을 타고 근처에 있는 대대로 고정의께 달려가서 고구려 지원군을 보내주라고 전하라."

그리고 장수 구비를 보며 말했다.

"구비! 그대의 용맹함은 이곳 안시성에서 최고이고, 그대의 괴력은 모든 병사들의 부러움을 받고 있다. 이제 하늘이 내려준 그대의 능력을 이 고구려를 위해 씀이 어떠한가?"

장수 구비가 흐트러지지 않는 자세로 우렁차게 대답했다.

"당부만 내려주십시오 성주님. 제가 보잘것없는 능력을 가졌지만, 최선을 다하여 성주님의 명령을 수행하도록 하겠습니다. 저의 목숨은 이미 안시성의 것입니다."

"고맙네. 구비! 안시성의 운명은 자네의 용기에 달려 있네."

성주 양만춘은 장수 구비에게 안시성의 모든 중장기병들을 이끌고 출성하여, 당나라 군사들의 선발부대의 공격을 막고, 밀집대열을 꼭 흐트러지게 만들라고 당부했다.

"그리고 이좌승 장군. 그대는 방패와 창을 가진 병사들과 궁수들을 데리고 구비의 뒤를 따라가게나. 그리고 후방에서 당나라 군사들의 본진을 향해 화살들을 날리고 구비를 도와 그들의 돌격을 막는데 최선을 다해 주게나."

"알겠습니다. 성주님."

"기무. 기무 장군은 안시성에서 만들어 둔 장창들을 모두 들고 와서, 이곳 토산 앞에서 삼중 사중으로 진을 치고, 당나라 철기병들을 막아야 할 것이다. 그들이 다가오지 못하도록 방어만 집중해야 한다. 앞으로 나가는 공격은 하지 말고 후퇴하지 않는 방어로 끝까지 버텨야 한다!"

성주 양만춘의 명령에 모든 장수들과 군사들이 일사분란 하게 움직였다. 모두의 얼굴에는 비장함이 서려있었다.

이세민의 명령을 받은 당나라 군사들은 과거의 공격과는

다르게 엄청난 물량으로 한꺼번에 안시성을 공격했다. 양만춘의 명령을 받은 구비 장군은 고구려 기병들을 이끌고 제일 먼저 성 밖으로 나가 당나라 군사들과 전투를 벌였다. 힘이 괴력인 그의 긴 칼 앞에 당나라 군사들의 목들이 툭툭 떨어져 날아갔고, 팔이 싹둑 두 동강 났으며, 허리가 비스듬히 잘려진 채로 인형처럼 푹푹 쓰러져갔다.

구비의 태산 같은 용맹함에 뒤따르는 고구려 군사들이 흥분하여 함성을 내지르고 구비를 따라 적진을 향해 돌격하며 당나라 군사들의 진영을 쑥대밭으로 만들었다. 뛰어난 고구려 장수의 활약을 본 황제 이세민이 기가 차서 외쳤다.

"아니 이렇게 많은 군사들 중에 저 고구려 무사 하나를 쓰러뜨릴 수 있는 뛰어난 장수가 없단 말이냐?"

이때 요동성에서 공을 세워 장군이 된 설인귀가 붉은 천을 이마에 두르고 황제 앞으로 나와 무릎을 꿇고 말했다.

"미천하지만 제가 가서 그를 쓰러뜨리겠습니다."

설인귀가 황제에게 큰 절을 하고 말을 타고 전장으로 나갔다. 그리고 고구려 장군 구비와 대적을 했다. 둘의 싸움에 당나라 군사들과 고구려 군사들은 잠시 넋을 잃고 그들의 싸움을 지켜봤다. 용과 범이 싸우는 듯 용호상박이었다.

설인귀가 어깨에 멘 활을 들어 화살을 힘껏 쏘자, 구비가 몸을 굽혀 화살을 쉽게 피하며 말을 달려 설인귀의 목을 쳤다. 말 타는 솜씨가 뛰어난 설인귀가 말 안장에서 몸을 빙그르르 돌아 피하며 칼로 구비의 옆구리를 노리고 가격했다. 구비가 미리 짐작한 듯, 칼로 잽싸게 막으며 이번에는 설인귀의 가슴을 노리고 깊숙이 찔렀다. 설인귀가 서둘러 칼을 앞으로 하여 가슴을 겨우 막았다. 하지만 구비의 힘이 얼마나 강했던지 몸이 휘청거리며 말에서 떨어질 뻔 했다. 구비는 기회를 놓치지 않고 설인귀의 하반신을 향해 다시 칼을 번개처럼 내리쳤다. 절대 절명의 위기에 설인귀는 부상을 당하지 않으려고 말을 포기하고 몸을 비틀어 땅에 뛰어내렸다. 구비의 칼이 설인귀 말의 허리를 깊숙이 베었다.

설인귀의 말이 쓰러지자 갑자기 당나라 군사들이 구비를 향해 화살을 쏘아 부었다. 아무리 두터운 갑옷을 입은 구비이지만 쏟아지는 화살에 팔과 등에 화살이 꽂히는 부상을 당하고 말았다. 고구려 군사들이 놀라 다시 당나라 군사들을 밀어붙이며 힘찬 공격을 가했다. 하지만 당나라 군사들의 소나기 같은 화살에 고구려 기마병들은 하나 둘씩 쓰러져 갔다. 설상가상으로 당나라 철기병들이 전열을 가다듬고 밀집대형으로 고구려 기병들에게 가차없이 달려들었다. 힘이 다한 고구려 기병들은 그들의 공세를 견디지 못하고 거의 전멸하였다. 그리고 부상을 당한 구비 장군 역시 마지막 힘을 다해 싸우다가 목숨을 잃었다. 토산 위에서 이 모든 것을 지켜 본 양만춘이 눈물을 흘리며 군사들에게 외쳤다.

"모두들 저들의 목숨들이 헛되게 하면 안 된다! 우리는 무슨 일이 있더라도 반드시 안시성을 사수할 것이다. 모두가 온 힘을 다하여 버텨야 한다! 견디고 또 견뎌라!"

모든 병사들이 양만춘을 따라 눈물을 흘리며 입술을 깨물었다. 구비 장군의 뒤를 따라 긴 방패와 궁수부대를 이끌고 있던 이좌승 역시 당나라 군사들의 돌격에 많은 군사들이 목숨을 잃었다. 당나라 철기병들이 고구려 군사들의 방어막을 뚫고 토산으로 쥐떼처럼 몰려들었다.

장창을 들고 토산을 지키던 기무 장군과 군사들이 돌진하는 당나라 철기병들을 맞아 악전고투 하였다. 앞줄의 병사들은 철기병들의 공격에 많은 부상을 당했음에도 이를 악물고 버티며 장창을 놓치지 않고 휘둘러댔다. 왼팔이 잘려나가면 남은 오른 팔로 창을 들었고, 다리를 다치면 앉아서 창을 들었다. 그들은 울부짖으며 힘내라고 서로를 응원하며 죽어갔다. 토산 앞에 시체가 쌓이기 시작했다.

그때였다. 안시성에 군마들의 말발굽 소리가 멀리서 들려 왔다. 상황을 면밀히 주시하며 기다렸던 고구려 대대로 고정의가 마침내 고구려군을 이끌고 온 것이다. 고정의는 오자마자 당나라 군대의 측면을 치기 시작했다. 안시성 공격에 총력을 쏟느라 정신이 없었던 당나라 군사들은 고구려 지원군들이 측면을 꿰뚫고 공격해 오자 크게 당황하였다. 일시에 한쪽 공격대열이 무너지며 군사들이 두 갈래로 나누어지는 상황이 발생했다. 이세적이 깜짝 놀라 철기병들을 측면으로 보내어 방어하게 했다.

전쟁에서는 군사들의 효율적인 진형과 정확한 명령체계가 중요하다. 고정의는 군사들을 물결처럼 움직이게 했다. 한 쪽에 집중 공격을 가하고 옆쪽이 밀리면, 다른 한 쪽이 바로 보충하고, 앞쪽이 밀리면 뒤쪽이 바로 보충하여 들어와 버티는 전술이었다. 성 외곽의 넓지 않은 곳에서의 전투는 아무리 당나라 군사들의 수가 많다고 해도 실제로 전투에 참가할 수 있는 병력은 한정되어 있다. 이러한 견고한 방어 진영은 고구려 군사들이 많은 수의 당나라 군사들과 대등하게 싸우게 했다. 많은 적들의 병력이 밀고 오더라도 고구려 군사들은 쉽게 무너지지 않았다. 시간이 지날수록 싸움은 더 치열해졌다. 당나라의 군사들의 사망자 수가 고구려 병사들보다 두 배 많았다. 다만 당나라의 군사들은 후방에서 계속 보충이 되어 전세는 엇비슷하게 진행이 되었다.

이때 대대로 고정의의 명령을 받은 개마부대가 당나라 진영 후방에 나타났다. 고정의가 계획한 진짜 공격은 다른 곳에 있었던 것이다. 그들은 도착하자마자 황제 이세민이 있는 후방을 두려움 없이 공격했다. 갑자기 고구려의 중장기병들이 황소 떼처럼 무섭게 돌진해 오자, 이세민이 깜작 놀라 허둥대며 부하들에게 다급히 외쳤다.

"여봐라! 빨리 공격하는 군사들을 되돌려라. 먼저 이곳으로 오는 고구려군을 공격하라. 저곳을 방어하라!"

이세민의 심장을 울리는 명령에 장수들은 안시성 공격을 멈추고 황제를 구하기 위해 군사들을 데리고 서로 앞 다투어 뛰어왔다. 이세민은 고구려 개마무사들의 저돌적인 용맹함에 목숨이 위태로움을 느끼고 말을 타고 후퇴했다. 그리고 황급히 부하 장수들에게 엄호를 명령했다. 장수 이세적은 황제 이세민을 보호하며 전군에게 후퇴를 명령했다.

하지만 고구려 군사들이 따라붙었다. 고구려 군사들은 미처 달아나지 못하여 본진에서 뒤쳐진 당나라 군사들을 차례차례 도륙하였다. 당나라 군사들이 대부분 물러가자 고정의가 명령하여 그들을 쫓지 말도록 하였다. 고정의는 모든 병사들을 이끌고 안시성으로 들어갔다. 안시성 성주 양만춘이 대대로 고정의를 반갑게 맞이하며 두 손을 꼭 잡았다.

"참으로 제때 와주셔서 저희 안시성의 백성들을 구원해 주시는 군요. 정말로 고맙습니다."

"아니오. 내가 이렇게 너무 늦게 온 것을 질책하여 말아 주셨으면 합니다."

"질책이라니요? 대대로께서는 저의 아버지와 친한 친구이시며 저에게는 스승님과도 같은 분이십니다. 비록 연개소문이 영류왕을 참수한 뒤부터 평양성과는 거리를 두고 있지만 항상 대대로의 인품을 존경하며 고구려를 위한 충심에 감사드리고 있습니다."

"어허, 아직도 연개소문의 행동에 화가 가라앉지 않으셨나 보군요!"

"그의 반역은 아직도 받아드릴 수가 없습니다. 하지만 이제

와서 그를 탓한 들 무슨 소용이 있겠습니까? 지금은 당나라와의 전쟁이 한참입니다. 유감스럽게도 지금은 막리지 연개소문이 필요한 시기라 그와 다툴 의향은 없습니다."

"내가 이곳에 오게 된 것도 다 연개소문의 계책이고 명령이라오. 성주도 그의 서신을 받았겠지요? "

"네. 받았습니다. 하지만 제가 싸운 것은 연개소문을 위해 싸운 것이 아니라 안시성 백성들과 고구려를 위해 싸운 것입니다."

"알겠습니다. 전쟁 중이라 연개소문과 다투지는 마십시오. 그가 비록 가끔씩 부하 장수들을 멋대로 부리고 백성들에게 안하무인처럼 행동하기는 하지만, 그의 고구려에 대한 충심은 어느 누구보다도 높다는 것을 내가 안다오. 그가 만약 후안무치한 사람이었으면 보장왕을 왕위에 오르게 하지 않고 분명 그가 스스로 왕이 되었을 것이오. 그는 성격이 불 같기는 하지만 출중한 두뇌와 비상한 전술을 가지고 있는 고구려의 대장군이라오."

"대대로께서는 연개소문을 아직도 좋게 생각하고 계시는군요."

"한 사람의 인물됨보다 나라 전체의 운명이 정치를 하는 사람들에게는 더 중요한 것입니다. 큰 그릇은 작은 물에 욕심이 차지 않는 법입니다. 큰 그릇은 큰물이 있는 곳에 있어야 하지요. 정치인이란 더 큰 그릇을 만들고 더 많은 물을 담을 수 있도록 누구에게나 기회와 용기를 주어야합니다."

"알겠습니다. 언중유골이군요. 대대로의 말씀을 마음에 새기고 명심하겠습니다."

"그리고 성주의 이번 전술은 정말 탁월했소. 이러한 계획은 연개소문도 생각하지 못한 책략이오. 토산을 짓는 것을 보고 토산을 빼앗고 그곳에 진지를 구축하려는 성주의 계획은 귀신과 같은 전략이었소. 나 역시 크게 감동을 했소."

"아닙니다. 이것이 다 안시성 백성들의 도움이 없었으면 해내지 못한 것들입니다. 그들에게 공을 돌려야 하지요."

"그건 그렇고 내가 왜 이곳 안시성 안으로 군사들을 모두 데리고 들어왔는 지, 그 이유를 아시오?"

"그것이야 당연히 당나라 군사들의 전쟁의 맥을 끊었으니 이제는 성 안에 머물며 그들과 장기전으로 가는 것이 좋다는 생각이 아니십니까?"

"역시 성주는 나와 같은 생각을 하고 계시는구려."

"안시성의 군사들과 대대로의 군사들이 합심하여 이곳에 머무르고 있으니, 이세민의 갈등이 무척 심할 것입니다."

"그렇소. 일단 전쟁이 장기전의 양상으로 가면 반드시 우리가 이기게 되오. 이제 곧 겨울이 닥치게 됩니다. 그때까지 이곳 안시성을 점령하지 못하면 반드시 이세민은 군사들을 되돌려 물러나게 될 것이오."

"하지만 미련을 놓지 못한 이세민이 아마도 쉬지 않고 곧바로 이곳을 다시 공격해 올지 모릅니다. 저는 나가서 무너진 성벽을 복구하고 토산의 방어벽을 더 두텁게 만들도록 하겠습니다. 이곳에서 쉬고 계십시오."

"알겠소. 나는 고생한 군사들에게 밥을 배불리 먹이고 잠도 한숨 자도록 하겠소."

고정의와 양만춘의 생각대로 이세민은 대군을 정열 한 후, 다시 안시성을 여러 차례 공격했다. 하지만 저번과는 달리 많은 수의 고구려 군사들이 방어를 하며 때때로 기병들을 이끌고 성 밖으로 나와 측면 공격을 가하니, 토산을 되찾을 수도, 성벽을 넘을 수도 없었다.

안시성에서의 전투가 생각보다 장기화 되자, 피로에 지친 황제 이세민이 당나라 장수들을 모아 놓고 회의를 했다.

"이제 곧 겨울이 올 터인데 어떻게 안시성을 공격해야 함락시킬 수 있겠는가? 어떤 복안이 있느냐?"

황제의 물음에 이세적이 대답했다.

"안시성을 어렵게 점령한다고 해도 평양성으로 달려 갈 시기는 놓친 것 같습니다. 공성무기들도 많이 파괴되어 재공격은 무리인 듯싶습니다. 더구나 겨울이 오면 요하 지역의 늪지대인 요택을 건너기가 어려우니, 내년을 기약하고 잠시 회군을 하시는 것이 어떠하옵니까?"

"다른 장수들의 생각은 어떠하냐? 그대들도 이세적 대장군의 뜻과 동일한가?"

그곳에 모인 모든 장수들은 황제의 물음에 대답을 하지 못했다. 하지만 얼굴은 이제 싸움을 그만 하면 좋겠다는 표정이 역력했다. 이세민 역시 안시성을 함락시키기는 것이 어렵다는 것을 알았다. 그러기에 철수의 명분을 장수들에게 돌리려고 한 것이다. 이세민은 장수들에게 토의하여 최종 결정을 하도록 명하였다.

그때 본국에서 설연타가 변방에서 반란을 일으켜 당나라 국경지역을 공격한다는 소식이 전해졌다. 당나라와 동맹을 맺었던 설연타는 동돌궐이 멸망한 탓에 몽고의 초원을 지배하는 세력으로 컸다. 그리고 설연타가 당나라를 대적할 만한 강력한 군사력을 보유한 사실을 안 고구려의 연개소문이 당나라 황제와 군사들이 본국을 떠나 있는 틈을 노려 공격하라고 이간질을 시킨 것이다.

장수들이 긴급히 이 소식을 이세민에게 알렸다. 이세민은 다른 방도를 생각하지 않고 당나라 군사들을 바로 퇴각시켜 본국으로 회군하라고 명령했다.

아침이 밝았다. 전쟁터에서 풍겨 나오는 비릿한 피 냄새가 인간들의 잔인하고 역겨운 냄새를 토해냈다. 이세민이 안시성을 떠나기 전 말을 타고 안시성 근처에 와서 안시성을 올려다보았다. 당나라 군사들은 함성을 지르며 황제 이세민을 반기며 만세를 불렀다. 그리고 '다음에 다시 와서 안시성을 점령할 것이다.' 라는 깃발을 흔들며 북을 치고 소리를 질렀다. 떠나기 전 고구려 군사들에게 그들이 패퇴하여 당나라로 돌아가는 것이 아니라, 다시 돌아오기 위해 잠시 철군하는 것이라는 것을 뽐내기 위해서였다.

그때 안시성 성주 양만춘이 홀로 성의 누각에 올라 떠나는 황제 이세민에게 고개를 약간 숙이고 작별을 고했다. 이세민은 잠시 그를 바라보다가 쓸쓸한 웃음을 짓더니 말을 뒤돌아 당나라로 향했다.

이세민은 퇴각을 하면서도 혹시나 고구려 군사들이 공격해 올까 봐 사방에 방어태세를 갖추고 천천히 행군했다. 그들은 요하가 범람하여 생긴 늪지대 앞까지 다다랐다. 진흙 벌판인 요택을 지나가기 위해서 당나라 군사들은 풀과 나뭇가지들을 잘라 길을 만들며 앞으로 서서히 나아가야 했다.

그런데 그때였다. 갑자기 뒤에서 거대한 먼지가 일어나더니 고구려 군사들이 요택 앞에서 머뭇거리고 있는 당나라 군사들을 화살로 급습했다. 당나라 군사들이 안시성에서 물러나고 있다는 소식을 들은 연개소문이 신성에서 기마궁수들을 이끌고 공격을 가한 것이다. 당나라 군사들은 진흙탕에서 말과 수레도 제대로 다루지 못하고 있다가, 뒤에서 고구려 군사들이 소리를 지르며 활을 쏘고 몰려오자 싸울 생각도 못하고 서로 앞 다투어 도망가기 시작했다.

연개소문은 사실 많은 수의 군사들을 데리고 오지 않았다. 단지 2만 명의 날랜 궁기병들을 거느리고 왔다. 그는 부하들을 시켜 일부러 뒤에서 왔다 갔다 왕복하며 말발굽으로 많은 먼지를 일으키게 하여 대군처럼 보이게 했다. 그리고 늪지대이므로 가까이 가지 않고 멀리서 화살만 쏘아 후방의 당나라 군사들만 죽여 모두가 겁을 먹게 하여 달아나게 하려는 계획이었다. 이렇게 해야 당나라가 다음에 또 고구려를 침범하지 않을 것이라는 연개소문의 계책이었다.

이세민은 이때 일행의 중간에서 요택을 건너고 있었다. 그는 뒤에서 무슨 일들이 벌어지고 있는 지 정확히 알지를 못했다. 그런데 갑자기 뒤에서 당나라 군사들이 황급히 놀란 토끼들처럼 도망쳐오자, 황제 이세민도 무심결에 아무 생각 없이 부하들과 허겁지겁 함께 달아났다. 그리고 요택을 넘자마자 우물이 있는 곳으로 가서 몸을 숨기고 무슨 상황이 있었는지 부하들에게 알아보게 하고 한숨을 돌렸다.

연개소문은 당나라 군사들에게 충분히 겁을 줬다는 생각에 다시 궁기병들을 이끌고 고구려의 성으로 돌아갔다. 고구려 군의 공격에 당나라 군사들이 많이 다치거나 죽지는 않았다. 하지만 갑자기 도망치느라 진흙에 빠지고 물에 젖은 당나라 군사들은, 일부가 질병에 걸려 죽고, 밤에 동상에 걸려 잘 걷지도 못하게 된 병사들이 속출했다.

이세민은 연개소문에 쫓겨 달아난 자신의 한심한 모습에 한 순간 비참하여 몸을 부르르 떨었다. 더구나 도망치느라 온 몸에 진흙이 묻어 등에는 등창까지 생겨 고름이 나오기 시작했다. 옆에 있던 장수들이 민망하여 황제를 극진히 대접하며 그의 무너진 마음을 추스르기 위해 최선을 다했다.

마침내 당나라의 최전방 영주에 도달한 황제 이세민은 그곳에 쉬면서 몸을 회복하였다. 그리고 십여 일 뒤 임유관을 거쳐 마중 나온 태자와 함께 당나라로 돌아갔다. 안시성을 함락하지 못하고 본국으로 돌아간 이세민은 설연타를 토벌하게 하여 멸망시켰다.

당나라는 안시성에서 물러 난 후에도 고구려를 끊임없이 괴롭혔다. 당나라 장수 이세적은 황제 이세민의 명에 의해 해마다 군사들을 이끌고 고구려의 신성과 주변의 여러 성들을 공격하였다. 비록 성들을 함락시키지 못하더라도 고구려 백성들이 일상생활을 하지 못하게 만들어 고구려 보장왕과 연개소문에 대한 민심을 악화시키려는 보이지 않는 전술적인 공격이었다.

전쟁이 할퀴고 간 고구려의 상처는 깊고 아팠다. 기름졌던 논밭들은 잡풀들이 무성하게 자라나 있었고 모래처럼 황폐해졌다. 설상가상으로 그해 극심한 가뭄으로 흉년까지 들었다. 군사들이 말을 타며 오갔던 곳은 인가들의 연기가 끊어졌고, 무너진 마을에는 사람들의 온기가 사라졌다. 요동의 벌판과 산 위에는 갑자기 늘어난 무덤들로 가득 찼고, 깊게 묻히지 않은 시체에서는 썩은 냄새가 진동했다.

　살아남은 농민들은 틈새 농사를 지었고, 푼돈을 얻으려 나무를 잘라 팔았다. 빈곤한 자들은 끼니를 때우기 위해 뿌리와 나물을 캐먹으며 연명했고 걸인들은 많은 수가 아사하여 보이지가 않았다. 보장왕은 관리들을 시켜 굶고 허기진 백성들에게 곡식과 소금을 골고루 나누어 주었다. 그리고 징집된 군사들을 고향으로 돌려보내어 집안 일손과 농사 짓는 일을 돕게 했다.

제 7부. 인간의 탐욕은 역사를 만들고

시간은 역사를 지워나간다.

선덕여왕은 신라의 서라벌에 많은 절들을 짓고 백성들을 위한 정치를 하며 최선을 다했다. 하지만 여인의 몸으로 왕위에 있던 탓에 항상 진골세력들의 시기와 질투를 받고 있었다. 그러던 어느 날 위태로운 상황이 들이닥쳤다. 신라에서 가장 막강한 힘을 가지고 있는 상대등 비담이 염종과 같은 귀족세력들과 합심하여 반란을 일으켰던 것이다.

비담이 선덕여왕과 같은 여자가 군주가 되는 것은 이치에 맞지 않아 왕을 바꾸어야 한다며 군사들을 일으켜 신라 궁궐에 대항하자, 선덕여왕은 김유신 장군을 앞세워 그들의 공격을 막았다. 하지만 신라의 두 세력 간의 다툼이라 쉽사리 해결이 되지 않고 민심은 반으로 쪼개어져 있었다.

비담의 군사들은 하천을 끼고 반달처럼 성벽이 둘러쳐져 있는 월성을 쉽게 함락시키지 못했다. 그리고 김유신의 군사들 역시 명활성을 방패 삼아 버티고 있는 비담의 적들을 물리치지 못했다.

그런데 어느 날, 월성 신라 궁궐에 별똥별이 떨어졌다. 상대등 비담은 민심을 끌어들이려 선덕여왕의 명이 다했다는 말을 신라 서라벌에 퍼트렸다.

"유성이 떨어진 곳 아래에는 반드시 피흘림이 있다고 하니, 이는 분명히 여자 임금이 패할 징조이다."

몸이 약해진 선덕여왕이 이 소문을 듣고 무서워하자, 경험 많은 김유신이 찾아와 안심시키며 말하였다.

"길하고 흉한 것은 사람이 부르는 것입니다. 주임금은 봉황이 나타났어도 망하였고, 기린을 얻었어도 쇠하였으며, 고종은 장기가 울어도 흥하였고, 정공은 용들이 싸웠음에도 흥하였습니다. 요사한 계략은 이길 수 있으니, 별자리의 변괴를 너무 두려워하실 필요는 없습니다."

그리고 김유신이 비담의 기세가 올라가는 것을 막기 위해 꾀를 내었다. 칠흑같이 어두운 밤, 불에 타는 연을 밤하늘로 날려, 마치 떨어진 유성이 다시 올라가는 것 같은 상황을 연출했던 것이다. 그리고 월성에 떨어졌던 유성이 다시 하늘로 올라갔다는 소문을 서라벌에 퍼뜨렸다. 그러한 소문에 비담의 계획은 수포로 돌아갔고 김유신과 선덕여왕은 위기를 넘길 수 있었다. 하지만 이런 혼란한 와중에 병약했던 선덕여왕이 시름시름 앓다가 그만 세상을 떠나고 말았다.

선덕여왕은 죽기 전 사촌 언니인 김승만을 다음 왕으로 지명했다. 신라가 혼란스러운 상태라 귀족들은 선덕여왕의 유언을 따르기로 했다. 김승만은 진평왕의 동생인 갈문왕과 월명부인의 성골 출신 딸이었다. 키가 컸으나 몸의 자태는 아주 풍만하고 여성스러워서 많은 사람들에게 사랑을 받고 있었다. 여자의 몸이라 선덕여왕처럼 화백회의에서 갑론을박이 있기는 하였지만, 김춘추와 김유신이 귀족집안을 대표하여 그녀를 뒤에서 보필하고 지지하자, 아무도 나서서 반대하지 못하고 그녀가 다음 왕인 진덕여왕이 되었다.

진덕여왕이 왕위에 오르자 반란세력과 대치중인 김유신과 김춘추는 비담의 반란을 해결하기 위해 더욱 더 고심을 했다. 그리고 마침내 비담이 머무는 성을 총공격하기로 마음먹었다. 김유신은 출정하기에 앞서 백마를 잡아 월성에서 제사를 지냈다. 모든 수하들을 모아 놓고 김유신이 높은 곳에 올라 사인검을 뽑아 들고 큰소리로 말하였다.

"고구려와 백제와 대립하고 있는 이 난국에 역적 비담이 반란을 일으켰다. 신라의 운명이 이제 그대들 손에 달려있다. 임금은 하늘처럼 높고 신하는 땅처럼 낮은 법이다. 이러한 순서가 바뀌면 반드시 신라에 큰 변고가 생긴다. 비담의 반란은 천륜을 어기는 일이다. 반드시 이를 다스려 신라의 국운을 바로 잡아야 할 것이다. 이제 반란군들을 하늘의 명으로 엄하게 치려 하니, 모두들 나를 따라 역적들을 자비없이 처단해야 할 것이다. 알겠느냐?"

모든 군사들이 의기충천하여 함성으로 답했다. 그리고 '비담을 죽이자'라고 외치며 비담이 머무는 명활성으로 무섭게 돌격하였다. 김유신이 이끄는 군사들은 목숨을 아끼지 않고 명활성의 성벽을 넘어 정문을 활짝 열었다. 신라의 군사들이 용맹한 맹수들의 무리처럼 물밀 듯이 쏟아져 들어갔다. 비담을 옹호하는 염종의 군사들이 막으려 했으나 그 기세에 눌려 혼비백산하여 도망을 쳤다. 김유신은 저항하는 반란군들을 모두 물리치고 비겁하게 도망치는 비담을 잡아 지체 없이 참수하였다. 진덕여왕은 돌아온 김유신에게 크게 고마워하고 상을 내렸다. 그리고 반란군 비담의 구족을 멸하고, 그와 관련된 많은 귀족들을 숙청시키거나 참수를 하여 떨어진 왕권을 다시 강화하였다.

신라의 난이 해결되자 진덕여왕의 치세도 점차 안정세에 접어들었다. 하지만 고구려와 백제는 신라가 내분으로 불안해진 틈을 타 국경지역을 자주 공격하였다. 신라의 조정은 날마다 비상회의를 하였다. 그리고 주변의 국가들을 모두 신라의 동맹으로 맺도록 다시 노력하자고 결정했다. 신라의 귀족들은 이러한 일을 언변이 뛰어나고 지략이 높은 김춘추에게 부탁을 하였다.

김춘추가 허락하고 외교사절단을 이끌고, 백제와 친밀한 왜국을 먼저 아군으로 끌어들이기 위해 바다를 건너 갔다. 왜국의 조정과 귀족들은 신라에서 온 김춘추를 보고 남자인데도 용모가 아름답고 말이 시원시원한 그를 극진히 대접했다. 왜국은 원래 백제와 아주 친한 외교 관계를 맺고 있었다. 백제의 많은 도래인들이 일본 곳곳에 이주하여 자리를 잡고 있었으므로 매우 가까웠다. 하지만 신라인들 역시 일본에 많이 살고 있었던 지라, 왜국의 조정은 김춘추에게도 예를 갖추어 대화에 나섰다. 하지만 김춘추는 동맹관계를 맺지는 못하고 돌아갔다. 다만 백제와 신라와의 전쟁에 왜국이 끼어들지 않는 조건에서 만족해야만 했다.

　백제가 또 겨울을 앞두고 서쪽 변방을 공격했다. 진덕여왕은 김유신을 보내어 백제를 물리치도록 하고 김춘추와 대신들을 불러 긴밀히 논의를 했다. 진덕여왕이 말했다.

"신라의 국력이 쇠약하여 백제와 고구려 모두 신라를 업신여기고 있습니다. 경들의 생각에 어찌하면 좋겠습니까?"

　김춘추가 대답했다.

"지금은 속히 신라의 아군을 만들어야 하는 긴급한 상황이라 생각이 되옵니다. 가장 강한 나라를 반드시 동맹으로 맺어야 합니다."

"당나라의 도움밖에는 없다는 결론이군요."

"그렇습니다. 고구려와 백제가 연합한다면 신라는 멸망의 길로 갈 수도 있습니다. 당나라와의 동맹이 신라가 살아남을 유일한 탈출구라 생각됩니다."

"그럼 당나라에 다시 사신을 조속히 보내야겠군요. 하지만 사신들이 간다고 해서 당나라 황제께서 신라와 동맹을 맺어줄 지 걱정입니다."

"확신을 하지는 못합니다. 하지만 이번 일은 신라에 아주 중요한 일입니다. 그래서 제가 직접 당나라로 가겠습니다. 신라가 만약 당나라와 동맹이 되지 못하더라도 외교적이나 군사적으로 고구려와 백제를 견제할 수 있는 친분만 쌓아도 신라에게는 큰 이득이 될 것이라 생각합니다."

"그래요? 그대가 간다면 내 마음을 놓을 수 있을 것 같습니다. 그대의 학식과 말솜씨는 신라의 제일이오. 공이 부디 신라를 위해 당나라 황제의 마음을 신라 편으로 끌어주었으면 합니다. 신하들에게 황제에게 바칠 공물들과 배를 당장 준비하도록 시키겠습니다."

"알겠습니다. 준비되는대로 바로 출발하도록 하겠습니다."

김춘추는 그의 셋째 아들 김문왕과 함께 조공을 준비하여 사신의 신분으로 당나라를 방문하였다. 안시성을 점령하지 못해 삼년 간 화가 나서 끙끙 앓아오던 황제 이세민은 갑자기 신라에서 김춘추가 사신으로 찾아오자 그를 환대했다.

이세민이 편전으로 들어오는 김춘추의 걷는 모습을 바라보니, 달빛을 바라보며 구름 위를 걷는 듯한 신선의 모습이었다. 편전에서 학이 닭의 무리 속에 서 있는 듯 출중했다. 가까이서 보니 용모가 더 영특하고 비범하였다. 남자인데도 목이 길고 살빛이 밝았고 선명하고 우윳빛이었다. 신체의 품은 여자처럼 호리호리하면서도 남자처럼 늠름했다. 황제 이세민이 크게 감탄하여 김춘추를 범상치 않은 인물로 보았다. 그는 금과 비단을 하사하며, 당나라에 머무는 동안 불편함이 없도록 해주라고 신하들에게 지시를 했다.

당나라 장안성에 온 김춘추는 신라에서 이곳으로 유학을 온 학생들과 함께 당나라의 교육기관인 국자감에서 강의를 들으며 시간을 보냈다. 김춘추는 글을 읽고 학문을 좋아하는 성격이라 당나라의 학문에 관심이 많았다. 특히 당나라에서 유행하는 유교에 대한 지식을 더 넓히고자 날마다 청강을 하며 공부를 하였다. 당나라의 학생들 역시 신라에서 온 김춘추의 용모가 너무 비범했던 지라 그와 어울리려 서로 경쟁을 하였다. 김춘추의 인기가 장안에 소문이 났다.

어느 날 이세민이 장안에 머물며 즐거운 시간을 보내는 김춘추를 은밀히 연회 자리에 불렀다. 그리고 술과 음식을 내어 먹으며 조용히 김춘추에게 물었다.

"종류가 다른 나무들이라도 한 곳으로 뭉쳐져 큰 숲이 된다면, 맑은 공기와 풍부한 자원을 품는 법이다. 그대들 삼국이 모두 당나라의 품 안으로 들어와 천하를 나누어 가지며 통치를 받는 것이 어떠하겠는가? ”

　이세민이 김춘추의 얼굴빛을 살폈다.

“나누어진 숲들은 서로 다른 향기를 품는 법입니다. 함께 생존하고 같이 번영하는 공존공영 세상이 더 아름다운 세상인 법입니다. 숲이 깊어야 새가 들어오니 넓은 숲보다는 큰 나무들이 자라는 깊은 숲을 가꾸시옵소서.”

“칼이 클수록 강하고 힘이 센 법이다. 낡은 칼집을 버리고 새롭고 큰 칼집을 가지게 되면 그대의 백성들이 더 호강을 누리게 될 것이다. 당나라는 너희들에게 안전한 칼집이 될 것이다.”

“큰 칼집에 작은 칼들은 맞지 않는 법입니다. 하지만 작고 날카로운 칼은 분명 황제 폐하께도 큰 이득을 줄 정도로 매섭고 유용할 것입니다. 신라는 당나라가 필요할 때 언제든지 섬뜩한 비수가 되어 적들을 향할 것입니다.”

“넓은 하늘 아래 천자가 다스리는 태평한 세상을 왜 마다하는가? ”

"황제의 덕이 크시면 경계를 넓히지 않아도 천하 만인이 우러러보고 존경할 것입니다."

황제 이세민의 물음에 김춘추가 표정변화 없이 부드러운 억양으로 또박또박 대답했다. 이세민은 김춘추의 대답에 더할 말이 없었다. 이세민은 김춘추의 학식과 언변이 뛰어나다고 생각했다. 그가 고개를 끄덕이며 조용히 웃더니 다시 말했다.

"그대의 기질과 성품이 마음에 들었네. 보기 드문 인재로다. 그대의 눈빛이 내 마음의 뒷면까지 꿰뚫는 것 같구나. 그대가 이곳으로 온 것은 중요한 이유가 있을 터, 그대의 마음속에 무엇을 품고 있는고? "

김춘추가 예의 바른 자세를 갖추고 나직하지만 신뢰 있는 목소리로 대답했다.

"황제폐하께서 고구려를 공격하실 때 저희 신라 역시 삼만 명의 병사들을 이끌고 고구려의 수구성을 공격하였습니다. 하지만 이때 백제가 신라의 서쪽을 공격하니 저희들은 부득이 물러 날수 밖에 없었사옵니다. 백제는 신라와 당나라의 공동 적입니다."

황제 이세민이 고개를 끄덕거렸다. 김춘추가 말을 이었다.

"신라는 항상 바다의 한 모퉁이에 있지만 당나라 조정을 스승처럼 섬기며 존경해 왔습니다. 그런데 백제가 힘이 강해지면 교활하게 쳐들어와 당나라와 교역하는 성들을 빼앗으려 합니다. 이에 황제의 군사들의 힘을 빌려 흉악한 백제를 처단하여 당나라와의 교역을 계속하고자 하오니, 부디 신라의 염원을 받아 주시옵소서."

"내가 고구려를 치려는 것은 신라가 고구려와 백제에 협공을 받아 불쌍하게 여기기 때문이다. 비록 내가 두 나라를 평정하더라도 나에게는 중원의 넓은 땅과 재물들이 많기에 평양성 아래의 백제 땅을 너희 신라에게 줄 것이다. 너는 큰 걱정을 하지 말거라."

이세민이 호탕하게 웃었다. 그리고 김춘추의 손을 잡으며 부드러운 표정을 지으며 다시 말했다.

"신라가 어려울 때는 반드시 군사를 보내주겠노라."

김춘추가 크게 감사해 하며 절을 하였다. 김춘추는 마침내 목표를 달성하자 아들 김문왕을 당나라에 숙위로서 남겨두고 기쁜 소식을 알리기 위해 신라로 바로 귀국하였다.

그런데 신라의 당항성으로 향해 가던 중 바다 위에서 우연치 않게 고구려의 순찰선을 만났다. 김춘추는 위급함을 느끼고 황급히 같이 동행하고 있는 온군해에게 자신의 모자와 옷을 입고 배 위쪽에 앉게 했다. 그리고 그는 급히 선실 뒤쪽으로 내려가 작은 배를 타고 도망갔다. 고구려 순찰대는 김춘추의 옷을 입은 온군해를 김춘추로 착각하고 그를 잡아 죽였다. 그 틈에 김춘추는 신라로 무사히 돌아왔다. 김춘추는 자신을 대신하여 죽은 그를 위해 제사를 지내주었고 그의 가족들에게 후한 상과 보상을 해주었다.

김춘추가 당나라 이세민을 만나고 있을 때 김유신은 진덕여왕에게 말해 잃었던 대야성을 되찾기 위하여 백제를 공격했다. 김유신은 군사들을 대야성 근처의 계곡에 매복시켰다. 그리고 대야성 밖에서 백제군을 유인하여 싸우는 척하다가 후퇴하였다. 승기를 잡았다고 생각한 백제 군사들이 따라왔다. 주력 부대가 원거리에 있는데도 불구하고 소규모 부대로 도전을 하는 것은 적군의 진격을 유도하려는 것이다. 하지만 눈앞의 승리에 급급한 백제 병사들은 이러한 상황을 전혀 눈치 채지 못하고 있었다. 계곡에 숨어 있던 신라 군사들이 양쪽 측면에서 동시에 기습공격을 가하였다. 신라군은 백제의 병사들을 모두 죽이고 대야성을 되찾았다.

김유신은 백제의 장수들은 사로잡았기에 김춘추의 사위와 딸의 유골과 교환하게 하였다. 백제는 김유신의 제안을 받아들여 김유신에게 김품석 부부의 유골을 돌려주었다. 하지만 김유신의 부하들이 포획한 백제 장수들을 계속 돌려보냈지 않고 가두어 놓자, 김유신이 그들을 불러 타일렀다.

"잎이 하나가 떨어진다고 해서 무성한 숲이 상하지 않는 법이다. 그리고 먼지 하나가 더 쌓인다고 하여 큰 산이 더 높아지는 것이 아닌 것이다. 너희들은 어찌 사내대장부의 약속을 이리 가볍게 여긴다는 것이냐? 소인배처럼 굴지 말고어서 약속한 대로 그들을 보내주거라."

부하 장수들은 김유신의 말에 수긍을 하고 그들을 풀어주었다. 며칠 후 김유신은 부하들을 이끌고 기세를 몰아 백제의 주변 성 이십여 곳을 추가로 함락시켰다. 신라군은 이번 전쟁을 통해 백제 군사 수만 명을 죽이고 많은 수의 포로를 사로잡았다. 진덕여왕이 이 소식을 듣고 크게 기뻐하여 공로가 있는 군사들에게 재물과 식읍을 하사하였다.

당나라에서 돌아온 김춘추는 자신의 딸과 사위의 유골이 신라로 돌아왔다는 소식에 김유신에게 한걸음에 달려가 기뻐하며 크게 고마워했다.

"죽고 사는 것은 하늘의 뜻에 달려 있습니다. 이렇게 살아 돌아와 다시 형님과 서로 만나게 되었으니 얼마나 다행입니까. 그리고 제 딸의 원한을 풀어 주어서 정말 감사합니다."

"신라의 위엄을 지키려 두 차례나 백제와 싸워 이십여 개의 성을 빼앗고 삼만여 명을 죽이거나 사로잡았다네. 품석공과 딸의 뼈를 고향으로 되돌아오게 할 수 있었으니, 이는 모두 하늘이 주신 은혜일 것이네."

김유신이 대답하며 김춘추의 손을 맞잡으며 함께 기뻐했다. 김춘추의 눈에서 눈물이 흘렀다.

김춘추의 노력으로 신라와 당나라의 동맹이 만들어졌다. 진덕여왕은 당나라에서 온 김춘추의 의견에 따라 국정을 변화시켰다. 김춘추가 당나라에서 학생들을 가르치는 국자감 같은 교육기관을 만들자고 건의하자, 나중에 국학이라고 불리는 대사를 설치하여 인재들을 양성하였다. 그리고 그곳에서 교육을 마친 사람들을 관직에 등용시켜 행정업무를 처리하게 끔 했고 관복도 당나라 풍으로 바꾸어 당나라와의 친밀감을 유지했다.

하지만 불행하게도 일 년 뒤에 당나라 황제 이세민이 이질을 앓다가 장안에서 51세의 나이로 사망하게 되었다. 그러자 신라는 다시 당나라의 다음 황제에게 희망을 걸었다.

황제 이세민은 죽으면서 고구려를 침범하지 말라고 아들 이치에게 말했다. 그리고 당나라 이치가 이세민의 뒤를 이어 제3대 황제 고종이 되었다. 이치는 이세민의 아홉 번째 막내아들이었다.

진덕여왕은 당 태종이 죽고 고종이 즉위하자 김춘추의 장남 김법민을 불렀다. 그리고 자신이 직접 지은 태평송이란 시를 지어 비단에 수를 놓아, 당나라 황제 이치에게 보내었다. 태평송은 당나라의 미래를 찬양하는 내용이었다. 그녀는 해마다 당나라에 사신을 보내 동맹관계를 유지하려 노력했다.

그런데 진덕여왕이 즉위한 지 8년이 되니 몸이 쇠약해지고 병치레를 자주 하다가 어느 날 갑자기 승하했다. 신라의 진골 귀족 세력들이 다시 모여 화백회의를 했다. 그리고 김유신의 지지를 받고 있는 김춘추가 왕위에 앉았다. 반대를 하는 사람이 아무도 없었다. 마침내 왕의 직계 가족인 성골이 아닌 진골 출신이 신라의 왕이 된 것이다.

　무열왕 김춘추는 선덕여왕과 진덕여왕을 보며 강력한 왕권이 신라의 힘임을 깨달았다. 그래서 왕의 자리에 오르자마자 바로 왕권강화에 최선을 다했다. 그는 먼저 정략결혼을 통해 왕족의 위세를 굳건하게 했다. 먼저 김유신을 환대했다. 김유신 정실부인의 몸이 허약함을 알고, 자신의 셋째 딸인 지소를 김유신에게 보내어 혼인을 시켰다. 김유신도 환갑이 넘은 나이이지만, 양쪽 집안의 유대감을 위해 거절하지 않고 받아들였다.

　김유신은 영모와 결혼해서 딸 네 명과 아들 삼광을 두었다. 김춘추의 어머니 문명왕후와 김유신은 남매 관계이므로, 김유신은 지소부인의 외숙이었다. 하지만 무열왕 김춘추의 분부대로 그녀의 남편이 되어 두 번째 정실부인으로 맞이하였다. 그리고 후에 지소부인과의 사이가 좋아 아들 넷을 더 낳게 되었다.

백제 의자왕은 새로운 당나라 황제 고종 이치에게 바로 사신을 파견하였다. 그런데 당나라 고종이 사신에게 말하여 신라를 공격하지 말고 빼앗은 땅까지 돌려주라고 엄포를 놓자 더 이상 사신을 보내지 않고 외교를 단절하였다. 그리고 대신 연개소문에게 사신을 보내 동맹을 맺자고 제안하였다. 연개소문 역시 남쪽의 신라를 백제와 함께 묶어놓으면 당나라만 신경 써도 되므로 일석이조라 생각하고 흔쾌히 승낙을 하였다.

고구려 연개소문이 백제의 의자왕과 협력하여 말갈족 군사들과 더불어 신라의 국경지역을 급습했다. 원래 당나라와 고구려가 전쟁을 하고 있는 동안 백제는 신라를 견제하기 위해 고구려를 침략하지 않았다. 그러자 고구려 역시 그런 백제의 행동에 고마움을 느껴 서로 동맹관계를 맺고 신라를 치자고 제안하였던 것이다. 의자왕은 고구려 연개소문의 장수들과 함께 여러 지역을 나누어 공격하여 신라의 수십 개의 작은 성들을 빼앗았다.

고구려는 북쪽의 국경지역 강화에도 힘을 썼다. 고구려 보장왕은 연개소문과 상의하여 장수 안고를 말갈족 병사와 함께 거란의 변두리를 치게 했다. 압도적인 군사력으로 선제공격을 하여 그들이 감히 고구려를 침범하지 못하도록 위협을 가한 것이다. 하지만 거란은 고구려와 싸움을 피하는 척 하며 사신을 보내면서도, 당나라와 함께 은밀히 고구려를 공격하는 연합전술을 폈다. 그들의 야심과 배타성을 안 고구려는 항상 이를 경계하였다.

당나라에서는 황제 이치가 황후를 폐위시키고 무측천을 새로운 황후로 책봉하는 일이 벌어졌다. 무측천은 수나라의 황제들이 토목공사를 벌일 때, 관청에 나무를 팔아 부자가 된 목재상의 딸이었다. 하지만 12세가 되었을 때, 그녀의 미모를 소문으로 들은 황제 이세민에 의해 입궁하게 되었고, 무미랑이라 불리며 황제의 후궁이 되었다. 하지만 자녀를 두지 못한 후궁들은 모두 비구니가 되는 운명이었으므로 이세민이 죽자, 무측천 역시 절에 들어가 비구니가 되었다.

그런데 황제가 된 이치가 과거에 아픈 이세민을 간호하던 그녀를 보고 흠모하였던 옛정을 생각하여 다시 궁궐로 불러들이게 되었다. 후궁이 된 그녀는 운이 좋게도 임신을 하게 되었다. 그런데 그녀는 자신이 낳은 딸을 목 졸라 죽인 후 자신의 방으로 들어온 황후에게 죄를 뒤집어 씌웠다. 모두가 무측천의 중상모략임을 짐작하였으나, 무측천에 혼을 빼앗긴 황제 고종 이치는, 애써 사실을 무시하고 신하들의 반대에도 황후를 폐하였다. 그리고 자기가 사랑하는 무측천을 황후 자리에 앉히게 되었다.

황후가 바뀌자 당나라 조정은 혼란에 휩싸였다. 편을 달리하는 신하들의 갈등으로 정세가 불안해지고 온갖 권모술수가 횡행했다. 이러한 혼란 속에 당나라의 많은 신하들이 숙청을 당하였고 균등한 세력의 흐름이 깨지며 뒤죽박죽이 되었다. 당나라는 나라 안의 일을 챙기느라 고구려에 대한 군사적 행동은 거의 하지 않았다.

하지만 고구려는 신라를 계속 침범하였다. 신라의 북부지역을 기습적으로 공격하여 조금씩 땅을 빼앗아갔다. 김유신이 군사들을 이끌고 겨우 고구려의 남진을 막았다. 하지만 신라는 백제가 협공할까 봐 조급하여 김춘추 둘째 아들인 김인문을 급히 당으로 파견하여 원군을 요청하였다.

당나라 고종 이치는 신라가 고구려에게 많은 성들을 빼앗기고 있다는 서신을 받자 정명진과 소정방에게 군사를 내주어 고구려를 공격하게 하였다. 그렇지만 연개소문이 이끄는 고구려의 강한 저항에 요동지역의 성들 중 하나도 빼앗지 못하고 패배해 물러났다. 당나라 황제 이치는 고구려가 눈에 가시처럼 여겨졌으나 아버지 이세민이 고구려로 쳐들어가서 고생하고 패배했던 상황을 잘 알고 있던 터라 인내를 가지고 기다렸다. 그리고 점차 당나라 조정의 내분이 사라지고 정권이 안정되자 서서히 계획을 세우기 시작했다.

황제 이치는 먼저 고구려의 변방을 지속적으로 괴롭히는 전략을 짰다. 잦은 공격으로 고구려군의 피로도를 증가 시킨 후, 때를 보아 총공격을 가하려는 것이었다. 이치는 장수 소정방과 정명진, 설인귀, 계필하력 등을 매년 요동지역으로 내보내어 고구려의 국경지역을 지속적으로 끊임없이 침범하게 하였다. 그들은 황제의 명대로 고구려를 숨 쉴 틈 없이 계속 공격하며 괴롭혔다.

당나라의 공격으로 고구려 연개소문은 신라를 공격하지 않고 요동지역의 방어에만 힘을 썼다. 신라 무열왕 김춘추는 당나라의 도움으로 고구려의 침범이 없자, 김유신을 신라에서 가장 높은 상대등에 앉혀 군사력을 키우는데 집중을 하였다. 김유신은 군사들을 징집하고 훈련을 시켰으며 고구려와 백제와의 국경지역을 오가며 성들의 방어 상태를 점검하고 백성들의 생활을 지켜보았다.

어느 날 무열왕 김춘추에게 백제왕 부여의자가 술과 여자를 탐하며 국정을 소홀히 한다는 정보가 들어왔다. 무열왕이 김유신을 불러 말하였다.

"백제의 군사력이 많이 약해진 것 같습니다. 부여의자가 주색에 빠진 듯합니다. 이때 신라의 대군으로 백제를 공격하는 것이 어떻겠습니까? "

"백제의 속임수 일 수도 있습니다."

"저번에 백제의 성을 빼앗을 때 어떤 의심스러운 점이 있었습니까? "

"없었습니다. 방어가 아주 허술하더군요. 쉽게 성을 빼앗았습니다. 하지만 전쟁을 많이 치르다 보면 적들의 허점들이 눈에 보이기는 하나, 적들의 모략도 함께 귀에 들리게 됩니다. 매사에 신중을 기해야 한다는 것입니다."

"공께서는 이미 전술에서 무형의 경지에 다다르셨는데 어찌 그런 두려운 말씀을 하시는 겁니까? "

"아직은 신라의 병사들이 백제를 이길 정도로 강하지 않습니다. 장수란 병사들의 사기를 이용하여 적들의 형세를 파악하고 적절한 공격과 수비로 전투를 스스로 통제하는 능력이 있어야 합니다. 아직 신라 군사들의 사기는 큰 전쟁을 이겨낼 수준에 도달하지 않았습니다. 조금 더 상황을 지켜보았다가 결정을 하는 것이 옳은 것 같습니다."

"섣불리 행동했다가 적들의 교묘한 전술에 말려드는 것을 피하려는 것이로군요."

"그렇습니다. 현명한 장수는 공격을 신중히 결정하고, 사소한 실수도 경계해야 합니다. 백제왕 부여의자는 성격이 굳건하고 무예도 출중합니다. 그가 비록 나이가 들면서 술과 여자를 좋아한다고 해서 백제의 병사들까지 나태졌다고 할 수는 없습니다. 신라는 일단 병사들의 사기와 체력을 항상 강하게 유지하여 적의 공세에 대비하였다가, 적당한 때를 보아 거사를 행하심이 좋을 듯합니다."

"하지만 이런 좋은 기회를 놓치고 싶지가 않군요."

"…음, 소신이 생각하건데 그럼 당나라의 힘을 이용하여 백제를 물리침이 어떠하겠습니까?"

"당나라가 신라의 요청으로 백제를 공격해 줄까요?"

"당나라가 백제를 공격하게 만드는 조건을 갖추어준다면 당나라 황제는 반드시 백제를 공격하게 될 것입니다."

"그럼 그 조건이란 것이 무엇입니까? "

"고구려입니다. 당나라의 목표는 항상 고구려였습니다. 고구려를 치기 전에 백제를 멸망시키자고 제안을 하는 것입니다. 그리고 그 다음 당나라와 신라가 협공하여 고구려를 치면, 고구려를 정복할 수가 있다고 설득하는 것입니다."

"고구려를 전쟁에 끌어들여 당나라에 미끼로 던지려는 것이로군요."

"그렇습니다. 당나라의 힘을 원하는 방향으로 유인하여 백제와 고구려 양측을 격멸시키는 방법입니다."

"정말 훌륭한 방법인 것 같습니다. 제가 바로 아들을 사신으로 보내어 당나라 황제께 서신을 전하도록 하겠습니다."

당나라 고종 이치는 성격이 소심하고 전쟁을 좋아하는 인물이 아니었다. 하지만 자신에게 조공을 보내는 신라와는 좋은 관계를 유지하고 있었는데, 백제가 고구려와 함께 한강유역의 무역 중심지를 점령하고, 조공까지 막자, 그들을 정벌해야겠다는 생각을 하고 있었다. 그런데 신라의 김춘추가 자신의 아들을 사신으로 보내어 파병을 요청하자, 기회가 왔음을 느끼고 군사들에게 전쟁 준비를 지시했다.

다음 해 봄이 되자, 황제 이치는 정명진과 소정방으로 하여금 군사 13만 명을 이끌고 백제를 공격하게 하였다. 그리고 고구려가 백제를 돕지 못하도록 이세적에게 고구려 국경지역에 군사를 배치시켰다. 또한 신라의 왕자 김인문에게 백제로 가는 길을 안내하게 했다.

당나라 장수 소정방이 배 1900척에 13만 군사들을 태우고 동쪽 해류를 따라 산동반도를 출발하여 덕물도에 도착했다. 당나라 군사들이 타고 온 배들이 거대한 고래들의 무리처럼 서해바다 연안을 뒤덮고 있었다. 태자 김법민이 무열왕 김춘추의 명으로 군량미를 실은 함선 백 척을 거느리고 소정방에게 찾아와 일정을 협의하였다. 그리고 백강하구인 기벌포에서 만나 함께 사비성을 협공하기로 결정했다.

김법민은 먼저 한강 유역의 신라군 수만 명을 이끌고 당나라군을 만나 연합하였고, 김유신은 김춘추와 함께 최대한 병마들을 끌어모아 서라벌을 출발하였다. 김유신은 군사 5만 명을 거느리고 탄현 쪽으로 진격을 했고, 김춘추는 나머지 병사들을 데리고 국경근처의 금돌성에 주둔하였다.

의자왕은 당나라군과 신라군의 진격 소식을 듣고 깜짝 놀라 대신들을 불러 모았다. 그리고 방비책에 대해 묻고 논의를 하였다. 좌평 의직이 나서서 말했다.

"당나라군은 먼 바다를 건너 왔으니 뱃멀미를 하는 병사들이 많아 기운이 빠지고 피곤할 것입니다. 그러니 그들이 육지에 내리자마자 공격을 하시옵소서. 그러면 뜻을 이룰 수 있을 것입니다. 신라군은 당나라군에 의지하고 있으므로 우리가 당나라군을 물리친 것을 보면, 그들이 두려워 감히 이곳으로 쉽게 진군하지 못할 것이옵니다."

하지만 달솔 상영 등 다른 대신들은 반대를 하였다.

"당나라군은 먼 곳에서 와서 기다리지 않고 빨리 싸우려 할 것이니 그 기세를 당할 수 없습니다. 오히려 신라군이 우리들에게 자주 패하여 백제군의 기세를 보면 겁먹을 것입니다. 그러니 당나라군은 방어만 하여 그 길을 막으시고, 신라군을 공격하여 그 날카로운 기운을 꺾으면, 나라를 온전히 보전할 수 있을 것입니다."

그러자 의자왕이 결정을 못 내리고 주저하다가 귀양살이를 하고 있지만, 지략이 뛰어난 좌평이었던 흥수대신에게 가서 묻게 했다. 흥수대신이 답을 보내왔다.

"당나라군은 대군이며 군율이 엄격하고 분명합니다. 그들이 신라군과 연합하여 앞뒤를 공격하면 평탄하고 넓은 벌판과 들에서는 승패를 장담할 수 없습니다. 그러니 일당백인 날랜 정예병들을 뽑아 백제의 요충지인 백강과 탄현으로 보내어, 당나라군이 백강으로 들어오지 못하게 하고, 신라군이 탄현을 지나지 못하게 하시옵소서. 그리고 대왕께서는 성문을 굳게 닫고 이를 단단히 지키다가   그들의 전쟁물자와 군량미가 떨어져 사기가 떨어지면 그때 공격하여 물리칠 수 있을 것이옵니다."

하지만 대신들은 흥수대신이 귀양살이로 임금을 원망하고 나라를 사랑하지 않을 것이니 그 말에 따를 수 없다고 반대하였다. 의자왕은 갈팡질팡 하였다. 하지만 이때 당나라군과 신라군 선발대는 이미 백강을 지나고 탄현을 넘고 있었다. 의자왕이 그 소식을 듣자 다급하여 명하였다.

"당나라군과 신라군이 곧 도착할 것이다. 백강과 좁은 계곡을 이용하지 못하게 되었으니, 먼저 백제 군사들을 총동원하여 백강쪽 웅진어귀로 가서 공격하거라. 당나라군에 타격을 입혀 전투의지를 꺾으면 신라군도 두려워 물러갈 것이니, 모두들 서둘러 준비를 하고 총공격을 하도록 하라."

하지만 성곽이나 고지대를 이용하여 방어 하려 하지 않고 넓은 평야지대에서 공격을 하게 한 것은 백제 의자왕의 크나큰 실수였다. 백강을 넘은 당나라와 신라의 연합군은 자신들보다 훨씬 적은 수의 백제군을 보자마자 두려움 없이 바로 협공을 시작했다. 장수 의직이 이끄는 백제군은 열심히 싸웠으나 양쪽에서 공격하는 연합군에 계속 밀리다가, 결국은 한쪽이 완전히 무너져 내리며 진형이 흐트러졌고, 군사 수만 명을 잃고 패퇴하였다. 웅진어귀에서 백제가 크게 졌다는 소식을 받은 의자왕이 까무라치게 놀랐다.

"무어라? 우리 군이 참패를 했다고? 그럼 곧 그들이 이곳까지 밀어닥친다는 말 아니더냐?"

"그렇습니다. 대왕님. 어서 이곳을 피하셔야 합니다."

"여봐라. 계백장군은 어디 있느냐? 빨리 계백장군을 이곳으로 데려와라."

계백장군이 비장한 얼굴을 하고 편전에 들어섰다. 그의

모습은 한 눈에 봐도 영웅호걸이었다. 체격이 크고 얼굴도 비범했다. 우뚝한 코와 부리부리한 용의 눈을 가진 융준용 안이었다. 의자왕이 급히 뛰어나와 계백장군의 손을 잡으며 다급히 물었다.

"계백장군. 백제는 지금 몹시 위태로운 백척간두에 있소. 대체 어떻게 하면 우리가 이 위기를 극복할 수 있겠소?"

"그들이 백제의 성들을 공격하지 않고 바로 사비성으로 직접 내달려 올 줄은 아무도 예상하지 못했습니다. 전쟁에서 이기기 위해서는 성을 이용하여 방어를 하며 버티고 적군들이 추워지고 식량이 떨어져서 돌아가게 만드는 것이 상책일 것 같습니다."

"지금 사비성이 곧 포위될 텐데 우리가 얼마나 버틸 수가 있겠소?"

"사비성만으로 백제는 절대 오랫동안 버티지 못합니다. 백제에 있는 모든 성들을 이용하여 당나라 군사들과 신라 군사들의 병력이 흩어지도록 해야 합니다. 그들의 공격을 다른 곳으로 돌리고 우리가 반격을 하기 위해서는 대왕님이 거처를 옮기시며 그들을 유인하고 병력을 분산시키도록 해야 합니다."

"내가 성들을 옮겨 다니며 그들의 미끼가 되라는 이야기로 군!"

"그렇습니다. 그들이 백제의 성들을 거치지 않고 바로 사비 성으로 온 이유는 대왕님을 붙잡으려는 의도입니다. 대왕님 께서는 반드시 신하들을 이끌고 백제의 지역성들을 옮겨 다 니시며 각각의 성주들에게 방어와 그들의 식량 운송을 차단 하는 작전을 지시하여야 할 것입니다."

"음, 장군의 생각을 들어보니 일단 그 방법이 가장 좋은 방 책인 듯하구려. 그대는 만리 앞을 내다보는 명견만리의 통 찰력을 지닌 장수라 들었소. 내 그대에게 군사 지휘권을 맡 길 것이니 반드시 이 위기를 극복해 주시오."

"한시가 급하니 저에게 일단 병사 오천 명만 주십시오."

"오천의 병사들로 대체 무엇을 하려는 것이오? "

"당나라군은 이곳 이국 땅까지 와서 분명히 자신들의 병사 들을 전쟁에서 죽이려 하지 않을 것입니다. 반드시 신라군 본진이 오면 합세하여 신라군의 공격 하에 협공하여 사비성을 함락시키려 할 것입니다. 그래서 신라군 본진의 진군을 최대한 늦추어 대왕님이 사비성을 빠져 나가 다른 곳으로 가는 시간을 벌어주려고 하는 것입니다. 불을 끄려고 못의 물을 전부 사용하면 그 못의 물고기는 말라 죽는 법입니다. 백제의 군사력이 얼마 남지 않았습니다. 그러니 제가 오천의 군사들만 가지고 오랫동안 버티겠습니다. 신라군을 며칠만 잡아둔다면, 반드시 지방 군사들의 사기가 올라 나라를 지키려는 마음이 굳세어 질 것이니, 대왕님께서는 그들을 재빨리 모아서 저희와 싸우는 신라군의 후방을 급습하여 그들의 괴멸시켜 주시옵소서! 그것이 저의 계략입니다."

두려움과 심란한 마음에 힘이 빠져있던 의자왕은 계백의 말을 듣자 그럴 듯 하여 용기가 생겼다. 그는 급히 군사들을 모아 계백에게 5천 명을 내주며 결사 항전하도록 했다.

황산벌에는 풀이 많이 나 있었다. 계백 장군은 전쟁에서 초원이나 들판에서는 반드시 높은 곳을 점령하여 등지고 바람의 방향을 알고 싸워야 한다는 것을 알았다. 계백장군은 황산벌의 척박한 지형을 이용하여 높은 언덕 세 군데에 진영을 설치하였다. 계백 장군이 부하 장수들을 불렀다.

"전쟁이란 군사들이 많다고 반드시 이기는 법이 아니다. 무슨 일이라도 한마음으로 하면 할 수 있다. 한 방울의 물들이 모여 연못이 되고 강들이 모이면 바다가 된다. 새의 깃이라도 쌓이고 쌓이면 배를 가라앉힐 수 있다. 신라 군사들이 오직 그들의 숫자만 믿고 진격하였다가는 우리들에게 크게 당하게 될 것이다. 적을 쉽게 보는 자는 필히 쉽게 망하는 법이다. 그리고 수레의 두 바퀴가 서로 떨어지면 제구실을 하지 못한다. 방어와 공격을 동시에 해야 한다. 신라군의 공격을 잘 방어하다가 때를 보아 기세를 무너뜨려야 한다. 특히나 군사들의 대열을 하나로 뭉쳐 죽음의 공포를 서로가 나누어야 한다. 너희들이 만약 부하들을 하나의 집단으로 움직이도록 하지 못 하면 틀림없이 전멸하게 된다. 앞에 있는 병사가 부상당하면 바로 그 자리를 뒤에 있던 군사가 채우도록 하라. 밀집된 상태에서는 병사들이 도망을 치지 않고 서로를 의지하므로 이를 명심해야 한다. 너희들이 반드시 앞장서거라. 그리고 기회가 오면 군사들을 이끌고 한 곳을 집중적으로 공격하여야 한다.”

“명심하겠습니다.”

계백장군은 전투에서 이기는 방법 등을 다시 부하 장수들에게 숙지시켰다. 적이 정면에서 공격하면 방어로 버티다가

틈이 생기면 옆의 적군을 밀집대형으로 협공하여 상처를 입히는 방법을 주지시켰다.

"오른쪽 손과 왼쪽 손이 단결하듯, 서로를 방어하며 공격하는 전술을 구사하여야 한다. 한쪽이 버티지 못하고 물러나면, 옆에서 그 간격을 메꾸어 절대로 방어태세를 흐트러지게 하면 안 된다. 신라의 장수 김유신은 바람과 지형의 변화를 읽고 우리에게 묘한 진형과 전술을 펼칠 지도 모른다. 김유신은 적들을 교란시키는 전술에 능하다. 그대들은 절대로 김유신의 유인술에 말려들지 말고 부하들의 생명을 보호하고 버텨야 한다."

"백제를 위하여 죽을 각오로 전투에 임하겠습니다."

부하장수들의 늠름한 모습에 계백장군은 눈시울이 뜨거워짐을 느꼈다. 오랜 기간 전장에서 함께 한 그들의 손을 하나하나 잡으며 나를 따라주어 고맙다는 말을 하였다. 부하장수들의 눈에도 눈물이 고였지만 그들은 굳게 입술을 깨물며 절대로 연약함을 보이지 않았다. 계백장군은 그들에게 술잔을 돌려 함께 술 한 잔을 마셨다. 그리고 서로를 말없이 바라보았다.

계백장군은 신라 군사들이 당도하기 전까지 오천의 결사대를 모아 놓고 식사를 배불리 먹게 하였다. 가져온 술도 다 주었다. 그리고 신라의 군사들이 황산벌 근처에 당도했다는 소식을 듣자 부하들에게 군사들 모두를 모이게 했다. 백제 군사들은 계백장군을 우러러 봤다. 계백장군이 전쟁을 하러 집을 떠나기 전, 직접 장군의 손으로 가족들을 베어 죽였다는 소문을 이미 들었던 것이다. 신라에 지더라도 절대 욕됨을 당하지 않으려 한다는 그의 굳은 결심을 찬양하며 존경했다. 두려움 없이 보통사람으로서는 엄두도 못할 일을 해나가며 신라군에 맞서려는 계백장군의 용기에 결사대 오천 명은 결사항전의 마음을 되새겼다. 계백장군이 목소리를 높여 군사들에게 외쳤다.

"백제를 침략한 적군들에게 분노해야 한다. 쳐들어오는 적들을 무서워하지 말고 방어를 두려워하는 나약한 자신을 질책하여야 한다. 죽음을 두려워하는 마음은 자신의 내부에 있는 적과 같다. 솥을 깨뜨려 다시 밥을 짓지 아니하고 배를 가라앉혀 강을 건너 돌아가지 아니한다는 마음을 가져야 한다. 백제의 군사력으로 당나라와 신라의 두 나라의 대군을 상대하자니, 나라의 존망을 알 수가 없다. 나의 처자식이 붙잡혀 노비가 될지도 모른다. 그래서 살아서 치욕을 당하는 것보다 차라리 통쾌하게 죽는 것이 낫다고 생각했다. 월나라 왕 구천은 오천의 군사만으로 오나라의 70만 군사를 격파하였다. 그리고 제나라의 난릉왕 고숙은 오백의 군사로 낙양성을 포위한 주나라 대군을 격파하였다. 수가 적다고 두려워하거나 무서워하지 말고 죽을 결심으로 임하면 큰 결실을 보게 될 것이다."

백제 군사들이 함성으로 계백장군의 말에 대답을 하였다.

마침내 김유신이 이끄는 신라군 5만 명이 황산벌에 도착하였다. 김유신은 바로 공격하지 않고 정찰병들을 보내어 백제군의 동향을 샅샅이 파악하여 보고하도록 했다. 그리고 지도를 꺼내 놓고 공격할 장소와 공격할 방법에 대하여 휘하의 장수들과 논의를 하였다. 이윽고 김유신의 결단이 떨어졌다. 신라 군사들은 백제가 방어하고 있는 세 곳을 동시에 공격하였다. 신라군이 백제군에 비해 10배가 많았으므로, 일시에 전장을 무너뜨려 사기를 꺾으려는 김유신의 계획이었다.

신라 군사들이 공격을 시작하자 계백장군은 바람을 이용하였다. 백제 군사들에게 황토로 덮힌 흙을 큰 빗자루로 비비게 했다. 그러자 앞에 거대한 흙먼지가 일어났다. 공격해 오던 신라 군사들의 눈이 먼지에 현혹되어 주춤거렸다. 그 틈을 이용하여 계백장군은 궁수들에게 화살을 날리게 했다. 달려오던 신라 군사들이 화살을 맞고 픽픽 쓰러졌다. 일부가 먼지와 화살을 뚫고 앞까지 전진을 하였어도 미리 만들어 놓은 백제의 두터운 방어벽은 넘어가지 못하고 멈추었다가 부상을 당했다. 백제의 방어벽은 철옹산성 같았다.

계백장군은 전장을 뛰어다니며 절대 후퇴하지 말고 용감히 싸우도록 군사들을 독려했다.

"전쟁에서 패하여 도망을 치는 수모는 적에게 살해당하거나 포로가 되는 만 못하다. 반드시 이기려고 하는 결심 없이 자기 살기만을 바라는 것은 나라를 버리고 부모와 가족을 버리는 치욕적인 일이다. 우리는 백제를 지키는 최후의 병사들이며 강한 정예병들이다. 백제인이라는 자부심을 가지고 죽을힘을 다해라!"

백제 군사들은 눈에 핏발을 세우고 덤볐다. 도망치는 활로가 없음으로 싸워서 이기는 것만이 살 수 있는 방법이었다. 혼연일체로 필사적으로 싸우는 백제의 병사들은 성질이 사나운 아귀 같았다. 신라군은 백제군의 진영을 뚫지 못하고 계속 밀리더니 전사자가 속출했다. 김유신이 전투상황을 지켜보다가 고개를 설레설레 흔들었다. 그리고 퇴각 명령을 내렸다.

김유신은 신라 군사들에게 먹을 것을 주고 쉬게 한 다음 혼자서 조용히 넋두리를 하였다.

"백제의 계백 장군은 참으로 병법에 충실한 호걸이로다. 평탄한 육지의 높은 곳에 먼저 진영을 갖추고, 낮은 곳에서 공격하는 우리 신라군을 또 바람을 이용하여 막는 구나. 신라에 저런 장수가 한 명이라도 있었으면, 늙은 내가 이런 전쟁에 참여하지 않아도 되었을 것이거늘……"

옆에 있던 신라의 장수들이 그 소리를 듣고 부끄러움을 느끼고 고개를 숙여 시선을 아래로 떨구었다. 잠시의 휴식으로 힘을 충전한 신라군이 다시 백제를 공격하였다. 하지만은 공격을 세 번이나 더 하고도 패하고 물러났다. 심지어 군사를 오천 명이나 잃었다.

신라 군사들의 사기가 땅에 떨어진 것을 보고 김유신이 말하였다.

"적군의 형세는 눈으로 볼 수 있지만 그 기세는 알기가 어려운 일이다. 저들은 신라와의 10대 1 싸움에 무척 긴장하고 두려워하고 있을 것이다. 그들은 두려움을 이기기 위해서 서로를 의지하고 있다. 그 의지를 깨뜨릴 수 있는 것은 더 강한 의지뿐이다. 장수와 병사들의 수는 신라가 월등하나, 용기와 투지는 백제군이 더 뛰어나다. 그대들은 신라의 장수로서 하늘에 부끄럽지도 않는가? 누가 나서서 이 어려운 상황을 해결할 것이더냐?"

이에 김흠순이 나섰다. 김흠순은 김유신의 동생으로 김유신처럼 무예가 출중하였고 화랑도의 19대 풍월주를 지냈다.

"제가 신라 병사들에게도 목숨을 버릴 정도의 투지가 있음을 증명하겠습니다."

김흠순이 아들 반굴을 불러 말했다.

"신하된 자는 충성이 먼저이고, 자식에게는 효도만 한 것이 없다. 위급한 시기에 목숨을 바치면 충과 효라는 두 가지 모두를 행하게 된다. 전장에 경험이 많은 내가 나서야 하나, 신라의 지금 상황이 젊고 뜨거운 너의 피를 필요로 한다. 너는 화랑도의 임전무퇴의 정신으로 나서서 모두에게 모범으로 보여야 할 것이다. 그리하면 모두가 너를 따라 절대로 물러서지 않을 것이다."

아버지의 뜻을 이해한 화랑 반굴이 아버지에게 큰 절을 했다. 그리고 칼을 빼어 말을 타고 백제의 진영으로 달려갔다. 그는 죽음을 두려워하지 않고 싸웠으나 백제군에게 상처를 입고 쓰러져 장렬하게 죽었다. 신라의 군사들 모두가 반굴의 죽음에 분노가 치밀었다. 이를 지켜본 좌장군 김품일이 다시 자신의 아들 관창을 불러 말했다.

"친구의 용감한 모습을 보았느냐? 오늘의 싸움은 이제 너에게 달려있다. 네가 목숨을 버리고 능히 신라군의 모범이 되어 다시 화랑도의 정신을 일깨워 주겠는가? "

관창 역시 아버지의 물음에 절을 하며 그렇게 하겠노라 자신 있게 대답했다. 그리고 지체 없이 말을 몰아 백제군 진영으로 뛰어들었다. 하지만 그 역시 백제군에게 사로잡혀 죽음을 당하였다. 말안장에 매달려서 온 그의 시체를 본 신라군들은 더욱 비통해 하며 울분을 참지 못하였다. 이때 김유신이 허리에 차고 있던 사인검을 하늘 높이 빼들고 신라군을 향해 외쳤다.

"너희들은 저 두 젊은이의 뜨거운 피를 보지 못하였느냐? 어찌 싸움이 두려워 네 번이나 패퇴하였단 말이냐? 오늘 우리가 황산벌을 점령하지 못하면 내일은 백제를 포기하고 신라로 돌아갈 것이다. 나 역시 너희들이 오늘 이곳을 점령하지 못하면 신라로 돌아가지 않고 이 황산벌에 뼈를 묻을 것이다. 죽음을 두려워하지 말고 앞으로 나서라. 모두가 신라군의 용맹함을 보여주어야 한다. 젊은 화랑도들이 보여준 임전무퇴의 정신을 잊지 말고 총공격을 하라."

신라 군사들이 김유신의 명령에 일제히 대답하며 함성을 질렀다. 그리고 밀집대형을 갖추고 백제군의 진영으로 내달렸다. 이번의 기세는 매서웠다. 물밀 듯이 공격해 오는 신라군을 향해 백제군은 결사적으로 대항했다. 하지만 신라군이 발사한 화살에 그만 앞에서 지휘하고 있던 계백장군이 맞고 쓰러졌다. 그 모습을 본 백제 군사들의 마음이 흔들리기 시작했다. 의지하고 있는 장수가 싸움에서 패하면, 병사들은 기겁을 하며 무너지게 된다.

김유신은 이때를 놓치지 않았다. 김유신은 쓰러진 계백장군 쪽으로 신라의 모든 중장기병들을 보내어 공격하게 하였다. 계백장군을 보호하려고 뛰어온 백제의 병사들이 그들의 칼과 창에 모두 죽임을 당하였다. 계백장군은 다친 몸을 일으켜 그들과 대적하였으나, 사방에서 몰려드는 칼과 창에 수많은 상처를 입었다. 그가 혀를 깨물고 이를 악물었다.

'아-. 마음은 간절하여도 뜻대로 되지 않는구나!'

그리고 혼자 악전고투하다가 얼마를 버티지 못하고 목숨을 잃었다. 계백장군이 사망하자 백제 군사들은 신라군에 순식간에 밀리기 시작했다. 신라군은 마침내 당황하는 백제군을 격파하고 전멸시켰다. 수많은 시체가 쌓인 황산벌에는 황량한 바람이 불어와 슬프게 울어댔다. 김유신은 계백장군의 시신으로 다가와 차가운 그의 얼굴을 보며 한숨을 쉬며 하늘을 올려다보았다.

신라군이 황산벌에서 백제의 오천 결사대를 이기고 기벌포에 도착하였다. 하지만 당나라 소정방과 약속한 날짜보다 하루 늦었다. 소정방은 약속된 기일을 어겼다고 신라 장수 김문영의 목을 베어 다스리려 하였다. 그러자 김유신이 앞을 막으며 만약 신라의 장수를 죽이면 백제보다도 당나라 군사들과 싸우겠노라고 화를 내었다. 그러자 소정방이 한발 물러서며 김유신의 말을 따랐다.

당나라와 신라의 연합군은 지체하지 않고 사비성으로 향했다. 사비성으로 오는 길목을 백제군들이 결사적으로 막고 대항했다. 하지만 몇 번의 싸움에서 군사들 수만 명이 목숨을 잃고 패퇴했다. 황산벌 싸움에서 백제군 대부분이 전멸했고, 방어에 나선 군사들이 패배했다는 소식을 들은 의자왕은 서둘러 웅진성으로 달아났다. 그리고 사비성에는 왕자 부여융, 부여태가 수천 명의 군사들을 이끌고 저항하였다. 하지만 수적으로 불리한 그들은 결국 얼마 버티지 못하고 성이 함락당하려 하자 항복을 하였다.

웅진성의 대장군 예식은 갑자기 자신에게 찾아온 의자왕의 피난행렬에 깜짝 놀라 물었다.

"아니 어찌하여 사비성을 버리고 이곳으로 오셨나이까? "

의자왕은 대장군 예식을 가까이 앉혀 차분히 진정시킨 다음, 계백장군과 함께 세운 방어 전략을 설명하였다, 그리고 곧 당나라와 신라 연합군이 쳐들어오니 방어태세를 공고히 해야 한다고 말하였다.

"계백장군의 말대로 우리가 이곳에서 오랫동안 버텨 주기만 한다면 반드시 주변의 백제성들에서 도와줄 것이네. 더구나 겨울이 오고 당나라와 신라군이 먹을 식량을 백제의 군사들이 기습하여 차단만 시킨다면 당나라 군사들이 백제에서 물러나 돌아가는 상황도 발생할 것이네."

"하지만 계백장군은 황산벌에서 신라군에 패하여 죽었지 않습니까? 누가 백제군을 이끌고 누가 다른 지역 백제 군사들에게 명령을 한단 말씀입니까? "

"부하들을 시켜 이미 각 지방에 명령을 하달했으니, 나를 믿고 부하 장수들과 함께 성을 굳건히 지킬 계획을 세우도록 하게나."

대장군 예식은 의자왕의 말을 믿지 못하겠으나 신하된 도리가 있어 크게 따지지 못하고 무거운 마음으로 숙소로 돌아왔다. 하지만 백제의 무너져가는 현재의 상황을 곰곰이 생각해 보니 계백장군의 말처럼 되지 않을 것 같았다. 누에처럼 몸을 뒤척이다가 잠을 자지 못했다. 아침이 되자 부하 장수들을 불러 논의하고 다시 언쟁을 벌였다. 모두들 깊은 숙고에 들어갔다. 그리고 마침내 웅진성을 살리기 위해 항복한다는 결정을 내렸다. 대장군 예식이 부하들을 데리고 의자왕에게 갔다.

"저희는 이곳 웅진성의 모든 백성들을 책임지고 있습니다. 나라도 중요하지만 일단 백성들의 목숨을 건지고 후일을 기약하는 것이 옳다고 생각합니다. 오랫동안 붉은색을 유지하는 꽃은 없습니다. 한 번 성한 것은 얼마 못 가서 반드시 쇠하여집니다. 그리고 밝게 찼던 달도 그 빛을 잃으며 반드시 이지러지는 법입니다. 백제의 운명이 이제 이와 같습니다."

예식의 말을 들은 의자왕은 노발대발했다.

"뭐라고? 이놈! 네가 어떻게 나에게 이런 짓을 한단 말이냐! 너희 아버지 좌평 사선도 부군이신 무왕과 함께 온 전장을 누비며 백제에 충성을 다했다. 나랏일을 근심하고 염려하는 우국지심은 다 어디 갔느냐? 네가 나를 배신하고 신라에 항복을 한단 말이냐? 너는 하늘과 조상이 무섭지도 않으냐? 계백장군처럼 목숨을 버리며 백제를 구하려는 생각을 하지 않고 어찌 대장부가 항복을 한다는 말이냐? 나는 그렇게 하지 못하겠다."

하지만 의자왕의 반항에도 예식은 그를 체포하였다. 체포하는 과정에서 의자왕이 자결을 하려 시도하였다. 하지만 예식의 부하들이 그가 가진 단검을 신속히 빼앗았다. 의자왕은 약간의 상처만 남기고 그의 뜻을 이루지 못했다. 그는 분하여 계속 예식에게 소리치며 욕을 하였다. 그러다가 북받쳐 오르는 설움을 주체하지 못해 하늘을 우러러 크게 부르짖으며 목 놓아 울었다. 예식은 성 밖으로 나가서 당나라와 신라 연합군에게 의자왕을 넘기고 항복을 하였다.

신라 무열왕 김춘추는 의자왕이 항복했다는 소식을 듣고 잠시 머물고 있던 금돌성에서 나와 승리한 곳으로 향했다. 그는 도착하자마자 신라의 군사들에게 공적에 따라 상을 내리고 연회를 베풀었다. 그리고 백제 의자왕과 아들 부여융을 연회석 바닥에 앉혀 놓고 술을 따르게 하였다. 그들에게 이제 백제가 멸망했음을 느끼게 하려고 했던 것이다.

백제 의자왕은 당나라 장군 소정방에 의해 당나라로 끌려갔다. 백제의 관직에 있는 사람들과 백제의 백성 일만 이천 명도 의자왕과 함께 포로로 갔다.

백제를 멸망시킨 당나라 황제 이치는 백제의 사비성과 웅진성을 거점으로 하여 백제의 남은 잔존세력들을 정리하려하였다. 사비성에는 장수 유인원이 군사 1만 명을 데리고 머무르며 지켰고, 신라 왕자 김인태가 군사 7천 명으로 그를 보좌하였다. 그리고 웅진성에는 웅진도독에 임명된 왕문도가 와서 신라 무열왕에게 당나라 황제의 명령을 전달하며 백제에 대한 지배를 스스로 하려 하였다.

왕이 당나라로 끌려갔다는 소문은 모든 백제사람들에게 충격이고 슬픔이었다. 왕을 잃은 설움은 나라의 기둥과 억장이 무너지는 원통함을 주었고, 분한 마음이 북받쳐 침입자들에 대한 복수를 불렀다. 당나라와 신라 연합군이 급하게 백제의 왕조만 몰락시킨 탓에, 백제 대부분 지역들은 그들의 관할에 있지 않았다. 그래서 백제의 많은 군사들이 스스로 부흥군이 되었고, 이름이 있는 장수의 밑으로 들어가 백제를 다시 일으켜 세우려 노력했다.

그 중에서도 키가 칠척이 넘고 용감하고 지략이 있는 달솔 풍달군장 흑치상지가 먼저 저항을 시작했다. 그는 도망친 백제인들 3만을 모아 의거하여 당나라에 공격을 가했다. 소정방이 이를 괘씸하게 여겨 그를 쫓아 전투를 벌였지만, 흑치상지는 당나라를 패퇴시키고 오히려 주변의 200여 성을 회복하였다.

백제 무왕의 조카 귀실복신과 승려 도침 역시 백제 부흥군들은 모집하여 주변의 20여개의 성들과 도모하여 사비성을 공격하였고, 사비성을 함락시키지 못하자, 주변의 산고개에 목책들을 세우고 포위를 하는 등 지속적으로 당나라 군사들을 압박하며 백제의 부흥 운동을 이끌었다.

신라 무열왕은 백제의 잔존 세력들의 저항이 커지자 태자와 여러 군사들을 이끌고 백제의 이례성을 쳐서 함락시키고, 사비성을 포위하고 있는 군사들과 목책을 공격하여 수천 명의 목을 베었다. 하지만 백제 부흥군들의 의지는 사그라들지 않았다.

고구려 보장왕과 연개소문은 갑작스러운 백제의 멸망소식을 듣고 고민을 했다. 당나라와 신라의 세력을 견제하기 위해서는 백제가 필요한 시기이지만, 백제를 돕게 되면 당나라가 고구려를 공격할 것이 뻔했기 때문이다. 그래서 그들은 상의를 하여 점령되지 않은 곳의 백제의 토착세력들이 저항을 준비할 시간을 벌도록, 말갈족이 포함된 고구려 군사들을 보내어 신라군의 이목을 끌도록 했다. 그들은 칠중성, 술천성, 북한산성 등 신라의 성들을 공격했다.

무열왕 김춘추는 여러 장수들을 시켜 고구려의 공격을 막으며 백제 부흥군들과의 전쟁을 계속 이어 갔다. 때로는 백제의 군사를 만나 싸워 이기기도 하였지만, 때론 병기와 군량미를 뺏기며 크게 패하기도 하였다. 전투는 백제가 멸망하기 전처럼 차차 국지전 양상으로 진행이 되었다.

백제와의 큰 전쟁이 끝난 신라에도 조용한 봄이 찾아왔다. 신라 무열왕 김춘추가 혼자 조용히 말을 타고 원효스님이 머무는 사찰 분황사를 찾았다. 신라의 고승들은 당나라의 고승인 현장법사에게 가서 유학을 배우는 것이 유행이었다. 하지만 원효스님은 신라에 머물며 스스로 불교에 대한 가르침을 깨우치고 있었다. 당나라 현장법사는 경장, 율장, 논장의 세 가지 불경에 대해 해박하여 삼장법사로도 불렸는데, 원효대사는 불교의 경전보다도 명상을 통해 깨우치는 마음의 가르침을 스승으로 여기고 다른 스님들과 다르게 자신만의 독특한 불교에 대한 생각을 설파하고 있었다.

　김춘추는 신라에서 가장 해박한 지식을 가진 원효스님과 의상스님을 무척 좋아하였다. 신라의 왕족과 귀족들은 스님들과 주기적으로 불법에 대한 지식을 이야기하는 것을 하나의 관습으로 여겼는데 김춘추는 틈만 나면 사찰을 찾곤 했다. 선덕여왕이나 진덕여왕처럼, 왕이 된 김춘추 역시 여러 고승들이나 새로운 생각을 가진 젊은 스님들과 많은 대화를 나누었다. 특히 다른 스님들과는 특이한 설법을 하는 원효대사를 자주 찾았다.

원효대사는 사찰에서만 기거하며 불교에 정진하는 다른 스님들과는 다르게, 민가나 시장에 나가 민중들과 함께 지내며 쉬운 말로 많은 불교의 지식들을 대중들에게 널리 알렸다. 그의 이러한 행동은 빈곤한 백성들에게는 큰 위안이 되었고 많은 신라인들에게 큰 사랑을 받는 계기가 되었다.

　　이른 봄이라 매화가 만개하고 매화 가지에 진주 같은 이슬방울이 맺혀있었다. 사찰 마당에 핀 매화의 고고한 자태를 바라보는 김춘추는 원효스님이 다가오자 그를 보며 말했다.

　　"벌써 봄이 왔는데 나의 마음은 아직 차가운 겨울 같구려."

　　"모든 것은 마음이 만들어내는 현상일 뿐입니다. 대왕님 마음에 큰 근심이 있으신 듯합니다."

　　"신라와 원수지간이던 백제를 멸망시켰는데도 마음은 여전히 불편하고, 왕성했던 몸의 기력은 점점 더 약해져 이제 말을 타기도 힘들 지경이오."

　　"원수를 멸하여도 마음의 적은 아직 이기지 못하셨나 봅니다."

"그런가 보오. 그대는 불법을 백성들에게 설법하고 통하게 한다고 하여 사람들은 그대를 통불교 스님이라 칭하오. 나에게도 불법이 스며들어 마음의 갈등을 씻어주지 않겠소?"

"불교에서는 만물을 깨우치는 네 가지 소리가 있습니다. 북소리는 네발 달린 짐승들을 깨우치고, 목어는 물짐승들을, 운판은 날짐승들을 위한 것입니다. 그리고 가장 크고 멀리 들리는 종소리는 천상천하와 지옥까지도 제도하는 해탈과 자비의 울음소리라고 합니다. 그리고 그 보다 더 중요한 소리는 바로 자신이 일으키는 마음의 소리입니다. 자신을 깨우치는 마음의 소리를 통해 세상과 함께 공명시키십시오. 불법에서 말하는 작은 해탈을 맛보시게 될 것입니다."

김춘추가 원효스님의 말을 듣고 고개를 끄덕거렸다.

"내가 그대를 처음 만났을 때, 스님의 신분으로 자루 없는 도끼를 주면 하늘을 받칠 기둥을 깎겠다는 속세적인 말을 하여 크게 놀랐었다오."

"하지만 대왕께서는 제 뜻을 알아듣고 대왕님의 둘째 딸인 요석공주를 제게 보내주셨지 않으셨습니까?"

"고기와 술과 여자를 금하는 불법마저도 마음의 벽이라 여기고 그걸 깨려고 하는 젊은 스님의 패기를 보았기 때문이오."

"패기는 한 순간의 흐름일 뿐입니다. 그런 흐름은 새로운 흐름을 만들어 내는 법이지요. 불법에서 금하는 계율 역시 더 큰 진리를 얻기 위한 장해물이라면 어찌 제가 지옥의 세상을 두려워하여 피하겠습니까? 요석공주와 저는 부처님이 말하는 연기에서 시작된 인연일 뿐입니다."

"하하하. 그래도 영특한 아들을 얻었지 않습니까? "

김춘추가 웃자 원효스님도 겸연쩍게 웃으며 말을 했다.

"설총은 이제 세 살을 갓 넘겼지만 벌써 문자를 깨우치고 부처님의 눈빛을 배우고 있습니다. 장래에 큰 현인이 될 것입니다. 소신이 한 순간 속세의 정을 못 이겨, 뜨거운 피를 식히고자 대왕님께 호기를 부렸으나, 그 호기는 뜻하지 않게 작은 선물이 되어 제게 돌아왔습니다. 인간들의 세상은 불법이나 학문보다도 행동에서 만들어지는 인연이 더 큰 결과를 가져오는 것 같습니다. 계율을 어겼으나 다시 새로운 계율로 울타리를 넓혀보고 싶었던 소승의 어리석은 행동을 나무라지 마십시오."

"아니오. 인연을 만들어 또 다른 인연을 탄생시키려는 그대의 혜안이 부러워서 그런 것이오."

"제가 비록 불자의 몸으로 대왕님의 배려에 요석공주 같은 자비로운 여인과 인연을 맺었지만, 지금의 몸과 마음은 부처님에게 가 있습니다. 설총뿐만 아니라 모든 백성들에게 제 마음을 던지고 깨달음을 나누어주는 그런 남은 인생을 산다면, 극락과 지옥은 제게 똑같은 하나의 세상일 뿐입니다."

김춘추가 원효스님의 말에 빙그레 웃었다. 그리고 갑자기한 숨을 쉬더니 조용한 어조로 말했다.

"나의 기력이 예전 같지 않다오. 세상을 떠나기 전에 내가만들었던 많은 업보들을 깨끗이 씻고 싶은 마음에 이곳으로 온 것이오. 나에게 부디 부처님의 좋은 말씀들을 전해 주시오."

원효스님이 김춘추에게 진지한 표정으로 다소곳이 합장을하며 고개를 숙인 후 침착하게 말했다.

"자신이라는 존재는 수많은 타인들에 의해서 만들어진 존재입니다. 자신에게 부딪혀오는 모든 현상들은 인연에서 오는 흐름입니다. 인간들의 생사고락과 함께 이루어지는 번뇌와 갈등들은 바로 자신의 마음의 영역 속에 생긴 허상일 뿐입니다. 현재의 허상에 너무 연연해하지 마시고 미래의 세상에 마음을 주십시오. 마음은 생명과 하나이지만 생명은 마음의 일부일 뿐입니다. 죽음 역시 찰나간의 흐름일 뿐 부처의 세상에서는 먼지와도 같은 것입니다."

"알겠소. 내 그대의 말을 들으니 내가 보냈던 그런 인생들이 다 부질없는 시간의 허상이란 생각이 드오. 마음이 한결 더 편안해 진 것 같소. 이제 남은 인생은 벗들과 어울리며 즐거운 시간을 보내야 할 것 같다는 생각이 드오. 고맙소."

김춘추는 원효대사에게 감사하다고 말하고 분황사를 나와 궁궐로 돌아왔다. 하지만 궁궐로 돌아와서부터 몸이 시름시름 아프기 시작했다. 자신의 몸이 오래 버틸 수 없음을 깨달은 김춘추는 백제의 부흥군들을 막기 위해 전장에 나가 있는 김유신에게 서신을 보내 자신의 마음을 알렸다.

' 거침없이 대작했던 술잔의 기운이 아직도 입안에 가득하고

청운을 품고 의기투합하였던 젊은 날이 멀지 않네.

무정한 세월에 하얀 귀밑머리가 낯설게 느껴지고

물안개 핀 궁궐의 연못은 인적 없이 고요하네.

백제정복으로 꿈 이루었으니 무한한 감개 일어나고

주렴을 걷어 서라벌을 바라보니 늙었던 벗의 자취가 그립네.

노을 빛 고적한 나무아래 누워 구슬픈 피리소리 들으니

공허한 가슴은 다가오는 황혼에 때맞추어 공명하고

속절없는 시간은 바람과 함께 칼이 되어 심장을 도려내네.'

    김춘추의 편지를 받은 김유신은 하염없이 눈물을 흘리며
인생의 벗인 김춘추에게 답신을 보냈다. 그리고 김춘추를
보기 위해 다급히 말을 타고 전장을 떠나 신라의 서라벌로
향했다. 김유신의 서신을 받은 김춘추 역시 눈물을 흘리며
과거를 회상하고 그가 오기를 기다렸다.

' 벗 없이 홀로 마시는 술은

아무리 마셔도 취하질 않네.

쓸쓸한 바람에 나뭇잎이 울리고

차가운 가을비가 연못을 적시네.

불면으로 긴 밤을 보낸 늙은 장수는

촛불을 잘라 하루를 갈무리하려 하나

새벽 새들의 울음이 하늘에 가득하여

깜작 놀라 문을 열어 서라벌 쪽을 바라보네.

부질없는 홍진을 피해 벼슬을 버리려 하나

먼지 일어나는 곳이 두려워 길을 나섰고

칼을 닦고 갑옷을 입어 충혼을 기리네.

흘러가는 달 그림자 구름 따라 걸음하며

서리 맞고 외로운 길손 너무 서럽게 비추니

벗이 떠날까 두려워 백발을 잊고 말을 달리네. '

김춘추가 사찰에서 들려오는 은은한 새벽 종소리에 눈을 뜨니 눈앞에 김유신이 와있었다. 외교와 정치적으로 혼란스럽고 암울했던 시대를 함께 동고동락했던 두 사람. 용모가 여위고 쇠약해진 김춘추를 바라보는 김유신의 눈에는 눈물이 고여 있었다. 두 사람은 인생의 모든 과거를 담은 눈빛으로 서로를 바라보며 두 손을 뜨겁게 잡았다. 김춘추가 반가워 말을 했다.

"눈 위에 난 인간들의 발자국은 눈이 녹으면 없어지는 법입니다. 인생이 무상한 것 같습니다."

　김유신이 눈물을 글썽거리며 대답했다.

"대왕의 자취가 눈 녹듯이 사라져도 저의 마음에는 돌에 새긴 듯 남게 될 것입니다."

"하늘의 구름과 흐르는 물처럼 인간들도 떠나야 합니다. 형님과 저는 입술과 이처럼 서로 의지하고 도왔던 사이였습니다. 이별하기 전 형님이 보고 싶었습니다. 풀잎에 맺힌 이슬과 같은 인생. 제가 먼저 감을 나무라지 마십시오."

"강물이 빨리 흐르면 어느새 천 리를 간답니다. 하늘이 세월을 빌려 주어 소신이 이곳에 더 머물러 있더라도 조만간 대왕과 함께 할 것입니다."

　김춘추는 아픈 몸을 일으켜 앉았다. 그리고 평생의 벗인 김유신과 함께 하루 종일 담소를 나누었다. 김유신도 집으로 가지 않고 궁궐에서 그와 함께 며칠을 보냈다. 김춘추의 몸은 식사를 하지 못할 정도로 약해져 갔다. 한 모금의 물도 넘기지 못하더니 병세의 상황이 점점 위급해졌다. 그리고 김유신과 모든 가족들이 지켜보는 가운데, 김춘추는 왕위에 오른 지 8년 만에 60세의 나이로 사망하였다. 김유신은 시간이 날 때마다 김춘추의 무덤에 가서 홀로 앉아 술잔을 들이키며 먼저 떠난 벗을 그리워했다.

제 8부. 바다는 모든 강들을 품으나

강들은 바다를 대신하지 못한다.

매서운 바람이 거센 파도처럼 고구려의 산하를 뒤덮고 있었다. 고구려 곳곳의 산맥과 분지마다 당나라의 침입을 대비하기 위한 연개소문의 군마들이 오고 갔다. 연개소문은 군사들이 이동해야 할 곳을 찾아 비밀스럽게 군량미 저장 창고를 만들었다. 동굴이나 바위틈을 이용하여 전쟁에 필요한 물자들을 숨겼고, 외진 곳을 찾아 신호를 보내는 봉화대도 만들었다. 짐승들의 발길은 뜸해졌고 매복해 있는 군사들의 눈빛만 남았다.

전쟁 전후에는 모두가 몹시 곤궁하고 고통스러웠다. 백성들은 가축을 잡아 고기를 말리고, 군사들은 사냥을 하여 가죽을 취했다. 거칠어진 농경지에는 풀벌레만 가득했고, 민심은 흉흉하여 마을마다 웃음이 사라졌다. 당나라가 백제를 멸망시키고 신라와 연합하여 고구려를 치려 한다는 소문은 평양성의 사람들을 불안하게 만들었다.

당나라의 목표는 원래 고구려였다. 중원의 강대한 대국을 몇 번이나 무너뜨린 고구려를 굴복시키지 않고서는 중원의 주인이라 할 수 없던 탓이었다. 백제를 멸망시킨 당나라 고종 이치는 당나라의 힘을 믿었다. 큰 나라가 작은 나라에게 계속 패하는 것은 역사의 치욕이었다. 고종 이치는 그런 역사를 지우고 새로운 역사를 쓰고 싶었다.

백제를 멸망시킨 다음 해에 고종 이치는 35만 명의 대병력을 모았다. 그리고 당나라 장수들에게 점령시켜 나갈 고구려 지역들을 6개의 도행군에 각각 나누어 정해주었다. 황제 이치는 자신이 직접 군사들을 이끌고 가려고 하였다. 하지만 울주자사 이군구가 이를 말렸다.

"고구려는 작은 나라입니다. 그런 나라가 어찌 대국인 당나라의 기세를 무너뜨리겠습니까? 만약 고구려를 멸망시키게 되면 반드시 병력을 내어 지켜야 합니다. 병력이 적으면 위엄이 떨쳐지지 않고, 많으면 사람들이 불안해 할 것이니, 수 많은 군사들과 백성들을 요동으로 이동시키는 것은 피곤한 일이 됩니다. 황제께서는 요동으로 가지 마시고 이곳에 계시며 위엄을 크게 지키옵소서."

황후 무측천도 옆에서 이치의 출정을 반대하였다. 그러자 황제는 이를 받아들였다. 황제는 장수들에게 고구려 국경의 여러 방향에서 동시에 공격을 하도록 하였다. 6개 도행군 부대 중 소사업과 정명진이 이끄는 군사들은 요하를 건너서 직접 요동지역으로 침공하게 하였고, 계필하력은 압록강 쪽으로, 소정방, 임아상, 방효태의 군사들은 고구려 대동강에 상륙하여 고구려 평양성으로 직접 공격하라고 하였다. 그리고 중국에 머물고 있는 김인문을 신라 서라벌의 문무왕에게 보내어 당나라와 함께 고구려를 협공하라고 지시하였다.

계필하력이 군사들을 이끌고 압록강까지 진격했다는 소식이 평양성에 다다랐다.

"백제가 멸망하자마자 당나라가 이빨을 드러내고 고구려를 먹잇감으로 생각하고 있구나."

연개소문의 말에 장남 연남생이 대답했다.

"이제 우리 고구려 홀로 당나라와 신라군에 맞서야 합니다. 하지만 고구려는 백제와 다릅니다. 당나라도 수나라처럼 고구려를 어찌하지는 못할 것입니다."

연남생이 두렵지 않다는 표정을 지으며 연개소문을 쳐다 보았다. 연남생은 아버지처럼 기개가 있었고 말과 활을 잘 다루었으며 창술에 일가견이 있었다. 하지만 아직 전쟁 경험이 많지 않아 연개소문은 연남생에게 많은 것을 가르치며, 항상 묻고 행동하게 했다.

"그들이 우리의 군사들을 요동지역에 묶어두고 직접 평양성을 치려고 하는구나. 너의 생각은 어떠하냐?"

"요동지역의 고구려 군사들에게 통보하여 압록강 쪽으로 군사들을 이동시킨 다음, 이곳 평양성에서 군사들을 보내어 양면작전으로 동시에 공격을 하면 어떻겠습니까?"

"전쟁의 최전방에 있는 군사들의 지원을 바라는 것은 최후의 방법인 걸 모르더냐? 너는 어찌하여 중요한 요동지역의 군사들을 빼려 하는 것이냐?"

"그럼 아버지께서는 어떤 방법을 쓰시려는 것입니까?"

"나는 세 가지 계책으로 당나라 군사들을 맞이할 것이다. 첫째는 요동지역의 고구려 성들을 방어에만 전념하도록 것이다. 두 번째는 그들이 요동을 지나쳐 압록강까지 진격해 오더라도 압록강을 경계로 하여 그들이 그곳을 건너오지 못하도록 하는 것이다. 그리고 세 번째는 이곳 평양성에서 그들을 방어하고 식량이 떨어질 때까지 기다렸다가 역습을 가하는 것이다. 알겠느냐?"

"일단 모든 곳에서 방어를 하고 있다가 기회를 보아 역공을 하자는 말씀이시군요."

"그렇다. 내가 너를 삼군대장군으로 임명할 테니 너는 압록강으로 가서 요동 쪽에서 쳐들어오는 계필하력의 군대를 무슨 수를 써서라도 막아야 한다."

"명심하겠습니다. 아버지."

"너는 군사들을 움직일 때 절대로 적군의 유인이나 미혹에 빠지지 말아야 한다. 그리고 군사들을 부림에 있어서 절대 궁색함이 없이 상과 벌을 철저히 해야 한다. 명심을 해야 할 것은 전투를 앞두고 절대 성급하게 적들을 상대하지 말고, 상황을 냉철하게 판단하여 부하들을 일사분란하게 지휘를 하여 움직여야 한다. 공격을 할 때는 반드시 공격하는 병사들의 힘을 한 곳으로 강하게 뭉쳐야 적의 진영을 돌파하고 깨뜨릴 수 있다."

"방어와 공격을 동시에 하라는 말씀이십니까?"

"그렇다. 하지만 공격과 방어 중 어느 것을 선택할 지는 지휘자가 상황에 따라 판단하여야 한다. 다만 그 전에 항상 선발대를 보내어 적군의 동향을 파악하고 정보를 입수하는 것이 꼭 지켜야 할 철칙이다. 너는 압록강에 도착하는 대로 척후병들에게 주변을 탐색하게 하고, 압록강을 방패로 삼아 안정된 방어 진지를 구축하여야 한다."

"알겠습니다. 그런데 신라가 당나라와 함께 고구려에 공격을 해 올까요?"

"아니다. 의자왕이 비록 항복을 하였지만, 아직도 백제의 백성들은 건재하단다. 그들이 계속 백제를 살리기 위해 봉기를 한다면, 신라는 군사들을 섣불리 고구려로 보내지 못할 것이다."

연개소문의 예측대로 백제에서는 이미 당나라군과 백제를 물리치기 위해 많은 부흥군들이 우후죽순 생겨나고 있었다. 이곳 저곳에서 일어나는 봉기들은 신라군의 피로도를 증가시키고 있었고, 백제 일부 지역에서는 당나라 군사들과 신라군이 후퇴하는 결과에까지 이르렀다.

도도한 압록강의 물길은 험준한 동쪽 산을 굽이쳐 돌아와 평탄한 서쪽 벌판을 남북으로 나누었다. 당나라 군사 선발대가 도착하여 배와 뗏목을 타고 압록강 중간에 있는 모래 언덕에 정박하였다. 계필하력이 남쪽 강기슭에 진을 치고 있는 고구려 군사들의 숫자를 헤아려보니 수 만은 넘어보였다. 차가운 날씨에도 압록강의 유속은 거세고 빨랐다.

연남생은 연개소문의 지시대로 계필하력의 군대를 압록강을 방어벽으로 하여 막아 섰다. 당나라 선발대가 계필하력의 명령으로 강기슭에 정박하려 시도를 했다. 고구려군은 그들이 사거리 안으로 들어오자 쉴 새 없이 화살을 퍼부었다. 방패로 화살을 막고 강 언덕에 다다른 병사들도 고구려 군사들의 공격에 모두가 전멸을 하였다.

계필하력은 도강을 포기하고 압록강 주변에 진지를 만들어 구축하였다. 그리고 병사들이 동상에 걸리지 않게 나무를 베고 땔감을 만들어 불을 피웠고, 가져온 식량을 먹으며 압록강이 얼어붙을 때까지 기다렸다. 그리고 찬바람이 강하게 부는 어느 날 아침, 강물이 두텁게 얼어붙어 있는 것을 확인한 계필하력은 기쁨에 차서 외쳤다.

"강물이 모두 얼어붙었다. 전군은 모두 강을 도강하여 고구려 진지를 총공격하라!"

당나라 군사들이 거대한 함성을 지르며 얼어붙은 압록강을 건너 고구려 진영을 향해 쏜살같이 몰려갔다. 고구려 군사들은 갑작스럽게 몰려 온 당나라 군사들의 공격을 결사적으로 막았다. 하지만 물밀 듯이 계속 공격해오는 당나라 군사들을 이겨내지 못하고 고구려 군사들이 3만 명이나 전사하고 말았다. 연남생은 말을 타고 살아남은 부하들과 함께 가까스로 도망을 쳤다.

연개소문은 아들 연남생이 당나라 군사들을 막아 주길 바랬다. 하지만 당나라 군사들을 이끄는 계필하력의 연륜과 경험에 연남생이 당하지 못할 것이라 예측하고, 연남생이 출발하기 훨씬 전에 철륵족에 극비리 사신들을 보내 많은 뇌물을 주었다. 그리고 당나라를 북쪽에서 공격하도록 설득했다. 철륵족은 원래 당나라의 간섭에 반항심이 강했다. 남에게 굴복하는 것을 싫어하고 재물에도 탐이 많았다. 철륵족은 당나라 군사들이 고구려를 공격하느라 북방이 허술함을 알고 있었다. 더구나 연개소문이 많은 보물들을 보내오 자 이를 마다할 이유가 없었다. 그들은 연개소문의 계략대 로 당나라의 변경지역을 공격했다.

철륵족의 반란 소식을 접한 당나라 황제 이치는 깜짝 놀 랐다. 당나라의 국력에 고개도 들지 못하고 땅에 바싹 엎드 려 있을 것 같은 철륵족이 갑자기 일어나자 화가 치밀어 오 르기도 하며 본국의 안위가 걱정되었다. 그는 지금 고구려 보다도 철륵족 문제가 더 급하다는 생각이 들었다. 황제 이 치는 지체 없이 명령하여 철륵족 출신으로 그쪽의 지리를 훤히 알고 있는 계필하력의 군사들을 속히 후퇴시켜 철륵족 의 반란을 진압하게 했다. 더구나 그들을 확실하게 무릎을 꿇리기 위해 소사업이 이끄는 당나라 군사들 역시 본토로 돌아가 그들을 돕게 했다. 연개소문의 작전이 통한 것이다.

어수선한 요동지역과는 다르게 소정방 등이 이끄는 당나 라 군사 18만 명은 아무런 저항 없이 대동강 하류에 조용히 상륙하였다. 대동강 하류에 정박한 당나라 군사들은 대동 강 주변을 지키고 있는 고구려 군사들을 간단히 격파하였 다. 연개소문은 대동강 하구를 방어하지 않고 평양성 자체 를 방어하는 계획을 가지고 있었던 것이다.

방효태의 군사들은 대동강 상류지역으로 이동하여 사수지역에 주둔하였고, 임아상과 소정방의 군사들은 평양성으로 진군하여 아읍산에 진영을 만들고 그 주변을 넓게 포위하였다.

소정방은 서두르지 않고 기다렸다. 계필하력의 군대나 신라군이 오면 함께 평양성을 공격할 생각이었다. 하지만 아무리 기다려도 아무도 오지 않았다. 나중에 황제의 명령으로 계필하력의 군사들이 당나라로 회군하였다는 전갈을 받았다. 황제는 전령을 통해 소정방에게 고구려를 신라군과 함께 공격하라고 명하였다. 그런데 신라군은 어디에 있는지도 몰랐고 언제 합류할 지도 불분명했다. 소정방은 마침내 홀로 평양성을 공격하기로 마음을 먹고 때를 기다렸다.

신라의 무열왕 김춘추의 뒤를 이어 그의 아들인 장남 김법민이 왕위에 올라 문무왕이 되었다. 그런데 문무왕이 왕위에 오르자마자 당나라 황제 이치는 당에서 숙위하고 있던 김인문을 서라벌로 보냈다. 도착한 김인문이 황제의 말을 전했다.

"황제께서 소정방을 보내어 수군과 육군의 병사를 거느리고 고구려를 정벌하게 하였습니다. 대왕께도 함께 군대를 일으켜 호응하라 하셨습니다. 비록 상복을 입고 계시지만 황제의 칙명은 따라야 할 것 같습니다."

문무왕은 어쩔 수 없이 당나라와의 협약을 지키기 위하여 군사들과 군량미를 모았다. 고구려와의 일전은 백제와의 전쟁보다 더 힘들 것으로 생각되어 많은 준비를 하였다. 김춘추를 떠나 보낸 후 몸과 마음이 모두 쇠약해진 김유신은 자주 전장에 나가지 않았다. 하지만 이번의 고구려 원정은 신라의 운명에 너무 중요한 일이었기에 그는 노쇠해진 몸을 이끌고 문무왕과 함께 고구려 원정을 같이 했다.

문무왕은 김유신을 대장군으로 하여 신라 대부분의 장수들을 거느리고 출발하였다. 하지만 백제의 옹산성 주변에 이르자 백제의 부흥군들이 웅거하며 길을 막고 있어서 앞으로 나아갈 수 없었다. 문무왕은 먼저 사신을 보내어 항복을 권유하였지만 복종하지 않자 공격하여 수천 명의 목을 베고 죽여서 마침내 옹산성을 함락시켰다.

고구려로 진격하는 신라 원정군들 앞에는 계속해서 많은 장애물들이 나타났다. 가는 길목마다 백제 부흥군들의 반란이 곳곳에서 일어났기 때문이다. 동쪽으로 우회하여 돌아가자니 대군을 이끌고 험준한 산맥을 넘기가 어려웠고, 서쪽의 평야지대를 이용하여 진군하자니 백제의 남은 군사들이 야밤을 틈타 신라군을 공격하고 사라졌다.

문무왕은 백제 부흥군들이 모여 진을 치고 있는 우술성을 다시 공격하여 함락시켰다. 하지만 당나라와의 약속시간이 다가오자 초초해졌다. 문무왕은 부하 장수들을 불러 신라를 공격하는 백제의 성들을 하나하나 모두 함락시키며 전진하자고 했다. 하지만 옆에 있던 김유신이 나서서 반대했다.

"백제의 성들을 서둘러 치시거나 너무 빨리 고구려 영역으로 진입하시면 안 됩니다."

"왜 그렇게 생각하십니까? 만약 백제의 잔당들을 지금 치지 않는다면 어떻게 우리가 마음 놓고 평양성으로 갈 수 있다는 말씀입니까? "

"당나라는 고구려를 멸망시킨 후 마지막으로 반드시 우리 신라를 노릴 것입니다. 신라의 병사들 한 명도 잃지 않고 지금처럼 계속 유지하도록 해야 합니다."

"그럼 평양성으로 가지 않는 다는 말씀이십니까? "

"아직 판단하기 이릅니다. 이곳에서 싸움을 하며 시간을 벌고 있다가 당나라와 고구려 군사들의 전세를 보아 결정하심이 옳을 것 같습니다. 조급해 하지 마십시오."

"알겠습니다. 당나라와 고구려 두 나라의 힘을 동시에 빼려는 공의 깊은 뜻을 이제야 깨달았습니다."

문무왕은 김유신의 말대로 백제의 성들을 급하게 공격하지 않았다. 많은 군사들의 수적 우세를 이용하여 백제의 성을 둘러 싸 설득하여 항복을 시키거나, 아니면 먼저 공격을 해 오는 적들만 막으며 진압해 나갔다. 절대 신라군의 진격을 서두르지 않았던 것이다. 더구나 당나라 사신이 무열왕 김춘추의 죽음을 애도하기 위해 신라에 왔다는 소식을 듣자, 일부러 그것을 핑계 삼아 신라 서라벌로 돌아가기도 하였다. 하지만 당나라 황제 이치는 신라 문무왕에게 고구려와 옛 백제 땅에 있는 당나라 군사들에게 지속적으로 식량을 공급하고, 고구려와 백제의 부흥군들을 신라도 계속 공격하라는 엄명을 수시로 내렸다.

신라는 당나라가 백제와 고구려 다음으로 신라를 차지하기 위한 방법을 은밀히 모의하고 있는 것을 정탐을 통해 알게 되었다. 그 이후로 당나라를 도와 백제의 부흥군과 고구려 군사들을 동시에 치는 일에 대해 깊은 고민에 빠졌다.

김유신은 가만히 있을 수가 없었다. 그는 군사들을 백제 병사들의 옷으로 갈아 입힌 후 가장 방어가 약한 당나라 진영을 공격하게 했다. 그러자 백제군으로 오인한 당나라 군사들이 놀라 당나라군 본진이 있는 웅진성으로 도망을 갔다. 이것을 계기로 신라군은 백제의 부흥군들을 진압한다는 핑계를 대며, 고구려로 북진을 하지 않고 계속 한강 주변에 주둔하며 당나라와 고구려의 싸움을 지켜만 보았다.

겨울바람은 군사들의 마음을 얼릴 정도로 매서웠다. 서로 먼 거리에서 대치하고 있는 당나라 군사들과 고구려 군사들은 짐승을 잡아 만든 털가죽이나 짚, 질긴 나뭇잎으로 만든 포대기를 뒤집어쓰고 혹독한 날씨를 버티고 있었다. 몇몇 파수병들만이 살을 에일 듯한 세찬 바람을 맞으며 문루에 올라 주변을 감시하고 있었다.

당나라 장수 방효태가 하늘에서 쏟아져 내려오는 눈보라를 뚫고 공격 명령을 내렸다. 당나라 군사들이 얼어붙은 손으로 낑낑거리며 망루가 있는 수레들을 평양성 근처로 밀고 왔다. 그리고 몇 명이 망루에 사다리를 타고 올라 활과 쇠뇌를 들고 고구려 군사들을 향해 화살을 날렸다. 고구려 군사들이 쏟아지는 화살들을 피하며 성벽 깊숙이 몸을 숨겼다. 방효태가 명령하자 성문을 깨기 위한 충파가 앞으로 서서히 전진하며 성문 근처에 다다랐다. 큰 방패를 들고 있는 군사들이 바짝 따라 붙어 그들을 보호하였다. 성벽을 타기 위해 사다리를 들고 군사들이 그 뒤를 슬금슬금 따라갔다.

당나라 군사들이 성 근처로 개미떼처럼 서서히 몰려들자, 연개소문이 고구려 군사들에게 공격 개시를 알렸다. 군사들이 성벽 위에 놔두었던 큰 항아리들을 지렛대를 이용하여 아래로 밀어 떨어뜨렸다. 항아리와 함께 얼려 있는 거대한 얼음덩이가 무거운 바위처럼 둔탁하게 떨어지며 충파를 밀고 있는 당나라 군사들의 머리를 덮쳤다. 군사들의 목이 부러지고 머리가 깨졌다. 사다리를 타고 성벽을 막 오르려던 군사들이 그 광경을 보고 주춤거렸다. 뒤이어 지진에 무너지는 절벽처럼 그들에게도 항아리가 하늘에서 쏟아졌다. 피할 틈도 없이 머리에 맞고 떨어져 죽거나 나뒹굴었다.

연개소문은 당나라 군사들이 계속해서 성을 공격해도 밖으로 나가지 않고 안에서 수성에만 전념했다. 추운 겨울 날씨가 성안의 사람들보다 성 밖의 사람들에게 더 시련을 주는 채찍이라 생각했기 때문이다. 방효태가 이끄는 당나라 군사들은 중원의 따뜻한 남쪽지역에 선발되어 온 사람들이었다. 추위에 강하지 못한 약점을 연개소문이 이용하고 있었던 것이다.

고구려에 승기를 잡지 못하고 있는 당나라 장수 방효태의 마음은 조급했다. 아무리 평양성을 공격하고 그들을 밖으로 끄집어내려고 유인을 해도 그들은 방어만 하고 공격에는 무관심했기 때문이다. 살을 에일 듯한 추위에 당나라 군사들의 행동이 점점 느려졌고 무거워졌다. 손에 동상이 걸려 제대로 칼을 들 수도 없는 군사들도 있었고, 추위에 얼어붙고 썩어 떨어진 발가락들 때문에 잘 걷지도 못하는 군사들도 있었다. 한기에 몸을 떨다가 보면 배고픔도 빨리 왔다. 군사들의 행동이 굼뜨고 느려진 것을 본 방효태가 긴 한 숨을 쉬더니 씁쓸하게 웃으며 퇴각명령을 내렸다. 썰물처럼 빠져 나가는 당나라 군사들을 보는 연개소문의 얼굴에 가벼운 미소가 나타났다가 사라졌다.

평양성은 암석으로 이루어진 외곽과 공성전 무기를 막을 수 있는 두터운 외성, 그리고 외성이 무너지더라도 끝까지 버티며 결사 항전할 수 있는 내성까지 있는 무척 견고한 성이었다. 연개소문은 당나라의 공격을 계속 완벽하게 막아냈다. 그의 방어 전략과 추운 날씨 때문에 당나라군의 평양성 함락은 쉽지가 않았다. 눈이 오는 날에는 전투도 없었고, 날씨가 풀리면 서로 공방이 오가는 소모전만 이어졌다.

겨울 전쟁에서 가장 중요한 것은 군사들에 대한 물자보급이다. 연개소문은 당나라군을 서서히 압박하기 시작했다.

"별동대를 보내어 당나라군의 군량미를 차단시켜라!"

연개소문의 명령을 받은 장수들이 용맹하고 날렵한 군사들을 뽑아 매복해 있다가 군량미를 싣고 가는 당나라 보급부대에 기습을 가했다. 고구려군의 공격으로 수레를 끄는 모든 말들이 죽었고 군량미를 전부 빼앗겼다. 날씨도 추운데 먹을 식량마저 부족해지자, 당나라군은 신라에 급히 전령을 보내어 군량미를 더 보급해주라고 기별을 하였고, 공격보다는 진영의 방어에만 신경을 썼다.

연개소문은 날마다 정찰병을 보내 그들의 정세를 살폈다. 정찰병이 당나라 군사들의 진지에서 하루에 한 번 연기가 피어 오른다고 보고했다. 식량이 부족하여 하루에 한 끼만 먹고 있다는 뜻이다. 얼마 전 공격에서도 그들이 쏘는 화살의 양이 무척 적었다. 물자보급이 제대로 되지 않아서였다. 연개소문은 때가 왔다고 판단을 했다. 오늘 밤 총공격에 나선다고 군사들에게 알리고 저녁밥을 밤늦게까지 푸짐하게 먹게끔 했다. 그리고 추위를 이겨내기 위하여 술도 적당히 함께 마시도록 했다. 주위의 성주들에게도 이미 전령을 보내어 함께 공격하도록 모든 계획을 세웠다.

어두운 밤이 되자 고구려 군사들이 얼어붙은 땅을 헤치고 소리 없이 당나라 진영으로 서서히 포위를 하며 모여들었다. 혹독한 추위에 온 몸을 웅크리고 있던 당나라 보초 한 명이 다가오는 사람들의 형태를 알아보았다. 서둘러 호각을 빼서 허공으로 길게 불었다. 추위에 덜덜 떨며 자고 있던 당나라 군사들은 호각소리에 굳어진 몸을 추스르며 허겁지겁 부산을 떨며 무기들을 챙겼다.

밤하늘에 퍼지는 호각소리는 고구려 군사들에게 공격신호와도 같았다. 모든 군사들이 일제히 큰소리로 함성을 지르며 당나라 진지를 덮쳤다. 장창을 든 군사들이 먼저 밀집대형을 이루어 허둥지둥 방어대형을 만들고 있는 당나라 군사들을 찌르고 무너뜨렸다. 그 뒤에서는 궁수들이 화살을 날리며 후방의 적들을 교란시키고 불화살을 쏘아 당나라 진영에 불을 붙였다. 말들과 함께 걸으며 조용히 왔던 기마병들도 말에 올라타고 쏜살같이 쳐들어가 당나라 군사들을 거칠게 몰아붙이며 순식간에 제압해 갔다. 여기저기서 두려움과 절망에 찬 비명소리들이 차가운 공간 속으로 울려 퍼졌다. 고구려군의 급습에 많은 수의 당나라군이 전사했다.

당나라 장수 방효태는 긴박하게 돌아가는 상황을 보고 전멸할 수도 있겠다는 두려움이 일었다. 일단 후퇴명령을 내렸다. 고구려 군사들의 공격을 겨우 버티고 있던 당나라 군사들은 후퇴하라는 신호에 모두들 방어 자세를 취하며 후방으로 서서히 빠져나갔다.

연개소문은 당나라 군사들을 조금도 쉬지 못하게 추격하며 계속 공격을 하였다. 앞의 군사들은 당나라 군사들을 따라 활을 쏘며 공격하였으며, 뒤에 오는 군사들은 흩어져 있는 화살들과 무기들을 챙기며 진군했다. 뒤에 쳐지는 당나라 군사들은 고구려 기마병들에 의해 모두 척살되었다.

사수 강가까지 밀린 당나라 군사들의 사기는 이미 다 사라지고 없었다. 고구려 군사들의 지속적인 포위 공격에 수만 명의 군사들을 잃었다. 당나라 장수들이 이미 전세를 되돌릴 수 없다고 판단하고 방효태를 찾아왔다.

"장군님. 저희들이 포위망을 뚫고 길을 만들 것이니 부디 13명의 자제분들과 함께 탈출을 하시길 바랍니다."

방효태가 추위에 갈라진 입술을 지그시 깨물며 대답했다.

"여기에서 죽어간 고향의 부하들을 어떻게 배신한단 말이냐? 나는 죽어도 도망칠 수 없다."

"하지만 이곳에 있는 자제분들을 생각하십시오. 일단 다른 진영으로 몸을 피하셨다가 후일을 도모하시는 것이 좋을 것 같습니다."

"나 한 몸 살기 위해 비겁한 짓은 하지 않을 것이다."

연개소문은 당나라 군사들이 지쳐 더 이상 방어다운 방어를 하지 못하자, 최후의 공격을 가했다. 포위망을 최대한 좁힌 다음 궁수들에게 모든 화살을 쏘게 하였다. 그리고 창과 칼을 든 보병들과 기마병들을 모두 한꺼번에 일시에 공격하게 했다. 돌진하는 고구려 군사들의 무서운 기세에 당나라 군사들이 추풍낙엽처럼 쓰러졌다. 당나라 장수 방효태도 화살을 무수히 맞아 고슴도치처럼 쓰러져 죽었으며, 그의 13명의 아들들도 함께 전사하였다.

방효태의 군사들을 전멸시킨 연개소문은 여세를 몰아 임아상의 당나라군에게도 쳐들어갔다. 임아상이 전쟁 중에 군막에서 병사했다는 정보를 입수했기 때문이다. 지휘관을 잃은 당나라 병사들은 오합지졸이었다. 고구려군과 제대로 싸워보지도 못하고 패퇴했다. 연개소문은 도망을 치는 당나라 군사들을 끝까지 쫓아가 포위해서 몰살시켜 버렸다.

평양성과 조금 떨어진 곳에서 성을 포위하고 있던 소정방은 방효태와 임아상의 당나라 군사 10만 명이 전멸을 당했다는 소식을 듣고 무척 놀랐다. 며칠을 고민하다가 자기 부대 혼자서는 평양성을 절대 함락시킬 수 없다는 것을 깨닫고, 그냥 포기하기로 하고 후퇴를 결심했다. 하지만 식량이 없었다. 급한대로 병사들을 시켜 산에서 짐승들을 사냥하여 고기를 얻어 죽을 끓이게 했지만, 양식이 거의 떨어져 병사들의 사기는 땅에 떨어졌고, 마음은 초조해져만 갔다.

소정방은 신라에 급히 전령을 보내어 화를 냈다. 왜 신라가 협공을 하지 않고 지체하느냐고 나무랐고, 어서 빨리 당나라 군사들에게 줄 군량미를 보내주라고 협박을 했다. 신라 문무왕은 소정방의 다그침에 신라의 군사들이 백제 부흥군들의 공격 때문에 가지 못했음을 말하고 군량미를 신속히 보내겠다고 회답했다. 문무왕은 고구려를 공격하지는 않더라도 군량미는 보내야겠다는 생각에, 쌀 4천 석과 조 2만 2천 석을 2천 대의 수레에 실었다. 하지만 적진인 고구려의 평양성까지 이것을 운반하려는 장수가 아무도 없었다.

그러자 나이가 많은 김유신이 나섰다. 김유신은 아홉 장수들과 수만 명의 군사들을 데리고 수레를 끌면서 전투를 피해 고구려의 험난한 산을 넘었다. 얼음이 미끄럽고 길이 험하여 수레가 지나갈 수 없을 때는 군량미를 전부 소와 말에 실었다. 그리고 중간에 고구려 군이 공격하면 방어태세로 바꾸어 막아내며 전진했다. 그리고 마침내 약속한 날짜까지 맞추어 당나라 소정방에게 군량미를 어렵게 전달했다. 김유신은 감사해 하는 소정방에게 은과 가늘게 짠 베와 우황까지 주며 노고를 위로했다.

소정방은 신라의 김유신이 가져 온 군량미를 받자마자 추위를 핑계 삼아 당나라로 바로 철수하였다. 고구려보다 철륵에 신경을 더 쓰는 황제의 마음을 알기에 회군에는 문제가 없다고 판단한 것이다. 당나라 고종 이치는 소정방의 생각대로 고구려와의 싸움을 잠시 접어두었다. 그리고 장수

계필하력, 소사업, 설인귀를 시켜 북쪽의 철륵 세력을 철두 철미하게 제압하고 완전히 정벌하게 했다.

철륵의 반란이 진압되자 황제 이치는 한시름을 놓았다. 그런데 그에게 웅진도독 왕문도가 갑자기 병사를 하였고, 웅진성이 백제 부흥군들에게 포위당했다는 소식이 전해졌다. 이치는 급히 유인궤를 보내어 웅진도독 자리를 대신하게 하고, 포위된 유인원과 당나라 군사들을 구원하게 하였다. 유인궤는 고구려와의 전쟁에서 수군을 이끌다가 풍랑으로 배를 전복시켜 관리직을 박탈 당했었다. 그런데 황제가 그를 다시 복직시켜 백제로 보내니, 그는 고마운 마음에 기회를 놓치지 않기 위해, 왕문도가 이끌었던 당나라 군사들을 데리고 가서, 백제 부흥군을 어렵게 돌파하여 유인원과 웅진성을 구하였다.

유인궤는 유인원과 함께 사비성과 웅진성에 머물며 당나라 군사들을 이끌고 자주 백제의 부흥군들을 공격하였다. 하지만 백제의 땅을 다시 되찾으려는 부흥군들이 이곳 저곳에서 지속적으로 일어나자, 신라군도 함께 부흥군들을 퇴치해야 한다고 문무왕에게 자주 압력을 가했다. 하지만 문무왕은 그들의 말을 잘 따르지 않고 독자적으로 행동했다.

문무왕은 백제의 부흥군들에게 당근과 채찍이라는 두 가지 전략을 사용했다. 먼저 투항한 장수들에게는 처벌을 하지 않고 관직을 주어 신라의 명에 따라 백제 백성들을 다스리게 했다. 하지만 강하게 저항을 하거나 신라군을 공격하는 부흥군들에게는 서라벌에서 군사들을 직접 이끌고 와서 부흥군의 성들을 차례차례 모두 점령해가며 굴복시켰다. 그리고 그들이 너무 강하게 저항하면 소탕하고 전멸시켰다.

백제의 부흥군들은 사비성 북쪽의 임존성과 남쪽에 있는 주류성을 중심으로 뭉치고 있었다. 백제의 백성들은 당나라가 신라와 약속하여 백제를 멸망시키면 남녀노소를 가리지 않고 전부 다 몰살시킨다는 소문이 돌고 있어서 부흥군들에 크게 의지하며 결사적으로 지지를 하였다.

귀실복신은 웅진 강구의 전투에서 패배한 도침이 계속 군사들을 마음대로 부리자, 그를 제거하고 자신의 세력을 키웠다. 그리고 백제의 여러 지역을 차지하게 되자, 왜에 거주하는 백제의 왕자 부여풍을 불러 옛 백제의 영화를 다시 세워보려는 야망을 품었다.

그는 백제의 다음 왕으로 부여풍이 적합하다고 생각하여 그를 임시 왕으로 추대하였고, 왜국에 사신을 보내어 백제를 되찾기 위한 원병까지 요청했다. 일본에 있는 부여풍 역시 패망한 백제의 복수를 위해 이를 갈고 있다가, 귀실복신의 서신을 받자 백제로 돌아가기를 원했다.

당시의 왜국은 당나라와 백제, 신라와의 외교에 큰 고민을 하고 있었다. 백제와 아주 친밀하였지만 신라와도 가까운 외교 관계를 수립하고 있었고, 당나라와도 적대관계를 맺지 않고 사신을 자주 보내고 있었다. 왜국의 왕족들과 신하들이 논의를 하였지만 좀처럼 결론이 나지 않았다.

백제의 왕족들과 귀족들은 과거부터 일본에 자주 다녀가곤 했다. 일본 역시 백제와의 활발한 문물교류를 통해 문화융성에 힘썼다. 그러므로 백제와 친밀한 왕족들이 많았다. 백제가 멸망하면 다음 공격 대상으로 왜국이 될 수도 있다는 불안감에 결국 그들은 백제를 돕기로 결정을 내렸다.

특히 왜국의 제명여왕은 백제의 왕족들과 친하였다. 그리고 백제의 왕자 부여풍을 매우 아끼고 좋아하였다. 그녀는 백제가 멸망하였다는 소식을 듣자 크게 시름에 잠겼다. 그녀는 귀신복실의 서신을 받고 아들 천지왕과 함께 백제를 돕기 위해 발 벗고 나섰다. 백제를 부활시켜 왜국과의 관계를 다시 복원시키고 싶었던 것이다.

제명여왕은 일부 대신들의 반대에도 전쟁에 필요한 물자들을 전국 각지에서 모으고 준비하라고 명령했다. 그리고 튼실한 나무들을 골라 바다를 건널 함선들을 제작하게 하였다. 하지만 제명여왕은 고령인데도 무리하여 규슈 지방까지 와서 전쟁준비를 하다가 노환으로 그곳의 아사쿠라궁에서 갑자기 사망을 하였다. 그러자 효자였던 아들 천지왕이 죽은 어머니의 뜻을 계속 이어 나가 일을 진행하였다.

왜국은 멸망한 백제를 다시 되살리기 위해, 의자왕이 항복한 다음 해부터 해마다 매년 왜병들을 백제로 파병하였다. 백제의 왕자 부여풍은 먼저 왜국의 군사 5천 명과 함께 백제로 돌아왔다. 그리고 백제 부흥군 왕으로 추대되었다. 왕권에 대한 정당성이 없는 귀실복실은 좌평이라는 관직을 받았다. 하지만 백제의 군사들은 귀실복신을 더 따랐다.

주류성에 있던 부여풍이 어느 날 사람들을 불러 모아 말하였다.

"이 주유성은 토지가 척박하고 농토가 떨어져 있어 적합하지 않은 땅이다. 이곳은 방어하기 좋으나 오래 머무르면 백성들이 굶주릴 것이다. 그러니 깊은 연못과 제방이 있는 피성으로 옮기는 것이 좋겠다."

하지만 귀실복신과 왜군의 장수 에치노 타쿠츠가 반대하였다.

"피성은 적이 하룻밤이면 올 수 있는 거리입니다. 매우 가까워 만약 예기치 못한 일이 생기면 후회해도 소용이 없습니다. 굶는 것은 나중의 일이고 망하는 것이 먼저입니다."

하지만 부여풍은 그들의 말을 따르지 않고 백제의 임시도읍을 피성으로 옮겼다. 그러나 얼마 되지 않아 신라군 장수 김흠순이 군사들을 이끌고 쳐들어와 거열성 등 4곳을 점령하자, 바로 주류성으로 돌아왔고, 주류성에 돌아 와서는 귀실복신과 서로 의견 충돌로 자주 싸우게 되었다.

부여풍은 왕권에 도전하는 귀실복실이 매사에 방해가 되어 고민을 하고 있었는데, 어느 날 귀실복신이 모반을 꾸미고 있다는 정보를 듣자마자 부하들의 건의에 따라 그를 포박하고 제거하였다. 백제의 부흥군들은 귀실복신의 죽음에 일부가 반발하고 떠나기도 하였다. 하지만 대부분의 군사들은 왕족의 피를 이어 받은 부여풍을 진정한 백제의 후계자로 보고 모두들 그를 따랐다. 왜국에서는 모두 3만에 가까운 병사를 보내어 그가 백제의 왕조를 다시 세우는데 큰 도움을 주었다.

유인궤는 백제 부흥군의 세력이 점점 커지자, 당나라 황제 이치에게 병력 증원을 요청하였다. 황제 이치는 백제에서 아직도 잔당들이 남아 당나라 군사들을 지속적으로 괴롭힌다는 보고를 받자 화가 나서 장수 손인사를 불러 말하였다.

"백제의 저항이 너무 불손하도다. 어찌 천자의 명을 어기며 계속 반항을 한다는 말이냐? 내가 병사 7천 명과 170척의 전함을 내줄 터이니 그대는 당장 백제 땅으로 가서 유인궤와 유인원을 도와 백제의 남은 잔당들을 괴멸시키도록 하라. 그대는 백제에 도착하면 주둔하고 있는 모든 당나라 군사들을 모아라. 그리고 백제의 지리를 잘 아는 의자왕의 아들인 부여융을 함께 보낼 테니, 그를 이용하여 길 안내를 하게 하고, 당나라에 투항하여 부여융을 따르는 백제 군사들까지 전부 합하거라. 또한 신라에 사신을 보내어 내가 대군을 보내라고 했으니, 전쟁에 가능한 모든 군사들을 합하면 그 수가 족히 40만 명은 될 것이니라. 너는 반드시 다시는 백제에서 저항군이 생기지 않도록 총공격을 가하고 그들을 짐승처럼 짓밟아라."

황제의 엄한 명령을 받은 손인사는 당나라 수군들을 데

리고 바다를 건너 바로 백제로 향했다. 그리고 덕물도에 배들을 정박 시킨 후, 유인궤, 유인원과 웅진성에서 만나 백제 부흥군들과 왜군의 연합군을 치기 위한 전략을 짜고 준비에 들어갔다. 신라의 문무왕 역시 당나라 황제 이치와의 약속대로 김유신, 김인문 등과 함께 5만 명의 대군을 거느리고 백제 부흥군을 진압하고자 서라벌을 출발하였다. 그리고 신라의 함선들을 보내어 당나라 함대를 돕게 했다.

백강 주변의 날씨는 화창하고 맑았다. 왜국에서 온 많은 함선들이 백강 하구를 물새 떼처럼 뒤덮고 있었다. 배끼리 부딪히는 소리와 파도가 배를 때리는 소리가 서로 어우러져 불안정하게 바람에 실려 갔다. 짭짤한 해풍에는 왜병들이 먹고 버린 썩은 생선 냄새가 묻어 있었고, 강변 모래에는 군사들의 고린내가 배어있었다. 왜선들과 강변에 꽂혀있는 깃발들이 펄럭거리며 허공을 희롱했다.

당나라의 함선은 서해의 섬그늘에 숨어있었다. 당나라 수군을 이끄는 장수 유인궤와 손인사가 떨어지는 저녁노을을 보며 함선의 갑판에서 이야기를 나누고 있었다.

"정탐을 하고 온 병사의 말에 의하면 왜국의 병사들은 삼 만에 가깝고, 백제의 기병과 보병들이 백강의 강가에 진지를 구축해 놓고 있다고 합니다."

"그들이 병법을 간과한 것 같습니다. 병법에 의하면 바다나 강을 건너고 나서는 반드시 물에서 먼 거리에 떨어져 진을 쳐야 합니다. 그런데 왜군은 정박한 곳에 너무 가까이 있고 백제 부흥군도 강가에 진지를 치고 있습니다. 땅이 견실한 곳에 있어야 기병과 보병의 움직임이 편한 법이거든요. 전투를 시작하면 혹시 주류성에 있는 백제의 군사들이 후방을 급습하지는 않을까요?"

"유인원 장군이 이끄는 당나라 군사들과 신라의 연합군이 이미 주류성 주변에 진을 치고 백제와 왜군의 연합군을 차단하였을 것입니다."

"그래요? 좋은 전략인 것 같습니다. 그리고 적의 병선의 수는 얼마나 된다고 합니까?"

"족히 일천 척은 되는 것 같다고 합니다. 하지만 크기가 작고 가벼워 보였다고 했습니다."

"또 다른 정보는 없습니까?"

"왜국을 자주 드나드는 우리 편의 말에 의하면 왜군 병사들은 각지에서 모인 지방 군사들이라 제대로 훈련이 안 되어 있을 것이라고 합니다. 그리고 대부분 육지에서 싸움을 하는 보병들이라고 합니다."

"그렇습니까? 그러면 비록 그들의 숫자가 많다고 해도 크게 걱정을 하지는 않아도 될 것 같습니다. 고기떼인 어군은 몰아서 그물로 잡는 법입니다. 불은 바람과 무리를 좋아하니, 해풍을 이용하여 그들에게 화염지옥을 보여줄 참입니다."

"신라에서도 함선들이 와서 같이 공격하기로 했으니 도움이 될 것입니다. 그런데 밀물이 들어오면 바로 화공을 시작할 것입니까?

"아닙니다. 바람의 방향을 보아 결정하고자 합니다. 모든 함선들에 불화살과 기름을 충분히 준비하여야 할 것입니다."

"알겠습니다. 군사들에게 명하겠습니다."

　다음 날 유인궤가 갑판 위로 올라가 바람의 방향을 측정했다. 그리고 밀물이 들어오기를 기다렸다. 이윽고 기다리던 바람의 방향이 바뀌고 밀물 때가 되었다. 당나라 함선들이 출진을 하여 새의 날개처럼 두 방향에서 나누어 퍼져 전진을 했다. 바다 밀물의 도움을 받으며 공격을 하려는 계획이었다.

갈매기 때들이 시끄럽게 울며 하늘을 날고 있었다. 백강 하구에서 가장 먼 곳에 정박하고 있던 왜선 한 척이 당나라 전함들을 발견하고 왜군 장수들에게 신호를 보냈다. 왜군들이 다급하게 배에 올라 당나라 전함들의 공격을 막고 역공을 가하기 위해 준비를 하였다. 병사들을 지휘하는 왜장들의 목소리가 크고 날카로웠다. 서둘러 준비를 마친 왜선 수십 척이 먼저 당나라 전함들을 향해 전진하였다. 왜군들의 깃발이 바람을 타고 휘날렸다. 가장 앞장을 선 왜병의 장수 에치노 다쿠쓰가 왜군 병사들을 향해 힘차게 외쳤다.

"겁먹지 말고 적의 함선에 올라타라. 당나라 놈들의 칼솜씨는 우리의 상대가 아니다."

그는 부하들에게 명령하여 파도에 기우뚱거리는 배를 갈고리와 밧줄을 던져 당나라 함선에 바짝 붙이게 했다. 그리고 그가 가장 먼저 앞장 서서 적선에 뛰어 올랐다. 왜군들은 장수가 앞장서자 힘을 내어 뒤따르며 칼을 휘둘렀다. 바다에서는 함선을 다루는 기교가 중요하였지만, 배위에서는 능한 검술의 재주가 필요했다. 왜군들의 칼놀림에 당나라 군사 수십 명이 순식간에 칼에 베어 쓰러졌다. 왜군들은 화살에 맞아 죽은 자만 몇 명 있었다. 얼마 되지 않아 함선은 완전히 왜군들의 손에 넘어갔다.

하지만 갑자기 옆에 있는 당나라 함선에서 빼앗긴 함선으로 불화살과 기름항아리들이 날아왔다. 불길은 기름을 올라타고 안개 퍼지듯 삽시간에 번졌다. 불길에 피부와 살을 데인 왜군들이 모두 바다로 뛰어 들었다. 당나라 군사들이 때를 놓치지 않고 바다를 향해 화살을 비 오듯 퍼부었다. 왜장 에치노 다쿠쓰는 화살을 여러 곳에 맞고 장렬히 전사했다.

바람은 바다에서 육지로 불고 있었다. 당나라 함선들이 왜선 선발부대들을 물리치고 왜선들이 모두 모여 있는 백강 하구에 도달하였다. 그리고 신라의 함선들도 당도하여 왜군의 함선들을 압박하였다.

유인궤의 명령에 당나라 함선들에서 일제히 불화살들이 불새처럼 날아 올라 맹렬하게 왜선들을 향해 쏟아져 나갔다. 왜군의 배에서도 당나라 군사들의 화공을 알아차리고, 지지 않기 위하여 똑같이 불화살들을 쏘았다. 하지만 바람을 타고 날아가는 당나라의 불화살은 왜선에 꽂혔으나 바람을 안고 날아가는 왜군의 불화살들은 모두 바다에 떨어졌다. 같은 공격인데도 자연의 도움이 승패를 가르고 있었다.

왜선들이 불에 타며 허둥지둥 대며 흩어졌다. 불을 피하기 위해 앞의 함선들은 노를 저어 종렬로 나아갔다. 하지만 밀물과 세찬 바람에 당나라 전함들의 포위를 뚫지 못했다. 오히려 점점 더 백강 한곳으로 몰리게 되었다. 당나라 함선에서 전함에 있는 모든 투석기를 동원하여 거대한 기름항아리와 불화살들을 함께 날렸다. 떨어지는 불씨들이 운석처럼 왜선들 위로 쏟아졌다. 돛이 불타며 불새처럼 날았다.

삽시간에 지옥 같은 화염이 백강을 뒤덮었다. 불길들은 울타리를 넘는 구렁이 마냥 배에서 배로 계속 번져나갔다. 수많은 왜선들이 불에 타고 가라앉았다. 불에 그을려 고통을 이기지 못한 왜군들이 배를 버리고 바다로 뛰어내렸다. 나무 타는 냄새와 살이 타는 냄새가 섞여져 백강을 질식시켰다. 파도 위에 밀려다니는 검은 물체들이 사람의 것인지 타버린 배의 잔해들인지 구별이 되지 않았다.

당나라 함선들은 조금의 여유도 주지 않았다. 기울어진 왜선들을 향해 큰 배를 이용하여 돌격하여 부딪혔다. 왜군의 배에서 나무 깨지는 소리가 들렸다. 왜선은 날렵하고 빠르지만 선체가 작고 목재가 가벼웠다. 당나라 함선이 부딪히자마자 바다는 역물결이 일며 소용돌이 쳤다. 왜선들이 기우뚱거리며 한쪽이 부서져 내렸다. 갑판에 바닷물이 차오르더니 배가 서서히 가라앉았다. 왜군들의 비명소리와 당나라군이 쏘는 화살소리가 바람과 밀물에 실려 혼란스러웠다. 백강의 하늘은 악귀와 같은 인간들의 살기와 처절하게 울부짖는 인간들의 신음소리로 토할 만큼 가득 찼다.

계속되는 당나라 군사들의 화공에 왜국의 장수들은 혼비백산 하여 대처할 방법을 내놓지 못했다. 비록 일부 장수들이 용기를 내어 부하들을 이끌고 당나라 전함으로 뛰어들어 그들을 죽이기도 하였지만 역부족이었다. 당나라 전함들은 승기를 이미 잡았음에도 남은 기름 항아리 모두를 남김없이 왜선들을 향하여 발사하였다. 화염이 더 거대해졌다. 불에 탄 왜병들의 비명소리가 뜨거운 연기를 타고 서글프게 공간을 메아리쳤다. 불타는 왜선들에서 왜병들이 개미떼처럼 후두둑 밑으로 떨어져 내리며 강물로 뛰어 들었다.

반나절 만에 당나라의 화공으로 왜선 4백 척 이상이 모두 불에 탔다. 나머지 수백 척의 왜선들도 부서지거나 아니면 백강의 모래언덕에 처박혔다. 연기와 불꽃이 하늘을 붉게 물들였고, 백강의 물은 빨간 핏빛으로 변해있었다. 왜군들은 상실감과 무기력에 빠져 더 이상 해전을 하지 못하고 육지로 몸을 내리고 망연자실해 했다. 죽은 왜군들의 시체가 백강의 하구에 가득 떠다녔다. 하늘이 울고 땅이 슬퍼했다.

백강의 강기슭에 진을 치고 있던 백제 군사들과 왜군 역시 신라와 당나라군의 협공을 받았다. 그들은 방어막을 치고 결사적으로 막았으나 선봉이 되어 돌격하는 신라의 중장기병들에 의해 강 언덕의 진지들이 초토화 되었다. 왜군들이 비록 죽음을 두려워하지 않고 칼을 휘두르며 달려들었으나 두터운 철갑으로 무장한 중장기병을 상대하기에는 무리였다.

왜군의 칼은 갑옷을 베었으나, 신라군의 칼은 그들의 몸을 베었다. 왜군들과 백제군들의 저항은 처절했다. 오른 팔이 잘려나가면 왼팔로 칼을 들어 공격했고, 다리가 베어져 땅 위에 쓰러지면 칼로 중장기병의 말의 다리를 공격해 넘어뜨렸다. 일부 왜군들은 자신들의 패배를 인정하지 못하고 자신들의 몸을 칼로 맞으며 적의 생명을 빼앗는 동귀어진 방법을 사용하기도 하였다. 하지만 밀집대형으로 밀어붙이는 신라군의 거센 공격에 결국은 하나 둘 차례차례 쓰러지며 방어진형이 와해되었고, 수군들처럼 반나절 만에 완전히 무너지며 패배를 했다. 전투가 끝나갈 무렵쯤, 부여풍은 상황을 판단하고 부하 몇 명과 함께 배를 타고 빠르게 고구려로 도주하였다.

주류성 근처에서도 당나라와 신라군이 연합하여 백제와 왜의 연합군을 완전히 포위하고 있었다. 긴장되는 대치 상황 속에 백강전투에서 백제 부흥군과 왜군들이 몰살당했다는 소식이 주류성에도 전해졌다. 그러자 이미 패색이 짙음을 깨달은 주류성의 백제군과 왜군들은 상의를 하여 전투가 더 이상 의미없다고 생각하고 성을 버리고 항복하였다.

귀실복신처럼 백제 부흥운동을 하였던 흑치상지는 백제와 왜국의 연합군이 패배하였다는 소식을 듣고, 백제의 운명이 다함을 깨닫고 당나라 유인궤에게 항복하였다. 그리고 사타상여와 함께 백제의 마지막 저항지였던 임존성을 도리어 함락시켜 당나라에 넘겼다. 그 이후로 백제의 부흥군들은 중요한 요충지들 모두 잃고 다시는 회복하지 못하게 되었다. 백제의 완전한 멸망이었다.

백강 전투에서 처절히 패배했음을 들은 일부 백제 귀족들은, 백제라는 나라의 이름이 이제 없어졌으니 조상의 무덤을 다시 찾아뵙지 못하게 되어 개탄스럽다고 통탄하며, 살아남은 왜군들과 함께 일본으로 망명을 하였다.

당나라 황제 이치는 백제의 부흥군들을 괴멸시키자 웅진도독부를 통한 백제의 통치를 더욱 공고히 하였다. 그리고 신라에 대한 압박도 시작하였다. 원래 당나라는 신라에도 계림대도독부로 명칭을 붙여 명목상으로 흡수하려 하였다. 그런데 이번에는 한술 더 떠 의자왕의 아들 부여융을 웅진도독으로 추천하여 임명을 시키더니, 신라 문무왕 김법민을 불러 서로 사이좋게 지내라며 충고까지 하였다.

당나라는 원래의 약속대로라면 신라에게 평양성 이남의 땅인 백제를 주어야했다. 하지만 오히려 멸망한 백제의 군사들을 이용하여 신라와 서로 견제하게 하니, 신라가 당나라에 반항하지 못하도록 하려는 계략이었다. 신라 문무왕과 김유신은 이때부터 당나라를 동맹으로 보지 않고 이땅에서 몰아내야 할 적으로 인식하기 시작하였다.

당나라 황제 이치는 주변 국가들과 백제를 멸망시키자 자신의 힘을 뽐내고 싶어 봉선의례를 계획했다. 봉선의례란 하늘의 명을 받은 천자가 천하를 통일하여 비로소 세상이 평화롭게 되었음을 하늘에 알리고 공표하는 의식이었다.

유인궤는 백제의 부여융과 신라의 왕자 김인문을 이끌고 낙양으로 가서 태산 봉선의례에 참여하였다.

고구려 보장왕은 전쟁 후 피폐해진 고구려를 수습하고자 당나라와의 화친을 원했다. 그런데 마침 당나라에서 봉선의례에 대한 서신이 오자, 태자인 고복남을 사절로 파견하여 예를 갖추었다. 왜국 역시 사신들을 보내어 함께 봉선의례에 참여하게 했다.

고구려의 연개소문은 나이가 들자 갑자기 병으로 앓아 눕는 신세가 되었다. 그는 날로 허약해져 가는 기운에 자신의 수명이 얼마 남지 않았음을 깨달았다. 그러자 자식들을 불러다 놓고 말했다.

"너희 형제들은 고기와 물처럼 하나가 되어 단결하여야 한다. 형제 사이는 손발과 같아서 한번 잃으면 다시 얻을 수 없다. 서로를 위해서라면 목이 잘린다 해도 후회하지 않을 정도로 가깝게 지내야 한다. 절대 권력을 다투면 안 된다. 만약 그렇게 하지 않으면 반드시 이웃나라들의 조롱거리가 될 것이다. 당나라와 신라는 반드시 다시 쳐들어 올 것이다. 고구려는 강한 나라이다. 너희 형제들이 단합하기만 한다면 어떤 적들도 두렵지 않을 것이다."

하지만 연개소문이 갑작스럽게 죽자 고구려는 바로 내분에 휩싸였다. 연개소문의 아들 연남생이 비록 막리지가 되어 보장왕을 보필하며 정권을 이어갔으나, 숙부인 연정토 역시 최고의 자리에 오르고 싶었고, 그런 권력 다툼에 귀족들도 서로 편을 갈라 이권에 끼어들었다. 연남생과 친하지 않았던 고위관직의 귀족들은 연남생의 동생인 연남건, 연남산과 친밀하게 지내며 그들을 옹호하고 힘을 점점 실어주었다.

그러던 어느 날 연남생이 국경지역의 성들을 순시하고 있을 때, 귀족들의 시기와 이간질에, 형인 연남생을 믿지 못했던 동생 연남건과 연남산이 갑자기 반란을 일으켰다. 그들 형제는 연남생을 대신하여 임시적으로 조정의 일을 맡고 있었다. 그런데 연남생이 돌아와 자신들의 지휘를 박탈할 것이라는 귀족들의 충고에 연남생을 배신하였던 것이다. 권력에 눈이 먼 그들은 형님인 연남생의 아들이자 자신들의 조카인 연헌충을 매정하게 죽이고, 연남생과 형제의 인연을 완전히 끊어버렸다. 아들이 죽었다는 소식을 들은 연남생은 며칠을 슬퍼하며 하늘을 보고 울부짖었다.

"이놈들! 대단히 악독하고 도리에 어긋난 짓을 하였구나. 이제 너희들과는 하늘을 함께 나눌 수 없는 불구대천의 원수가 되었다. 내 너희들을 무슨 수를 쓰더라도 가만히 내버려두지 않으리라."

연남생은 비통한 마음으로 자신을 따르는 부하들을 이끌고 국내성으로 향했다. 국내성은 고구려 중앙인 평양성의 귀족들과는 다른 세력이었다. 의리를 중요시 하는 그들은 연남생을 기꺼이 받아들였다. 연남생은 당나라가 곧 고구려를 다시 공격할 것이라는 소식을 듣자, 동생들에게 복수를 하기 위하여 주변의 고구려 성들과 거란, 말갈족 진영 병사들과 함께 당나라에 항복했다. 그리고 아들 연헌성을 당나라에 보내어 자신의 마음과 고구려의 사정을 소상히 설명하고 이해시켰다. 그리고 평양성을 다시 자신이 뺏을 수 있도록 구원을 요청하였다.

연남생의 갑작스러운 투항은 당나라 황제 이치에게 크나큰 행운이었다. 황제 이치는 연남생의 항복의사를 듣고 난 후, 이제야 고구려를 자기 발 밑에 둘 수 있겠다는 자신감이 차올랐다. 그는 연남생을 환대하고 그에게 당나라의 고위 관리직을 내리고 재물을 하사하였다. 그리고 그를 고구려 침공에 이용하기 위해 준비를 하였다. 연남생이 고구려에 대한 미련을 완전히 버리고 당나라에 마음을 두었다는 것을 재차 확인한 황제 이치는 드디어 당나라 장수들에게 고구려를 공격하게 하였다.

황제 이치는 연남생의 항복으로 고구려군에 대한 모든 정보를 획득하였기에, 일격에 고구려를 무너뜨리기 위해 약 50만 명의 군사들을 모았다. 고종 이치는 계필하력을 대장군으로 임명하여 주력부대를 이끌게 하였고, 이세적, 소정방, 설인귀, 방동선, 고간 등에게 군사들을 이끌고 함께 협력하도록 지시를 했다. 연남생의 고구려군들 역시 이들과 합류하였다.

계필하력과 주력부대는 요동지역을 통해 압록강 쪽으로 진군하였으며 소정방은 바다를 이용하여 고구려로 향했다. 황제 이치는 장안에 있는 김인문을 신라에 보내어 문무왕에게 출병을 함께 하도록 요구하였다. 문무왕 역시 이번 공격이 고구려를 굴복시킬 수 있는 절호의 기회라고 생각하고 황제의 명을 따랐다.

당나라 50만 대군이 고구려로 쳐들어온다는 소식을 들은 연정토는 혼비백산하여 12개의 성을 거느리고 신라에 항복하며 투항하고 말았다. 고구려의 보장왕은 연남생을 대신하여 연남건에게 막리지 자리를 주어 모든 군사적 일들을 맡게 했다.

당나라 황제 이치는 이세적, 설인귀 장군에게 고구려 요동지역의 북쪽을 공격하게 했다. 장수 이세적은 요하를 건너자마자 고구려의 요충지인 신성을 가장 먼저 공격했다. 고구려의 요동 지역 성들 중에서 신성의 방어 태세가 가장 강하기에 먼저 그곳을 빼앗기로 작정한 것이다.

그러나 이세적이 아무리 공격하였지만 신성의 성벽은 역시 높고 두터웠다. 이세적은 굳건한 신성을 함락시키지 못하고 8개월 이상 대치하였다. 하지만 고구려를 지휘하고 이끌 장수가 없는 탓에 신성 안에서 분열이 일어났다.

장기간 전쟁으로 지쳐있던 성안의 군사들은 계속 싸울 것인 지 아니면 연남생처럼 당나라에 항복할 것인 지를 놓고 내분에 휩싸이게 되었다. 결국 계속 항전을 고집한 신성 성주는 반란을 일으킨 사부구 등에 의해 결박을 당하여 체포되었고, 신성의 장수들은 목숨을 부지하기 위해 모든 성안의 백성들과 함께 성문을 열고 나와 항복하였다.

고구려의 철옹성이었던 신성이 항복을 하였다는 소식은 요동지역으로 삽시간에 퍼졌다. 신성 주변의 모든 성들이 이제 고구려의 국운이 기울어졌다고 생각하고, 당나라 군사들과 싸움을 하지 않고 스스로 나와 모두 항복하였다. 당나라 장수 이세적은 큰 싸움 없이 요동의 많은 성들을 차지하는 전과를 올렸다.

신성과 주변성들이 모두 항복했다는 소식을 들은 연남건은 몹시 분노했다. 그는 신성을 다시 되찾기 위해 고구려군사 20만 명을 모두 이끌고 와서 이세적의 당나라 진영에 공격을 가했다. 방심하고 있던 당나라 선봉 부대들이 고구려군사들에 일시적으로 밀리고 패퇴했다.

하지만 당나라 장수 설인귀가 대군의 구원병을 데리고 와서 고구려 군사들의 측면을 치고 공격해 왔다. 치열한 전투가 하루 종일 계속되었다. 시간이 조금 지나자 연남생이 이끄는 고구려 군사들도 전투에 합류하였다. 당나라 군사들의 연합된 협공을 버티지 못한 연남건은 5만이 넘는 고구려 군사들을 잃고 후퇴하였다.

고구려 군사들이 패퇴하고 도망을 치자 당나라 장수 설인귀는 여세를 몰아 북쪽의 부여성을 공격했다. 설인귀는 영리했다. 그는 군사들에게 모두 흰 옷을 입게 했다. 말들도 선발부대는 흰말을 골라 태웠다. 그리고 눈 덮인 배경에 몸을 감추고 서서히 다가가 부여성을 급습했다.

부여성 앞에는 후퇴한 고구려 군사들이 일부 주둔하고 있었다. 하지만 눈보라 때문에 그들을 미처 보지 못했던 고구려 군사들은 갑자기 들이닥친 설인귀의 기병들에게 급습을 당하자 당황하고 혼란에 빠졌다. 고구려 군사들은 크게 놀라 방어에 급급하다가 결국 패퇴하여 성안으로 도망을 쳤다. 이것을 기회 삼아 총공격을 가한 당나라 군사들의 진격에 부여성이 함락되고 말았다.

신성과 부여성이 모두 함락되었다는 소문이 나자 부여성 주변의 수십여 개의 성들도 신성 주변의 성들처럼 모두 당나라에 항복하였다. 당나라 군사들은 고구려 군사들의 큰 저항 없이 안시성과 건안성을 제외한 요하 동족 대부분의 성들을 함락시켰다. 연남건이 부여성을 구하려고 다시 군사들 5만 명을 보내었지만, 이세적 군사들과 설하수에서 싸워서 패배하여 죽은 자가 3만여 명이나 되었다.

당나라를 출발한 수군들은 원래 압록강을 거쳐 그 지역을 장악한 후 평양성을 공격할 예정이었다. 하지만 고구려 연남건이 압록강 근처에 미리 방어 진지를 구축한 탓에 상륙하지 못하고 근처에 정박해 있다가 다시 당나라로 돌아갔다.

다음해 봄이 되자 당나라 황제 이치는 고구려의 요동지역의 세력이 무력화되자 때가 왔다고 생각하고 백제와 신라의 정세를 잘 아는 유인궤에게 대군을 주어 압록강을 넘어 평양성을 직접 공격하게 했다. 더불어 신라군에게도 연락하여 평양성으로 와서 함께 연합하여 공격하도록 명하였다.

유인궤는 본진을 이끌고 이세적의 군사들과 연남생의 고구려 군사들과 연합하여 압록강 주변의 성들을 손쉽게 정복하였다. 그리고 요동지역을 떠난 계필하력의 군대와 합류하여 평양성으로 함께 진군하였다.

신라의 문무왕은 당나라와 협공을 위해 군사들 20만 명을 출정시켜 고구려로 향했다. 대각간 김유신과 김흠순, 김인문, 김품일 등 30명의 장수들을 거느리고 직접 신라군을 이끌었다. 신라군은 큰 저항 없이 고구려의 평양성 근처까지 당도했다. 비록 평양성 부근에서 방어하는 고구려군을 만났으나 그 수가 많지 않아 쉽게 격퇴하였고, 이미 평양성까지 온 당나라 군사들과 합세하여 평양성 주변을 겹겹이 포위하였다.

당나라, 고구려, 신라의 모든 군사들이 진을 치고 평양성을 포위한 모습은 장관이었다. 마치 가운데 큰 먹이 하나를 두고 새까맣게 몰려든 까마귀 떼와 같은 형상이었다. 당나라 장수들은 평양성에 공격을 가하지 않고 가만히 앉아 기다렸다. 그리고 평양성으로 향하는 모든 물자들을 차단하고 평양성을 압박하였다.

며칠간 비가 오고 세찬 바람이 불었다. 나당연합군의 공격은 없었지만 평양성 고구려 군사들은 몸도 젖고 마음도 젖었다. 포위된 상태로 얼마나 버텨야 할 지 습기 찬 공기만큼이나 칙칙한 감정들이 휘몰아쳤다

당나라 장수 이세적은 고구려의 보장왕에게 날마다 사신을 보내어 항복을 권하였다. 심리적 전술로 보장왕을 동요시키려 했던 것이다. 강인한 기세는 시간에 녹슬었고 두려움은 조용한 압박감에 커져만 갔다. 한 달이 넘도록 평양성이 포위되자, 보장왕은 연남산을 보내 수령 98인을 거느리고 백기를 가지고 이세적에게 나아가 항복을 하였다.

하지만 연남건은 여전히 문을 닫고 버티면서, 성밖으로

남은 병력들을 몇 차례 내보내어 도망갈 길을 내기 위하여 싸웠으나 모두 패하였다. 당나라와 신라 연합군은 포위를 한 상태에서 평양성의 정문과 북문을 공격했다. 고구려 군사들은 목숨을 내놓고 성문을 지켰지만, 성벽을 타고 넘어오는 적군들이 많아 치열한 전투가 벌어졌고, 양측의 많은 장수들과 병사들이 다치고 죽었다.

이러한 시기에 평양성 병사들의 업무와 관리를 맡고 있던 승려 신성이, 더 이상의 싸움은 의미가 없다고 판단하고, 일부 장수들과 비밀리에 짜고 비겁하게 이세적에게 사람을 보내어 내통을 하였다. 그리고 이세적의 바램대로 며칠 뒤 평양성의 성문을 열어버리고 말았다.

"무엇이라고? 부하들이 평양성의 성문을 스스로 열었단 말이더냐? 의리는 산처럼 무겁고 바위처럼 단단해야 하거늘. 이놈들이 마땅히 지켜야 할 도리와 충의를 저버렸구나. 정말 배은망덕한 놈들이로다!"

연남건은 신라의 기병들과 당나라 군사들이 평양성으로 물밀듯이 쳐들어오자, 허탈하고 비분강개하여 가지고 있던 칼로 자살을 시도했다. 하지만 상처가 깊지 않아 죽지 못하고, 결국은 이세적에게 붙잡히는 신세가 되었다. 그는 고구려로 도망친 부여풍과 함께 당나라로 끌려가 유배를 가게 되었다. 더불어 보장왕과 고구려 백성 20만 명도 당나라로 끌려갔다. 신라군은 고구려 포로 7천 명을 거느리고 서라벌로 돌아갔다.

이로써 700년을 이어온 고구려 제국은 역사에서 사라졌다. 당나라 황제 고종 이치는 평양성에 안동도호부를 설치하고 설인귀 등으로 하여금 당나라의 명령을 받아 고구려를 통치하게 하였다.

백제의 뒤를 이어 고구려마저 멸망하자 나라를 잃은 백성들은 중심점을 잃고 흩어졌다. 전쟁으로 피폐해진 산천은 곡식이 부족하여 굶어 죽는 이가 속출하였으며, 당나라의 횡포를 피해 고향을 떠나는 이들이 많아졌다. 일부 군사들은 깊은 산속으로 숨어 들어가 산적이 되었으며, 뜻이 있는 일부 사람들은 당나라의 진영을 습격하며 군량미를 훔치며 저항을 하였다.

신라 문무왕은 고구려의 보장왕이 항복한 후 당나라 황제 이치에게 사신을 보내어 대동강 이남의 땅을 줄 것을 요청하였다. 하지만 당나라 황제 이치는 신라의 요구를 묵살하였고 오히려 신라에 설치한 계림대도독부를 이용하여 신라를 당나라의 직속으로 두어 다스리려 하였다.

신라 문무왕은 심난한 마음으로 나이가 많아 기력이 없어 집에 머물고 있는 김유신을 찾아갔다.

"당나라는 원래 신라에게 백제와 고구려를 정복하면 대동강 이남의 땅을 신라에게 주기로 약속을 하였었습니다. 하지만 당나라 황제 이치가 백제와 고구려를 멸망시키고도 약속을 지키지 않고 오히려 신라를 마저 복속시키려 합니다. 이를 어찌하면 좋겠습니까?"

"이런 일들이 일어날 것을 대왕께서는 이미 알고 있지 않으셨습니까? 그들이 이렇게 하는 것은 신라를 동맹으로 여기지 않고 속국으로 여기는 것입니다."

"공께서는 항상 전쟁터에 나가는 저에게 당나라를 대적하기 위해서는 신라 병사들의 목숨을 한 명도 잃어서는 안 된다고 하셨습니다. 그것은 나중에 당나라를 치기 위한 생각으로 말씀하신 것이지요?"

"그렇습니다. 신라의 적은 이제 백제와 고구려가 아니고 바로 당나라입니다.”

“그럼 신라는 이제부터 당나라 군사들을 공격해야 합니까? 어디서부터 그들을 공격해야 할까요?”

“왜 신라 혼자서 당나라를 이 땅에서 몰아내려 하십니까? 백제와 고구려의 백성들 역시 이제 모두 이 땅의 백성들입니다. 그들과 함께 당나라를 상대하여야지요. 그러면 신라의 힘은 지금보다 세 배가 강해집니다.”

“신라에 투항한 백제와 고구려 군사들이 많다고는 하나 그들이 과연 신라를 위해 당나라 군사들과 싸움을 해줄까요? 그들의 세력이 강해지면 다시 또 나라를 재건하기 위해 신라를 공격할까봐 두렵기도 합니다.”

“대왕께서는 이제부터 백제나 고구려라는 울타리로 백성들을 구분하시면 안 됩니다. 그들도 이제는 신라의 백성들이옵니다. 그들에게 당나라가 공동의 적임을 깨닫게 만들어야 합니다. 모두가 힘을 합치면 당나라를 이 땅에서 몰아내는 일은 생각보다 쉽게 풀립니다. 당나라군에게 이곳은 타향입니다. 타향인 이곳에서 끊임없이 저항과 반란으로 시달리게 된다면, 그들은 지쳐서 반드시 물러나게 됩니다.”

"그럼 제가 어떤 전략을 사용하는 것이 좋겠습니까?"

"고구려의 보장왕이 항복한 후에도, 안시성을 비롯한 고구려의 많은 성들이 당나라에 항복하지 않고 있습니다. 그들을 먼저 포섭하십시오. 그리고 백제의 옛 관리들에게 자치권을 허락하여 주십시오. 그러면 그들이 비록 신라의 그늘에 들어왔지만, 모든 것은 백제의 왕이 다스렸던 시대와 똑같다는 인식을 받게 될 것입니다. 거기에 재물을 주고 관직을 높여주면, 그들은 반드시 신라와 연합하여 당나라 군사들을 이 땅에서 쫓아내는 일에 앞장을 서게 될 것입니다. 삼국의 백성들이 힘을 합하면 당나라는 독 안에 든 쥐입니다. 이 땅에 그들을 도와줄 사람은 아무도 없습니다. 당나라에서 도움을 줄 지도 모르지만, 그들에게 지원되는 모든 물자들과 식량들의 보급로를 차단하면 됩니다. 오랜 시간이 걸리더라도 그들을 압박하고 위협을 가한다면, 큰 전쟁 없이도 그들은 이 땅에서 버티지 못 하고 떠나게 될 것입니다."

"알겠습니다. 공의 말을 들으니 이제 얽혀있던 실타래가 풀려나가는 느낌이 듭니다."

신라 문무왕은 김유신의 조언대로 고구려에서 일어나고 있는 반군들을 포섭하였다. 고구려 보장왕의 외손자인 안승과 부흥군을 이끄는 고연무, 검모잠 등에게 군량미를 대주며 함께 당나라에 대적하는 계획을 세웠다. 그리고 백제 땅에서도 옛 부흥군들과 은밀히 접촉하여 당나라 군사들의 일부 주둔지를 습격하게 하였다. 신라의 군사들 역시 이들과 연합하여 당나라 군사들을 공격하였다.

고구려와 백제, 신라의 모든 군사들이 당나라 진영을 연합하여 공격하기 시작하자, 당나라 군사들은 이 모든 것이 신라가 벌인 것으로 생각하고, 신라마저 제압하여야겠다는 생각을 하였다. 당나라 황제 이치는 이 상황을 보고 받은 후, 고구려에 주둔하고 있던 장수 고간에게 당나라 군사 4만 명을 동원하여 신라를 공격하게 했다. 당나라 군사들은 평양성을 거쳐 석문 벌판 근처까지 들어와 진을 쳤다.

이에 문무왕이 다급히 김원술 등의 장수들에게 신라의 군사들을 보내어 당나라 군사들을 공격하게 하였다. 김유신은 떠나는 아들 김원술을 불러 말하였다.

"전쟁에서 승리하기 위해서는 즉흥적인 장수들의 판단이 대단히 중요하다. 상황을 보아 필요하면 선제공격을 해야 한다. 다만 공격을 하기 전에 반드시 다양한 정보를 활용하여, 미리 적의 동태를 꿰뚫어 보고 실행에 옮겨야 한다.

하늘의 시간과 함께 중요한 것이 땅이 가지고 있는 변화이다. 지형들을 정확히 탐색하여 군사들이 싸워도 살 수 있는 생지와, 싸우게 되면 죽을 수도 있는 사지를 반드시 구별하여야 한다. 그리고 전투가 일어나면 부하들에게 반드시 함께 살고 함께 죽는다는 각오를 심어주어야 한다. 승리를 위해서는 사기를 항상 최고조로 유지시켜 주는 것이 절대적으로 필요하다."

"명심하겠습니다. 아버지"

신라군은 당도하자 마자 당나라 군사들을 공격했다. 그리고 당나라 장수 고간이 이끄는 군사들 수천 명의 목을 베어 승리를 하였다. 하지만 북쪽에서 당나라 장수 이근행이 구원병 수만 명을 몰고 총공격을 해왔다. 피비린내 나는 전투가 하루 동안 계속되었다. 이근행의 귀신 같은 전술에 신라군이 크게 패하고 물러났다. 신라의 많은 장수들이 죽고 병사들 대부분이 전멸했다. 김원술은 부하의 권유로 겨우 살아서 도망을 쳤다.

김유신은 신라군의 패배에 크게 실망을 하였다. 돌아온 아들 김원술을 크게 나무라며 자식과의 정을 끊으려 했다. 전쟁에서 죽지 못하고 목숨을 부지하여 도망친 것은 왕명을 무시하고 집안의 가풍을 더럽힌 죄라 말하며 가차없이 처형할 것을 문무왕에게 요청했다. 하지만 김원술이 계속 필요함을 알고 있는 문무왕은 김유신의 요구를 거절하고 김원술을 사면하였다.

당나라와 신라의 신경전은 이번 전쟁을 계기로 완전히 앙숙으로 변했다. 신라 문무왕은 모든 역량을 집결시켜 백제와 고구려의 유민들을 끌어들이는 데 힘을 썼다. 그들에게 그 지역을 관할할 수 있는 모든 권리와 관직을 주고 식읍을 하사하였다. 신라의 이름 아래에만 있을 뿐, 과거 백제와 고구려에서 누렸던 모든 권한을 똑같이 누리게 하였다.

그리고 김유신의 계략대로 당나라 진영으로 가는 모든 보급로를 차단하고 그들을 고립시키는 작전을 시작했다. 시간이 지나자 조금씩 효과를 보기 시작했다. 당나라 군사들이 자체적으로 군량미 획득이 어려워지자, 거만스러웠던 기세가 점차 꺾여가며 당나라 본토에 도움을 요청했다.

문무왕은 전국에서 오는 모든 정보들을 통합하여 더 강력한 전략을 세웠다. 당나라에서 전쟁물자를 보급하러 오는 모든 함선들의 서해안 진입을 막도록 장수들에게 지시를 했다. 신라의 장수들은 백제의 유민들과 함께 함선을 만들고 보강하였으며, 넓은 강들의 포구에는 방어를 위한 주둔지를 만들어 날마다 해상을 감시하였다.

아무 것도 모르고 서해에 나타나는 당나라 함선들은 보는 즉시 격파되었다. 자신들에게 오던 수송선들이 신라의 공격으로 대부분 사라지자 , 일부 당나라의 군사들은 군량미가 부족하여 대동강 북쪽으로 철수하는 경우도 생겼다.

이러한 정국이 어수선한 시기에 신라의 명장 김유신이 노환으로 쓰러져 일어나지를 못했다. 문무왕이 친히 집으로 찾아와 위문하였다. 김유신이 힘에 겨운 목소리로 문무왕을 맞이하며 말했다.

"신이 온 힘을 다하여 임금을 받들고자 하였으나, 병이 이 지경에 이르러 오늘 이후로는 다시 용안을 뵙지 못할 듯 하옵니다."

문무왕이 슬픈 표정으로 눈물을 흘리며 말했다.

"저에게는 경이 있음이 물고기에게 물이 있는 것과 같습니다. 만약 피할 수 없는 일이 생긴다면 백성들과 신라의 사직은 어찌하라는 것입니까?"

이에 김유신이 한숨을 쉬며 나직이 대답하였다.

"신은 어리석고 모자라 어찌 능히 나라에 이롭다고 할 수 있겠습니까? 다행히 지략이 뛰어 나신 임금께서 저를 의심치 않고 등용하여 일을 맡기시니, 그나마 대왕의 현명함에 기대어 자그마한 공이라도 세울 수 있었습니다. 이제 고구려, 백제, 신라가 한 집안을 이루었으니, 백성들은 두 마음을 가지지 않게 되었고, 비록 태평하지는 못하지만 세상이 안정되었다고는 할 만하옵니다. 부디 전하께서는 성공하는 것이 쉽지 않고, 이루어 놓은 것을 지키는 것 또한 어렵다는 것을 유념하시어, 소인배를 멀리하시고 군자들을 가까이 하시며, 위로는 조정을 화목하게 하시고 아래로는 백성과 만물을 편안하게 하시어, 재앙과 난리가 일어나지 않고 나라의 기반이 무궁하게 된다면, 신은 죽어도 또한 여한이 없겠습니다."

그리고 김유신은 79세의 나이로 사망하였다. 김유신은 김춘추와 함께 신라를 구원하고 삼국을 통일시킨 전쟁의 신과 같은 인물이었다. 문무왕은 당나라와 전쟁 중이었지만 장례식을 장엄하고 거대하게 치러 주었다.

고취수들의 구슬프고 장중한 피리 소리가 허공을 메아리 쳤다. 문무왕은 당나라에서 화엄종을 배우고 돌아온 의상대사에게 김유신의 명복을 빌어주길 부탁했다. 의상대사는 김유신이 땅에 묻힐 때 길게 합장을 하며 하늘을 쳐다보며 말을 하였다.

"신라의 호국에 앞장섰던 장군의 희생은 만백성의 모범이고 어버이의 마음입니다. 신라의 백성들은 장군의 이름을 평생토록 기억할 것이며 역사는 장군을 신라의 충혼으로 기록할 것입니다. 삼국의 경계를 없앤 장군의 업적으로 후손들은 전쟁의 고통에서 벗어나 평화로운 세상을 누리게 될 것입니다. 세상은 시작과 끝이 없는 무시무종의 세상이옵니다. 이제 이 세상의 넓은 무량세계의 집착과 번뇌에서 벗어나 저 세상 극락세계에서 무상해탈 하시길 바랍니다."

　김유신의 봉분이 완성되자 은은한 바람이 불어와 그의 넋을 달래었고, 구름이 해를 감추고 산새들이 울음을 멈추었다. 그의 마지막 떠나는 자리를 신라의 왕족과 귀족들뿐만 아니라 신라의 모든 백성들이 함께 하였으며, 김유신의 가족들과 더불어 슬픔을 나누고 그의 유혼을 달랬다. 그날 밤 신라의 서라벌에는 큰 유성 하나가 밤하늘을 가로지르며 떨어졌다. 김유신을 떠나 보낸 지소부인은 집안의 물건들을 정리하여 자식들에게 맡긴 후 출가하여 승려가 되었다.

토번의 세력이 점점 커지더니 당나라의 변방을 공격하였다. 당나라 황제 이치는 이를 괘씸히 여겨 안동도호부를 관장하는 설인귀를 불러 들여 대장군으로 임명하고 토번을 정벌하라고 군사들을 보냈다. 하지만 전투에 참가한 설인귀가 대패하고 돌아왔다. 황제 이치는 화가 나서 그의 관직을 박탈하였고 다른 장수들을 불러 토번을 정벌케 하였다.

신라에서는 문무왕이 부흥운동을 이끄는 안승을 고구려왕으로 봉하고 함께 당나라에 대항하려 했다. 이러한 정황들은 당나라 황제 이치에게 바로 보고되었다. 이치는 크게 분노했다. 이치는 신라왕 문무왕을 끌어내리고 무열왕의 아들이자 문무왕의 동생인 김인문을 신라왕으로 삼고자 했다. 그는 장수 유인궤를 불러 신라를 공격하도록 했다.

"신라의 왕이 헛된 마음을 움직여 당나라 군사들에게 무력을 쓰는 역적의 짓을 하고 있다. 조그만 신라가 방자하고 교만하여 당나라를 업신여기고 천자의 군대를 공격하고 있으니 신라 역시 백제와 고구려처럼 멸망시켜야 될 오랑캐일 뿐이다. 그대를 계림도대총관에 임명할 것이다. 짐의 명령을 어기고 당나라와의 우호를 속이는 신라를 벌하고 서라벌까지 점령하여야 할 것이다. 요동지역에 있는 당나라 군사들과 항복한 말갈족, 거란족 군사들을 모두 모아서 압록강을 넘으라. 그리고 고구려의 반항 세력들과 그들을 지원하고 있는 신라군을 모두 천자의 명으로 제압하라."

황제의 명을 받은 유인궤는 부하 장수 이근행과 함께 20만 명의 당나라 병력을 이끌고 압록강을 넘었다. 그리고 저항하는 고구려 부흥군들의 공격을 막으며 평양성을 거쳐 한강 이북의 칠중성까지 내려왔다. 신라군은 한강 주변에 주둔하고 있는 병사들을 모아 방어를 하였으나, 수적으로 크게 밀려 이기지 못하였다. 고령인 유인궤는 칠중성에서 승리를 하자 장수 이근행에게 군사들을 맡기고 당나라로 돌아갔다.

황제 이치가 자신을 신라의 왕으로 삼으려 하고, 당나라가 신라를 세차게 공격하자 당나라에 있던 김인문은 깜짝 놀랐다. 그는 장안에서 서라벌로 비밀리에 서찰을 보내어 형님인 문무왕에게 황제 이치에게 바로 사죄하라고 말하였다.

그리고 자신은 황제의 명으로 장안에서 떠나기 전, 황후 무측천과 그녀의 오른 팔인 적인걸을 찾아가, 신라에 대한 공격을 중지해 주도록 부탁했다.

당시 고종 이치는 몸이 불편할 때는 황후 무측천에게 정사를 맡기곤 하였다. 무측천은 신라에서 온 김인문이 호감형이라 좋은 인상을 가지고 있었다. 그리고 그녀 측근인 시어사 적인걸 역시 김인문과 나이가 한 살 차이로 서로 가까운 사이였다. 무측천과 적인걸은 황제 이치에게 신라의 공격을 중지하도록 간언하였고, 때마침 신라 문무왕이 보낸 사죄 서찰이 당나라에 도착하자, 황제 이치는 무측천의 건의대로 신라에 대한 공격을 일시적으로 중지하였다.

하지만 신라 문무왕의 사죄의 글은 외교적인 술책이었다. 비록 동생인 김인문이 전쟁을 피하라는 충고를 하였지만, 그는 신라의 미래를 당나라에 맡길 수는 없다고 생각했다. 문무왕은 당나라의 공격이 느슨해진 틈을 타서 군사들을 보충하고 정열한 다음, 다시 백제와 고구려의 옛 땅을 회복하기 위해 당나라 진영을 공격하기 시작했다.

황제 이치는 전황을 보고 받자 자신이 속았음을 깨닫고, 토번과 신라를 동시에 상대하더라도 이번에는 기필코 신라를 궤멸시켜야겠다는 마음을 먹었다. 당나라 황제 이치는 고령으로 은퇴를 원하는 유인궤에게 재상의 관직을 하사하고, 그를 대신하여 설인귀를 불러 들였다.

"설인귀 그대는 토번에서 패하고 황제의 명예를 실추시켰다. 하지만 장안에 홍수가 나서 궁궐이 위태로울 때, 자고 있는 짐을 깨워 물길에 다치지 않게 했던 공이 있다. 내 이를 항상 가상히 여기고 있다. 평화로울 때는 드러나지 않지만 전쟁의 위기 상황에서는 그대의 진가가 드러날 것이다. 나라가 태평하면 유능한 신하가 필요하나 난세에는 지략을 가진 장수가 중요하다. 지금 이세적, 소정방 같은 명장들이 이미 유명을 달리하였고, 유인궤는 나이가 들어 은퇴를 하였다. 그래서 고구려와 전쟁경험이 많은 그대에게 군사들을 맡길 것이니, 그대는 지체하지 말고 당나라 함선들을 이끌고 가서 이근행 장수가 이끄는 당나라군과 합류하라."

설인귀는 전쟁에 필요한 물자들과 군량미를 함선에 싣게 한 후, 당나라 수군들을 이끌고 옛 백제의 땅으로 향하였다. 그는 자신의 명예를 회복하기 위하여 이를 악물었다.

신라군은 당나라 군사들을 일격에 무너뜨리기 위해 총공격을 가하기보다는, 고구려 유민들과 협력하여 신라까지 남하하는 길들을 최대한 막으며 방어 위주로 국지전을 벌였다. 당나라 장수 이근행은 몇 번의 전투를 벌여 신라군을 격퇴시키고 임진강 근처의 매소성에 주둔을 하였다. 그는 이곳에서 설인귀로부터 보급물자를 받은 후 전열을 가다듬고, 한강 주변에 있는 신라군을 공격할 계획이었다.

문무왕은 당나라 군사들을 몰아내기 위해서는 그들을 제압할 수 있는 효과적인 무기가 필요함을 절실히 느끼고 있었다. 그래서 그는 오래 전부터 무기를 제작하는 장인들에게 당나라 군사들이 가지고 있는 쇠뇌보다 훨씬 더 멀리 나가고 철갑을 뚫을 수 있는 강한 쇠뇌를 만들어 주라고 부탁했었다. 신라의 장인들은 전국 곳곳에서 가장 좋은 재료들을 모아서, 새로운 무기들을 개발하고 만드는데 최선을 다했다. 그리고 마침내 문무왕이 만족할 만한 강력한 무기인 사거리가 긴 쇠뇌가 탄생되었다. 문무왕은 최신형 쇠뇌를 대량으로 만들어 신라군에 속속 배치하였다.

매소성과 주변 지역에 당나라 군사들 20만 명이 모여 있다는 정보는 바로 신라의 문무왕에게 보고되었다. 문무왕은 신라의 장수들과 김유신의 아들 김원술에게 대군을 주어 그들을 섬멸하도록 명하였다.

"당나라 대군이 신라를 공격하기 위해 준비 중이오. 당나라를 이 땅에서 몰아내기 위해서는 반드시 그들이 주둔하고 있는 매소성을 꼭 함락시켜야 하오. 매소성은 한강 유역을 빼앗기 위한 당나라의 교두보이오. 그대들이 반드시 이곳을 점령하여야 당나라 군의 기세를 꺾을 수 있을 것이오."

문무왕의 명령을 받은 신라군은 피해를 최소화 하면서 당나라군에 천천히 접근하며 승리한다는 전략을 세웠다. 그리고 서해상에서 당나라의 함선이 오는 지 감시하고 군사들의 매복을 철저하게 준비하도록 했다.

설인귀는 전쟁에 필요한 물자와 군량미를 싣고 매소성에 있는 당나라 이근행 부대에 전달하기 위해 한강과 임진강이 만나는 천성에 정박하려 했다. 이에 신라의 문훈 장군이 이를 발견하고 천성근처에 신라의 군사들을 매복시켰다가 신라의 함선들과 육지에서 동시에 공격을 가하여 당나라 병사 1,400명을 죽이고 함선 40척을 나포하였다. 매소성에 전달하려던 군량미를 잃고 군마 천 필까지 빼앗긴 설인귀는 타고 있던 배로 포위망을 빠져나가 겨우 도망을 쳤다. 목적을 이룬 신라군은 매소성 주위에 방어선을 치고 압박하며 공격할 준비를 하였다.

보급품을 빼앗겼다는 소식을 들은 당나라 장수 이근행은 노발대발 화가 났다. 그는 매소성 안에 있는 4만 명의 군사들을 이끌고 철기병들을 앞세워 신라군을 공격하였다. 하지만 이것은 신라군이 바라던 바였다. 신라군은 사람 키보다 3배나 긴 장창들을 든 병사 수천 명이 밀집대형으로 움직이며 당나라의 기병들을 끄떡없이 막아냈다. 달려오는 당나라 군마들 수천 마리가 창에 찔려 다리를 절거나 쓰러졌다.

신라군은 당나라군이 더 전진하지 못하게 막자마자 개량한 쇠뇌를 이용하여 당나라 군사들에게 무자비하게 화살을 날렸다. 당나라군의 화살은 이백 보를 날아갔다. 하지만 신라군이 새로 만든 쇠뇌에서 쏜 화살은 삼백 보를 날아갔고, 장거리용 쇠뇌는 천보를 날아갔다. 쇠뇌의 거리차이는 당나라 군사들이 신라 군사들에게 아예 접근을 못하게 하였다.

당나라 장수 이근행은 신라의 쇠뇌의 강력한 위력에 놀라 살아남은 부하들을 데리고 부리나케 도망을 쳤다. 그리고 매소성으로 들어가 성 밖으로 나오지 않고 방어에만 집중을 하였다. 간혹 보급품을 받기 위해 길을 뚫으려 별동대를 보내기는 하였지만, 신라군의 화살에 대부분 몰살당했다.

온 산의 나뭇잎이 노랗고 붉게 물들어 단풍이 들자, 밤의 추위가 서서히 엄습했다. 매소성에서 무기력하게 버티고 있던 당나라 군사들은 먹을 식량이 거의 떨어지며 회군을 하자는 병사들의 요구가 점점 커지고 있었다. 장수 이근행은 부하들의 불만에 어쩔 수 없이 매소성을 포기하고 신라군이 지키지 않고 있는 북쪽을 이용하여 퇴각하였다. 북쪽은 신라군이 일부러 그들에게 도망갈 길을 주기 위해 열어 놓았던 곳이다. 신라는 매소성에 당나라군이 남기고 간 3만에 달하는 군마들과 무기들을 모두 습득하였다.

당나라 황제 이치는 신라에게 당나라군이 패하자 지원군을 보충해주려 하였다. 하지만 이때 서쪽의 토번이 당나라의 변경을 다시 공격해 오자 신라와의 전쟁을 포기하고, 설인귀를 시켜 서해의 해상권을 장악하여 백제 땅에 남은 당나라 병사들을 귀환시키라고 명했다. 백제 땅에서 북쪽으로 이동하기 위해서는 한강을 지나쳐야 하는데, 한강 유역은 이미 신라군이 장악하였기 때문이다.

설인귀는 정박하는 장소를 백강 하구로 정하고 신라군을 공격하기보다는 당나라 군사들의 회군에 중점을 두었다. 하지만 신라군은 횡포를 부리고 떠나는 낭나라군을 곱게 보내주지 않았다.

신라 문무왕은 장수 철천을 불러 명하였다.

"당나라 함선들이 서해의 항구에 정박하지 못하게 하여야 한다. 그대에게 함선 100척을 내어줄 터이니 서해에 있는 전함들에 보충을 하여 해안을 철통같이 방어하도록 하라."

신라 장수들은 당나라가 해상을 통해 침입 못하도록 수백 척에 이르는 함선들과 수군들을 대동강과 한강 그리고 백강 하구 등에 나누어 배치하였다. 그리고 해안 감시병들을 곳곳에 두어 함선들의 이동을 보고하도록 하였다.

작은 이슬방울 같은 하얀 안개가 아침부터 자욱하여 바다의 수면과 하늘이 맞닿는 경계가 보이지 않았다. 안개 운무에 가려 주변의 섬들도 형체를 감추었다. 정오가 다가오자 안개는 사라졌다. 하지만 바람이 비껴 불었고 비가 가늘게 내렸다. 바다 멀리까지 보이는 신라군의 높은 망루에는 장수 시득이 먼 바다를 바라보고 있었다. 그러던 어느 순간 당나라 설인귀가 이끄는 함선들이 백강 하구인 기벌포 쪽으로 은밀히 다가오고 있는 것이 어렴풋이 눈에 보였다.

시득은 대비하고 있던 신라의 수군들에게 지체 없이 연락하였다. 그리고 망설임없이 수군들을 태워 당나라 함선들을 부리나케 공격했다. 하지만 몇 차례 해전에서 신라의 수군들이 당나라 함선들의 강력한 무기에 의해 패배하였다. 신라의 장수들은 지지 않고 주변에서 계속 함선들을 끌어와 보충하였다. 그리고 당나라의 수군들을 끈질기게 몰아붙였다. 스무 번이 넘는 전투가 이어졌다. 당나라 함선들이 조금씩 줄기차게 파괴되어 갔다. 마침내 신라가 싸움에서 이기는 형세가 되었다. 신라의 수군들은 쉬지 않고 공격했다.

의지를 불태우며 달려드는 신라군의 기세에 당나라 수군들은 밀리기 시작했다. 신라의 수군들이 모든 함선들을 모아서 대공세를 가했다. 처절한 전투가 하루종일 계속되었다. 당나라 함선들은 맹렬한 신라군의 공격으로 마침내 대부분 손상을 입고 침몰되었다. 수군 4천 명을 잃은 설인귀는 망연자실하며 신라와의 전투를 아예 포기하고 남은 함선들을 가지고 당나라로 도망을 쳤다. 당나라에 도착한 설인귀는 화가 난 황제 이치에 의해 멀리 귀양을 가게 되었다.

매소성의 전투와 기벌포 해전에서 크게 패한 당나라는 신라에 대한 침공을 완전히 단념하였다. 신라가 백제와 고구려 유민들과 합세하여 전투를 벌이니 도저히 이길 수 없는 싸움이라는 것을 깨달았기 때문이다. 그리고 더 이상 당나라의 국력을 소모하지 않기 위하여, 웅진성에 있던 웅진도독부를 건안성으로, 평양성에 있던 안동도호부를 요동성으로 옮겨 대동강 북쪽으로 완전히 철수하였다.

결국 신라 정복을 포기한 당나라는 서로 전쟁에 대한 사과와 친서를 보내 화친을 맺었고, 신라와 새로운 관계로서 무역과 문화를 서로 교류하게 되었다. 오랜 전쟁이 멈추어지고 드디어 평화가 찾아온 것이다.

고구려와 백제라는 이름은 사라졌어도 그들의 고유한 관습과 지혜는 백성들의 마음속에 남아 후손들의 영혼이 되었고, 신라인의 이해심과 어우러져 미래의 역사가 되었다.

시간은 역사를 지워나가지만 역사는 인간들의 생명력을 먹고 다시 태어났다. 인간들이 흘린 피와 눈물들은 역사를 발효시켜 흔적이 되었고, 영웅들이 내쉬었던 숨결들과 지략들은 승화되어 문명의 발자취로 남았다.

연대표 (AD 577년 - AD 676년 : 100년)

577년   주나라(북주)가 제나라(북제) 멸망시킴

주나라(북주) – 고구려 전쟁

– 주나라 황제 무제(우문옹)

– 고구려 평원왕(고양성)

– 백제 위덕왕(부여창)

– 신라 진흥왕(김삼맥종)

579년   신라 진평왕(김백정) 즉위

581년   주나라(북주) 멸망

수나라 건국 - 황제 문제(양견) 즉위

589년   진나라(남조) 멸망

수나라가 진나라(남조) 합병

590년   고구려 영양왕(고대원) 즉위

598년   고구려 - 수나라 일차전쟁

백제 위덕왕(부여창) 사망

600년   백제 무왕(부여장) 즉위

604년 수나라 황제 양제(양광) 즉위

612년 고구려 - 수나라 이차전쟁 (살수대첩)

613년 고구려 - 수나라 삼차전쟁

614년 고구려 - 수나라 사차전쟁

618년 수나라 멸망

당나라 건국 - 황제 태조(이연) 즉위

고구려 영류왕(고건무) 즉위

626년 당나라 황제 태종(이세민) 즉위

629년 신라가 고구려 낭비성 함락

632년 신라 선덕여왕(김덕만) 즉위

641년 백제 의자왕(부여의자) 즉위

642년 고구려 연개소문 정변 - 영류왕 살해

보장왕(고보장) 즉위

백제가 신라 대야성 함락

643년 백제, 고구려 동맹 - 신라 당항성 함락

645년 고구려 - 당나라 일차전쟁 (안시성 전투)

647년   신라 비담의 난, 진덕여왕(김승만) 즉위

648년   신라와 당나라 동맹 체결

649년   당나라 황제 고종(이치) 즉위

654년   신라 무열왕(김춘추) 즉위

658년   당나라에 서돌궐 멸망

660년   나당 연합군에 백제 멸망

661년   신라 무열왕(김춘추)사망, 문무왕(김법민) 즉위

        고구려 - 당나라 이차전쟁

662년   고구려 – 당나라 사수전투

663년   백제 왜국 연합군 - 나당연합군 백강전투

666년   연개소문 사망

667년   고구려 – 당나라 삼차 전쟁

668년   나당 연합군에 고구려 멸망

670년   신라 - 당나라 전쟁 시작

673년   김유신 사망

675년   신라 - 당나라 매소성 전투

676년   신라 - 당나라 기벌포 전투, 삼국통일

한삼국지

1판 1쇄 2023년 1월 2일

지은이 / 임창석

펴낸이 / 임준형

출판사 / 아시아북스

등록 / 2015년 8월 5일 제 2015 - 000065 호

주소 / 서울시 송파구 문정동 법원로 55 송파아이파크 오피스텔 C동 903호

전화 / 02-407-9091

팩스 / 02-407-9091

E-mail : Asiabooks@naver.com

저자와의 계약에 의해 아시아북스 출판사에서 발행합니다.

ISBN 979-11-89317-07-2   03810